DROEMER ✱

Von Frank Kodiak sind bereits folgende Titel erschienen:
Nummer 25
Stirb zuerst
Das Fundstück
Amissa. Die Verlorenen

Über den Autor:
Frank Kodiak ist das Pseudonym für SPIEGEL-Bestsellerautor Andreas Winkelmann, geboren 1968. Schon früh entwickelte er eine Leidenschaft für spannende, unheimliche Geschichten. Bevor er sein erstes Buch veröffentlichte, arbeitete er nach dem Studium der Sportwissenschaften zunächst jedoch als Soldat, Sportlehrer, Taxifahrer, Versicherungsfachmann und freier Redakteur. Mit seiner Familie lebt er in der Nähe von Bremen – in einem einsamen Haus am Waldrand.
Mehr über Andreas Winkelmann: andreaswinkelmann.com

FRANK KODIAK
AMISSA

THRILLER

DIE VERMISSTEN

Besuchen Sie uns im Internet:
www.droemer.de

Aus Verantwortung für die Umwelt hat sich die Verlagsgruppe
Droemer Knaur zu einer nachhaltigen Buchproduktion verpflichtet.
Der bewusste Umgang mit unseren Ressourcen, der Schutz unseres Klimas
und der Natur gehören zu unseren obersten Unternehmenszielen.
Gemeinsam mit unseren Partnern und Lieferanten setzen wir uns für
eine klimaneutrale Buchproduktion ein, die den Erwerb von
Klimazertifikaten zur Kompensation des CO_2-Ausstoßes einschließt.
Weitere Informationen finden Sie unter: www.klimaneutralerverlag.de

Originalausgabe November 2021
Droemer Taschenbuch
© 2021 Andreas Winkelmann
© 2021 Droemer Verlag
Ein Imprint der Verlagsgruppe
Droemer Knaur GmbH & Co. KG, München
Dieses Werk wurde vermittelt durch die Literarische Agentur
Thomas Schlück GmbH, 30161 Hannover.
Alle Rechte vorbehalten. Das Werk darf – auch teilweise – nur
mit Genehmigung des Verlags wiedergegeben werden.
Redaktion: Regine Weisbrod
Covergestaltung: Wunderhaus
Coverabbildung: Dragan Todorovic/GettyImages
Satz: Adobe InDesign im Verlag
Druck und Bindung: GGP Media GmbH, Pößneck
ISBN 978-3-426-30764-9

2 4 5 3 1

KAPITEL 1

1.

Ihre Bestellung ist gleich da. Sagen Sie, die Adresse stimmt so?«

David Stoll lauschte, wie der Typ am anderen Ende die Adresse bestätigte und versprach, ihn an der Tür zu empfangen. Der Mann hörte sich ausgelassen, vielleicht sogar ein wenig betrunken an – das passte zu seiner Bestellung. Vier XXL-Pizzen, gigantische Wagenräder, das Größte, was Rocket Pizza im Angebot hatte. Davon wurden locker zwanzig Personen satt. Da lief wohl eine größere Party, allerdings waren im Hintergrund keine Geräusche zu hören, die darauf hindeuteten.

David Stoll bedankte sich, beendete das Gespräch und startete auf seinem Handy die Navigation. Straße und Hausnummer, die der Kunde angegeben hatte, lagen außerhalb der Stadt in einem Gewerbegebiet, in dem sich um halb elf nachts eigentlich niemand mehr aufhielt. Schon tagsüber war dort wenig los, weil viele Betriebe an die neuen Flächen direkt an der Autobahn abgewandert waren, andere hatten im Zuge der Corona-Krise aufgegeben. Immer wieder gab es Fehler bei den Adressen; Straßennamen wurden verwechselt oder Hausnummern vertauscht, deshalb hatte David es sich bei zweifelhaften Lieferadressen zur Gewohnheit gemacht, sie sich von unterwegs noch einmal bestätigen zu lassen.

Dies war die letzte Tour für heute Nacht, und er freute sich auf sein Bett. Seit achtzehn Uhr lieferte er pausenlos Pizzen, Baguettes und Getränke aus, dabei war schon der Tag nicht gerade ruhig gewesen. Das Studium der Religionswissenschaften war anspruchsvoller, als er es sich vorgestellt hatte, und wenn er sich nicht richtig reinkniete, würde er es nicht schaffen. Lernen war ihm nie leichtgefallen, auch in der Schule nicht, jeden Erfolg hatte er sich hart erarbeiten müssen. Dass er zusätzlich gezwungen war, Geld zu verdienen, machte es nicht einfacher, doch David war ein hartes Leben gewohnt und kam damit zurecht. Eines Tages, so seine Hoffnung, würde er der Erste aus der Familie der Stolls mit einem akademischen Grad sein. In seiner Familie galt nur der etwas, der es geschafft, es gegen alle Widerstände zu etwas gebracht hatte – und zwar mit eigener Hände Arbeit. Jahrelang die Schulbank drücken und den Eltern auf der Tasche liegen, davon hielt bei den Stolls niemand etwas – oder treffender: Davon hielt sein Vater nichts.

David lenkte den weißen VW Lupo mit dem bescheuerten Aufdruck einer grinsenden Pizza an den Türen in das dunkle Gewerbegebiet. Nachts brannten hier nur an den Kreuzungen Straßenlaternen. Der herbsttypische Oktoberregen ließ die Sicht gegen null sinken, und das leise Quietschen der abgenutzten Scheibenwischer tötete David den letzten Nerv. Viermal ließ ihn das Navi abbiegen, bevor er die Straße erreichte, in der Nummer 20 liegen sollte. Schon von Weitem sah er Licht; es war das einzige beleuchtete Gebäude in der Straße. Wie es aussah, handelte es sich um einen mittelgroßen Betrieb, eine ehemalige Tischlerei vielleicht oder ein Metallbauer. Firmen dieser Größe waren dutzendweise pleitegegangen in den letzten zwei Jahren.

Das Tor an der Zufahrt war geöffnet, der Parkplatz aber leer. Wo waren die Wagen der Partygäste? Waren sie mit dem Taxi gekommen, um trinken zu können?

Die Rolltore der Halle hatten im oberen Drittel schmale Fensterleisten, durch die bunt flackerndes Licht fiel, und als

David die Wagentür aufstieß, hörte er das verhaltene Wummern von Musik. David lächelte, wünschte sich, mitfeiern zu können, öffnete den Kofferraum und holte die beiden Styroporkartons mit den Pizzen heraus.

Ein Deckel rutschte zur Seite. Der aufsteigende Geruch malträtierte seinen hungrigen Magen. Wie gern hätte er sich ein Stück von der Pizza abgerissen. Zuletzt hatte er vor fünf Stunden etwas in den Magen bekommen, allerdings nur einen Salat, denn wer an der Quelle saß, musste besonders auf sein Gewicht achten. Wenn es seine Zeit zuließ, trainierte David im Fitnessstudio – seitdem er das Studium aufgenommen hatte, allerdings nicht mehr so häufig, deshalb wollte er seine Figur nicht mit fetter Pizza ruinieren.

David befand sich auf dem Weg zu einem der Rolltore, neben dem durchsichtige Kunststoffcontainer für den Transport von Flüssigkeiten aufgestapelt waren, als die Eingangstür im Büroanbau aufging.

»Hierher!«, rief ein Mann winkend.

Vor dem Sprühregen geschützt stand er im Halbdunkel des Überdachs, sodass David zunächst nicht mehr erkennen konnte als eine große Gestalt.

»Können Sie die drinnen auf den Tisch legen?«, fragte der Mann, trat beiseite und ließ David passieren. Er roch nach teurem Aftershave, sein Haarschnitt war gepflegt, der Dreitagebart ebenfalls. Ein attraktiver Mann mit gewinnendem Lächeln, perfekt gekleidet.

»Klar ... wohin?«

»In die Teeküche bitte. Letzte Tür links.«

Seine Stimme klang angenehm und kultiviert.

Der Gang war schmal und lang, mehrere Türen gingen davon ab. Sie standen offen, die Büros dahinter waren verwaist, keine Möbel mehr darin. Es roch leicht muffig, so als sei lange

Zeit nicht mehr durchgelüftet worden. Am Ende des Gangs befand sich eine weitere Tür, wahrscheinlich die Durchgangstür zur Halle, wo die Party stattfand. Wenige Schritte davor bog David in die Teeküche ab. Das wenige Licht darin kam von der Abzugshaube über dem Herd. In der Mitte des Raumes stand ein Klapptisch, wie er beim Camping benutzt wurde, Stühle gab es keine.

David legte die schweren Kartons mit den Megapizzen auf dem wackeligen Tisch ab, als plötzlich die Tür hinter ihm ins Schloss geworfen wurde.

Er fuhr herum.

Der Mann lehnte an der geschlossenen Tür, die Hände lässig im unteren Rücken verschränkt, und lächelte ihn an. Ein Lächeln, zu gleichen Teilen sympathisch und beängstigend; David lief ein Schauer über den Körper. Hier stimmte etwas nicht.

»Dann wären das fünfundsechzig Euro«, sagte David.

»Zieh dich aus!«, sagte der Mann.

Er musste sich verhört haben. »Wie bitte?«

»Und zwar alles«, unterbrach der Mann ihn. »Auch Unterhosen und Socken. Die Ware wird nackt ausgeliefert.«

»Spinnst du oder was? Lass mich durch. Sofort!«

David machte einen Schritt auf die Tür zu. Er war jung und trainiert und traute sich eine körperliche Auseinandersetzung durchaus zu. Die Reaktion des Mannes kam unglaublich schnell. Ein Stoß mit der flachen Hand gegen die Brust ließ David zurücktaumeln. Er stieß gegen den Klapptisch, wollte sich daran abstützen, doch der gab unter seinem Gewicht nach. Zusammen mit den Pizzen ging David zu Boden. Die Deckel der Kartons fielen herunter, würziger Duft nach Knoblauch und Salami machte sich breit. Unter der rechten Hand spürte David warme Tomatensoße und klebrigen Käse.

»Was soll das?«, stieß David aus.

Der Mann baute sich vor ihm auf und wirkte geradezu riesig aus Davids Position am Boden.

»Ausziehen, habe ich gesagt. Und zwar alles. Wenn ich dich noch ein drittes Mal auffordern muss, tut's weh, verlass dich drauf, mein Freund.«

David versuchte, sich nach hinten wegzudrücken, um von dem Mann fort und auf die Beine zu kommen, doch er rutschte auf der Pizzasoße aus. Beim nächsten Versuch spürte er den umgefallenen Klapptisch im Rücken – weiter ging's nicht. Er saß in der Falle. David spürte, wie sein Ärger und sein Mut unter dem bedrohlichen Auftreten des Mannes und seinem zunehmend diabolischen Lächeln zerbröselten. Trotzdem wollte er sich nicht vor dem Fremden ausziehen und schüttelte den Kopf.

Der Mann stürzte sich auf ihn und schlug ihn ins Gesicht. Davids Kopf wirbelte herum, im Nacken knackte es vernehmlich. Der Schlag war nicht wuchtig genug gewesen, um ihn bewusstlos werden zu lassen, aber der dicke Siegelring des Mannes reichte aus, seinen Widerstand zu brechen.

Einen Lidschlag später spürte David, wie er in den Schwitzkasten genommen und aus dem Raum geschleppt wurde. Ohne etwas dagegen unternehmen zu können, schleifte der Mann ihn in die Halle, in der die Party stattfand, und warf ihn dort zu Boden.

Benommen nahm David seine Umgebung als eine surreale Albtraumkulisse wahr. Überall zuckte buntes Licht, Bässe stampften, er konnte die Vibration im Betonboden spüren. Täuschte er sich, oder gab es hier gar keine Partygäste?

»Zieh dich jetzt aus!«

David schüttelte den Kopf.

»Dann eben auf die andere Tour.«

Der Mann verschwand aus Davids Sichtfeld, tauchte plötzlich hinter ihm auf, packte seinen Kopf, riss ihm das Kinn hoch und zwang ihn mit Gewalt dazu, aus einer Plastikflasche zu trinken. Dann presste er die Hand über Mund und Nase, sodass David nichts anderes übrig blieb, als die kalte Flüssigkeit hinunterzuschlucken.

Erst als die Hand von seinem Gesicht verschwand, gelang es David, sich zu wehren. Er konnte um sich schlagen, erwischte den Mann aber nicht, der sich mit einem schnellen Schritt nach hinten in Sicherheit brachte. Durch die Musik hindurch hörte David ein Lachen. Unsicher kam er auf die Beine, sah sich um. Die Halle war leer. Keine Gäste, nur einige Kunststoffcontainer und ein Gabelstapler. Es roch süßlich. Auf dem Boden stand eine tragbare Musikanlage mit den farbigen Scheinwerfern. Die Plastikflasche, aus der David hatte trinken müssen, lag auf dem Boden, ein Rest Flüssigkeit war herausgelaufen und bildete eine beinahe perfekt kreisrunde Lache.

»Was soll das!?«, schrie David den Mann an, der sich vor der Tür zum Büroanbau positioniert hatte.

David nahm seinen Mut und seine Kraft zusammen und stürmte auf den Mann zu. Er wollte nur noch raus hier, weg von diesem Verrückten. Irgendwie an Auto und Handy gelangen, um die Polizei zu rufen. David schlug unkontrolliert um sich, wollte sich den Weg durch die Tür freikämpfen, doch er traf den Mann nicht, weil der einfach beiseite sprang.

Die Tür war frei.

David lief in den Gang, auf die Eingangstür zu, packte die Klinke, drückte sie … abgeschlossen.

Panik, und im nächsten Moment ein Gefühl, als würden seine Muskeln schlagartig alle Spannung verlieren. Seine Beine trugen ihn keine Sekunde länger. Er fiel zu Boden, klammerte sich zuerst noch an die Türklinke, musste dann aber auch diesen letzten Rettungsanker aufgeben. Hilflos lag er da und konnte nichts dagegen tun, als der Mann ihn zurück in die Halle zerrte.

Dann zog er ihn aus.

Zuerst Jacke und Shirt, das bekam David noch mit, doch dann verließen ihn seine Sinne. Als er wieder zu sich kam, war er nackt und lag bäuchlings über einem dieser Kunststoffcontainer, dessen Aluminiumstreben schmerzhaft gegen seine Rippen drückten. Der Container stand auf den Metallgabeln des Elektrostaplers. David wollte sich bewegen, doch sein Körper gehorchte ihm nicht.

Durch die große Öffnung in der Oberseite wurde er in den Container gestopft, der vielleicht ein Meter im Quadrat maß und innen mit schwarzem Schaumstoff ausgekleidet war. Mit dem Gesicht voran fiel er hinein, Hüfte und Beine hingen noch draußen, bis der Mann sie hinterherstopfte und schließlich den Deckel zuschlug. Metallscharniere rasteten ein.

Einen Moment später nahm David das elektrische Surren des Staplers wahr. Er wurde durch die Halle gefahren, schließlich rumpelte es, als der Belag wechselte, und David ahnte, dass es nun über den gepflasterten Hof ging. Nach einer kurzen Fahrt und einigen Rangiermanövern hob der Stapler die Kiste an und stellte sie schließlich ab. Die schwarze Innenverkleidung des Containers verhinderte, dass David etwas sah, und da er zu schwach war, sich zu bewegen, konnte er den Schaumstoff nicht beiseite schieben. Aber er hörte, wie sich der Stapler entfernte. Kurz darauf schlugen metallene Türen zu, und um ihn herum wurde es komplett dunkel.

Panik erfasste ihn.

Er wollte schreien, um Hilfe rufen, gegen die Wände treten und schlagen, und in seiner Vorstellung tat er all das auch – nicht aber in der Realität. Da war er nichts weiter als ein Sack voll Knochen.

Das Letzte, was er wahrnahm, war wieder dieser merkwürdig süßliche Geruch.

2.

Für Jan Kantzius war die Nacht etwas Kraftvolles, Verheißenes. Was ihn betraf, war sie das Korrektiv zum Tag, reinigte den Geist und lud seine Akkus auf. Dabei spielte es für Jan keine Rolle, ob er sie schlafend oder wach verbrachte. Mit dem Schlaf war das ohnehin so eine Sache bei ihm; sein Freund war er nicht. Eher ein zickiger Verwandter, der kam und ging, wie es ihm passte.

Hier an der Küste, wo er sich nur selten aufhielt, verbanden sich die Kräfte der Nacht mit denen des Meeres, aber Jan hatte weder Zeit noch Muße, sich diesen Gefühlen hinzugeben.

Es war Mitte Januar und bitterkalt. Er befand sich am äußeren Ende der Seebrücke von Grömitz, der nächste Schritt würde ins schwarze Wasser der Ostsee führen, das glucksend gegen die hölzernen Brückenpfähle schwappte. Sein Blick war zum Land hin gerichtet, wo die Lichter des Seebads einladend und heimelig funkelten. Sie verstärkten das Gefühl der Einsamkeit hier draußen, wo die Schwärze einen abweisenden Ring bildete, einer Burgmauer gleich.

Ich bin auf dem Präsentierteller, schoss es Jan durch den Kopf. Und genauso hatte es die Schreiberin der Nachrichten bei Telegram wohl auch geplant. Sie hatte keinen Namen genannt, hielt sich bedeckt, was ihre Identität anging, denn angeblich ging sie ein hohes Risiko ein und fürchtete um ihr Leben. Sicher versteckte sie sich irgendwo dort zwischen den Häusern und beobachtete ihn, um sicherzugehen, dass er allein gekommen war, so, wie sie es verlangt und er es ihr versprochen hatte. Zudem konnte er nirgendwohin, sofern er nicht ins eiskalte Wasser springen wollte. Wenn diese Unbekannte sich nicht zeigte, könnte sie aus dem Verborgenen heraus jeden seiner Schritte verfolgen, sobald er die Seebrücke verließ. Die Situation war nicht ungefährlich, dennoch hatte Jan sich hineinbegeben. Er konnte nicht anders.

Denn es gab etwas, das diese Unbekannte ihm nicht per Telegram mitteilen wollte. Ein ungeheuerliches Geheimnis, und die, die es bewahrten, setzten alles daran, dass es ein Geheimnis blieb. Außerdem verlangte sie Geld für diese Information. Fünftausend Euro, die Jan bar bei sich hatte – sein eigenes Geld, mühsam zusammengespart, und er würde sich nur davon trennen, wenn es die Information wert war. Er würde der Frau in die Augen blicken und herausfinden, ob sie vertrauenswürdig war und die Wahrheit sagte. Unter den meisten anderen Umständen hätte Jan sich nicht auf einen solchen Deal eingelassen, schon gar nicht, wenn jemand für eine Information Geld verlangte, doch hier lagen die Dinge anders. Es hatte nur eines Wortes bedurft, um Jan und Rica zu überzeugen.

Amissa.

Der Name der privaten Organisation, die weltweit nach vermissten Personen suchte und für die Jans Frau Rica arbeitete. Jan unterstützte sie dabei. Zusammen waren sie als Ermittlerpaar sehr erfolgreich. Rica war ein Ass, was die digitale Welt betraf, er selbst kannte sich als ehemaliger Polizist in der realen ziemlich gut aus.

Die Unbekannte behauptete, Amissa oder, besser, Menschen, die für die Organisation arbeiteten, seien in Angelegenheiten verstrickt, die niemals bekannt werden durften. Sie könne auch Namen nennen. Natürlich hatten sie sie gefragt, ob Amissas Gründer, der Schweizer Milliardär und Unternehmer Hans Zügli, darin verwickelt sei, doch die Unbekannte hatte weder diese noch andere Fragen beantworten wollen. Denn sobald sie Namen nannte, würde sie untertauchen und ein neues Leben beginnen müssen. Dafür benötigte sie Geld. Sie hatte zunächst sogar zehntausend Euro verlangt.

Rica und Jan hatten lange darüber gesprochen, ob sie ihr eigenes Geld einsetzen sollten. Viel besaßen sie nicht und legten zudem Wert auf eine Notfallreserve, da sie nie wussten, wie sich ihre Einkommenssituation entwickelte. Aber nach dem, was im letzten Herbst passiert war, hatten sie gar nicht anders entscheiden können. Denn vielleicht bot sich ihnen jetzt die Chance, die Strukturen bei Amissa zu enttarnen, die sich ihnen bisher entzogen hatten. Im vergangenen Herbst, im Fall des nach einem Umzug entführten Mädchens, hatten sie ein Netzwerk von Menschenhändlern auffliegen lassen und erschüttert feststellen müssen, dass ein Mitarbeiter von Amissa daran beteiligt gewesen war. Seitdem fragten sie sich, ob es sich um einen Einzelfall gehandelt hatte oder die Organisation unterwandert war. Leider ließen die vagen Informationen der geheimnisvollen Fremden darauf schließen.

Aber konnten sie ihr trauen?

Dass sie auch mit der Hälfte der ursprünglich geforderten Summe einverstanden war, werteten sie als Beweis dafür, dass es ihr nicht nur ums Geld ging. Sie hatte in ihren Nachrichten von einer Welt gesprochen, die aus dem Lot geraten war, und dass jeder Mensch, auch sie selbst, einen Beitrag zur Wiederherstellung der Gerechtigkeit leisten müsse. Große Worte, wie Jan fand.

Das Blinken nahm Jan sofort wahr, denn es war ihr abgesprochenes Zeichen.

Die Fremde hatte angekündigt, ihm mit einer Taschenlampe zu signalisieren, wenn nach ihrer Meinung die Luft rein war. Dreimal schnell hintereinander flammte das bläuliche

LED-Licht am Küstenstreifen von Grömitz auf. Jan antwortete mit dem gleichen Signal.

In diesem Moment blies der Wind die Wolkendecke auseinander, und als hätte jemand einen Schalter umgelegt, fiel bleiches Mondlicht auf die Seebrücke und das Wasser. Schnell trat Jan in den Schatten der monströsen Tauchglocke, die rechts von ihm wie die Spitze einer versunkenen Kathedrale aus dem Meer aufragte. Aus dem Dunkeln heraus beobachtete er, wie von ganz vorn, wo die Brücke auf Land traf, eine schmale Gestalt langsam auf ihn zukam.

Aus dem Dunkel heraus checkte Jan die silbrig schimmernde Umgebung ab. Direkt am Strand hatte sich ein schmaler Streifen Eis gebildet, auf dem eine dünne Schicht Schnee lag. Auch die Haube der Tauchglocke glänzte weiß. Weitere Personen konnte Jan nicht entdecken.

Er hatte alles dafür getan, dass ihm niemand hierher folgen konnte. Umwege, Ablenkungsmanöver, sogar ein Wagenwechsel unterwegs, da sein Defender viel zu auffällig war. Der gemietete Golf hingegen ging in der Masse aller gleichförmigen Fahrzeuge unter. Die Unbekannte traute dem Internet nicht, schon Telegram war ihr zu unsicher, da hatte Rica noch so oft behaupten können, dass ihr Account auf keinen Fall ausgespäht werden konnte. Dabei wusste Rica, wovon sie sprach. Sie hatte Informatik studiert und verkehrte online mit Hackern, die ihr gesamtes Können und ihre Lebenszeit für den Schutz von Daten einsetzten – oder deren Diebstahl.

Eine Wolke schob sich vor den Mond. Für einen Moment verschwand die schmale Gestalt, und die Lichter am Küstenstreifen traten wieder deutlicher hervor, hauptsächlich Weihnachtsbeleuchtung, die immer noch brannte. Heiligabend lag erst drei Wochen zurück. Rica und Jan hatten den Bremer Kommissar Olav Thorn zu Besuch gehabt. Schöne

Tage waren das gewesen, voller Leichtigkeit und Humor und Nähe. Es hatte sich angefühlt wie ein normales Leben, und jetzt hier zu stehen, angespannt bis in die Haarspitzen, ließ das Fest und die damit verbundenen Gefühle in weite Ferne entschwinden. In der Welt, in der Rica und Jan lebten, gab es keine Normalität auf Dauer.

Jetzt war die Gestalt nah genug heran. Jan konnte sie auch ohne Hilfe des Mondlichts erkennen. Zudem spürte er die Vibration ihrer Schritte auf den Holzplanken der Seebrücke.

Sie zögerte. Vermutlich konnte sie ihn nicht sehen.

Jan trat aus dem Schatten der Tauchglocke heraus und winkte kurz.

Die Frau warf einen Blick zurück zum Land, bevor sie weiter auf ihn zukam.

Sie war vielleicht eins siebzig groß und dünn, selbst in der dicken Winterkleidung, die sie trug. Der gefütterte dunkle Mantel reichte ihr bis über die Knie, an den Händen trug sie Fäustlinge, an den Füßen Lederstiefel. Ihr Haar war unter einer Wollmütze verborgen, um ihren Hals ein Schal geschlungen, sodass von ihrem Gesicht nicht viel zu erkennen war. Verloren und verletzlich wirkte sie auf Jan, wie sie ein paar Meter vor ihm stehen blieb, die Füße dicht beieinander, die Schultern hochgezogen. Jan schätzte ihr Alter auf Mitte zwanzig.

»Hi«, sagte sie.

»Alles klar bei dir?«

Sie nickte, trat von einem Fuß auf den anderen und zog die Schultern noch höher. In das unangenehme Schweigen hinein drang von irgendwoher das Nebelhorn eines Schiffes. Jan hatte sich im Vorfeld zwar Dutzende Fragen zurechtgelegt, aber nicht über den Gesprächseinstieg nachgedacht. Gerade lag ihm der Satz auf der Zunge »Ich habe ein Hotelzimmer, da ist es warm«, aber noch unpassender hätte er wohl kaum beginnen können. Trotz der dicken Kleidung fror sie, das war nicht zu übersehen. Wenn es Rica wäre, die vor ihm stünde, hätte er sie längst in die Arme genommen, um sie zu wärmen. Rica stammte aus der Karibik, sie fror schon, wenn die Temperatur unter zehn Grad sank.

»Ich bin froh, dass Sie mir helfen wollen«, sagte die junge Frau.

Eigentlich war es ja eher andersherum, dachte Jan. Aber vielleicht meinte sie das Geld.

Es störte ihn, für Informationen bezahlen zu müssen, und es sagte auch etwas über den Charakter eines Menschen aus, wenn er Gewissen und Moral von Bezahlung abhängig machte. Jan würde erst auf das Geld in seiner Jacke zu sprechen kommen, wenn sie danach fragte. Verriet sie schon vorher, was sie wusste, konnte er davon ausgehen, dass sie nicht nur des Geldes wegen hier war. Außerdem bestand noch immer die Möglichkeit, verarscht zu werden.

Es hatte eine Zeit in seinem Leben gegeben, als er sich auf das verlassen hatte, was man gemeinhin Menschenkenntnis nannte. Mittlerweile war er sich nicht einmal mehr sicher, ob es dieses Konzept gab. Ein zur Lüge fähiges Wesen log eben, wenn es nützlich war. Wenn es dem Lebenserhalt, dem eigenen Vorteil, der Evolution diente. Klar gab es Merkmale, die einen Lügner entlarvten, aber wer darum wusste, konnte sie umgehen, und so manche Lüge war ja in den eigenen Augen die Wahrheit – eine perfektere Tarnung gab es nicht.

»Ich kann nur helfen, wenn du mir erzählst, was du weißt«, sagte Jan.

Sie sah ihn an. Schweigend zunächst. Ihre Unterlippe zitterte, sie wollte antworten, brachte aber kein Wort hervor, sah sich stattdessen noch einmal um, ob sie auch wirklich allein waren. Schließlich griff sie in die Innentasche ihres Mantels und zog einen Umschlag hervor.

»Okay … Missing Order … schon mal davon gehört?«, fragte sie und streckte ihm den Umschlag entgegen.

»Nein, nie gehört. Was soll das?« Er meinte damit den Umschlag, doch sie verstand die Frage anders.

»Es bedeutet, dass du dir alles bestellen kannst, was du willst … auch einen Menschen, du musst nur …«

Das waren ihre letzten Worte.

3.

David Stolls Verstand hatte es vorgezogen, sich in geschützte Räume zurückzuziehen. Bisher hatte David nichts gewusst von diesen Safe-Rooms in seinem Inneren, aber sie waren wohl schon immer da gewesen. Die Wände tapeziert mit Erinnerungen, die aus dem Papier heraus lebendig wurden und ihm seine kleine Schwester Issy zeigten. Eigentlich Isabell, aber niemand nannte den kleinen, süßen Wildfang bei seinem vollen Namen. David sah sich tanzen mit ihr, sah sich im See hinter dem Grundstück schwimmen mit ihr, spürte sie auf seinen Schultern sitzen, während sie den Wald durchstreiften. Seine Issy, die geboren wurde, als er sieben Jahre alt war, und für die er zuerst nur Neid empfunden hatte, weil sie ihm den Königsplatz des Einzelkinds wegnahm. Aber niemand, er schon gar nicht, konnte sich ihrem unbekümmerten Charme entziehen, und so war im Laufe der Zeit eine tiefe Zuneigung für sie entstanden, die noch immer anhielt.

Sie war so gern Moped gefahren mit ihm, und weil Mama es zu gefährlich fand, hatten sie es heimlich tun müssen. In diesem Moment durchflutete ihn das gleiche Gefühl wie damals, als sie hinter ihm auf dem Sozius gesessen hatte, ganz dicht an ihn gepresst, die Arme um seinen Bauch geschlungen, die Wange an seinem Rücken. Sie hatte sich vollkommen auf ihn verlassen, und es war ein berauschendes Erlebnis, gegen die Regeln zu verstoßen und dabei die Verantwortung für ein Leben zu tragen …

Ein harter Schlag riss ihn aus der Erinnerung. Gleich darauf ein zweiter, noch härter, und er spürte Schmerzen im Rücken.

Diese Schläge im Fahrwerk des Wagens sorgten dafür, dass er sich seiner Situation bewusst wurde, und die hatte nichts mit einem sommerlichen Ausflug auf einem Moped zu tun.

Noch immer lag David zusammengekrümmt in einem mit schwarzem Schaumstoff ausgekleideten Container. Wie viel Zeit war vergangen, seit er vier XXL-Pizzen an die Adresse im Gewerbegebiet geliefert hatte und von dem Mann überwältigt, betäubt und verschleppt worden war? David wusste es nicht. Allerdings schien die Betäubung nachzulassen, denn er konnte seine Gliedmaßen wieder spüren und bewegen. Allzu gern hätte er Arme und Beine ausgestreckt, doch die enge Kiste ließ nicht mehr als ein paar Zentimeter Spielraum zu. Er musste sich zusammenreißen, um nicht in Panik zu geraten. Mühsam unterdrückte David den Impuls, zu schreien und zu klopfen. Noch fuhr der Wagen, aber irgendwann würde er halten und der Mann ihn herauslassen. Dann wäre es vielleicht von Vorteil, wenn er glaubte, David sei noch betäubt.

Warum passierte das alles?

Was wollte dieser Typ von ihm?

David zu entführen machte überhaupt keinen Sinn! Er war ärmer als eine Kirchenmaus, sonst würde er neben dem Studium keine Pizza ausliefern. Okay, sein Vater hatte Geld, aber auch keine Millionen. Hatte das überhaupt etwas mit ihm zu tun, oder wäre eine seiner Kolleginnen oder Kollegen ebenso entführt worden, wenn sie die Lieferung übernommen hätten? David konnte sich keinen Reim darauf machen, doch es war klar, dass der Mann ihn nicht einfach töten wollte, das hätte er sofort in der Halle erledigen können.

Hatte er etwas viel Schrecklicheres mit ihm vor?

Ein weiterer harter Schlag, und David begriff, dass der Wagen auf keiner normalen Straße unterwegs sein konnte. Das Holpern ließ auf einen unbefestigten Weg mit vielen Schlaglöchern schließen. Ein Feldweg oder Waldweg, der in eine einsame Gegend führte. Würde der Mann ihn dort töten? Oder vergewaltigen und quälen und dann erst umbringen?

Schweiß brach David aus, obwohl es nicht warm war in der Kiste und er zudem nackt. Er spürte, dass er Gefahr lief, die Kontrolle zu verlieren und in Panik zu verfallen. Mit einem Mal gab es nichts Wichtigeres mehr, als aus dieser engen Kiste herauszukommen. Die Luft wurde knapp, er konnte kaum noch atmen, er musste raus, raus, raus ...

David begann zu beten, um ruhig zu bleiben. Seine Lippen bewegten sich, ohne dass Laute seinen Mund verließen, aber in sich hörte er seine Stimme laut und deutlich. Er war ein gläubiger Mensch, schon immer, seine Mutter hatte ihn so erzogen in einer Familie, in der die Männer die Sache selbst in die Hand nahmen, statt sie einem überirdischen Wesen zu überlassen. Den Glauben seiner Mutter hatten sein Vater, seine Onkel und Cousins nie angezweifelt, aber über seinen Glauben hatten sie gelacht. Weil er Zeit in der Kirche verbrachte, Orgel spielte, an Jugendfreizeiten teilnahm. Dinge tat, die Männer nach deren Auffassung nicht taten. Wahrscheinlich ahnten sie, dass er schwul war, hin und wieder waren Bemerkungen in diese Richtung gefallen, von Spaß gedeckt natürlich, weil sie sich vor der möglichen Wahrheit schützen mussten. Bis heute hatte David sich vor seinem Vater nicht geoutet und würde es auch niemals tun. Dessen Horizont war zu eng, selbst wenn er es wollte, würde er es nicht verstehen können. Seine Mutter und Issy wussten Bescheid. Sie hatten versprochen zu schweigen.

Das Gebet half. David wurde ruhiger und konnte wieder atmen. Er wusste, auf Gott durfte er in dieser Situation nicht vertrauen, denn der würde ihn nicht retten. Aber wenn sein Glaube es schaffte, ihn zu beruhigen, war damit viel gewonnen. In ruhiger Verfassung war er eher in der Lage, einen Ausweg zu finden.

Bald wurde der Wagen langsamer und hielt schließlich an.

Kurz darauf erstarb der Motor.

David hielt die Luft an und lauschte.

Jemand stieß die Fahrertür auf. Schritte knirschten auf Schotter, dann wackelte der Wagen, als die Hecktüren aufschwangen. Schließlich zwei klackende Geräusche, mit denen Scharniere zurückschnappten. Der Deckel des Containers klappte auf. Taschenlampenlicht blendete David, er hob die Hände zum Schutz – und begriff zu spät, dass er sich damit verriet.

»Komm raus!«, befahl sein Entführer.

Eben noch hatte David nichts mehr gewollt, als aus der Kiste befreit zu werden, doch jetzt konnte er sich nicht bewegen. Seine Nacktheit und die Angst vor dem, was passieren würde, lähmten ihn.

»Jetzt komm schon, oder muss ich nachhelfen?«

Der Mann klang ungeduldig und mühsam beherrscht. Lange würde er sicher nicht warten. David kämpfte mit sich, suchte verzweifelt nach einer Möglichkeit zur Flucht. Doch im Moment blieb ihm wohl nichts anderes übrig, als den Befehlen des Mannes zu folgen.

Mit steifen Muskeln und Gelenken krabbelte er aus dem Container, der brusthoch war. Der Container stand auf der Ladefläche eines Lkw. Er war also verladen worden wie irgendein Gegenstand. Davids Herz raste. Angst leistete Panik Vorschub, da halfen auch keine Gebete. Schließlich überwand er sich, hob den Blick und sah den Mann, der ihn entführt hatte.

Er trug eine dunkle, gefütterte Jacke und eine schwarze Wollmütze sowie grobe Lederstiefel zu einer Jagdhose – das war nicht die Kleidung, die er beim Empfang der Pizzen getragen hatte. Den Siegelring hatte er noch am Finger.

In der linken Hand hielt er die Taschenlampe, den Lichtschein nun zu Boden gerichtet. Zwischen Zeige- und Mittelfinger der rechten Hand steckte eine glühende Zigarette, die er in diesem Moment zum Mund führte und daran zog. Beim Ausatmen stieg Qualm vor seinem Gesicht auf, und er kniff ein Auge zu. »Na los, zier dich nicht so«, sagte er und wedelte mit der Waffe. »Hier sieht dich niemand.«

David kletterte von dem Lkw, lehnte sich gegen die Stoßstange und schützte mit den Händen sein Geschlecht. Ein zutiefst beschämendes und verletzliches Gefühl war es, so dazustehen – er kam sich wie Ware vor.

Der Mann nahm einen weiteren Zug von der Zigarette. Dann starrte er David an, schüttelte den Kopf und seufzte, als missbillige er es selbst, was hier geschah.

»Da rüber«, stieß er aus und zeigte mit der Waffe nach rechts. »Das Haus des Herrn wartet auf dich.«

Er lachte trocken und freudlos.

Als David hinübersah, wusste er, warum.

Vor dunklem Wald ragte ein wuchtiges Gebäude auf, ein backsteinerner Turm ragte in den helleren Streifen Nachthimmel, der über den Bäumen lag.

Da stand eine Kirche!

Vielleicht täuschte David sich, oder es lag an der Betäubung, aber der Turm schien schief zu stehen. Die Kirche war nicht besonders groß. Ein rechteckiges Gebäude, dessen rote Backsteinwände auf einem Sockel aus Natursteinen ruhten. Die schmalen, hohen Fenster waren mit dunklen Brettern vernagelt. Zwischen den Ritzen drang ein wenig Licht hervor.

»Was …«, begann David, doch der Mann unterbrach ihn sofort.

»Halt die Klappe und beweg deinen Arsch da rüber. In die Kirche, na los.«

David, immer noch darum bemüht, seine Nacktheit zu bedecken, schüttelte den Kopf. »Nein!«, sagte er bestimmt und spürte Trotz in sich aufsteigen.

Wenn er diese Kirche betrat, das war ihm klar, wäre es sein Ende. Auf gar keinen Fall durfte er einen Fuß hineinsetzen, musste im Gegenteil sofort und hier eine Möglichkeit finden zu fliehen. Er war nackt und würde jetzt Ende Oktober im Freien vielleicht nicht lange durchhalten, aber das wollte er riskieren. Alles, nur nicht diese gruselige Kirche betreten.

Der Mann seufzte, starrte ihn aus schmalen Augen an. »Mach keine Schereien.«

»Ich mache auf jeden Fall welche, es sei denn, Sie lassen mich gehen. Wenn Sie mich gehen lassen, verspreche ich, ich sage zu niemandem ein Wort darüber, was passiert ist.«

Sein Entführer nahm einen letzten Zug von der Zigarette, warf sie zu Boden, trat sie aus, schüttelte den Kopf und sagte: »Du kapierst das nicht, mein Freund. Für dich ist hier Endstation. Nicht sofort, und was bis dahin passiert, weiß ich nicht, aber reden wirst du ganz gewiss mit niemandem darüber, da mache ich mir keine Sorgen. Es liegt an dir, wie schmerzhaft es ...«

David rannte los.

Er hoffte, den Mann damit zu überraschen, um einen ordentlichen Vorsprung herauszuholen. Die Idee, gegen ihn zu kämpfen, hatte er zuvor verworfen. Der Typ war ihm körperlich überlegen, die Chancen also ungleich verteilt. Im Laufen hingegen war David schon immer gut gewesen.

Doch er kam nicht weit.

Sein Entführer war überhaupt nicht überrascht und reagierte sofort – und er war schnell. Er rempelte David in vollem Lauf einfach um. David stürzte, überschlug sich auf dem Boden und prallte mit dem Rücken gegen den Stamm einer gewaltigen Eiche.

Noch bevor er sich davon erholen konnte, legte der Mann ihm einen Arm um den Hals und riss ihn hoch.

David schrie auf.

»Kennst du das Vaterunser?«, fragte der Mann dicht an seinem Ohr, und David roch Pizza und Knoblauch in seinem Atem. »Wenn ja, würde ich dir raten, jetzt zu beten.«

Dann bugsierte er ihn im Klammergriff auf die Kirche zu, die wie ein Mahnmal des Bösen vor dem Nachthimmel aufragte.

4.

In einem Moment sprach die Unbekannte noch, im nächsten Moment wurde sie von den Füßen gerissen und gegen die Holzbalustrade geschleudert, wo sie reglos liegen blieb.

Jan brauchte eine Sekunde, um zu verstehen, was passiert war.

Er selbst befand sich noch im Schatten der Tauchglocke, doch dort, wo die Frau lag, fiel erneut Mondlicht auf die Planken der Seebrücke. In ihrem Rücken, eine Handbreit links der Wirbelsäule, war ein Loch in den Mantel gerissen, wie es ein Projektil hinterließ. Einen Schuss hatte Jan nicht gehört. Das Projektil hatte ihren Körper auf der Vorderseite verlassen und ihr den Umschlag aus der Hand gerissen.

Jan ließ sich zu Boden fallen, robbte auf dem Bauch zu ihr hinüber, packte sie am Fußgelenk und zerrte sie mit sich in den Schatten, wo er sie herumdrehte und ihren Oberkörper auf seine Beine zog. Der Mantel war am Brustkorb triefend nass von ihrem Blut, und Jan ahnte, dass die Wunde an der Vorderseite verheerend war.

Er wusste, er konnte nichts mehr für sie tun, tastete aber trotzdem unter dem Schal nach ihrem Puls. Seine Hände zitterten, er spürte Panik in sich aufsteigen und musste sich mit seinen eigenen Worten beruhigen.

»Komm schon …«, flüsterte er. »Ich bring dich hier raus, wir schaffen das.«

Sie stöhnte leise auf. Da war doch noch Leben in ihr.

»Hey, halt durch, ich hole Hilfe«, sagte Jan, wohl wissend, dass er sie anlog. »Wie ist dein Name? Wie heißt du?«

Ihre Lippen bewegten sich, doch Jan hörte nichts. Er beugte sich hinunter, brachte das Ohr ganz dicht an ihren Mund.

»Nelia ...«

Dann erstarrten ihre Augen, und ihr Körper erschlaffte.

»Nein, nein, nein, komm schon, du musst wach bleiben!«

Doch es war zwecklos. Da war kein Puls mehr. Sie war tot, und Jan hatte keine Zeit zu verlieren, sonst wäre er bald genauso tot wie sie. Dessen ungeachtet hielt er die Frau, die sich Nelia genannt hatte, noch einen Augenblick fest, bevor er den toten Körper vorsichtig auf die überfrorenen Planken legte – irgendwie hatte er das Gefühl, ihr diese Sekunden schuldig zu sein. Dabei bemerkte er den Umschlag, den sie ihm hatte reichen wollen, griff danach und steckte ihn ein.

Schließlich schob er sich flach auf dem Bauch von ihr weg in eine Position, aus der er Sicht auf die Küste hatte.

Von dort kamen drei Personen.

Sie waren noch ganz vorn auf der Seebrücke, gingen weit auseinander, versetzt, und wechselten immer wieder die Positionen, um kein leichtes Ziel abzugeben. Sie kamen, um ihre Arbeit zu Ende zu bringen. Sobald Jan sich aus dem Schutz der Tauchglocke herausbewegte, würde ihn eine Kugel aus dem Präzisionsgewehr töten wie zuvor Nelia. Wahrscheinlich gab es noch eine vierte Person, irgendwo verborgen, mit Blick auf die Seebrücke. Blieb Jan liegen, wo er war, würden die drei Typen ihn hier mühelos erledigen können. Jan hatte nur ein Messer dabei, keine Schusswaffe. Er würde sich nicht verteidigen können.

Sein Blick wechselte zwischen Nelias Leiche und dem weihnachtlich beleuchteten Küstenstreifen hin und her auf der Suche nach einer Lösung. Hilfe konnte er nicht erwarten, niemand trieb sich nach Mitternacht bei diesen Temperaturen hier herum. Nelia hatte den Ort ausgesucht, weil sie ihn für sicher und überschaubar hielt, und genau das kam ihren Mördern jetzt zugute. Jan fragte sich, warum Nelia, die ihn ja lange Zeit vom Land aus auf der Seebrücke beobachtet hatte, ihre Verfolger nicht bemerkt hatte. Hatte sie sie im Schlepptau gehabt? Oder Jan selbst? Wussten sie, wer er war, oder war es ihnen in erster Linie darum gegangen, Nelia zum Schweigen zu bringen?

Missing Order, schon mal davon gehört?

Ihre letzten Worte schossen ihm durch den Kopf, doch er hatte jetzt keine Zeit, darüber nachzudenken. Um diese Dinge würde er sich später kümmern.

Wenn es denn ein Später gab für ihn!

Jan wusste, er hatte nur eine Chance, und selbst die bedeutete den beinahe sicheren Tod.

An den drei Männern kam er nicht vorbei, also musste er vor ihnen flüchten. Durchs Wasser. Die dunklen Fluten würden ihn vor Blicken schützen, zugleich aber die Temperatur des Wassers von der ersten Sekunde an gegen ihn arbeiten. Es war ein Spiel gegen die Zeit mit ungewissem Ausgang. Jan schätzte ab, wie lange er benötigte, um an Land zu schwimmen, berechnete dabei einen großen Bogen ein, um nicht zu nahe an der Seebrücke entlangschwimmen zu müssen. Im besten Fall fünf Minuten, schätzte er.

Fünf Minuten in fünf Grad kaltem Wasser.

Wie lange konnte ein Mensch bei solchen Temperaturen im Wasser überleben? Jan wusste es nicht, aber bevor er sich von diesen Männern töten ließ, startete er lieber einen Versuch. Ein paar Regeln, wie man sich in kaltem Wasser zu verhalten hatte, kannte er und wusste daher, er brauchte eine Minute, um sich auf das Schwimmen vorzubereiten.

Eine Minute war lang, wenn drei Männer unterwegs waren, ihn zu töten.

Jan warf einen letzten Blick auf die Brücke. Die Männer bewegten sich jetzt nur noch langsam vorwärts, stoppten zwischendurch immer mal wieder und gaben sich Zeichen. Keiner wollte als Erster auf den Feind treffen.

Jan schob sich bäuchlings unter dem hölzernen Geländer durch und ließ sich dann an der Kante hinab, bis seine Füße ins Wasser eintauchten. Schon dieser erste Kontakt an Knöcheln und Schienbeinen fühlte sich entsetzlich an. Die Jeans, die er trug, konnte die Kälte nicht abhalten, etwas anders sah es hoffentlich bei der beinahe wasserdichten Daunenjacke aus. Jan klammerte sich an die Holzplanken und ließ sich langsam Stück für Stück hinab, das war allemal besser als der plötzliche Schock bei einem Sprung, zudem blieb die isolierende Schicht unter der Jacke länger erhalten, wenn er sich weniger bewegte. Seine Atemfrequenz erhöhte sich drastisch, als er bis zum Brustkorb eintauchte, und das, obwohl er die volle Kälte noch gar nicht zu spüren bekam. Jan wusste, er musste mit dem Schwimmen warten, bis seine Atemfrequenz sich normalisiert hatte, sonst würde er keine zwei Meter weit kommen. Aus seiner Position im Wasser konnte er die Männer oben auf der Brücke nicht mehr sehen, glaubte aber, die Vibrationen ihrer Schritte im Holz zu spüren.

Die Zeit drängte, doch Jan kämpfte gegen die Panik an, hielt still, brachte seine Atmung unter Kontrolle und spürte, wie die Muskeln in den Beinen taub zu werden begannen.

Die Männer sprachen nun leise miteinander. An ihrem Ende war die Seebrücke durch die Taucherglocke und die Aufbauten etwas unübersichtlich, die Männer würden nicht einfach drauflosstürmen, da sie ihn irgendwo dort vermuteten und nicht wissen konnten, dass er unbewaffnet war.

Jetzt, sagte Jan still zu sich selbst, löste die klammen Finger von der Planke und tauchte bis zum Hals ins Wasser. Sofort lief es im Nacken unter die Jacke, ein Gefühl, als würde ihm ein Messer in den Rücken gestoßen. Jan wollte vermeiden, ganz unterzutauchen, stattdessen drehte er das Gesicht von der Seebrücke weg, weil es das Mondlicht spiegelte, sein dunkles, langes Haar ihn von hinten aber praktisch unsichtbar werden ließ. Er stieß sich von einem Holzpfahl ab und packte einen der Pfeiler, mit denen die Tauchglocke im Meeresboden verankert war, riss die Hand aber sofort zurück, weil das Metall so eiskalt war, dass seine Haut daran festgefroren wäre.

Er musste schwimmen.

Bleib ruhig und schwimm langsam, nur keine Panik.

Das war leichter gesagt als getan. Kälte und Wasser machten ihm nun mehr Angst als die Männer. Es war, als zerre eine übermenschliche Macht an ihm, der er nichts entgegenzusetzen hatte.

Vielleicht hätte er auf der Brücke bleiben und kämpfen sollen.

Jan entfernte sich parallel zum Ufer einige Meter von der Brücke, dann wechselte er den Kurs, hielt direkt auf Grömitz zu, wandte das Gesicht aber nach wie vor von der Brücke ab. Dadurch konnte er nicht sehen, was da oben vor sich ging, und die Stimmen der Männer hörte er auch nicht mehr. Hin und wieder schwappte ihm eine kleine Welle gegen das Gesicht, Wasser lief ihm in Ohren, Mund und Nase, und Jan stellte fest, dass man sogar im Gehörgang kälteempfindlich sein konnte.

Plötzlich flammte eine Taschenlampe auf.

Eine runde Scheibe aus Licht wanderte über die vom Wind leicht bewegte Wasseroberfläche. Eine zweite gesellte sich dazu, aber sie suchten dicht bei der Brücke, nicht in der Entfernung, die Jan bereits zurückgelegt hatte. Er wollte jedoch kein Risiko eingehen und tauchte nun unter. Es war ein zutiefst beängstigendes Gefühl, so als schlösse sich über ihm ein Sargdeckel, und die Kälte biss ihm gnadenlos ins Gesicht. Nach nur fünf Schwimmzügen musste er wieder auftauchen und schaffte es kaum, nicht laut nach Luft zu schnappen. Irgendwo links von ihm suchten sie weiterhin, weit genug entfernt, das Licht erreichte ihn nicht. Jan hielt nun nicht mehr direkt auf die Küste zu, sondern schwamm in einer schrägen Linie von der Seebrücke fort. Wenn die Männer nicht blöd waren, würden sie sich aufteilen. Einer blieb auf der Brücke, während die anderen rechts und links davon den Strand absuchten.

Jan wollte schneller schwimmen, um einen größeren Vorsprung herauszuholen, doch seine Muskeln weigerten sich. Sie wurden steifer und verkrampften sich, zudem bekam er kaum noch Luft in die Lunge gepumpt. Statt schneller wurde er immer langsamer, und nachdem er vielleicht fünf Minuten im Wasser war, ging plötzlich gar nichts mehr. Jan verlor die Kontrolle über seinen Körper, die Muskeln versagten den Dienst. Er ging unter, ohne etwas dagegen tun zu können.

Das war's, schoss es ihm durch den Kopf.

Er, der mit beinahe jeder Situation fertigwurde und sich schon so oft aus lebensbedrohlichen Lagen befreit hatte, kam gegen das kalte Wasser der Ostsee nicht an. Sein Körper gab auf, sein Verstand jedoch nicht. Er musste an Rica denken, die allein mit Ragna, ihrem Wolfshundrüden, im Hammertal auf ihrem einsam gelegenen Hof auf seine Rückkehr wartete. Für sie wollte er leben, unbedingt, er ertrug den Gedanken nicht, dass sie vergebens auf ihn wartete und irgendwann die Nachricht von seinem Tod von einem Polizisten entgegennehmen musste.

Plötzlich spürte Jan Grund unter den Füßen. Er war vielleicht noch zwanzig Meter vom rettenden Ufer entfernt, das

Wasser wurde flacher. Von irgendwoher holte er ein letztes bisschen Kraft, mobilisierte seinen Willen, zwang sich, die Beine zu bewegen. Als Zehnjähriger hatte Jan sich ein Bein gebrochen und vier Wochen einen Gips tragen müssen, und so, wie sich damals die erste Bewegung angefühlt hatte, nachdem ihm der Arzt den Gips abgenommen hatte, fühlte es sich jetzt wieder an.

Steif, schmerzhaft, beinahe nicht zu schaffen.

Aber es gelang ihm. Mühsam stieß er sich ab, durchbrach die Wasseroberfläche, rang nach Atem, den seine Lunge aber nicht aufnehmen wollte, stolperte vorwärts, geriet abermals unter Wasser, kämpfte sich heraus und krabbelte auf allen vieren weiter, bis er durch die dünne Eisschicht am Strand pflügte wie ein Eisbrecher, um schließlich im feuchten Sand zusammenzubrechen.

Keine Zeit, sagte er sich. *Keine Zeit, um auszuruhen. Sie kommen, du musst hier weg, sonst war alles umsonst.*

Jan stemmte sich hoch. Er zitterte am ganzen Körper, seine Zähne schlugen aufeinander, die nasse Kleidung klebte wie eine zweite Haut an ihm. Er musste sie loswerden, sonst wäre der Effekt der Auskühlung der gleiche wie im Wasser. Bis zum Hotel, in dem er ein Zimmer genommen hatte für diese eine Nacht, waren es vielleicht fünf Minuten. Zehn, so langsam, wie er war. Zwanzig, wenn er wegen der Männer Umwege in Kauf nehmen musste.

Als Jan sich umschaute, sah er eine Taschenlampe weiterhin auf der Seebrücke. Zwei Gestalten liefen aber in Richtung Strand, einer davon mit der zweiten Taschenlampe, deren Licht auf und ab hüpfte. Mühsam und unter Schmerzen kämpfte Jan sich auf die Beine und stakste los, geradewegs über den nicht sehr hohen Deich auf die Häuserfront zu, wo er schließlich in einer unbeleuchteten Gasse verschwand.

5.

Als Erstes fiel David Stoll die Temperatur auf.
Innerhalb der dicken Mauern der Kirche schien es noch kälter zu sein als draußen, ein fester, eisiger Block, der die Atemluft vor dem Gesicht kondensieren und ihn erschauern ließ.

Hier kann es keinen Gott geben, schoss es ihm durch den Kopf.

Er war mit seinem Chor in vielen Kirchen gewesen und konnte nicht behaupten, überall Gottes Anwesenheit gespürt zu haben, aber mindestens waren die Kirchen immer angefüllt gewesen mit Spiritualität, Glauben und Nächstenliebe, und letztendlich waren das wahrscheinlich Attribute, die Göttlichkeit ausmachten. In dieser Kirche war nichts davon zu spüren. Wie auch? Es brauchte Menschen dafür. Religiöse Menschen.

David bekam einen Stoß in den Rücken und stolperte ins Kirchengewölbe. Hinter ihm schlug die schwere Tür aus Eichenholz zu, und das Geräusch schwappte wellenartig durch das schmale Langhaus, das sich bis zum Altarraum mit der Orgelempore aus Holz und dem Taufstein erstreckte.

Der Altar war klein und schmucklos, das galt für die ganze Kirche. Nirgends war ein Kreuz zu sehen. Die zehn Bankreihen bestanden aus einfach gezimmerten, grau lackierten Bänken ohne Polsterung. David erkannte, dass die Fenster von außen nicht etwa mit Brettern vernagelt waren, weil das Glas fehlte oder defekt war, sondern, um es zu schützen. Sämtliche Fenster waren intakt, auch das schmale, hoch aufschießende Buntglasfenster im Giebel des Altarraums. Der Großteil des

Kirchenschiffs lag im Halbdunkel, das wenige, flackernde Licht stammte von roten Kerzen auf dem Altar – außerdem drang elektrisches Licht durch den schmalen Spalt einer offen stehenden Tür, die wohl in die Sakristei führte.

Dort glaubte David, eine Bewegung wahrzunehmen. Er fuhr herum und packte den Türknauf der Eingangstür, nur um festzustellen, dass die Tür nun verriegelt war.

Jemand pfiff leise ein Lied. David kannte die Melodie – natürlich kannte er sie. Es war sein Lieblingslied, von dem er selbst eine Version eingesungen und damit bei YouTube ziemlich erfolgreich gewesen war.

Hallelujah.

Dann setzte leiser Gesang ein, er kam aus der Sakristei.

I've heard there was a secret chord, that David played, and it pleased the Lord ... Hallelujah ...

Langsam und vorsichtig drehte sich David in Richtung des beleuchteten Türspalts am anderen Ende des Kirchenschiffs.

Wer auch immer das Lied von Leonard Cohen sang, hatte seinen Namen in der Textzeile besonders betont, und es war auch nicht das erste Mal, dass ihn jemand mit diesem bekannten Lied in Verbindung brachte – aber zum ersten Mal machte es ihm höllische Angst.

David presste die Knie zusammen, hielt eine Hand vor sein Geschlecht, die andere über der Brust verschränkt an seinen Oberarm geklammert. Es war der verzweifelte Versuch, sich vor Kälte und Blicken zu schützen. Die Angst fraß sich tief in seine Gefühle und Gedanken, und er war nahe daran, in Tränen auszubrechen. Die männliche Stimme wiederholte die Liedstrophe noch einmal, dann setzte wieder leises Pfeifen ein, schön und melodisch, viel besser als der Gesang vorher, und zwischen den massiven Steinwänden der Kirche hallte jeder Ton dutzendfach wider.

»Bitte ... bitte nicht ...«

Er konnte den Blick nicht von dem Türspalt wenden, aus dem Licht ins Kirchenschiff fiel. Ein Schatten huschte daran vorbei, dann noch einer.

»Komm doch näher, David.« Die Stimme klang rau und hart.

David zuckte zusammen, machte einen Schritt rückwärts und spürte die kalte Tür mit ihren spitzen Absätzen im nackten Rücken.

»Wir brauchen dich hier vorn, auf dem Altar.«

Wohin? Wohin konnte er? Es gab keinen Fluchtweg. Die Tür verschlossen, davor sein Entführer, die Fenster vernagelt. Vielleicht gab es eine weitere Tür, wenn, dann in der Sakristei.

Er saß in der Falle, wer auch immer sie waren, sie konnten mit ihm tun, was sie wollten. David brach in Tränen aus. Er hatte nie so ein Mann sein wollen, der heulte, statt zu kämpfen, der feige bettelte, statt vor Wut und Entrüstung zu schreien, doch er hatte sich auch noch nie in Lebensgefahr befunden, und nun brach er darunter zusammen.

»Bitte nicht ...«, bettelte er.

Freiwillig würde er sich keinen Zentimeter auf den Altar zubewegen, sie müssten schon kommen und ihn holen.

Die Tür zur Sakristei schwang auf, gleichzeitig wurde darin das Licht gelöscht. Nur die in der kalten Zugluft flackernden Kerzen erhellten die Kirche notdürftig. Alles, was David jetzt noch erkennen konnte, waren zwei Gestalten, die aus der Sakristei vor den Altar traten. Sie trugen schwarze Mönchskutten mit Kapuzen und hielten die Köpfe gesenkt, sodass ihre Gesichter beschattet und nichts weiter als schwarze Flächen waren.

David wähnte sich in einem Hollywood-Horrorfilm – oder wahlweise in einem Albtraum, aber auf keinen Fall konnte das hier die Realität sein. So etwas gab es nicht, durfte es nicht geben!

Die beiden Gestalten stellten sich nebeneinander auf, als befolgten sie ein Ritual, dann hoben sie die Köpfe, aber da sich die Kerzen hinter ihnen befanden, blieben die Gesichter für David weiterhin schwarze Flächen. Ihr Anblick schlug ihn derart in den Bann, dass er zu zittern und heulen aufhörte.

»Komm her, oder wir holen dich«, sagte die tiefe männliche Stimme von eben.

David schüttelte den Kopf. Dann fuhr er herum, ergriff erneut den Türknauf der Kirchentür, zerrte und rüttelte daran, schlug mit der flachen Hand gegen das Holz und brüllte: »Hilfe ... lasst mich raus ... lasst mich um Gottes willen hier raus!«

So lange schlug er gegen die Tür, bis seine Handflächen schmerzten und er plötzlich die beiden Gestalten in Mönchskutten hinter sich spürte.

Sie drückten ihn gegen die Tür.

»Gottes Wille existiert hier nicht ...«, sagte eine Stimme dicht an seinem Ohr. David roch teures Parfum und den Geruch von Marihuana im Atem des Sprechers. Sie packten seine Arme und zerrten ihn Richtung Altar. David wehrte sich, stemmte die bloßen Füße gegen den Steinboden, schrie um Hilfe, wand sich in ihren Griffen, bis einer von beiden ihm mit der Faust mitten ins Gesicht schlug. Blut schoss aus Davids Nase, Benommenheit brach seine Gegenwehr, ohne dass er vollkommen das Bewusstsein verlor.

Jetzt musste er es sich gefallen lassen, von den beiden Kuttenträgern zum Altar geschleift zu werden. Vor dem steinernen Quader von anderthalb Metern Höhe legten sie ihn auf den Boden. Dann packte einer seine Achseln, der andere nahm die Füße, und mit vereinten Kräften wuchteten sie ihn auf den Altar. Eine der Kerzen fiel um, polterte zu Boden, erlosch.

Rücklings lag David da, und noch ehe er wieder zur Besinnung kam, hatte man ihn an die Steinplatte gefesselt. Bewegen konnte er nur noch Hals und Becken. Er bäumte sich auf, zerrte an den Fesseln, doch es nützte nichts. Einer der Männer beugte sich über ihn, und jetzt endlich konnte er im Kerzenschein dessen Gesicht erkennen.

»Was …«, stieß David erschrocken aus.

»Na, dämmert's?«, sagte der lächelnd. »Sieh, wohin dich deine Arroganz gebracht hat. Wo ist er denn jetzt, dein Gott? Wollen wir mal schauen, ob er nicht vielleicht doch noch einschreitet?«

Dann hob der Mann ein Messer und senkte es auf Davids Brust.

»Ey, Moment, was wird das?«, fragte der zweite Mann. »Ich dachte …«

»Halt die Fresse, du sollst hier filmen!«, wurde er barsch unterbrochen. Und dann schnitt der Mann David die Haut vom Hals bis zum Bauchnabel auf.

»Hallelujah«, hörte David ihn über seine eigenen Schreie hinweg inbrünstig brüllen.

6.

Aufgeben erschien ihm leicht. Viel leichter, als weiterzumachen.

Sich einfach in eine der Nischen zwischen die Häuser setzen, einen Moment ausruhen, einschlafen – um dann nie wieder aufzuwachen.

Doch Jan kämpfte dagegen an.

Für sich selbst, für Rica, für die Unbekannte, die sich Nelia genannt hatte und da draußen auf der Seebrücke gestorben war, weil sie sich mit ihm getroffen hatte. Was immer sie entdeckt, welches Geheimnis sie ihm hatte verraten wollen, es musste groß und wichtig genug sein, sie dafür zu töten. Jemand betrieb hier einen immensen Aufwand, schickte ein ganzes Team inklusive eines Scharfschützen, ging das Risiko ein, Aufsehen zu erregen, Polizei und Medien auf sich aufmerksam zu machen.

Ihr Tod durfte nicht umsonst gewesen sein.

Jan fühlte sich verpflichtet, Nelias Geheimnis aufzudecken.

Missing Order, schon mal davon gehört?

Das waren ihre letzten Worte gewesen, bevor das Projektil sie getötet hatte: *Es bedeutet, dass du dir alles bestellen kannst, was du willst ... auch einen Menschen ...*

Missing Order bedeutete übersetzt fehlende Bestellung, und das passte nicht zu der Erklärung. Jan konnte sich keinen Reim darauf machen, aber wie sollte er auch? Sein Hirn lief im Notfallmodus und versuchte verzweifelt, einen unterkühlten Körper am Leben zu halten. Die nasse Kleidung fühlte sich schon gar nicht mehr so kalt an, und Jan wusste, wie gefährlich das war. Denn der Grund dafür war nicht Gewöhnung, sondern das dramatische Absinken seiner Körpertemperatur. Zudem zitterte er unkontrolliert, und seine Zähne schlugen so laut aufeinander, dass er glaubte, sich mit diesem Geräusch zu verraten. Denn ansonsten war es still in der Stadt, nur der Seewind heulte hier und dort an Hausecken oder Fallrohren. Die Menschen schliefen in ihren warmen, schützenden Häusern, und Jan spürte das tiefe Verlangen, an eine der Türen zu klopfen oder auf eine Klingel zu drücken, um hineingelassen zu werden. In die lebensrettende Wärme. Aber er durfte diese Menschen nicht in Gefahr bringen, deshalb musste er zurück ins Hotel.

Nur, wie sollte er dahin kommen?

Er kannte sich nicht aus in Grömitz und hatte sich in den dunklen Straßen verlaufen, wusste nicht einmal mehr, in welcher Richtung das Hotel lag. Wie lange war er schon unterwegs, seitdem er aus dem Wasser heraus war? Höchstens zehn Minuten, aber selbst dieser kurze Zeitraum war viel zu lang.

Immer wieder blieb er an Straßenecken stehen, um sich zu orientieren und nach seinen Verfolgern Ausschau zu halten. Am Strand waren sie zu langsam gewesen, er hatte ungesehen zwischen den Häusern verschwinden können, doch war es ein Leichtes für sie, seine Spuren zu finden. Sicher hatten sie an der Stelle, wo er die dünne Eisschicht durchbrochen hatte, seine Fußabdrücke im Sand entdeckt, und so konsequent, wie die Männer vorgingen, konnte Jan nicht darauf hoffen, dass sie einfach aufgaben.

Weiter, er musste weiter.

Dieses verdammte Hotel finden.

Wie hieß es überhaupt? Hotel Sonnenschein? Haus Sonne? Irgendwie so. Selbst wenn Jan sich an den Namen erinnerte, könnte er sich nicht einmal von Google Maps dorthin leiten lassen, denn sein Handy hatte das Bad in der Ostsee nicht überlebt. Es war ein billiges Ersatzhandy mit einer Prepaidkarte, das keine Rückschlüsse auf seinen Besitzer zuließ. Sein eigenes Handy hatte Jan zu Hause gelassen.

Dort im Hammertal, auf ihrem Hof in der Einsamkeit, war ihm diese Vorsichtsmaßnahme noch übertrieben vorgekommen – jetzt war er froh darüber.

Die Straße endete an einem offenen Platz, an dem die Straßenlaternen die ganze Nacht über brannten. Jan erinnerte sich, er hatte diesen Platz auf seinem Weg vom Hotel zur Seebrücke überquert. Jetzt wusste er wieder, wie er zum Hotel kam, und musste den Impuls niederringen, einfach loszurennen. Das Verlangen nach Wärme war übermächtig, dennoch blieb er zunächst im Schutz der Häuser stehen, beobachtete und lauschte. Enorme Überwindung kostete es ihn, so still zu verharren und die Kälte zu ertragen, wo doch unweit von hier ein warmes Zimmer und eine heiße Dusche auf ihn warteten.

Und dann hörte er sie.

Schritte auf dem Pflaster. Leise Stimmen. Irgendwo hinter ihm.

Jan schob sich um die Hausecke und fand einen schmalen Spalt zwischen Haus und Garage, nicht mehr als einen halben Meter breit. Mülltonnen parkten darin, weiter hinten zwei Fahrräder, angekettet an das Fallrohr der Regenrinne. Es war eine Sackgasse, eine Falle, aber ein anderes Versteck fand Jan auf die Schnelle nicht. Als er sich hineindrückte, fasste er in die Dornen eines kahlen Rosenstocks, der an der Hauswand emporrankte. Seine Hände waren taub von der Kälte, doch diesen Schmerz spürte er.

Jan hockte sich hinter die Mülltonnen und holte sein Messer

heraus. Kampflos würde er sich nicht ergeben, auch wenn er es mit seinen gefühllosen Händen kaum festhalten konnte.

Mit äußerster Willenskraft presste er die Kiefer zusammen, um seine Zähne am Klappern zu hindern. Für den Rest seines Körpers brachte er das nicht fertig, der zitterte weiter vor sich hin. Vorsichtshalber schob Jan sich ein Stück von den Mülltonnen weg, um nicht mit ihnen in Berührung zu kommen und sein Zittern auf die Resonanzräume zu übertragen.

Die Schritte kamen näher. Leise nur, aber da die Stadt ansonsten still war, hörte Jan sie. Dann blieben sie stehen, eine Taschenlampe flammte auf, und der Lichtstrahl schoss in den schmalen Spalt zwischen Haus und Garage.

Jan hielt den Atem an.

Sehen konnte er seine Verfolger nicht.

»Nichts«, sagte einer, die Taschenlampe erlosch. »Scheiße, wir sind im Arsch, wenn wir den nicht finden.«

Sie gingen weiter.

Mindestens zwei Minuten wollte Jan abwarten, ehe er sein Versteck verließ. Innerlich zählte er die Sekunden. Eine unerträglich lange Zeitspanne, in der Füße und Finger abzusterben schienen, er das Gefühl für seinen Körper verlor und seine Gedanken schwammig wurden. Er versuchte, sich den restlichen Weg zum Hotel vorzustellen, doch es wollte ihm nicht gelingen. Gedanken an Rica und Ragna mischten sich mit den Bildern auf der Seebrücke, die junge Frau, wie sie von den Füßen gerissen wurde, das Loch in ihrem Mantel, ihr Blut an seiner Hand ... der Umschlag.

Jan hätte gern einen Blick hineingeworfen, doch die Finger waren steif gefroren.

Wieder war eine Frau seinetwegen erschossen worden.

Vielleicht sollte er aufhören damit, den Retter zu spielen,

und endlich kapieren, dass er nur Unheil über die Menschen brachte, die sich Hilfe suchend an ihn wendeten.

Vielleicht sollte er einfach hier einschlafen …

Jan spürte die Lider schwerer und schwerer werden und gab es auf, dagegen anzukämpfen. Er hätte ohnehin keine Kraft mehr, vom Boden aufzustehen.

Was soll's, dachte er.

Schlaf einfach ein …

7.

Wie ein Stromstoß schoss die Vorahnung durch Rica Kantzius' Körper.

Sie zuckte auf dem Schreibtischstuhl zusammen, und auch Ragna, der Wolfshund, der eingerollt neben ihr am Boden lag, bemerkte die Veränderung und schaute zu Rica auf.

Rica nahm den Blick vom Computerbildschirm, blinzelte, um die Verwirrung unter Kontrolle zu bekommen, beugte sich dann zu Ragna hinunter und streichelte ihm den Kopf. »Alles in Ordnung, kannst weiterschlafen.«

Ragna reichte das, ihr selbst aber nicht.

War wirklich alles in Ordnung? Wenn ja, was war das gerade gewesen?

Sie war gerade noch einmal die Nachrichten der geheimnisvollen Fremden durchgegangen, als dieser emotionale Stromstoß sie aus ihren Gedanken gerissen und Rica das starke, durchdringende Gefühl vermittelt hatte, eine Botschaft von Jan erhalten zu haben. Was geschah gerade da oben im hohen Norden in Grömitz, wohin die Unbekannte ihn bestellt hatte? War Jan in Gefahr?

Rica betrachtete sich selbst als bodenständigen, vernunftorientierten Menschen, aber sie schloss deshalb nicht aus, dass der menschliche Geist zu Dingen fähig war, die den Verstand überforderten. Sie und Jan hatten eine sehr starke Bindung, die in vielen Bereichen über das Normale hinausging, aber heute erlebte Rica zum ersten Mal diesen Stromstoß der Angst, der ihr suggerierte, Jan befinde sich in großer Gefahr.

Sie nahm ihr Handy auf, um nach Nachrichten von Jan zu schauen.

Nichts.

Selbst anzurufen verbot sich, da er sich gerade jetzt mit der geheimnisvollen Schreiberin traf. Da würde ein Telefonat nur stören.

Es ist bestimmt alles in Ordnung, sagte sich Rica. *Deine Nerven gehen mit dir durch.*

Das war nicht weiter verwunderlich, denn diese Unbekannte machte es wirklich spannend. Rica hatte protestiert, als sie verlangte, dass Jan allein nach Grömitz kommen sollte, schließlich aber nachgegeben. Allerdings unter Protest und Bauchschmerzen und nur, weil die Möglichkeit bestand, bei ihren Ermittlungen endlich ein Stück voranzukommen.

Als die Unbekannte Amissa ins Spiel gebracht hatte, war es entschieden gewesen. Gegen ihre Neugierde kamen Jan und Rica nicht an, zudem waren die letzten Wochen extrem frustrierend gewesen. Rica selbst hatte alles versucht und auch ihre Netzwerke genutzt, war aber den Machenschaften in den Kreisen von Amissa nicht näher gekommen. So wussten sie streng genommen nicht einmal sicher, ob es bei Amissa überhaupt Machenschaften gab.

Ihr letzter Fall im Herbst des vergangenen Jahres, als junge Mädchen kurz nach einem Umzug verschwunden waren, hatte am Ende zu einem Mitarbeiter aus der Amissa-Zentrale in Erfurt geführt. Zwar hatte es auch einen Hinweis auf den Gründer von Amissa gegeben, den reichen Schweizer Unternehmer Hans Zügli, doch dieser Hinweis war rein wirtschaftlicher Natur und musste nicht zwangsläufig etwas bedeuten.

Zügli war als Investor an einer Autovermietung beteiligt. Die verschwundenen Mädchen waren kurz vor ihrem Verschwinden mit ihren Eltern umgezogen, und dafür war ein Umzugsunternehmen genutzt worden, deren Fahrzeuge von ebendieser Autovermietung stammten. Die Transporter waren jeweils mit Mikrofonen und Kameras ausgestattet gewesen, um die Familien auszuspionieren. Jan und Rica hatten die Hintermänner dieser Verbrechen gestellt und ein Mädchen lebend befreien können. Doch der Anführer der Gruppe, die junge Mädchen an zahlende Kunden verkaufte, der Arzt Dr. Hirtschler, verweigerte jede Aussage. Er saß in Untersuchungshaft.

Die Möbeltransporter gehörten zu einem Firmenkonsortium, an dem auch Hans Zügli beteiligt war. Um einige Ecken zwar, und vielleicht wusste er nicht einmal etwas davon – welche Lenker multinationaler Unternehmen kannten sich schon in den Untiefen kleinerer Tagesgeschäfte aus? –, aber es war eine Spur, die Jan und Rica nicht einfach ausblenden konnten.

Rica nahm die Einladungen zur Hand, die zwischen Weihnachten und Neujahr per Post gekommen waren. Edles, teures Papier. Amissa feierte zehnjähriges Bestehen, es würde einen Empfang in der Schweiz geben, zu dem Rica und Jan eingeladen waren. Zügli selbst hatte die Einladungen mit einem Füllfederhalter unterschrieben.

Weder Jan noch Rica kannten den Mann, und was sie über ihn wussten, hielt sich in Grenzen. Züglis Sohn war vor vielen Jahren entführt worden und nie wiederaufgetaucht. Dieser Schicksalsschlag hatte den Unternehmer dazu veranlasst, Amissa zu gründen und über eine Stiftung zu finanzieren. Amissa, was so viel wie »verloren« bedeutete, war eine NGO, die weltweit nach vermissten Personen suchte und sich über Spenden finanzierte.

Rica rief die Telegram-Nachricht der Unbekannten noch einmal auf.

Die Welt ist nicht mehr im Lot, alles ist außer Kontrolle. Wenn ihr wissen wollt, was wirklich vorgeht und was Amissa damit zu tun hat, müssen wir uns treffen. Vielleicht könnt ihr es ja aufhalten, ich kann es nicht …

Nach dieser Mail hatte die Unbekannte sich nichts mehr entlocken lassen, sondern nur die Bedingungen für ein Treffen konkretisiert.

Rica nahm noch einmal ihr Smartphone zur Hand.

Keine Nachricht von Jan.

Der Zeitpunkt, zu dem er sich mit der Unbekannten treffen wollte, war seit fünfunddreißig Minuten überschritten.

Was machten die beiden so lange? Warum meldete er sich nicht? Das war doch zum Verrücktwerden!

Rica sprang vom Stuhl auf. Ragna erschrak und sprang ebenfalls auf.

»Komm mit, ich muss mich bewegen.«

Sie ging voran, der riesige Wolfshund folgte ihr. Die Treppe hinunter ins Erdgeschoss, wo der Kaminofen noch immer angenehme Wärme verbreitete. Zuerst legte Rica ein paar Holzscheite nach, dann ging sie in die Küche und bereitete sich einen Tee zu. Während sie auf den Wasserkocher wartete, spürte sie Anspannung und Nervosität vom Kopf bis in die Fußspitzen.

Sie hätte mitfahren sollen! Warum hatte sie sich nur darauf eingelassen, wie eine brave Hausfrau hier zu warten? Frustriert schnappte sie sich den allerletzten Schokoladenweihnachtsmann, der noch auf der Fensterbank stand, wo es ein wenig kühler war. Ein Handkantenschlag brach ihm sämtliche Schokoladenknochen. Rica zerriss das Stanniolpapier und stopfte sich den Kopf samt Mütze in den Mund.

Schokolade half immer, und dieses weihnachtliche Überbleibsel war längst überfällig. Sie hätte es zwar lieber zusammen mit Jan gegessen, am besten nackt im Bett, dazu eine Flasche Rotwein, aber so ging es auch.

Als der Wasserkocher mit einem Piepen Vollzug meldete, brummte zeitgleich ihr Handy, und Ricas Herz setzte einen Schlag aus.

8.

Jan Kantzius wusste, er sollte vorsichtig sein und das Hotel längere Zeit beobachten, doch das hätte er nicht überlebt.

Mit purer Willenskraft und aus dem übermächtigen Wunsch heraus, Rica wiederzusehen, hatte Jan es geschafft, die schmale Gasse zu verlassen. Auf steifen Beinen war er weitergestakst, hatte die beiden Typen aber nicht mehr gesehen oder gehört.

Konnten sie von dem Hotelzimmer wissen?

Immerhin hatten sie gewusst, dass er sich heute auf der Seebrücke von Grömitz an der Ostsee mit der geheimnisvollen Nelia treffen wollte. Doch sie konnten nicht ihm, sie mussten der Frau gefolgt sein. Sie hatte einen Fehler gemacht. Ihre Kommunikation war ausschließlich über Telegram gelaufen, daran konnte es also nicht gelegen haben. Vielleicht hatten sie Nelia einfach beobachtet und waren ihr hierher gefolgt, und als sie dann begriffen, dass sie Informationen weitergeben wollte, hatten sie sie in einer Kurzschlussreaktion getötet.

Dazu passte allerdings der Scharfschütze nicht. Eine Waffe wie die, die er benutzt haben musste, führte man nicht einfach so mit sich herum für den Fall, dass man sie brauchen konnte.

Während Jan auf die Eingangstür des Hotels zustolperte, sah er sich immer wieder um. Es war dunkel, die Gebäude standen dicht beieinander, Möglichkeiten, sich zu verstecken, gab es mehr als genug. Egal. Darauf konnte er jetzt keine Rücksicht mehr nehmen. Seitdem er ins Wasser gestiegen war, war sicher eine halbe Stunde vergangen und seine Körpertemperatur mittlerweile kritisch.

Er erreichte die Tür und stand vor dem nächsten Problem.

Um diese Zeit war die Rezeption nicht mehr besetzt, und die Tür ließ sich nur mit der codierten Zimmerkarte öffnen. Die Karte steckte in der Innentasche seiner klatschnassen Daunenjacke. Jans Finger waren steif wie Holzstöcke – den Reißverschluss zu öffnen erwies sich als unfassbar schwierig. Es wollte ihm nicht gelingen, den kleinen Anhänger aus Kunststoff zu greifen. Nach mehreren Versuchen gab er es auf, schob seine Hände von unten unter die gesteppte Jacke und drückte sie weit genug hoch, um den Reißverschluss mit dem Mund erreichen zu können. Er nahm den Anhänger zwischen die Vorderzähne und zog den Reißverschluss Stück für Stück auf. Schließlich schob er die Hand in die Tasche und bekam die glatte Plastikkarte zu fassen.

Nicht fallen lassen, warnte er sich still selbst. *Wenn du sie fallen lässt, war's das.*

Tat er nicht, und das Geräusch, mit dem sich das Türschloss öffnete, war das schönste, was er seit Langem gehört hatte.

Ein Blick zurück.

Niemand da.

Rasch huschte Jan in den Vorraum, die Tür fiel hinter ihm zu. Ohne Zögern lief er die Treppe in den ersten Stock hinauf, die Plastikkarte vor sich haltend wie einen heiligen Gral, die Zähne fest aufeinandergebissen in der Hoffnung, es möge sich auf die Finger übertragen, damit er die Karte auf den letzten Metern nicht doch noch fallen ließ.

An der Zimmertür brachte er sie in die Nähe des Sensors, das Schloss klackte, er drückte die Tür mit der Schulter auf und mit dem Fuß zu. Rechts davon befand sich das Bad. Ohne Licht zu machen, taumelte Jan in die Dusche. Indem er beide Handballen an die Drehregler drückte, schaffte er es, das Wasser aufzudrehen. Von seiner Dusche vorhin war noch die Temperatur von knapp vierzig Grad eingestellt. In seiner nassen Kleidung trat er unter den Wasserstrahl und konnte es nicht glauben, wie atemberaubend schön sich die Wärme auf dem Kopf und im Gesicht anfühlte. Dadurch, dass er angezogen und seine Kleidung eiskalt war, dauerte es eine Weile, bis die Temperatur seinen Körper erreichte.

Das galt aber nicht für seine Hände.

Jan wusste, er durfte sie nicht zu schnell aufwärmen, achtete aber nicht darauf, und die Konsequenz war fürchterlich. Unter ungeheuren Schmerzen tauten die Finger auf, selbst als er sie nicht mehr unter das warme Wasser hielt. Jan hätte schreien mögen, hielt sich aber zurück. Er wollte niemanden wecken.

Also ertrug er die Qualen still und genoss es, als die Schmerzen langsam nachließen. Schließlich war er so weit, seine Kleidung abstreifen zu können. Er ließ sie fallen, wo er stand, warf nur den Umschlag von Nelia und seinen eigenen aus der Kabine, duschte nackt noch eine ganze Weile weiter, wollte gar nicht mehr unter dem Wasserstrahl hervortreten. Mit dem Kopf an die Fliesen gelehnt stand er da, unfähig zu denken oder sich zu bewegen. Am ganzen Körper kribbelte es, und seine Zehen zogen mit einiger Verspätung mit immer noch ganz ordentlichen Schmerzen nach.

Schließlich drehte er das Wasser ab, schnappte sich ein Handtuch, und während er sich abtrocknete, ging er hinüber in den Schlafraum, um aus dem Fenster zu spähen.

Die Straße lag verlassen da. Niemand zu sehen.

War er ihnen tatsächlich entkommen?

Noch wollte Jan sich nicht in Sicherheit wiegen. Die Männer hatten offenbar viel zu verlieren, wenn sie das Risiko eingingen, in der Öffentlichkeit einen Menschen zu erschießen. Sie würden nicht so leicht aufgeben, zumal sie an den Spuren am Strand erkannt hatten, dass er sein Bad in der eiskalten Ostsee überlebt und sich an Land geflüchtet hatte.

Einer irrationalen Hoffnung folgend, holte Jan abermals das Ersatzhandy hervor und probierte es aus. Nichts. Die Technik war so tot, wie sie nur sein konnte.

Er hatte Rica versprochen, sich sofort nach dem Treffen zu melden. Sie musste wissen, was passiert war. Er musste wissen, ob es Rica gut ging.

Jan begann wieder zu frieren. Er zog trockene Kleidung an und hüllte sich in die Bettdecke. Auf dem Bett sitzend öffnete er den klatschnassen Umschlag, den die fremde Frau ihm gereicht hatte. Darin fand er Geld. Scheine in allen Größen, sicher ein paar Tausend Euro.

Warum hatte sie Geld zu dem Treffen mitgebracht, wo sie doch Geld für ihre Informationen verlangt hatte? Jans fünftausend Euro waren auch durchnässt und so, wie es von der Menge her aussah, hatte sie ähnlich viel Geld bei sich gehabt.

Das passte doch hinten und vorn nicht.

Jan legte den Umschlag beiseite, zog das hoteleigene Festnetztelefon zu sich heran und wählte Ricas Nummer. Sicher schlief sie längst, und Rica hatte die beneidenswerte Eigenschaft, alles auszublenden und keine Geräusche zu hören, wenn sie erst einmal richtig tief schlief. Selbst aus ihren Albträumen, von denen sie häufig heimgesucht wurde, war sie oft nur schwer zu wecken.

Doch sie ging überraschend schnell ran.

»Ja?«, fragte sie vorsichtig, denn sie kannte die angezeigte Nummer ja nicht.

»Hey, ich bin's. Mein Handy ist im Arsch, ich rufe vom Hotel aus an. Geht es dir gut?«

»Mir ja, aber was ist mit dir?«

»Ist alles klar auf dem Hof?«

»Ja. Ragna passt auf, und du kennst ihn. Wenn etwas nicht in Ordnung wäre, würde er lautstark in den Krieg ziehen.«

Trotz allem musste Jan lächeln, als er sich die beiden vorstellte: die kleine, zarte Rica und der riesige struppige Wolfshund. Und Rica hatte recht. Solange Ragna aufpasste, musste sich niemand Sorgen machen. Ragna hatte tolle Instinkte, war unerschrocken, furchtlos, kannte keine Schmerzen und würde Ricas Leben mit seinem eigenen verteidigen.

Für einen kurzen Moment dachte Jan darüber nach, Rica noch nichts davon zu erzählen, was passiert war, und damit zu warten, bis er wieder auf dem Hof im Hammertal war. Das würde ihr eine Nacht voller Sorgen und Gedanken ersparen.

»Irgendwas ist passiert, ich spüre das«, sagte Rica und nahm ihm die Entscheidung ab.

Ihre Fähigkeit, in ihm wie in einem offenen Buch zu lesen, überraschte Jan immer wieder. Und dazu musste er nicht einmal vor ihr stehen, musste ihr nicht in die Augen schauen, das klappte seltsamerweise auch übers Telefon. Einer seiner Vorgesetzten bei der Polizei hatte in einem Führungsgespräch einmal gesagt, er wisse nie, woran er bei Jan sei, weil er ihn nicht einschätzen könne. Er sei so verschlossen, zeige nie Gefühle. Dieses Problem hatte Rica nicht, und das war ein Teil von dem, was ihre Beziehung ausmachte. Ihre Seelen waren auf eine Art und Weise miteinander verbunden, die andere Menschen nicht nachvollziehen konnten.

»Sag schon«, forderte Rica ihn auf.

Also erzählte Jan ihr, was vorgefallen war. Wie es ihre Art war, hörte Rica ihm schweigend zu und unterbrach ihn nicht, aber er hörte sie immer wieder scharf einatmen.

»Geht es dir jetzt gut? Bist du in Sicherheit?«, fragte sie, als er geendet hatte.

»Ja.«

»Komm zurück!«

»Werde ich.«

»Sofort, nicht erst morgen früh. Von Anfang an hatte ich ein schlechtes Gefühl bei der Sache und ...«

Plötzlich polterte etwas, und einen Moment später begann Ragna so laut zu knurren, dass Jan es durchs Telefon hören konnte.

»Was ist los?«, fragte er.

»Ich weiß nicht ... er ist aufgesprungen, steht jetzt vor der Terrassentür und knurrt.«

»Mach die Außenbeleuchtung an«, sagte Jan. Angst und Sorge schossen zeitgleich mit Blut und Wärme in seinen Kopf.

Er hörte zu, wie Rica barfuß über den Holzboden schlich und schließlich klackend den Lichtschalter betätigte. Vor seinem geistigen Auge sah Jan, wie rund um das Haus die Halogenstrahler aufflammten, die er unter den Dachvorsprüngen installiert hatte. Sie waren für den Notfall gedacht, da sie unglaublich viel Strom fraßen, und wenn sie an waren, konnte man den Hof von unten aus dem Tal sehen – in der Dunkelheit wirkte er dann wie ein landendes Raumschiff.

»Ich kann nichts entdecken«, sagte Rica leise.

Im selben Moment begann Ragna zu bellen.

»Okay, schließ die Vorhänge, hol dir eine Waffe und ruf die Polizei«, sagte Jan drängend. »Geh auf keinen Fall hinaus!«

»Das ist bestimmt nur ein Fuchs oder unser Marder, du weißt doch, wie Ragna ist«, sagte Rica beruhigend.

Das wusste Jan. Dieser Marder war schon vor ihnen auf dem Hof gewesen und betrachtete das Haus offenbar als sein Eigentum. Durch nichts ließ er sich vertreiben, also hatten Rica und Jan ihn als Untermieter akzeptiert – Ragna jedoch nicht. Und es schien so, als habe der Marder Spaß daran, Ragna mit besonders lauten Geräuschen auf sich aufmerksam zu machen. So benutzte er zum Beispiel gern die Fallrohre der Regenrinne, um aufs Dach zu gelangen. Mit quietschenden

Geräuschen seiner Krallen krabbelte er an dem Blech empor. Ragna drehte durch, wenn er das hörte.

So wie jetzt.

»Ich lasse ihn raus, und dann werden wir ja sehen ...«, sagte Rica, und Jan hörte, wie sie den Hebel der Terrassentür umlegte, die in den hinteren Garten hinausführte. Keine zwanzig Meter entfernt begann der Wald. Es war ein abgelegener Hof, auf dem man seine Ruhe hatte, deshalb hatten sie ihn ausgesucht. Andererseits bekam niemand mit, was da oben vor sich ging, und rings um den Hof konnte man sich wunderbar in den Wäldern verbergen.

Jan musste daran denken, wie Rica vor etwa zwei Monaten mit Ragna im Wald joggen gewesen war. Der Hund hatte sich auffällig benommen und Rica den Eindruck gehabt, beobachtet zu werden. Damals waren sie mit dem Fall der nach Umzügen vermissten Teenager beschäftigt gewesen.

Waren die Männer doch nicht Nelia gefolgt, sondern mir?

Erneut schoss Jan die Hitze der Angst in den Kopf.

»Rica!«, rief er ins Telefon.

»Alles okay. Ich glaube, er jagt wirklich den Marder.«

»Okay ... gut ... schließ dich bitte trotzdem ein und hol dir eine Waffe. Ich packe meine Sachen zusammen und sehe zu, dass ich hier wegkomme.«

»Wie kann ich dich erreichen?«

»Ich halte zwischendurch und rufe dich an. Wenn irgendwas sein sollte, setz dich in den Wagen und fahr weg. Fahr einfach herum, so lange, bis ich zurück bin.«

9.

Rica ging zum Wandtresor im Wohnzimmer. Er verbarg sich hinter einem Holzregal mit versteckten Scharnieren, das Jan selbst gebaut hatte. Trotz der zwei Dutzend Bücher, die darauf standen, ließ es sich leicht beiseite klappen. Der Code für die Tür war vierstellig. 22.11. – der Tag, an dem sie sich kennengelernt hatten. Ein entsetzlicher Tag, an dem es Tote gegeben hatte und Blut geflossen war, aber eben auch ein Tag, an dem sich entschieden hatte, dass Rica und Jan weiterleben sollten. Nicht mehr länger jeder für sich, sondern gemeinsam. Beide waren sie ein Stück von dem Abgrund zurückgetreten, der sie fast schon verschlungen gehabt hatte. Mittlerweile spürte Rica den Sog dieses Abgrunds nicht einmal mehr, wusste aber, dass es bei Jan anders war. Er hatte länger und tiefer hineingeblickt und erfahren, was Nietzsche mit seinem Satz »Wenn du lange in einen Abgrund blickst, blickt der Abgrund auch in dich« gemeint hatte.

Niemand wusste, wie wichtig dieses Datum für sie beide war, deshalb war der Code sicher. Im Gegensatz zu ihren Geburtstagen oder dem Tag, an dem sie geheiratet hatten. Daten, die jeder herausfinden konnte.

Rica nahm die Beretta Px4 Storm mit Polymergriffstück heraus, die ihr gut gefiel und mit der sie bei den Schießtrainings mit Jan regelmäßig sehr gute Ergebnisse erzielte.

Rica lud die Beretta. Es war ein gutes Gefühl, vertrieb aber nicht ihre Angst um Jan, der beinahe in der Ostsee ertrunken wäre und nun verfolgt wurde. Sie wäre gern an seiner Seite. Wie eine Klammer legten sich Furcht und Sorge um ihren

Brustkorb, verstärkt noch durch Ragnas Verhalten. Klar, es könnte am Marder liegen – aber auch an etwas anderem.

Mit der Waffe in der Hand lief sie durch das Untergeschoss ihres großen alten Bauernhofs und sah durch jedes Fenster hinaus. Die Flutlichter gewährten ihr vier bis fünf Meter Sicht – dahinter stand die Dunkelheit wie eine unüberwindliche Mauer. Aus dem Küchenfenster sah sie Ragna in gestrecktem Lauf über das Grundstück hasten und wie einen Geist in dieser Mauer verschwinden. Angst kannte der Hund nicht, auf Schmerzen reagierte er nur mit einem Kopfschütteln, noch nie hatte sie ihn winseln oder jaulen hören, es sei denn, er bettelte um Futter.

Irgendwann hatte Rica die Entscheidung getroffen, sich nicht von ihren Ängsten beherrschen zu lassen. Deswegen verschwanden sie nicht, so leicht ließ sich dieser Kampf nicht gewinnen, aber die Entscheidung und der feste Wille, sich durchzusetzen, verdrängten die Ängste von der Bühne des Tages in den Backstagebereich der Nacht. Dort wüteten sie zeitweise umso heftiger, doch damit konnte Rica leben.

Vor jedem Fenster, das sie kontrolliert hatte, zog sie den Vorhang zu. Dann ging sie ins Obergeschoss hinauf, wo sich Bad, Schlafzimmer und ihr Büro befanden. Vom Erkerfenster des Büros aus hatte man tagsüber einen fantastischen Blick bis hinunter ins Tal. Rica stellte sich vor, dass in diesem Moment in einem der Häuser dort unten ebenfalls jemand am Fenster stand und zu ihrem hell erleuchteten Hof hinaufsah. Würde sich dieser Jemand Sorgen machen wegen der Lichter? Jan und Rica waren Fremde, waren das merkwürdige Pärchen oben am Berg. Der mit seinem langen Haar leicht wild und auf den ersten Blick nicht unbedingt sympathisch wirkende Mann mit der viel jüngeren Frau mit der dunklen Haut – ein Paar, wie man es selten sah. Im besten Fall weckten sie Interesse, öfter aber Argwohn oder sogar Furcht. Außer bei Norbert, ihrem nächsten Nachbarn, der gerne auf Ragna aufpasste, wenn sie ihn nicht mitnehmen konnten.

Niemand wusste so richtig, was sie taten, womit sie ihr Geld verdienten, woher sie kamen, warum sie es vorzogen, so abgelegen zu leben. Nach einem der wildesten Gerüchte, das Rica zu Ohren gekommen war, gehörten sie zu einer Sekte und veranstalteten hier oben wilde Orgien.

Dass Jan nicht gerade der zugänglichste Mann war, befeuerte solches Gerede noch. Jan war groß, beinahe zwei Meter, hatte langes, dunkles Haar, das er meist zu einem Zopf gebunden trug, dazu in der Regel einen Dreitagebart. Außerdem war er kräftig und wirkte ein wenig derb, sein Blick war meistens streng und abschätzend, überall sah er Gefahren, die es einzuschätzen galt. Jan war die deutsche Variante des US-amerikanischen Schauspielers Jason Momoa, allerdings ohne dessen gewinnendes Lächeln.

Niemand wusste, wie es in seinem Inneren aussah.

Nur Rica.

Und ein bisschen der Bremer Kommissar Olav Thorn, der zu einem guten Freund geworden war.

Sie beide wussten um die Ehrlichkeit, den Humor, die Verletzlichkeit, die Empathie, alles verborgen hinter einer schützenden Mauer. Diese Mauer existierte nicht, weil er seine Seele verbergen wollte, sondern um zu retten und zu schützen, was an guten Eigenschaften erhalten geblieben war. Nach allem, was er erlebt und getan hatte, war es nicht selbstverständlich, dass überhaupt etwas erhalten geblieben war.

Rica wusste auch um die dunkle Seite, die es in Jan gab. Um den ständigen Kampf beider Seiten, und nicht immer gewann das Gute. Jan tat, was getan werden musste, und er neigte zur Selbstjustiz, weil er gelernt hatte, dass die staatliche Justiz oft genug die gefährlichsten Individuen laufen oder sie gewähren ließ, bis es zu spät war.

Rica liebte ihren Mann so, wie er war.

Und sie wusste, sie war die Einzige, die ihn vor dem Abgrund bewahren konnte. Das war eine große Last für eine kleine Frau. Wie gut, dass sie die Stärkere von ihnen beiden war.

Rica löste sich von dem Bürofenster und ging ins Bad. Das Fenster dort wies auf den hinteren Teil des Grundstücks hinaus. Bis zum Wald hin verliehen die Strahler der leichten Schneeschicht einen silbrigen Anstrich, bevor das Licht seinen Meister fand. Nach Sonnenuntergang war die Temperatur sofort unter null gesunken, die Feuchtigkeit des Tages gefroren.

Rica überlegte, ob die Trittspur darin von ihr stammte.

Bevor es dunkel geworden war, war sie noch einmal mit Ragna draußen gewesen, hatte Holzscheite für den Kaminofen hereingeholt und für einen Moment die klare, kalte Luft genossen.

Sie konnte sich nicht erinnern, ob sie dabei über das Schneefeld gelaufen war, möglich war es. Nur: Von hier aus wirkten die Abdrücke viel größer, als es ihre Füße waren. Die Spur führte am Waldrand entlang, ohne dass Rica erkennen konnte, woher sie kam.

Sie hob ihr Handy, um Jan anzurufen, hielt dann inne.

Er war ja nicht erreichbar.

Es war sicher schlimm gewesen auf der Seebrücke. Details hatte Jan nicht erzählt, aber das musste er auch nicht. Wieder einmal hatte er aus nächster Nähe miterleben müssen, wie eine Frau getötet wurde, die sich mehr oder weniger auf ihn verlassen hatte. Rica konnte nur erahnen, welche Stürme gerade in seinem Inneren tobten. Deswegen war es so wichtig, dass er sofort nach Hause zu ihr kam und nicht noch eine Nacht dort verbrachte. Stunden, in denen sich Gedanken verfestigen konnten, die nicht gut für ihn waren.

Scheiße, dachte Rica. *Ich hätte doch mitfahren sollen.*

Jetzt war es zu spät. Jetzt blieb ihr nur, zu reparieren, was noch zu reparieren war.

Das Telefon vibrierte in dem Moment, als sie es sinken lassen wollte.

»Alles gut bei dir?«, fragte ihr Mann.

»Ragna scheucht die wilden Tiere zurück in den Wald und hat auch noch Spaß dabei ... Hier ist alles in Ordnung. Wo bist du?«

»Beim Wagen, ich fahre gleich los. Hier gibt es tatsächlich noch eine Telefonzelle.«

»Geht es dir gut?«

»Ich friere von innen heraus, egal, wie dick ich mich anziehe ... aber ja, es geht mir gut.«

Jan hatte noch nie gesagt, dass es ihm schlecht ging. Mit Worten fand man das bei ihm nicht heraus. Es gab eine Ebene der Kommunikation zwischen ihnen, die von Beginn an da gewesen war und ohne Worte funktionierte. Blicke, Gesten, Mimik reichten – und darüber hinaus noch etwas Unerklärliches. Es musste auf chemischen Botenstoffen basieren, vermutete Rica, denn sie glaubte wirklich, sein Inneres sprechen hören zu können.

»Und die Angreifer?«, fragte sie.

»Ich habe keinen mehr gesehen von denen.«

»Hast du die Polizei informiert?«

Jan ließ einen Augenblick vergehen, bevor er antwortete. »Nein ... niemand kann der Frau helfen, sie ist tot. Und ich kann nicht oder nur schwer erklären, was ich hier wollte, wer sie getötet hat ... Man würde mich verdächtigen. Ich habe hier keine Spuren hinterlassen, weder digital noch sonst wie, auch nicht über das Hotelzimmer. Ich komme zurück, und dann finden wir beide zusammen raus, was hier läuft.«

»Ja, das werden wir. Auf die Art können wir am meisten für diese Frau tun ... indem wir herausfinden, was sie wusste. Komm zurück.«

»Mach ich. Ich melde mich zwischendurch.«

»Fahr vorsichtig.«

»Ich dich auch.«

Dann legte er auf. »Fahr vorsichtig« war ein Synonym für »Ich liebe dich«, und genauso benutzen sie beide es auch.

Jan hatte eine Fahrtzeit von mindestens sechs Stunden vor sich, und da Rica nicht vorhatte, sich schlafen zu legen, während ihr Mann durch die Nacht raste, entschied sie, sich an den PC zu setzen.

Aber vorher musste Ragna zurück ins Haus.

Er könnte ihr oben unter dem Schreibtisch die Füße wärmen.

Rica öffnete die Vordertür, trat auf die Veranda hinaus, ging bis an die Balustrade vor, legte zwei Finger zwischen die Lippen und stieß ein lautes Pfeifen aus. Das war das ultimative Signal für Ragna, er kam immer, wenn sie pfiff, ganz egal, was er gerade Wichtiges zu erledigen hatte.

Diesmal kam er nicht.

Auch nicht nach dem zweiten und dritten Pfiff.

Sie wusste, sie musste nicht nach Ragna rufen, da er den Pfiff viel besser hörte und verstand, tat es aber trotzdem.

Er bellte nicht einmal.

Es war schon vorgekommen, dass sein Jagdtrieb ihn weit in den Wald hineingezogen hatte. Bisher war es ihnen nicht gelungen, ihm das völlig abzutrainieren, aber das letzte Mal lag schon so lange zurück, dass Rica sich kaum noch daran erinnerte.

Nachdem ihr Ruf verhallt war, senkte sich vollkommene Stille über den Hof. Rica hörte ihre eigenen Atemgeräusche, ihren Herzschlag, irgendwo im Wald das Knacken eines Zweiges.

Plötzlich fühlte Rica sich auf der Veranda wie auf einem Präsentierteller, denn natürlich machte das grelle Licht der Scheinwerfer eine Bühne daraus, auf die man von den Logenplätzen am Hang und ihm Wald hervorragende Sicht hatte.

Noch einmal rief sie nach ihrem Hund.

Keine Reaktion.

Rica bekam es mit der Angst zu tun. Vielleicht war es doch besser, wenn sie sich in den Wagen setzte und davonfuhr.

Rückwärts schob sie sich auf die Haustür zu, behielt die Umgebung im Blick und hob die Beretta in Schussposition.

Dann drehte sie sich um, wollte zurück ins Haus, prallte auf der Türschwelle aber mit einer Gestalt zusammen.

KAPITEL 2

1.

Isabell Stoll, von allen, die sie kannten, nur Issy genannt, hörte unbekannte Stimmen. Das war an sich schon ungewöhnlich, an einem Samstag aber ganz besonders. Das Wochenende war heilig, diente allein der Familie, Besuch wurde im Grunde nur am Sonntagnachmittag geduldet, und auch dann von Papa nur ungnädig akzeptiert.

Ein Blick auf die Uhr: Es war erst zehn nach acht!

Issy schlug die Decke beiseite und schwang die Beine aus dem Bett. Der Fußboden war kalt, wie immer. Papa war die Ausgeburt der Sparsamkeit und konnte es selbst jetzt, im Oktober, nicht lassen, die Zentralheizung nachts auf Frostschutz herunterzufahren. Seine Begründung dafür wechselte zwischen »Ich werf den Saudis doch nicht mein sauer verdientes Geld in den Rachen« und »Zieh dich warm an, beweg dich, dann ist dir auch nicht kalt«.

Direkt am Fenster spürte Issy die kühle Außenluft an Wangen und Nase. Ihr Atem kondensierte am Glas, trotzdem sah sie den fremden Wagen, der vor ihrem Grundstück am Straßenrand parkte. Ein blauer Passat, schmucklos, langweilig, mit einer Schmutzschicht an den Radkästen. Das Unscheinbare des Wagens flößte ihr Angst ein.

Das Kennzeichen war aus Oldenburg, also kamen die Leute von hier.

Barfuß eilte sie über den Parkettboden zur Tür, öffnete sie einen Spalt und lauschte. Tatsächlich: Unten im Flur sprach jemand, den sie nicht kannte. Zwischendrin hörte sie die leise Stimme ihrer Mutter. Mama war immer als Erste auf, auch an den Wochenenden. Dann holte sie Brötchen, die es nur samstags und sonntags gab, und bereitete das Frühstück vor, bevor der Rest der Familie aus den Federn kroch.

Issy zog sich hastig eine Jogginghose über die Schlafshorts und eine Kapuzenjacke über das Shirt, dann warf sie einen Blick in den runden Spiegel über dem Schminktisch. O Gott, nein! Wer immer da gekommen war, so konnte sie nicht hinuntergehen! Selbst für die Zeugen Jehovas, die regelmäßig alle paar Wochen versuchten, die braven, hart arbeitenden Menschen zum wahren Glauben zu bekehren, war ihre Frisur eine Zumutung. Issy hatte das dichte, dicke Haar ihrer Mutter geerbt, während ihr Vater schon seit dem vierzigsten Lebensjahr mit einer Halbglatze herumlief.

Sie nahm ein Gummiband und knebelte die widerspenstige Pracht zu einem Pferdeschwanz. Dann rieb sie sich den Schlaf aus den Augen und verließ ihr Zimmer. Sie wusste, es waren nicht die Zeugen Jehovas, denn die würde ihre Mutter nicht hereinbitten. Nicht weil sie unhöflich war, sondern weil im Hause Stoll der Glauben Privatangelegenheit war. Da hatte niemand reinzureden. Eifrige Bekehrer schon gleich gar nicht. Mama trat diesen Menschen eher gleichmütig entgegen, während Papa, entsprechende Laune vorausgesetzt, auch mal laut werden konnte.

Auf halber Treppe kam ihr Mama entgegen.

Sie war vollständig angezogen, trug sogar Straßenschuhe und hatte ihre Handtasche dabei – wahrscheinlich war sie bereits beim Bäcker gewesen. Das würde jedenfalls erklären, warum die Besucher nicht geklingelt hatten. Mama musste ihnen auf der Straße begegnet sein.

Ihre Augen waren schreckgeweitet.

»Mama ... was ist los? Wer ist das?«, fragte Issy.

Eine Hand an das Geländer geklammert, blickte ihre Mutter

zu ihr auf. Ihre Unterlippe zitterte, und sie brauchte einen Moment, um das Unaussprechliche auszusprechen.

»Die Polizei ...«, sagte sie. »Kriminalpolizei ... sie sind wegen David hier.«

»David? Wieso?«

Dabei wusste Issy instinktiv, dass etwas Schlimmes passiert sein musste. Sie hatte sich nie Gedanken oder Sorgen darüber gemacht, dass ihrem Papa oder ihren Cousins und Onkeln etwas zustoßen könnte – das lag schlicht nicht im Bereich des Vorstellbaren. Alle waren Männer, die dem alten Rollenbild verhaftet waren. Hart und herzlich traf es gut. Ihr Humor war derb, sie diskutierten nicht, sie stritten, sie schlichteten nicht, sie prügelten, und wenn jemand ihre Hilfe brauchte, der sie ihrer Meinung nach verdient hatte, standen sie parat. Sie waren Machos und fühlten sich wohl dabei, kein Anlass, darüber nachzudenken oder gar etwas zu ändern.

David war anders – und hatte es dadurch schon immer schwer gehabt. Und immer schon war bei Issy diese unterschwellige Sorge mitgeschwungen, sie könne ihn eines Tages verlieren. Es klang unfair und war ungerecht den anderen gegenüber, aber David war der Einzige, ohne den sie nicht leben konnte. Sie hatten eine besondere Verbindung, waren mehr Seelenverwandte als Geschwister, und es hatte Issy sehr wehgetan, als David für sein Studium ausgezogen war. Nicht weit weg, nur nach Vechta, eine knappe Stunde mit dem Auto entfernt, er hätte auch pendeln können, aber so war es für David leichter – auch wegen Papa.

»Ich weiß es nicht ... ich soll Papa holen, haben sie gesagt.«

Mama stieg zwei Stufen hinauf, und die beiden nahmen sich kurz in die Arme.

»Bestimmt nichts Schlimmes«, sagte Mama und lächelte gequält, dann ging sie weiter, um Papa zu wecken.

Issy stieg die Treppe hinunter. Sie wusste es besser. Wenn an einem Samstag um zehn nach acht die Kriminalpolizei vor der Tür auftauchte, musste es schlimm sein.

Mit klopfendem Herzen betrat sie das Wohnzimmer.

Zwei Personen standen darin. Ein Mann, eine Frau. Er um die sechzig, grau, blass, vogelscheuchendürr und groß. Sie vielleicht Anfang vierzig, vital, sportlich, auf den ersten Blick sympathisch. Er trug einen Anzug mit einem wollenen Mantel darüber, sie Jeans, Stiefel und eine gefütterte Jacke im Holzfällerstil. Er schaute drein wie ein geprügelter Hund, sie lächelte mitfühlend.

»Ich bin Issy ... Isabell ... Davids kleine Schwester. Was ist denn passiert?«

Die beiden Kriminalbeamten stellten sich vor. Der Mann hieß Kolk, wie der Rabe, aber ohne Rabe, führte er umständlich aus, verschwieg aber seinen Vornamen. Sie hieß Maja Krebsfänger.

»Wir würden gern warten, bis Ihr Vater da ist«, sagte die Beamtin.

»Sie machen mir Angst! Ist David etwas zugestoßen?«

Kolk presste die ohnehin schmalen Lippen zusammen und sah zu Boden. Maja Krebsfängers Gesicht wurde ernst.

»Wann haben Sie Ihren Bruder zuletzt gesehen?«, fragte sie.

»Das war ... Moment, ich glaube, vor einer Woche. Ja, genau, Sonntag vor einer Woche. Wir waren zusammen in der Kirche, er hatte einen Auftritt mit dem Kirchenchor.«

Über ihnen polterte es, und die Blicke der Kriminalbeamten gingen zur Decke. Das Poltern wanderte bis zur Treppe und dann die Stufen hinunter, einen Moment später tauchte Issys Vater im Türrahmen auf. Er hatte sich nicht die Mühe gemacht, einen Blick in den Spiegel zu werfen oder sich gar etwas anzuziehen. Heinz Stoll trug seine übliche zerknitterte blaue Pyjamahose und ein weißes Unterhemd. Das wenige verbliebene Haar an den Seiten seines quadratischen Kopfes stand waagerecht zu den Seiten ab, über Nacht war aus den Bartstoppeln ein Dreitagebart geworden.

»Was ist hier los?«, blaffte er und stemmte die Fäuste in die Hüften.

Issy trat einen Schritt zurück, damit die Beamten sich ihrem Vater vorstellen konnten. Papa verlangte die Dienstausweise zu sehen. Da könne ja sonst jeder kommen, sagte er, und Issy fühlte sich peinlich berührt.

»Ihr Sohn David wird vermisst«, sagte schließlich Kommissar Kolk.

»Vermisst?«, echote Issy erschrocken. »Seit wann?«

Ihr Papa legte die Stirn in Falten. »Und wer vermisst ihn?« Das klang anders, als er es meinte. Er merkte es selbst und schob nach: »Ich meine, wer hat ihn vermisst gemeldet?«

»Sein Arbeitgeber«, erklärte Kolk.

»Wieso Arbeitgeber? Er studiert. Der erste Stoll an der Uni, und dann Religionswissenschaften«, sagte Issys Vater nicht ohne Spott. Er hätte es gern gesehen, wenn sein Sohn Maschinenbau oder Architektur oder so etwas studiert hätte, für Geisteswissenschaften hatte er nichts übrig. In seinen Augen war so ein Studium Zeitverschwendung.

»Ihr Sohn hat in der vergangenen Nacht für einen Pizzalieferdienst gearbeitet und ist von einer Auslieferungsfahrt in der Nähe von Vechta nicht zurückgekehrt. Das Fahrzeug wurde verlassen in einem Waldstück gefunden.«

»Pizza! Was zum Teufel ...?«

Issys Mama schob sich von hinten an ihrem Mann vorbei und legte ihm eine Hand auf die Schulter. Da sie klein und rundlich war, musste sie sich ein wenig strecken. »David verdient sich etwas dazu, schon seitdem er das Studium begonnen hat.«

»Und warum weiß ich das nicht?«, polterte er.

»Können wir uns vielleicht irgendwo hinsetzen und uns unterhalten?«, mischte sich Maja Krebsfänger ein. »Die Sache ist ziemlich verwirrend, und wir wissen noch nicht, wo wir ansetzen sollen, deshalb müssen wir mit jedem sprechen, der David kennt.«

Sie setzten sich an den großen Tisch im Wohnzimmer, der nur zu Feiertagen und Geburtstagen gedeckt wurde. Mama kochte für alle Kaffee, Issy ging kurz ins Bad, und Papa nutzte die Zeit, um sich anzuziehen. Als er zurückkehrte, wirkte er überfordert. Mit einer solchen Situation kannte er sich nicht aus. Hier war er nicht der Boss, wie er es als Chef seiner eigenen kleinen Baufirma gewohnt war, wo alle seine Meinung schätzten und respektierten.

Kommissarin Krebsfänger übernahm es, der Familie zu berichten, was sie wusste. Viel war es nicht.

David hatte abends zuvor pünktlich um achtzehn Uhr seinen Nebenjob als Pizzalieferant bei Rocket Pizza in Vechta angetreten. Nach einigen Touren war er in ein auswärts gelegenes Gewerbegebiet gerufen worden, wohin er Pizzen für eine Party liefern sollte. Niemand wusste, ob er dort angekommen war. Die Daten des von der Pizzeria zur Verfügung gestellten Handys waren angefordert, ebenso die von seinem privaten Handy. Sobald sie zur Verfügung standen, wüsste man, ob er überhaupt an der Lieferadresse eingetroffen war. Dabei handelte es sich um eine leer stehende Gewerbehalle. Fünfzehn Kilometer entfernt war in den Morgenstunden der Wagen gefunden worden, mit dem David ausgeliefert hatte – und zwar von einem anderen Fahrer des Lieferdienstes. Als klar gewesen war, dass mit David etwas nicht stimmte, hatte man zwar auch die Polizei informiert, aber vorher eine Suche organisiert, an der sich alle Fahrer beteiligt hatten, die eigentlich in den Feierabend gehen wollten.

»Nach einer ersten Sichtung gab es in dem Wagen keine Auffälligkeiten, aber er wird natürlich noch von der Spurensicherung genauer untersucht werden. Je nachdem, wie sich die Sache entwickelt ...«, endete die Kommissarin.

»Was heißt das?«, fragte Issy.

»Wir wissen nicht, ob ein Verbrechen vorliegt, auch wenn vieles darauf hindeutet.«

»Sie fangen also erst an zu ermitteln, wenn ein Pilzsammler die Leiche findet?«

Das klang frecher, als Issy es gewollt hatte. Unter dem erschrockenen Blick ihrer Mutter zuckte sie zusammen und starrte dann in ihre Kaffeetasse.

»Wir ermitteln ja schon, sonst wären wir nicht hier«, erwiderte Maja Krebsfänger ungerührt. »Der Inhaber der Pizzeria beschreibt David als sehr zuverlässig, er kann sich nicht vorstellen, dass er den Wagen einfach zurücklassen würde ... zumal nicht verriegelt und mit dem Schlüssel im Zündschloss. Außerdem ...«

Issy hielt den Atem an, als die Kommissarin eine kleine Pause machte.

»Außerdem befand sich die Geldbörse mit den Einnahmen der in bar bezahlten Pizzen noch im Wagen. Ein Raubüberfall war das also auch nicht ... Es ist alles etwas rätselhaft, deshalb hoffen wir, dass Sie uns weiterhelfen können.«

»Wie?«, fragte Issys Vater.

»Nun, es gibt zwei Möglichkeiten«, übernahm Kolk. »Entweder ist Ihr Sohn freiwillig verschwunden oder eben nicht. Im ersten Fall müsste es vorher Änderungen in seinem Verhalten gegeben haben. War er genervt oder deprimiert, gab es

Schwierigkeiten an der Uni oder finanzielle Probleme? Wie sieht es mit Beziehungen aus? Hat er einen festen Freund?«

Issy schoss Hitze in den Kopf, und sie spürte ihre Wangen erröten. Ihr war sofort klar, dass jemand aus der Pizzeria der Polizei Davids sexuelle Ausrichtung verraten hatte. Ihre Mutter schloss für einen Moment die Augen, weil sie wusste, was jetzt passieren würde. Es dauerte drei Sekunden, bis die Bedeutung der letzten Frage bei Papa ankam.

»Festen Freund«, stieß er tonlos aus und sah zuerst den Kommissar und dann seine Frau an.

Ihre Mutter war stark genug, seinem Blick zu begegnen, bevor sie sich an den Kommissar wandte. »Nicht dass wir wüssten«, sagte sie. »Oder hat er dir etwas erzählt, Issy?«

Issy war geschockt, auf welche Art und Weise das größte Geheimnis innerhalb der stolzen Stoll-Familie aufgedeckt wurde. Nur Mama und sie selbst wussten davon, und sie hatten es für sich behalten, weil David das so wollte. Issy war oft genug nahe dran gewesen, ihrem Papa oder ihren Cousins die Meinung zu geigen und es ihnen zu erzählen, wenn sie wieder einmal ihre abfälligen Bemerkungen über Schwule machten.

»Issy?«, fasste Mama nach. Alle Blicke waren auf sie gerichtet.

»Vielleicht«, antwortete sie. »Es gibt da jemanden, der sich für ihn interessiert.«

»DAVID IST SCHWUL?«, platzte es auf exakt die Art aus Papa heraus, die Issy befürchtet hatte. Obwohl es mehr als genug Anzeichen gegeben hatte, hatte er das offenbar nicht für eine Sekunde in Betracht gezogen. Man durfte die Macht der Ignoranz nicht unterschätzen, besonders, wenn das Weltbild eng und eingeschränkt war.

Den beiden Kommissaren war natürlich klar, was da gerade passierte. Kolk war peinlich berührt, während Maja Krebsfänger sich auf Issy konzentrierte und ihren kochenden Vater ignorierte.

»Können Sie uns einen Namen nennen?«, fragte sie.

»Leif«, antwortete Issy. »Aber mehr weiß ich nicht. Letzten Sonntag, in der Kirche, hat David mir erzählt, dass es jemanden gibt, der sich für ihn interessiert und ...«

»Schluss damit!«, brüllte ihr Papa dazwischen. »So etwas will ich in diesem Haus nicht hören!«

»Dann geh raus.« Die Stimme ihrer Mutter war tonlos, fast kalt, und fest, gleichzeitig zitterten ihre Hände. Sie hob den Blick und sah ihren Mann an. Issy hatte noch nie zuvor einen solchen Ausdruck in ihren Augen gesehen. Ihr Vater wohl auch nicht. Mit offenem Mund saß er da und schluckte hinunter, was er hatte hinausbrüllen wollen.

»Und wenn du gehst, dann komm nicht wieder«, fuhr ihre Mutter fort. »Oder bleib sitzen und hör dir an, was hier besprochen wird, ohne uns zu unterbrechen.«

Die Luft knisterte. Für den Moment war aber Ruhe. Ihr Vater wusste sehr genau, wann er seiner Frau besser nicht widersprechen sollte. Es gärte in ihm, keine Frage, und seine Gedanken kreisten nicht darum, was seinem Sohn passiert sein könnte, sondern was ihm gerade passierte. Was ihm angetan wurde.

»Issy«, sagte ihre Mutter. »Sprich weiter.«

Der Kloß in ihrem Hals ließ sich nur schwer herunterschlucken, und sie vermied es, ihren Vater anzusehen. »David hat gesagt, er sei nett und attraktiv und studiere Psychologie an derselben Uni. Gelaufen ist bei den beiden aber noch nichts, so ein Typ ist David nicht. Er hat einen festen Glauben, das schließt die große Liebe mit ein. Falls Sie also denken, nur weil er schwul ist, hat er dauernd wechselnde Sexualpartner, sind Sie auf dem Holzweg.«

»Niemand denkt das«, beschwichtigte Maja Krebsfänger.

Ob das so war, zweifelte Issy zumindest bei Kommissar Kolk an, ließ es aber dabei bewenden. Sie kannte die Vorurteile und die Unfähigkeit der meisten Menschen, ihr Denken zu überprüfen – schließlich war ihr Vater das beste Beispiel dafür. Reflexion war für ihn, wenn das Sonnenlicht vom Lack seines neuen Mercedes zurückgeworfen wurde.

»Mehr weiß ich nicht«, sagte Issy. »David hat den Nachnamen nicht erwähnt.«

»Damit finden wir ihn, der Vorname Leif ist ja sehr selten«, sagte Maja Krebsfänger und lächelte aufmunternd. »Ist Ihnen sonst noch etwas an Davids Verhalten aufgefallen? Mein Kollege hat ja gerade schon erklärt, worauf wir hinauswollen.«

Issy schüttelte den Kopf. »David würde niemals einfach so verschwinden. Auf keinen Fall! Er war sicher nicht immer glücklich, das nicht, aber auch nicht depressiv oder so. Wenn Sie also an einen Suizid denken, auch das können Sie vergessen. Dafür ist er nicht der Typ. David ist sehr religiös.«

»Welcher Kirchengemeinde gehört er an?«, fragte Kolk.

»Der hiesigen evangelischen Kirche«, antwortete ihre Mutter. »Und ich schließe auch aus, dass David einfach verschwinden würde. Ihm muss etwas zugestoßen sein.«

»Hat er Feinde?«, fragte Kolk.

Issy schüttelte den Kopf, zeitgleich mit ihrer Mutter.

»Gestatten Sie mir eine Frage«, sagte Maja Krebsfänger an Issys Mutter gewandt. »Ich habe den Eindruck, Sie und Ihre Tochter kennen David am besten. Wer von Ihnen beiden steht ihm näher ... wenn Sie das überhaupt sagen können.«

»Ich nehme an, Issy. Seit sie auf der Welt ist, sind die beiden quasi unzertrennlich.«

Ihre Mutter blieb stark, aber Issy traten jetzt Tränen in die Augen.

Die Krebsfänger wandte sich nun direkt an sie, drehte den anderen dabei sogar den Rücken zu, also wolle sie sie von der nächsten Frage ausschließen. »Meine Fragen mögen Ihnen merkwürdig vorkommen, und vielleicht ärgern sie Sie auch, aber glauben Sie mir, sie sind wichtig und helfen uns, herauszufinden, was passiert ist. Alles, was wir tun, tun wir, um Ihrem Bruder zu helfen.«

»Fragen Sie!«, sagte Issy und spürte eine Träne über ihre Wange rollen.

»Nimmt Ihr Bruder Drogen?«

Issy hörte ihren Vater scharf Luft einatmen, beachtete ihn aber nicht.

»Wir haben zusammen Gras geraucht«, sagte Issy wahrheitsgemäß. »Vor drei oder vier Monaten ... in seiner Wohnung. Ich wollte es unbedingt einmal ausprobieren, und David kannte jemanden, der es ihm besorgen konnte.«

»Okay, danke. Wer hat ihm das Gras besorgt?«

»Das weiß ich nicht.«

»Hatte David vor jemandem Angst?«

Issy schüttelte den Kopf. »Er hat nichts dergleichen gesagt.«

»Schuldete er jemandem Geld?«

»Das weiß ich nicht.«

»Hatte er einen festen Freund, von dem er sich getrennt hat?«
»Nein.«

»Wissen Sie, wo in den sozialen Netzwerken David aktiv war und unter welchen Namen? Vielleicht ein Pseudonym oder mehrere?«

Issy nickte. »Weiß ich. Ich kann es Ihnen an meinem Handy zeigen.«

»Hattet ihr Kontakt über WhatsApp oder so?«

»Ja. Gestern Nachmittag zuletzt. Da hat er mir von seiner Nachtschicht geschrieben und ...«

»Ja?«

»Na ja … wir haben uns darüber ausgetauscht, wie beschissen Papa sich aufgeführt hat … das hat ihn sehr beschäftigt.«

Heinz Stoll schlug mit der Hand auf den Tisch und stand abrupt auf. »Jetzt reicht's aber. Den Scheiß hör ich mir nicht länger an.«

2.

Tiefgrau und schwer hing die Wolkendecke über dem Hammertal, als Jan seinen Wagen die ansteigende Straße hinauflenkte. Es ging auf fünfzehn Uhr zu, die Rückfahrt hatte um ein Vielfaches länger gedauert als geschätzt.

Jan hatte sich vorgenommen gehabt, durchzufahren, aber sein Körper hatte ihm einen Strich durch die Rechnung gemacht. Es war ein Fehler gewesen, die Heizung in dem Mietgolf voll aufzudrehen, aber irgendwie hatte er die tief in seinem Inneren steckende Kälte vertreiben müssen. Im Ergebnis war dabei eine Form von Müdigkeit herausgekommen, die Jan so nicht kannte. Aller Kampf war vergebens gewesen, auch das Herunterlassen der Fenster hatte nichts gebracht. Immer wieder waren ihm die Augen zugefallen, und das bei Tempo hundertvierzig. Schließlich war er aus einem Sekundenschlaf geschreckt und hatte auf das Heck eines Vierzigtonners geblickt. Wie ein Hochhaus ragte es vor ihm auf, und Jan wusste, er hatte keine Chance, sein Leben würde auf der Autobahn enden. Aber seine Reflexe waren überraschend gut, und die Bremsen des Golfs noch besser. Weniger als ein halber Meter hatte für einen Zusammenstoß gefehlt.

Da hatte Jan begriffen, dass er nicht weiterfahren durfte, und den Mietwagen an die nächste Raststätte gelenkt. Abseits der beleuchteten Flächen hatte er sich eine Parknische gesucht, den Sitz nach hinten geschoben, die Rückenlehne abgesenkt und war auf der Stelle eingeschlafen. Vorgenommen hatte er sich, vielleicht eine oder zwei Stunden zu schlafen – mehr sollte in dieser unbequemen Haltung ohnehin nicht möglich sein. Doch er war so ausgepumpt, dass er sechs Stunden geschlafen hatte, ohne auch nur ein einziges Mal aufzuwachen. Es war neun Uhr vorbei, als er in der Raststätte telefonieren wollte, aber Rica war nicht ans Telefon gegangen. Weder an den Festnetzanschluss noch an ihr Handy. Später, als er nur noch eine Stunde vom Hammertal entfernt gewesen war, hatte er es von dem Autovermieter aus, bei dem er den Golf abgegeben und seinen Defender übernommen hatte, nochmals versucht, aber wieder war Rica nicht erreichbar gewesen.

Und so war seine Sorge übermächtig, als er die letzten Meter zurücklegte.

Ihm wollte kein plausibler harmloser Grund einfallen, warum Rica nicht ans Telefon ging.

Nacken- und Armmuskulatur waren vollkommen verspannt, in seinem Kopf pochte es, sein Hals schmerzte, außerdem fühlten sich trotz der aufgedrehten Heizung Füße und Hände immer noch eiskalt an. Seitdem sie sich kannten und liebten, schwang bei Jan stets latente Sorge um seine Frau mit. Nicht die Art von Sorge, die sich jeder Liebende machte; vor einem Autounfall oder einer schweren Krankheit vielleicht. Bei ihm war sie konkreter, denn er hatte Rica aus den Fängen von Menschenhändlern befreit, Männern, die Frauen zum Zwecke der Prostitution nach Europa verschleppten. Je weiter das Land entfernt war, aus dem die Frauen stammten, umso besser, denn dann waren sie hilflos ihren Entführern ausgeliefert. Rica hatten sie aus der Karibik nach Deutschland geholt.

Diese Männer vergaben nicht. Sie konnten es nicht durchgehen lassen, eine ihrer Gelddruckmaschinen einfach so zu verlieren, und in diesem besonderen Fall hatte Jan auch noch einen von ihnen getötet. Sie wussten wahrscheinlich nicht, dass er es gewesen war, aber sobald sie Rica ausfindig machten, und sei es nur durch einen dummen Zufall, würden sie sich rächen.

War es jetzt so weit?

Hatten sie sie gefunden?

Alle möglichen und unmöglichen Gedanken waren Jan während der langen Rückfahrt von Grömitz durch den Kopf gegangen. Einer davon war, dass er möglicherweise absichtlich weggelockt worden war, damit sie an Rica herankamen.

Jan nahm die letzte Kurve, dann konnte er den Hof sehen. Er lag am Talschluss, die Straße endete dort, dahinter ragten bewaldete Hügel auf. Aus der Entfernung von zweihundert Metern konnte Jan nichts Verdächtiges erkennen. Er gab ein bisschen mehr Gas, aber nicht viel, die Straße war schmal und kurvenreich und der Defender kein Rennwagen. Zudem ging es links einige Meter tief ins Bachbett hinunter, und Leitplanken gab es hier nicht.

Nachdem er die kleine Betonbrücke überquert hatte, steuerte er den Defender die letzten Meter bis zur Hofeinfahrt und stellte ihn ab. Zuvor hatte er das Fenster einen Spaltbreit geöffnet, um besser hören zu können. Noch bei jeder Rückkehr, und sei es nur vom Einkaufen gewesen, hatte Ragna ein gebührendes Spektakel geboten. Dabei unterschied er deutlich zwischen dem Defender und fremden Fahrzeugen – gegen die zog er in den Krieg.

Jetzt war es still.

Erschreckend still.

Bis hierher hatte Jan sich Hoffnung auf eine harmlose Erklärung erlaubt, auch wenn ihm keine eingefallen war. Das fehlende freudig erregte Kläffen ihres Wolfshunds machte sie zunichte. Die Kälte aus seinen Füßen und Händen vereinigte sich in der Körpermitte, und Jan spürte, wie sein Herz zu rasen begann.

Er stieß die Autotür auf, stieg aus und blieb in der offenen Tür stehen.

Es war feuchtkalt hier oben, die Wolkendecke scheinbar nur eine Armeslänge entfernt. Atemluft stieg vor seinem Gesicht auf. In den hohen Tannen hinter dem Hof rauschte ein leichter Wind, hinter ihm gurgelte der Bach, der abkühlende Motor des Defender klackte, doch das war auch schon alles, was Jan hören konnte.

Es drängte ihn, ins Haus zu laufen und nach Rica und Ragna zu sehen. Doch zum einen befürchtete er, in eine Falle zu geraten, zum anderen, und diese Befürchtung war sogar noch stärker, auf einen Anblick zu treffen, dem er nicht gewachsen war. Der ihn für immer zerstören würde.

Also ging er langsam auf das große Haus mit dem Fachwerkgiebel und der Holzveranda zu. Sah sich aufmerksam um und behielt auch die Fenster im Auge. Soviel er sehen konnte, waren im Untergeschoss alle Vorhänge zugezogen. Hatte Rica sich verbarrikadiert? Zusammen mit Ragna, der sie schützen sollte? Aber dann wäre sie doch ans Telefon gegangen und hätte sich spätestens jetzt gezeigt.

Jan klammerte sich trotzdem an die Vorstellung.

Aber nur so lange, bis er die Türklinke niederdrückte und feststellen musste, dass die Haustür nicht abgeschlossen war. Er öffnete sie zur Hälfte und rief nach Rica. Es blieb still im Haus. Keine freudige Begrüßung, weder von seiner Frau noch von seinem Hund.

Einen Menschen konnte man knebeln und fesseln, um ihn ruhigzustellen, aber nicht Ragna. Dafür gab es nur eine Möglichkeit.

Jan betrat sein Haus – glaubte, einen fremden Geruch wahrnehmen zu können. Es war jemand hier gewesen, der nicht hierhergehörte.

Obgleich innerlich aufgewühlt, schaltete sich automatisch Jans Ermittlerinstinkt ein und registrierte jede Einzelheit wie die Schmutzspuren auf den Holzdielen. Es war beileibe nicht ständig alles auf Hochglanz poliert bei ihnen, das funktionierte nicht mit einem Hund im Haus, aber diese Abdrücke von stark profilierten Sohlen stammten nicht von Rica. Sie hatte viel kleinere Füße. Schuhgröße sechsunddreißig. Von Jan selbst konnten sie auch nicht stammen, dafür erschienen sie ihm zu frisch. Als er weiter in die Diele hineinging, entdeckte er sogar kleine Erdklumpen.

Wie konnte das sein? Draußen lagen vier Zentimeter Schnee, der über Neujahr gefallen und bis jetzt liegen geblieben war. Wenn sich jemand an den Hof herangeschlichen hatte, musste er durch den Wald gekommen sein. Unter den dicht stehenden Tannen gab es viele Bereiche, in denen der Schnee den Boden nicht erreicht hatte. Oder aber die Person war in eins der Löcher gefallen, die Ragna immer wieder auf dem Grundstück aushob.

Das Haus war ausgekühlt.

Die Heizkörper, die er auf seinem Weg durchs Untergeschoss berührte, waren zwar warm, aber bei diesen Außentemperaturen mussten zusätzlich die Holzöfen befeuert werden, um das alte, zugige Haus warm zu halten. Über Nacht warfen sie Kohlebriketts ein, die die Glut bis in den Morgen hielten. Als Jan einen der beiden Öfen erreichte, berührte er auch den – die Metallplatte war eiskalt. Er musste schon vor vielen Stunden ausgegangen sein.

Nachdem er das Untergeschoss abgesucht hatte, kontrollierte Jan den Wandsafe. Die Beretta, Ricas Lieblingswaffe, fehlte, sowie ein Magazin mit Patronen. Jan nahm die Glock heraus, lud sie, verriegelte den Safe und stieg ins Obergeschoss hinauf.

Ricas Büro war verwüstet, die PCs verschwunden.

Wenn es noch eines Beweises bedurft hätte, dass etwas Schreckliches geschehen war, hier war er.

Minutenlang stand Jan in der Tür und starrte das Chaos im Büro an. Er bekam seine Gedanken nicht unter Kontrolle, wie Geschosse rasten sie in seinem Kopf umher, angetrieben von existenzieller Angst. Ohne Rica war er verloren.

Irgendwann wagte es Jan, hinüber ins Schlafzimmer zu gehen. Bevor er die Tür öffnete, versuchte er, sich auf den Anblick, den er erwartete, vorzubereiten. Ein Ding der Unmöglichkeit, wie er herausfand. Sein Verstand weigerte sich, ein Bild von Rica heraufzubeschwören, die tot in ihrem Ehebett lag. Also stieß Jan die Tür mit dem Fuß auf. Sie knarrte ein wenig in den Scharnieren.

Das Bett war leer. Rica hatte es nicht benutzt, die Tagesdecke lag glatt gestrichen über der Bettwäsche.

Jans Herz, das beim Öffnen der Tür innegehalten hatte, raste jetzt wieder los. Für einen winzigen Moment machte sich Erleichterung breit, doch dann fiel sein Blick aus dem Fenster, und was er unten im Garten sah, versetzte ihm einen Schock.

Mit der Waffe in der Hand rannte Jan die Treppe hinunter, riss die Terrassentür auf und stürmte zum hinteren Teil ihres Grundstücks, das zaunlos in den Wald überging. Halb rechts, wo es zu den beiden Lagerschuppen für Brennholz ging, hatte Ragna in einem seiner Anfälle vor ein paar Tagen einen Krater ausgehoben. Sie hatten sich lange gefragt, warum er das überhaupt tat, bis sie beobachtet hatten, dass er Wühlmäuse jagte und es einfach nicht akzeptieren konnte, wenn sie entkamen.

Das aufgeworfene frische, dunkle Erdreich umgab den Krater kreisrund. In der weißen Winterkulisse wirkte das wie ein aufgeplatztes Geschwür. Jan trat an den Rand und blickte in das vielleicht zwanzig Zentimeter tiefe Loch hinab.

Die Leiche lag ausgestreckt am Boden.

Das dichte Fell war von einer dünnen Raureifschicht überzogen.

Ragna musste bereits seit Stunden tot sein, es war keine Körperwärme mehr in ihm.

Jan ließ die Waffe fallen, stieg in die Grube und ging neben seinem geliebten Hund auf die Knie. Er entdeckte gefrorenen Schaum an den Lefzen, was auf eine Vergiftung schließen ließ. Rica und er hatten versucht, Ragna die gefährliche Unart, alles Mögliche zu fressen, abzugewöhnen, waren damit aber nicht sehr erfolgreich gewesen. Man konnte diesen treuen Beschützer relativ einfach ausschalten, wenn man ihm ein vergiftetes Stück Fleisch hinwarf.

Jan legte ihm eine Hand auf die Flanke, streichelte ihn, empfand die Kälte im Körper aber als äußerst unangenehm.

»Was ist passiert, alter Freund?«, fragte Jan mit rauer, tränenerstickter Stimme. »Was haben die mit Rica gemacht?«

3.

Issy Stoll begleitete die Kommissare zu ihrem Wagen.
»Sorry wegen meinem Vater …«, entschuldigte sie sich.

Es tat ihr wirklich leid. Was mussten Maja Krebsfänger und Kolk nur über ihre Familie denken. Der Sohn war schwul, was vor dem impulsiven, cholerischen und rückständigen Vater geheim gehalten werden musste. Zudem war der Sohn quasi aus diesem Gefängnishaushalt in die Nähe seiner Uni geflüchtet und nun verschwunden. Mussten die Kommissare nicht zwangsläufig denken, er habe sich etwas angetan oder versuche aus Verzweiflung, jeden Kontakt zu seiner Familie abzubrechen? Issy wollte das unbedingt richtigstellen, damit die Polizei Davids Verschwinden als das betrachtete, was es sein musste: ein Verbrechen.

»Mein Vater ist nicht schlecht, wirklich nicht«, sagte sie. »Er ist ein grundanständiger Mensch, der hart gearbeitet hat, um seine kleine Baufirma erfolgreich zu machen und seine Familie zu versorgen. Er lebt dadurch aber leider in einem sehr konservativen Umfeld, was seine Weltsicht einschränkt. Das gerade war ein richtiger Schock für ihn.« Issy suggerierte Verständnis für ihren Vater, das sie so nicht empfand. Ihr Papa war kein schlechter Mensch, und er hatte sein Leben lang hart für seine Familie gearbeitet, das stimmte, war aber keine Begründung für sein beschissenes Benehmen eben. Allerdings hatte sie das Gefühl, ihn in ein besseres Licht rücken zu müssen.

An dem schmucklosen Passat blieben sie stehen, und Maja Krebsfänger sah Issy mit einem warmen Lächeln an. »Ist schon gut, machen Sie sich keine Sorgen. Solche Nachrichten sind immer schwer zu verkraften. Am besten reden Sie noch einmal mit Ihrem Vater.«

Issy nickte. »Das werde ich. Und was unternehmen Sie jetzt wegen David?«

Das Gesicht der Kommissarin wurde ernst. »Wir ermitteln natürlich in alle Richtungen weiter.«

»Also gehen Sie von einem Verbrechen aus?«

»Es gibt Hinweise dafür. Die Adresse, zu der die Pizza geliefert werden sollte, ist eine leer stehende Halle. Laut Aussage des Besitzers ist dort niemand gewesen, schon seit Monaten nicht. Allerdings wissen wir nicht, ob David überhaupt an der Halle gewesen ist, die Pizzen fehlen jedenfalls. Ja, es sieht für mich nach einem Verbrechen aus.«

Issy kämpfte gegen ihre Tränen an. »Was ... bedeutet das? Seien Sie bitte ehrlich zu mir.«

»Das bin ich, glaub mir. Aber wir tappen noch vollkommen im Dunkeln. Es sieht so aus, als sei David zu dieser Halle gelockt worden. Der Besitzer der Pizzeria gibt an, dass seine Fahrer für bestimmte Bezirke zuständig sind, David also zwingend der Lieferant für eine Bestellung in dieses Gewerbegebiet gewesen war. Um so etwas zu wissen, muss man David beobachtet oder ihn gefragt haben, weshalb wir von einer Beziehungstat ausgehen. Nach Ihrer Aussage gibt es aber niemanden, der Grund dazu hätte, nicht wahr?«

Issy schüttelte den Kopf. »Ich kann mir das beim besten Willen nicht vorstellen ... nicht bei David ...«

»Wie gut kennen Sie Ihren Bruder wirklich?«, fragte die Kommissarin und trat nahe an Issy heran.

»Ich glaube, niemand kennt ihn besser. Wir waren unser ganzes Leben lang sehr eng miteinander. Er hat keine Abgründe, keine Geheimnisse. Dass er schwul ist, weiß ich schon, seit ich fünfzehn bin. David ist ... anders, immer schon. Schauen Sie sich mal das YouTube-Video an, in dem er ein bekanntes Kirchenlied neu interpretiert ... Das ist der Wahnsinn! Dadurch hätte er sogar fast einen Plattenvertrag bekommen.«

Kommissarin Krebsfänger sah Issy mit einem Blick an, den sie nicht verstand. »Ich will Ihnen nicht zu nahe treten, aber jeder Mensch hat Geheimnisse.«

Issy wollte ihren Bruder verteidigen, ahnte aber, dass die Kommissarin sie ohnehin schon für naiv hielt. »Was kann ich denn tun?«, fragte Issy stattdessen. »Ich muss doch irgendwas tun können!«

»Haben Sie Zeit?«, fragte die Krebsfänger. »Oder müssen Sie arbeiten?«

»Nein, muss ich nicht. Ich habe letztes Jahr mein Abitur gemacht und war dann eine Weile in Europa unterwegs. Im Sommer beginne ich ein Studium. Meeresbiologie, das war immer mein Traum.«

»Klingt toll. Das heißt, Sie haben gerade Zeit?«

Issy nickte.

Kommissarin Krebsfänger nahm sie am Arm und führte sie ein Stück von ihrem rauchenden Kollegen fort, der augenscheinlich kein Interesse an ihrem Gespräch hatte.

»Sie könnten uns bei den Ermittlungen unterstützen«, sagte sie.

»Was soll ich tun?«

»Es klingt vielleicht nicht wichtig, ist es aber. Hören Sie sich bitte in Davids Umfeld um, sprechen Sie mit seinen Freunden, Bekannten, Verwandten. Das tun wir natürlich auch, aber Sie sind seine Schwester, da sind die Menschen in der Regel offener. Und wenn Sie etwas hören, lassen Sie es uns wissen, egal, ob Sie es für wichtig oder unwichtig halten. Okay?«

»Ja, sicher, ich tue alles, um David zu helfen.«

»Schön!«, sagte die Kommissarin, streichelte Issys Arm und ging dann zum Wagen.

»Er lebt doch noch, nicht wahr!«, rief Issy ihr nach.

Die Kommissarin antwortete aus der geöffneten Beifahrertür. »Ganz bestimmt.«

4.

Eine halbe Stunde lang hatte Jan das weitläufige Grundstück, den Waldrand, die Anbauten und abermals das Haus abgesucht, aber nirgends eine Spur von Rica gefunden.

Sie war nicht mehr hier, so viel stand fest. Wer auch immer Ragna getötet hatte, hatte Rica entführt – und steckte wahrscheinlich auch hinter dem Mord an der geheimnisvollen Nelia. Das Ganze war eine konzertierte Aktion gewesen, geplant von Strippenziehern im Hintergrund, denen Rica und Jan zu nahe gekommen waren. Für Jan stand fest, dass ihre Ermittlungen gegen Amissa damit zu tun haben mussten.

Erschöpft, gleichzeitig vollgepumpt mit Adrenalin und einer Panik nahe, kehrte Jan ins Haus zurück. Zunächst holte er sein Handy aus der Schreibtischschublade, wo es während seiner Abwesenheit gelegen hatte. Wollten die Ermittlungsbehörden heutzutage herausfinden, wer sich wann wo aufgehalten hatte, nutzten sie dazu in allererster Linie die Handydaten. Aus diesem Grund hatte Jan zu dem Treffen auf der Seebrücke in Grömitz ein Prepaid-Ersatzhandy mitgenommen, das nicht zu ihm zurückzuverfolgen war.

Nachdem es hochgefahren war, kontrollierte er Anrufe und Nachrichten, doch es war nichts Interessantes dabei. Er steckte das Handy ein und legte los. Nahm sich zuerst das Büro im Obergeschoss vor. Dort hatten die Einbrecher die meisten Spuren hinterlassen. Er konnte sich nur einen Grund denken, warum sie die beiden großen Apple-Rechner mitgenommen hatten: Sie fürchteten die darauf enthaltenen Daten. Ricas Laptop war natürlich auch weg, seinen eigenen hatte er zum

Glück mit auf die Fahrt nach Grömitz genommen, Rica sicherte alle Daten regelmäßig auf seinen sicheren Server, mit ein bisschen Hilfe würde Jan drankommen, aber noch wusste er ja nicht einmal, wonach er suchte.

Auf dem Teppichboden fand er die gleichen schmutzigen Abdrücke wie unten auf dem Dielenboden – sie passten zu denen am Rande der Grube, in der er Ragna gefunden hatte. Noch mehr Fußabdrücke fand Jan nicht, es sah so aus, als wäre nur eine Person hier eingedrungen.

War das Treffen in Grömitz am Ende nur ein Köder gewesen?

Hatte man die Frau bezahlt für das Treffen mit Jan und sie dann als lästige Mitwisserin ausgeschaltet? Oder hatte der Schuss ihm gegolten und die Falsche getroffen?

Missing Order, schon mal davon gehört?

Wenn diese Nelia keine talentierte Schauspielerin gewesen war, dann waren Angst, Sorge und Wut in ihren Augen und in ihrer Mimik echt gewesen. Sie hatte etwas Bedeutsames herausgefunden und wollte, dass es aufgedeckt wurde. Jan konnte nicht glauben, dass sie Teil dieser Intrige gewesen war – jedenfalls nicht wissentlich. Natürlich könnten die Männer, die Nelia und Ragna getötet und Rica entführt hatten, sie trotzdem für ihr Spiel missbraucht haben.

Jan suchte überall dort, wo auch der Eindringling gesucht hatte.

In den Schränken, den Schubladen, er kroch sogar unter die Kopf an Kopf stehenden Schreibtische, weil er sich vorstellen konnte, dass der Eindringling das auch getan hatte, um nachzusehen, ob etwas daruntergeklebt war, und weil er natürlich die Stecker aus den Steckdosen gezogen haben musste. Unter Ricas Schreibtisch lag eine beheizbare Fußmatte – um in der kühlen Jahreszeit Ricas karibische Füße warm zu bekommen.

Sie war mit Klettband am Teppichboden befestigt, damit sie nicht verrutschte.

Das Klettband stand links und recht über, und in diesem Überstand entdeckte Jan Haare.

Er selbst hatte dunkelbraunes Haar, Rica schwarzes, die Farbe der einzelnen Haare war schwer zu deuten, ging aber eher in den Bereich Brünett bis Braun.

Jan krabbelte unter dem Schreibtisch hervor, löste den Heizteppich und legte ihn oben auf der Arbeitsplatte ab. Dann holte er aus dem Bad eine Pinzette, riss in der Küche einen Gefrierbeutel von der Rolle und nahm ihn mit hinauf. Vorsichtig befreite er die Haare aus den Kletthaken und steckte sie in die Plastiktüte. Möglicherweise waren der Person, die unter dem Schreibtisch herumgekrochen war, die Haare von dem Klettstreifen ausgerissen worden, dann haftete an den Wurzeln Genmaterial. Und selbst wenn das nicht der Fall sein sollte, war es mit der heutigen Technologie möglich, auch Haarproben von schlechter Qualität kriminaltechnisch zu analysieren. So ließ sich etwa bruchstückhaft vorhandene DNA vervielfältigen, oder aber man nutzte die Möglichkeit, mitochondriale DNA zu untersuchen, die in viel größerer Anzahl vorhanden war.

Nachdem er die Haarproben gesichert hatte, durchsuchte Jan den Rest des Hauses, fand aber keine weiteren Hinweise. Wenn der Täter oder die Täterin keine Handschuhe getragen hatte, würde es im ganzen Haus Abdrücke geben, aber Jan hatte keine Möglichkeit, diese zu extrahieren.

Außerdem: All diese kriminaltechnischen Verfahren würden viel zu lange dauern. Haare, Fingerabdrücke, DNA – damit könnte er die oder den Täter zweifelsfrei identifizieren, aber nicht Rica retten.

Dafür musste Jan schnell sein.

Schneller, als es sich seine Gegner vorstellen konnten.

Sie hatten Rica nicht getötet. Wenn sie das gewollt hätten, hätten sie es vor Ort getan. Es barg ein großes Risiko, Rica von hier zu verschleppen und irgendwo einzusperren, dafür mussten sie Gründe haben. Sie hatten es nicht geschafft, ihn in Grömitz zu töten, wussten aber, wo sie ihn finden würden.

Von jetzt an zählte jede Minute, jede Sekunde, jeder Atemzug.

Jan musste klug handeln, und zwar anders, als seine Gegner es sich vorstellten. Vor allem musste er erst einmal herausfinden, wer seine Gegner waren.

Doch das musste noch eine Viertelstunde warten.

Wie ein Roboter fühlte er sich, als er Ragnas Lieblingsdecke holte, auf der der Wolfshund so gerne vor dem Ofen gelegen hatte. Diese und einen schon halb zerfetzten Gummiknochen nahm Jan mit hinaus. Den roten Gummiknochen legte er dem Hund zwischen die Vorderläufe, die Decke breitete er über dem toten Körper aus – sie reichte nicht ganz, die Rute schaute heraus. Dann stapfte Jan durch den Schnee in den Schuppen, holte einen Spaten und begann, die Grube, die Ragna selbst ausgehoben hatte, zuzuschütten. Zwar war die Erde gefroren, aber da Ragna sie aufgelockert hatte, was es Jan möglich, seinen Hund zu begraben.

Er steigerte sich in die Aufgabe hinein, geriet ins Schwitzen und hätte gern ewig so weitergemacht, weil er entsetzliche Angst hatte vor dem, was danach kam. Aber schließlich gab es nichts mehr zu buddeln.

Auf den Spaten gestützt verharrte Jan und blickte auf die dunkle Erde hinab. Für einen Moment hatte er den Eindruck, Ragna freudig bellen zu hören und oben am Waldrand entlanghetzen zu sehen. Er war stets auf der Suche nach einem

Abenteuer gewesen, immer gut gelaunt, und niemals hätte er seine Pflicht vernachlässigt, Rica zu beschützen.

Jetzt war er für sie gestorben und hatte doch nicht verhindern können, was Jan immer befürchtet hatte.

Er spürte Tränen hinter seinen Augen. Dort blieben sie auch. Kälte und Wut hielten sie in Schach.

5.

Papa wusch sein Auto.

Das tat er an jedem Wochenende, und es gab nicht viel, was ihn davon abhalten konnte. Vor zwei Jahren hatte er sich einen nagelneuen Mercedes geleistet, und der schwarze Wagen glänzte noch wie am ersten Tag.

Normalerweise streichelte er mit einem Flusenschwamm den Lack sauber, aber als Issy auf den Hof kam, konnte sie beobachten, wie ihr Vater mit Wut im Bauch versuchte, die Farbe abzuschrubben. Seine Bewegungen waren hastig und zackig, seine Kiefermuskeln mahlten. Aus dem Wassereimer stieg warmer Dunst in die kalte Luft, es duftete nach Zitronenshampoo.

Issy kam ihrem Vater nicht zu nahe, stellte sich aber so hin, dass er ihre Anwesenheit nicht ignorieren konnte. Dabei fiel ihr Blick auf den Basketballkorb über dem Garagentor. Das orange Netz unter dem rostenden Metallring war zerfranst von Wind, Wetter und Ballwürfen. Heißer Schmerz machte sich in ihrem Bauch breit, als sie an die vielen Abende dachte, an denen sie mit David hier Körbe geworfen hatte. Immer schon war er besser gewesen als sie, hatte seine kleine Schwester aber auch gewinnen lassen, damit sie nicht die Lust verlor. Issy sah ihn vor sich, in grauer Jogginghose und mit freiem Oberkörper. Kein Gramm Fett zu viel, jeder Muskel definiert.

Plötzlich vermisste Issy ihren Bruder mit einer Intensität, die ihr Tränen in die Augen trieb. Sie wollte nicht traurig sein, nicht das Schlimmste befürchten, stattdessen an eine harmlose Erklärung für sein Verschwinden glauben, aber das war schwer. Denn sie wusste, David würde nicht einfach abhauen.

»Ich habe Angst um David«, sagte Issy.

Ihr Vater reagierte nicht. Widmete sich dem hartnäckigen Fliegendreck am Außenspiegel seines Mercedes.

»Wir müssen ihn suchen!«

»Der kommt von allein zurück«, knurrte Heinz Stoll.

»Bist du wirklich sauer, weil David schwul ist?«

Issy konnte sehen, wie er unter dem Wort zusammenzuckte. Er antwortete wieder nicht.

»Er hat Angst vor dir, weißt du das?«

»So ein Quatsch.«

»Doch. Angst davor, deinen Ansprüchen nicht zu genügen. Keine Wertschätzung von dir zu bekommen. Deswegen durften wir nichts sagen.«

»Diese Lügerei! Deshalb bin ich sauer!« Ihr Papa zeigte mit dem nassen Schwamm auf sie. Schaum rann ihm unter den Ärmel seines blauen Karohemds.

»Selbst schuld. Du willst ja angelogen werden. Wer nicht bereit ist, andere Meinungen und Ansichten zu akzeptieren, wird von denen angelogen, über die er Macht hat.«

»Was redest du da von Macht? Ihr habt mich angelogen, versuch nicht, mir die Schuld in die Schuhe zu schieben.«

Issy ging zu ihrem Vater hinüber und lehnte sich mit der flachen Hand auf den Schwamm, damit er ihn nicht mehr über den Lack flitzen lassen konnte.

»David braucht deine Anerkennung. Das ist deine Macht über ihn, und die hast du gnadenlos ausgenutzt. Du kannst nichts daran ändern, wie er ist, aber du kannst ändern, wie du bist. David braucht Hilfe. In unserer Familie hilft man sich, schon vergessen?«

Ihr Papa vermied es, ihr in die Augen zu schauen. »In unserer Familie lügt man sich nicht an … Ich wüsste nicht, wie ich ihm helfen kann.«

»Wir suchen ihn, verlassen uns nicht auf die Polizei, nehmen es selbst in die Hand. Und wenn dein schwuler Sohn dir das nicht wert ist, verlierst du Mama und mich auch noch – für immer.«

»Drohst du mir?«

Issy schüttelte den Kopf. »Nein. Aber du sollst wissen, woran du bist. Ehrlichkeit, nicht wahr? Das war immer dein Slogan. Dazu gehört aber auch, dass man sich nicht selbst belügt. Ich wette, du hast tausendmal vermutet, dass David schwul sein könnte, es dir aber nicht ein Mal eingestanden. Ist das ein wahrhaftes Leben?«

Jetzt hob ihr Vater den Blick und starrte Issy aus seinen kleinen tief liegenden Augen an. Sie hielt seinem Blick stand, und das mit Leichtigkeit. Er war ein wütender, verletzter Mann mit gutem Herz, kein Psychopath. Sie hatte keine Angst vor ihm.

Schließlich schüttelte er den Kopf. »Macht, was ihr wollt, aber ohne mich. Die Polizei wird sich schon kümmern, dafür ist sie ja da. David wollte meine Hilfe vorher nicht, dann muss er jetzt auch zusehen, wie er zurechtkommt.«

»Und du bist der Mann, der immer von Zusammenhalt gesprochen hat? Von Stolz und Familienehre? Alles hohle Phrasen …«

Wutentbrannt stapfte sie davon.

6.

Rica Kantzius war auch wütend.

Es ging ihr schlecht; sie hatte Kopf- und Magenschmerzen von der Betäubung, außerdem blaue Flecke überall am Körper. Wie ein Paket musste man sie behandelt haben, während sie betäubt gewesen war. In ihrem Kopf hämmerte es, in ihrem Magen brodelte es, sie glaubte, sich übergeben zu müssen – und dennoch war sie vor allem wütend.

Auf sich selbst.

So leicht hatte sie sich überrumpeln lassen!

Nach all dem Training mit Jan, nach all den Strategien, die sie wieder und wieder besprochen hatten, trotz all der Vorsichtsmaßnahmen, die sie getroffen hatten, war es ein Kinderspiel gewesen, sie zu entführen. Jan hatte ihr Tricks und Griffe aus der Selbstverteidigung und dem Messerkampf beigebracht, sie hatten sie wieder und wieder trainiert, sich dabei gegenseitig wehgetan, und Rica war der Meinung gewesen, auch gegen größere und schwerere Menschen – also quasi alle anderen – bestehen zu können, und doch hatte sie nicht einen einzigen Griff oder Tritt anwenden können.

Hatten dieses ganze Training und die Erfolge in der Vergangenheit sie übermütig, leichtfertig, vielleicht sogar ein wenig arrogant werden lassen? An Jans Seite hatte Rica sich unangreifbar gefühlt, und als Team waren sie es wohl auch gewesen. Wer immer sie entführt hatte, war klug vorgegangen, hatte die Schwachstelle im System Kantzius erkannt und gnadenlos ausgenutzt. Sie hatten Jan nur weglocken und Ragna außer Gefecht setzen müssen …

Ragna.

Sobald Rica an ihren treuen Wolfshund dachte, steigerte sich die Wut noch. Sie ahnte, nein, sie wusste, es gab nur eine Möglichkeit, warum Ragna sie nicht hatte beschützen können. Rica wollte diesen Gedanken aber nicht zu Ende denken, wollte es nicht wahrhaben, stellte sich lieber vor, wie ihr Hund in diesem Moment einem Fuchs hinterherjagte. Immer tiefer in den Wald hinein, selbstvergessen in seinem Jagdtrieb, immer weiter und weiter, als gäbe es kein Morgen. So wollte sie Ragna in Erinnerung behalten, sie beschwor dieses Bild herauf und kämpfte gegen die anderen Gedanken an, die keine Ruhe geben wollten.

Vor einer Weile war sie erwacht.

An einen Stuhl gefesselt inmitten eines vollkommen weißen, quadratischen Raumes, der ungefähr vier mal vier Meter maß. Gemauerte, weiß gestrichene Wände, eine graue Stahltür ihr gegenüber, unter der Decke eine Leuchtstoffröhre, ansonsten gab es nichts hier drinnen. Keinerlei Geräusche, außer denen, die sie selbst machte.

Mittlerweile waren Schmerzen und Übelkeit auf ein erträgliches Maß gefallen, und Rica beschäftigte sich damit, wie sie entkommen konnte. Die Bestandsaufnahme fiel ernüchternd aus. Sie trug nur ihre Unterwäsche; einen schwarzen BH und einen schwarzen Slip. Ihre nackten Fußgelenke waren mittels eines kunststoffüberzogenen Seiles an die Beine des Stuhls gefesselt. Wie das gemacht worden war, zeugte von Erfahrung, und Rica ging davon aus, dass es an ihren Handgelenken, die hinter ihrem Rücken an die Lehne gefesselt waren, ebenso war. Keinen Millimeter konnte sie Arme und Beine bewegen.

Allein würde sie sich aus dieser Lage nicht befreien können, so viel stand fest.

Aber irgendwann würde jemand kommen, denn es musste einen Grund dafür geben, warum sie noch lebte. Und wenn sie die Chance bekam, diesen Jemand zu überrumpeln, würde Rica sie nutzen – ganz gleich, auf welche Art und Weise.

Rica dachte an Jan.

Mittlerweile war er bestimmt auf dem Hof eingetroffen.

Sie wusste, er litt Höllenqualen. Machte sich schlimmste Vorwürfe, weil er die selbst gestellte Lebensaufgabe, sie zu beschützen, nicht erfüllt hatte. Nichts würde er unversucht lassen, sie zu befreien. Aber sie kannte ihren Mann nur allzu gut und wusste, in seiner Verzweiflung und Wut würde er nicht kühl und analytisch denken können und stattdessen zum Berserker werden.

Es bestand das Risiko, dass er sich dadurch selbst in Gefahr brachte.

Rica musste sich auf sich selbst verlassen. Niemand würde kommen, sie zu holen, und es war ihre Aufgabe, zu entkommen, um Schaden von Jan abzuwenden. Nicht ihre Gegner sollten ihre Motivation definieren, sondern ihre Liebe zu Jan.

Es war noch nicht allzu lange her, da hatte Rica alle Männer verwünscht und verflucht. Sie war davon überzeugt gewesen, niemals einen Mann lieben zu können. Doch dann war Jan in ihr Leben getreten, und es hatte einen wie ihn gebraucht, um sie vom Gegenteil zu überzeugen. Er hatte nicht um ihre Liebe kämpfen müssen und sie nicht gegen ihre Überzeugung – die war von allein verschwunden. Vom ersten Moment an hatte sie großes Vertrauen in ihn gehabt, das war der Schlüssel gewesen. Sie beide hatten ähnliche Erfahrungen mit Menschen gemacht, negative Erfahrungen, die es schwer werden ließen, jemandem vertrauen zu können, und so brauchte es blindes Verständnis füreinander, eine Seelenverwandtschaft. Deshalb glaubte Rica fest daran, dass ihre

Begegnung kein Zufall gewesen war, sondern eine höhere Macht, vielleicht göttliches Schicksal, zur richtigen Zeit eingegriffen hatte.

Jan und sie würden über ihr Leben hinaus verbunden bleiben.

Aber Rica wollte ihr Leben mit ihm teilen, nicht den Tod.

Und deshalb war das hier nicht das Ende.

Sie würde es ganz einfach nicht zulassen.

Geräusche an der Tür.

Von außen wurde ein Schlüssel im Schloss gedreht.

Rica richtete sich in ihren Fesseln auf und nahm die Tür fest in den Blick.

Das Schwein sollte nur nicht glauben, eine kleine, wehrlose, gebrochene Frau vor sich zu haben.

Die Tür schwang nach innen auf, und für einen Moment konnte Rica die gegenüberliegende Wand eines Ganges sehen. Sie war identisch mit den Wänden dieses Raumes. Dann nahm sie einen merkwürdig süßlichen Geruch wahr.

Die Person, die den Raum betrat, war mindestens so groß wie Jan, also gut eins neunzig, hatte schulterlanges, blondes Haar und hellblaue Augen, so groß und durchscheinend, dass Rica glaubte, bis in den Schädel der Frau schauen zu können. Denn es war kein Mann, sondern eine riesige Frau. Grob gebaut, mit breitem Becken und breiten Schultern, aber dünnen, langen Beinen und Armen und großen Brüsten. Die Schuhgröße schätzte Rica auf achtundvierzig. Das Gesicht der Frau war weich und rund, als gäbe es unter dem Fleisch keine Knochen. Ihre Haut schien porenlos zu sein, so glatt und makellos wie die einer Zehnjährigen, was es schwierig machte, ihr Alter zu schätzen. Es war ihr Blick, der auf eine gewisse Lebenserfahrung schließen ließ, sodass Rica sie auf dreißig bis vierzig schätzte.

Die Frau schloss die Tür hinter sich und trat vor Rica. Ihre Mimik blieb unbewegt. Ihre Augen waren so ungewöhnlich, dass Rica Mühe hatte, dem Blick standzuhalten. Wenn es stimmte, dass die Augen das Tor zur Seele waren, dann hatte diese Frau keine Seele. Rica erschien es, als blicke sie direkt in einen eisblauen Abgrund, in dem man sich verlor, wenn man zu lange hinschaute.

Hinter diesen Augen war nichts. Rein gar nichts.

»Wir machen ein Foto für deinen Mann«, sagte die Blonde.

Für eine Frau ihrer Größe und ihres Gewichts hatte sie eine erstaunlich hohe Stimme, die nicht zum Erscheinungsbild passen wollte.

»Mein Mann hat Fotos von mir.«

»Aber keines wie dieses. Es sei denn, du stehst auf Fesselspiele, und das kann ich mir bei deiner Vergangenheit nicht vorstellen.«

»Was wissen Sie von meiner Vergangenheit?«

Die große blonde Frau mit dem runden Babygesicht und den toten Augen lächelte. Es war ein warmes Lächeln, das auch ihre Augen erreichte und in den Winkeln kleine Lachfältchen entstehen ließ – und trotzdem blieb ein Rest von Eiseskälte in den Pupillen.

»Süße, ich weiß alles über dich. Ich habe dich sozusagen studiert. Und es gibt sicher niemanden, dem deine Geschichte, deine Entwicklung keinen Respekt abverlangt, mich eingeschlossen. Deshalb ist es mein persönlicher Wunsch, dich respektvoll zu behandeln. Was du aber zulassen und erwidern musst. Ich hoffe, du bist dazu in der Lage.«

»Haben Sie mich aus meinem Haus entführt?«

»Was spielt das für eine Rolle?«

»Es spielt eine Rolle, weil ich wissen will, was mit meinem Hund ist.«

Die blonde Riesin zuckte mit den Schultern. »Ich denke, das weißt du.«

Rica hielt ihrem Blick stand und versuchte, so viel Verachtung wie nur möglich in ihren Blick zu legen.

»Können wir jetzt das Foto machen?«, fragte die Blonde.

»Zu welchem Zweck?«

»Um deinem Mann eine Botschaft zukommen zu lassen. Er ist auf dem Hof und sucht nach dir. Wir sollten ihn wissen lassen, dass es dir gut geht und dass es in seiner Macht liegt, ob es dabei bleibt.«

Rica sah keinen Sinn darin, Kraft dafür aufzubringen, dieses Foto zu verhindern, also ließ sie es geschehen. Die Blonde schoss es mit Ricas Handy.

Keine zwei Meter von Rica entfernt blieb die Blonde stehen und tippte auf der Smartphone-Tastatur.

»Was ist das für eine Botschaft?«, fragte Rica.

Ohne aufzusehen, sagte die Blonde: »Dein Mann soll entscheiden, ob du sterben darfst.«

7.

Kalter, böiger Januarwind fuhr in die hohen Fichten, die den Hof im Hammertal zu allen Seiten umgaben. Das Rauschen glich einem vielstimmigen, geisterhaften Chor, abgestorbene gelbe Nadeln fielen herab wie Schnee, hier und da knarzte das Holz der knorrigen Äste. Mächtige Stämme trotzten dem aufkommenden Wintersturm mit einer Mischung aus Nachgiebigkeit und Sturheit, wogten ein ums andere Mal in ihre gewachsene Stellung zurück, bevor der Wind sich erneut an ihnen abarbeitete.

Himmel und Horizont verschwammen in Grautönen, boten keine Helligkeit, keine Hoffnung.

Im Halbdunkel des Waldes arbeitete Jan sich von Baumstamm zu Baumstamm vorwärts. Wie die Klinge eines Messers saß der Druck in seinem Nacken, und immer, wenn er stehen blieb, um sich umzuschauen, drang die Klinge tiefer ein, drängte ihn zur Eile. Diesem Schmerz hatte er nichts entgegenzusetzen, versuchte aber trotzdem, sich nicht zu sehr von ihm treiben zu lassen. Denn er würde Rica nicht helfen, wenn er Fehler beging.

Jan haderte mit sich, quälte sich mit Selbstvorwürfen, die allesamt gerechtfertigt waren. Er hätte es kommen sehen und klüger handeln müssen. War er es doch gewesen, der in den wenigen Jahren ihrer Ehe immer wieder gegen den nachlassenden Argwohn und die sehnlichst erwünschte Normalität angekämpft hatte. War er es doch gewesen, der all die Sicherheitsmaßnahmen an Haus und Hof installiert und sich selbst und Rica im Schießen und Kämpfen trainiert hatte. Wofür das alles, wenn er am Ende so leicht zu überlisten war? Letztlich war er wie Ragna: Warf man ihm nur den richtigen Brocken hin, vergaß er alle Vorsicht.

Die geheimnisvolle Nelia hatte ihm den Amissa-Brocken hingeworfen, und er war blindlings drauflosgerannt, wie er es schon immer getan hatte, wenn Wut und der Wunsch nach Rache sein Steuer übernahmen. Wenn er eine Gelegenheit sah, die Strukturen von Macht und Reichtum zu zerstören, die ihm selbst, Rica und unzähligen anderen Menschen so viel Leid zugefügt hatten. Und so gern er sich dabei Altruismus auf die Fahnen geschrieben hätte, wusste Jan doch, dass sein Handeln oft genug eigennützig war.

Er war ein Getriebener und würde es immer bleiben, und diese bösartigen Strukturen sowie die Menschen, die sie geschaffen hatten, boten ihm Ziel und Sinnhaftigkeit. So musste er nicht blindlings durch die Welt stürmen, so konnte er sich ein hehres Ziel auf die Fahnen schreiben. Jan glaubte nicht, dass Altruismus wirklich möglich war. Immer musste auch etwas für einen selbst dabei herausspringen, im besten Falle Freude und Liebe.

Liebe.

Für Rica empfand er sie in der reinsten Form, tiefer und ehrlicher, als er sich jemals hatte vorstellen können. Es zerrte an seiner Seele, sie zurücklassen zu müssen, und sei es nur für wenige Stunden, und sein Wunsch, sie zu beschützen, überstieg mitunter jedes erträgliche Maß. Er würde sie finden, sie zurückholen und dafür sorgen, dass die Leute, die sie ihm genommen hatten, das niemals wieder würden tun können.

Koste es, was es wolle.

Vor zehn Minuten hatte er das Haus durch die Terrassentür verlassen und war auf dem kürzesten Weg zum Wald gelaufen.

Jan ging davon aus, dass er beobachtet wurde, auch wenn er sich nicht vorstellen konnte, wie seine Gegner das hier bewerkstelligen sollten. Eine Drohne war natürlich eine Möglichkeit, doch die hätte er sehen oder hören müssen. Vielleicht hockte auch einfach irgendwo jemand im Wald, mit einem Fernglas vor den Augen, die gute alte Art der Observation. Wenn dem so war, würde sein Gegner aufpassen, dass Jan ihn nicht fand, oder rechtzeitig den Rückzug antreten. Aber Jan war gar nicht unterwegs, um sich einen von denen zu greifen. Das kam später. Zunächst brauchte er eine Spur, irgendetwas, das ihn auf Ricas Fährte setzte, und seine Hoffnung ruhte in den sechs Wildkameras, die er schon vor zwei Jahren um den Hof herum verteilt hatte. Es waren handelsübliche Infrarotkameras mit Bewegungsauslöser, wie es sie mittlerweile in jedem Discounter zu kaufen gab. Ihr Erfassungsradius war nicht sehr groß, und bisher hatten sie nicht mehr aufgenommen als Eichhörnchen, Füchse, Marder, Rehe und hin und wieder Ragna, der das Wild verfolgte. In gewissen Zeitabständen löschte Jan die Speicherkarten, zuletzt hatte er das vor einer Woche getan.

Jan setzte seine Hoffnung darauf, dass die Angreifer in eine der Fotofallen getappt waren. Mit etwas Glück sogar in eine der beiden Kameras, die an der Zufahrtsstraße positioniert und so ausgerichtet waren, dass sie die Kennzeichen von Fahrzeugen aufnehmen konnten.

Diese beiden Kameras wollte Jan zuallererst kontrollieren, lief aber nicht auf direktem Wege, sondern in einem großen Bogen um den Hof herum, damit er im Schutz des Waldes blieb.

Die Wildkameras hatten ein Gehäuse in Tarnoptik und waren mit einem grünen Gürtel an den Stämmen der Fichten befestigt – wenn man nicht wusste, dass sie da waren, übersah man sie leicht. Anfangs war das sogar Jan selbst passiert, doch mittlerweile hatte er die Speicherkarten so oft gelöscht, dass er genau wusste, wo sich die Kameras befanden. Zudem war das Infrarotlicht für die Nachtaufnahme nur zu sehen, wenn man direkt in die Kamera sah, und somit nahezu unsichtbar. Man merkte es nicht, wenn man fotografiert wurde. Es gab Kameras, die als Lichtquelle Schwarzlicht nutzten, das man nicht einmal mit einem direkten Blick in die Kamera sah, doch die waren sehr teuer.

Auf den letzten Metern hoffte Jan, dass sich sein Geiz heute nicht rächen würde.

Ihm fiel ein Stein vom Herzen, als er die erste Kamera sah.

Sie befand sich an der Zufahrt zu der schmalen Brücke über den Bach, der den Hof von der Straße trennte. Straße und Brücke waren Eigentum der Gemeinde, aber die kümmerte sich kaum darum, da es hier oben nur einen Anlieger gab. Die Brücke bröckelte, das Metallgeländer rostete, die Risse im Beton wurden von Jahr zu Jahr tiefer. Eines Tages würde einer dieser Starkregen, die es immer häufiger gab, sie davonspülen.

Jan näherte sich der Kamera bis auf zehn Meter, hockte sich dann aber hinter ein Gebüsch aus Traubenkirsche, die ihn auch ohne Laub einigermaßen gut verdeckte. Von dort suchte er die Umgebung nach Auffälligkeiten ab und lauschte, was nicht einfach war, da sein Herz wie wild pochte. Trotz der Eile, die er spürte, schaffte er es, fünf Minuten so zu verharren. Er wusste, in solchen Situationen musste man mehr Geduld aufbringen als der Gegner, ganz gleich, wie eilig man es hatte.

Der Wind trug Motorengeräusche aus dem Tal herauf. Irgendwo rief ein Greifvogel, im Ort bellte ein Hund, der Bach rauschte mit dem Wind um die Wette. Dunkelgraue Fetzen schmirgelten von Ost nach West an der tief hängenden helleren Wolkendecke entlang. Der Wald war in Bewegung, ein Wogen und Wanken, Stöhnen und Ächzen. Wenn es hier einen Gegner gab und er es vermochte, still zu verharren, würde Jan ihn weder sehen noch hören können. Keine Chance, nicht bei dem Wetter.

Also überwand Jan die letzten zehn Meter, entfernte die Kamera vom Baumstamm und zog sich mit ihr vom Waldrand ins Dickicht zurück. Jan hatte zumindest in Kameras investiert, die über einen kleinen Bildschirm verfügten, um die Fotos vor Ort anschauen zu können. Die Qualität des Bildschirms war aber schlecht, streng genommen diente er nur dazu, um überprüfen zu können, ob überhaupt ausgelöst und etwas aufgenommen worden war.

Vierzig Fotos waren auf der Karte gespeichert. Schon auf dem kleinen Bildschirm konnte Jan erkennen, dass viel Wild sowie sein eigener Defender und Ricas grüner Suzuki Jimny mit den silbernen Alufelgen und der gelbe Postwagen dabei waren. Die Post kam zuallerletzt zu ihnen auf den Berg, meistens sehr spät und in dieser Jahreszeit auch schon mal im Dunkeln. Auf einem Bild war ein Fahrzeug zu sehen, das Jan nicht auf den ersten Blick erkannte. Er entnahm die Speicherkarte, hängte die Kamera zurück an den Baum und wiederholte die Prozedur an der zweiten Kamera, die die Zufahrt zum Hof zwanzig Meter unterhalb der Brücke überwachte. Mit den beiden Karten in der geballten Hand machte er sich auf den Rückweg, blieb dabei in der Deckung des Waldes und verließ sie erst auf den letzten Metern zum Haus.

Dabei machte er einen Bogen um Ragnas Grab und riss sich zusammen, um nicht hinzuschauen. Es war schwer genug, in dieser Situation einen klaren Kopf zu bewahren und sich nicht vollkommen von rasenden Gefühlen übermannen zu lassen.

Dennoch nahm er den aufgewühlten dunklen Boden wahr, der im Schnee wie eine verheerende Wunde wirkte.

Drinnen konnte es ihm gar nicht schnell genug gehen, die Karten in das Lesegerät des Laptops zu stecken.

Auf der ersten Speicherkarte, die von dem Baum an der kleinen Brücke stammte, übersprang er die Bilder von sich selbst und von Rica. Nur die der vergangenen Nacht waren wichtig. Und tatsächlich hatte die Wildkamera einen Wagen aufgenommen, den Jan nicht kannte und der hier nichts zu suchen hatte. Es handelte sich um einen kleinen Kastenwagen, einen VW Caddy in dunkler Lackierung, schwarz oder vielleicht blau, das ließ sich auf der Infrarotaufnahme nicht genauer feststellen. Der Wagen war mit ausgeschalteten Scheinwerfern um 00:50 Uhr auf die Brücke zugefahren. Anders als die Videokameras direkt am Haus, die so lange filmten, wie es Bewegung gab, hatte Jan die Wildkameras so eingestellt, dass sie eine Serie von sechs Bildern schossen und dann auf die nächste Bewegung oder eine Wärmequelle in ihrem Erfassungsbereich warteten. Videoaufnahmen wären möglich gewesen, nur hätte Jan dann dauernd die Batterien wechseln müssen.

Auf den sechs Fotos näherte sich der Caddy der Brücke. Ein siebtes Foto hätte eventuell das Kennzeichen gezeigt. Da es keine Aufnahme des Wagens gab, wie er über die Brücke zurückkehrte, konnte Jan davon ausgehen, dass er gar nicht drübergefahren war. Wahrscheinlich hatte er auf dem kleinen Platz vor der Brücke gewendet. Wie aber hatten sie Rica aus dem Haus in den Wagen gekriegt? Wenn sie sie abgeführt oder gefesselt oder betäubt getragen hätten, hätte die Kamera sie auf dem Rückweg aufnehmen müssen. Ihr Erfassungsbereich reichte bis ans Brückengeländer.

Merkwürdig!

Jan wechselte die Speicherkarten. Aus Erfahrung wusste er, die Kamera von weiter unten an der Straße lieferte die aussagekräftigeren Bilder. Er hatte sie so angebracht, dass sie Fahrzeuge frontal fotografierte.

Auch hier fanden sich Fotos von dem Wagen. Eine Serie von sechs Bildern, als er bergan gefahren war, eine weitere von der Fahrt bergab, fast eine Stunde später. Der Wagen hatte also gewendet und war wieder ins Tal hinabgefahren.

Von der Fahrt bergan gab es Bilder, auf denen die Personen im Fahrerhaus zu erkennen waren.

In der Dunkelheit hinter der Scheibe schwebten die zwei hellen Flecke ihrer Gesichter. Wegen der Infrarotaufnahme leuchteten die Augen gelbgrün, viel mehr war nicht zu erkennen. Jan vergrößerte das Bild. Die Personen trugen dunkle Kleidung und dunkle Mützen.

Auf der Talfahrt war der Wagen nur von hinten zu sehen, sodass nicht klar war, ob beide Personen wieder darin saßen.

Dafür war etwas anderes deutlich zu erkennen.

Das Nummernschild!

Jan schickte sich die Fotos auf sein Handy und notierte sich das Kennzeichen. Wahrscheinlich war es gefälscht oder gestohlen, überprüfen lassen musste er es trotzdem.

Zur Sicherheit ging Jan auch noch den Inhalt der anderen Speicherkarten durch, die nicht die Zufahrt, sondern die Umgebung des Hauses überwachten. Auf allen Karten waren Bilder enthalten, die allermeisten stammten von Wild, das in diesen Wäldern lebte.

Auf einer Karte war jedoch Rica in Begleitung von Ragna zu sehen.

Es stammte vom späten Nachmittag, als es bereits dunkel gewesen war. Seine Frau trug ihre Outdoorkleidung, die sie immer anzog, wenn sie mit Ragna spazieren ging. Dazu die helle Wollmütze, die Jan ihr geschenkt hatte. Den rechten Arm erhoben, holte sie zu einem Stockwurf aus. Neben ihr schwebte Ragna quasi in der Luft. In der Sekunde der Aufnahme hatte er zum Sprung angesetzt, um sich den Stock zu holen.

Seine Schnauze war weit geöffnet, die kräftigen Zähne leuchteten gespenstisch.

Rica lachte.

Sie lächelte nicht nur, nein, sie war ausgelassen, fröhlich, entspannt und ihr Gesicht ein Spiegel des Glücks, das sie in diesem Augenblick empfunden hatte.

Es schnürte Jan die Kehle zusammen.

Er schickte auch dieses Bild an sein Handy.

Als er es darauf öffnen wollte, um sich noch für einen Moment sattzusehen an seiner glücklichen, bildschönen Frau, meldete das Handy den Eingang einer Nachricht.

Jemand schrieb ihm über Telegram.

Zuerst ging ein Foto ein.

Es zeigte eine andere Rica. Nicht lauthals lachend und glücklich ins Spiel mit Ragna vertieft, sondern an einen Stuhl gefesselt. Mit finsterer Miene blickte sie in die Kamera, ihre Augen pechschwarz. Jan wusste nur zu gut, was es bedeutete, wenn Rica diesen Blick aufsetzte. Sie machte dicht, verbarg ihre Gefühle, ihre Seele, ihr liebevoll-heiteres Kindheits-Ich, das ihr trotz allem, was sie hatte ertragen müssen, nicht verloren gegangen war. Statt es sterben zu lassen, hatte sie einen sicheren Raum in ihrem Inneren geschaffen, in dem es überleben konnte. Es gab Momente, in denen auch Jan nicht hätte sagen können, was seine Frau dachte oder fühlte. Dann perlte die Außenwelt an ihren onyxschwarzen Augen ab, und sie machte keinen Unterschied zwischen Freund und Feind.

Das Foto bewies, dass sie lebte. Und was auch immer man

ihr angetan hatte und noch antun würde, ihr inneres Kind war in Sicherheit.

Dem Foto folgte eine kurze Textnachricht.

Sie lebt. Wenn du weitermachst, wird sie weiterleben, und zwar in der Welt, aus der du sie befreit hast. Wenn du aber aufhörst, töten wir sie schnell und schmerzlos. Tu ihr also einen letzten Gefallen und kümmere dich um deinen Kram.

8.

Issy Stoll hatte kaum geschlafen in den letzten Tagen.
Sie empfand es als falsch, sich in ihre warmen, schützenden Decken zu hüllen, musste dann sofort an David denken und fragte sich unablässig, wie es ihm ging, ob er es warm hatte oder ob er sich zu Tode fürchtete, irgendwo eingesperrt, in Gedanken vielleicht genauso bei ihr wie sie bei ihm. Dass ihr Bruder und Seelenverwandter tot sein könnte, schloss Issy kategorisch aus. Ihre Beziehung zu David war tief und echt, sie würde es auf jeden Fall spüren, wenn er nicht mehr lebte.

Mittlerweile war David seit einer Woche verschwunden.

Maja Krebsfänger, die nette Kriminalbeamtin, hatte sich wie versprochen jeden Tag gemeldet, aber nichts Neues zu berichten gehabt. Die Suche nach einem Typen namens Leif hatte bislang nichts ergeben. Die Polizei ging Hinweisen und Spuren nach, und Issy hatte getan, worum die Kommissarin sie gebeten hatte. Sie hatte in der Kirchengemeinde herumgefragt und zusammen mit ihrer Mutter die Verwandtschaft abgeklappert. Mama und sie bildeten in ihrer Sorge eine Einheit, während Papa zur Arbeit ging, als sei nichts gewesen, als interessiere es ihn nicht, was mit seinem Sohn passierte. Der stolze Heinz Stoll, der aus dem Nichts heraus eine Baufirma aufgebaut und es zu einigem Wohlstand gebracht hatte, kam nicht damit klar, dass sein Sohn schwul war. Issy wollte es nicht glauben, aber in den dunkelsten Momenten drängte sich ihr der Gedanke auf, er könne Davids Verschwinden sogar etwas abgewinnen.

Nachdem aus der Verwandtschaft und der Kirchengemeinde keine brauchbaren Hinweise gekommen waren, hatte Issy sich heute für diesen Besuch entschieden.

Sie stand vor einem heruntergekommenen Mietblock im Westen von Oldenburg, der unter der Bezeichnung Sternhaus bekannt war. Das lag an der Bauart des Gebäudes. Von oben betrachtet hatte es die Form eines Sterns. Vom inneren Zentrum mit den Fahrstühlen und dem Treppenhaus gingen sechs Flügel strahlenförmig ab und wuchsen acht Etagen in die Höhe. Issys Vater hatte erzählt, früher, in den Siebzigern, war dies ein Vorzeigeobjekt für modernen Städtebau gewesen. Heinz Stoll war immer noch stolz darauf, während seiner Lehre an diesem Gebäude mitgearbeitet zu haben. Allerdings war das einstige Vorzeigeobjekt zu einer Art Slum verkommen. Wer hier wohnte, lebte abseits, gehörte nicht dazu, hatte es nicht geschafft, wie Heinz Stoll es ausdrücken würde. Wahrscheinlich bezahlte das Sozialamt so gut wie alle Mieten hier.

Auf dem großen Parkplatz vor dem Haus standen alte Schrottkisten neben aufgemotzten Prollkarren, zwischendrin Autos ohne Kennzeichen, die vor sich hin gammelten, ein paar Motorräder und Fahrräder. Einige Parkplätze waren mit Sperrmüll vollgestellt.

Issy war noch nie hier gewesen. Das Sternhaus war ihr nur aus Zeitungsmeldungen, von dem Getratsche der Leute und den Erzählungen ihres Vaters ein Begriff. Ihr wurde ein bisschen mulmig. Aber sie musste hinein, denn dort oben, in der achten Etage, lebte Charlie, genauer Charles Ebert, ein ehemaliger Klassenkamerad von David und guter Freund. Ebenjener Freund, von dem David hin und wieder Gras gekauft hatte.

Seinen Namen hatte Issy der Polizei natürlich nicht verraten, das ginge zu weit. Sie verpetzte niemanden. Deshalb musste sie auch selbst mit Charlie reden. Sie kannte ihn vom Sehen, hatte hin und wieder ein paar Worte mit ihm gewechselt, wenn er bei ihnen zu Hause aufgetaucht war, und ihn als netten, witzigen Typen in Erinnerung. Als David ihr erzählt hatte, von wem er das Gras bekam, hatte Issy es kaum glauben können. David hatte ihr versichert, Charlie deale nur mit Gras, nicht mit den harten Sachen wie Crack, Badesalz oder Kokain.

Unweit des Haupteingangs lungerte eine Gruppe Jungs herum. Kräftige Typen in Lederjacken und Jogginghosen, die rauchten und Bier tranken. Die Kälte schien ihnen nichts auszumachen. Neugierig beäugten sie Issy, während sie sich der Tür näherte. Sie verstand nicht, was gesagt wurde, aber es musste wohl anzüglich sein, denn die Typen lachten und schauten in ihre Richtung.

Einer stellte sich ihr in den Weg. Er sah auf verwegene Art gut aus, sein Lächeln war freundlich und offen. »Wo willst 'n hin?«

»Zu einem Freund«, sagte Issy.

»Wer auch immer das ist, der fickt nicht halb so gut wie ich«, sagte der Typ. »Und ich zahle auch besser.«

Issy wollte sich nicht von ihm provozieren lassen, doch er ließ sie auch nicht einfach vorbeigehen.

»Warte ... lauf nicht weg ...«, sagte er und breitete die Arme aus. In der einen Hand hielt er eine Dose Bier, zwischen den Lippen klemmte eine qualmende Zigarette. »Wir haben uns doch noch gar nicht richtig kennengelernt.«

»Blödheit erkenne ich auf den ersten Blick«, entgegnete Issy entgegen ihrem Vorsatz. »Verpiss dich!«, schob sie in der Hoffnung hinterher, den Typen davon überzeugen zu können, sich besser nicht mit ihr anzulegen.

»Hey, hey, hey, nicht gleich so garstig sein. Hab doch nur Spaß gemacht.« Er lächelte immer noch, aber ganz so offen und ehrlich fiel es jetzt nicht mehr aus.

»Und ich meine es ernst, also lass mich besser in Ruhe.« Issy sah ihm mit festem Blick in die Augen. Klar, sie war eine junge

Frau, keine sechzig Kilo schwer, einen Kopf kleiner als der Typ und sah alles andere als Furcht einflößend aus, aber sie würde sich nicht von ihm einschüchtern lassen.

»Issy?«

Der Ruf kam aus der Gruppe der Jungs. Überrascht sah sie hinüber.

Einer kam auf sie zu, das Gesicht ein Fragezeichen auf der Leinwand der Überraschung.

»Issy Stoll?«, fragte er.

Beinahe hätte sie Charlie Ebert nicht erkannt. Er war massiger geworden, aber nicht dick, sondern muskulös. Muskeln, wie man sie durch Training mit Hanteln und die Einnahme von Steroiden bekam. Da Charlie mit seinen eins siebzig nicht besonders groß war, wirkte er gedrungen, beinahe schon quadratisch. Sein Stiernacken sah scheußlich aus, fand sie.

»Hey, Charlie«, begrüßte sie ihn.

»Das gibt's ja nicht! Was tust du hier?«

»Du kennst die Schlampe?«, fragte der Typ, der Issy angemacht hatte.

»Halt die Fresse«, fuhr Charlie ihn an. »Sie ist eine gute Freundin, also halt besser deine verfickte Fresse.«

In diesem Moment wurde deutlich, wer hier das Sagen hatte, und Issy konnte es kaum glauben. Von David wusste sie, dass Charlie ebenfalls schwul und ein ziemlich sensibler Charakter war, der in der Schule gemobbt und oft verprügelt worden war und schnell in Tränen ausbrach. Doch der Typ, einen Kopf größer und auch nicht gerade schwach, ließ sich von Charlie beiseitedrängen.

Charlie packte Issy am Oberarm und zog sie ein Stück von der Gruppe fort.

»Was machst du hier?«, wiederholte er seine Frage; es klang wie ein Vorwurf.

»Ich brauche deine Hilfe.«

»Du kannst nicht einfach hierherkommen und …«

»David ist verschwunden«, unterbrach sie ihn.

Charlie sagte nichts, starrte sie einfach nur an. Sie sah Härte und Abgeklärtheit in seinem Blick, darunter aber auch etwas anderes. Verletzlichkeit und Empathie, gut geschützt, jedoch nicht vollkommen verborgen.

»Komm mit!«, zischte Charlie und ging voran. Er schritt weit aus und ging schnell, sodass sie ihm kaum folgen konnte. Dabei rammte er die Fäuste in die Taschen seiner schwarzen Lederjacke und zog den Kopf ein. Von hinten sah er aus wie ein Preisboxer oder Ringer. Seine Schritte waren federnd und voller Kraft, immer wieder sah er nach rechts und links, als müsse er die Gegend abchecken, als drohe ihm von überallher Gefahr.

Erst als sie das Sternhaus weit genug hinter sich gelassen hatten, blieb Charlie stehen und drehte sich zu ihr um. »Verschwunden? Was heißt das?«

»Die Polizei war bei uns. Kriminalbeamte. Sie suchen nach David. Er hat nachts Pizza ausgeliefert und ist dabei spurlos verschwunden. Man hat seinen Wagen gefunden, doch das war's auch schon.«

Charlie nickte, dachte nach. »Und jetzt denkst du, er ist bei mir?«

»Ich weiß nicht, was ich denken soll. Aber ich weiß, von wem er Gras bekommen hat und …«

Mit einer blitzschnellen Bewegung packte Charlie sie wieder am Arm und drückte diesmal so fest zu, dass es wehtat. »Hey!«, fuhr er sie an. »Das will ich nicht noch einmal hören! Hast du das den Bullen etwa auch gesagt?«

Issy schüttelte den Kopf. »Dann wäre ich wohl kaum hier, oder? Lass meinen Arm los, du tust mir weh!«

Das tat Charlie sofort und wirkte betroffen, so als habe er gar nicht bemerkt, was er getan hatte. »Komm, lass uns ein Stück gehen«, sagte er und marschierte voran.

Sie überquerten eine Straße und gelangten an einen schmalen Bach, der wie mit dem Lineal gezogen diesen Stadtteil vom nächsten abgrenzte. Selbst die Bäume und Büsche waren in gerader Linie gepflanzt. Hier war Getto, drüben gutbürgerliche Spießigkeit.

Während sie auf dem geschotterten Uferweg entlangliefen, erzählte Issy ausführlich, was sie wusste.

»Ist schon merkwürdig«, sagte Charlie nachdenklich, nachdem sie geendet hatte. »Einfach so zu verschwinden passt nicht zu David.«

Es beruhigte Issy, dass Charlie es genauso sah wie sie.

»Wann war er zuletzt bei dir?«, fragte sie Charlie.

»Vor zwei Wochen oder so.«

»Wegen … na ja, du weißt schon?«

»Sex oder Stoff?«

»Ihr hattet Sex miteinander?«

Charlie zuckte mit den Schultern. »War dann leider doch nicht die ganz große Liebe, aber trotzdem schön. Dein Bruder ist ziemlich attraktiv, weißt du ja, aber man kann auch echt gut mit ihm quatschen. Und um es genau zu sagen, er war wegen Stoff und Quatschen da … das mit dem Sex hat sich schon vor einiger Zeit erledigt. David mochte die Sache mit dem Muskelaufbau nicht besonders.«

»Aber er ging doch auch ins Fitnessstudio.«

»Schon, aber nicht so exzessiv wie ich. Und ohne … gewisse Mittel. Und seitdem er studiert, kommt er auch nicht mehr so oft ins Studio … wegen der Fahrerei, sagt er, dabei dauert es gerade mal eine halbe Stunde.«

Issy nickte und beließ es dabei. Wahrscheinlich nahm Charlie nicht nur selbst Steroide, sondern dealte auch noch damit. Issy konnte sich gut vorstellen, wie ihr Bruder seinem Freund deshalb ins Gewissen geredet hatte. Davids moralische Ansprüche waren immer hoch gewesen, aber er hatte nicht die Tendenz, andere zu verurteilen, die seinen Ansprüchen nicht genügten.

»Sag, hast du irgendwas bemerkt bei ihm? Eine Veränderung?«

Charlie schüttelte den Kopf. »Nee, er war wie immer. Hat sich über euren Vater ausgekotzt und gesagt, die Doppelbelastung mit Studium und Nebenjob sei echt hart, aber er würde euren Alten niemals um Geld anhauen. Mein Angebot, nebenher ein bisschen zu dealen, hat er aber ausgeschlagen. Echt, dein Bruder ist zu gut für diese Welt ... und zu weich.«

»Und du«, sagte Issy, »du bist jetzt hart genug für diese Welt?« Sie boxte Charlie freundschaftlich gegen die massive Schulter.

Er grinste, aber auf traurige Art und Weise. »Die Panzerung hilft. Ich hab dazugelernt, weiß jetzt, wie ich mich verstecken kann. Glaub bloß nicht dieses ganze liberale Gequatsche, jeder könne so sein, wie er wolle ... Scheiße, mag sein, dass das irgendwo so funktioniert, aber nicht in der Welt, in der ich lebe. Nicht auf dieser Seite des Flusses.«

»Also wissen diese Jungs vor dem Haus nicht, dass du schwul bist?«

»Natürlich nicht. Und das muss auch so bleiben. Wäre ganz gut, wenn ich dir nachher an den Arsch fassen dürfte, damit die was zu glotzen haben.«

Issy lachte. »Darfst du. Aber sag mal, hat David dir vielleicht erzählt, dass er jemanden kennengelernt hat? Oder ihn jemand angesprochen hat, irgend so etwas. Du weißt ja, wie er ist ... viel zu gutgläubig ... will immer helfen, vielleicht hat er sich da in etwas reinziehen lassen.«

»Du meinst, jemand könnte ihm etwas angetan haben?«

»Irgendwas muss ihm zugestoßen sein.«

»Und du willst herausfinden, was?«

»Ich will mich nicht allein auf die Polizei verlassen … und ich bin es David einfach schuldig.«

Charlie hielt ihrem fordernden Blick stand und nickte schließlich. »Vielleicht hat es ja nichts zu bedeuten, aber ich habe David vor einiger Zeit mit einem Typen streiten sehen.«

»Was? Mit wem?«

»Ich kenne seinen Namen nicht. Er trainiert im selben Studio. Ziemlich finsterer Typ. Passt so gar nicht zu ihm.«

»Und worüber haben die gestritten?«

»Keine Ahnung, ich hab das durchs Fenster im Gym beobachtet, aber nicht zugehört. David meinte später, es ging um einen Parkplatz.«

»Einen Parkplatz?«

»Ja, aber das hab ich ihm nicht abgenommen. David wollte nicht drüber quatschen, und ich hab die Sache dann auf sich beruhen lassen. Komm doch mal ins Studio, dann zeig ich dir den Typ.«

»Okay. Wann?«

»Ich weiß natürlich nicht, wann er da ist. Wie wäre es, wenn ich dich anrufe, und du kommst dann spontan?«

»Guter Plan.«

»Ich hätte noch einen anderen Vorschlag«, sagte Charlie. »Facebook.«

»Wieso Facebook?«

»Starte doch dort eine Vermisstensuche. Machen viele. Was könnte besser dafür geeignet sein als das weltgrößte Netzwerk?«

9.

Jan wartete bis zum Einbruch der Dunkelheit, dann legte er den Zündschlüssel auf den vorderen linken Reifen des Defender und lief los.

Der Wetterdienst hatte den ganzen Tag über vor am Abend einsetzendem Schneefall gewarnt, der im Laufe der Nacht in Eisregen übergehen sollte. Das Wetter war also nicht auf seiner Seite, es baute zusätzlichen Druck auf, aber die Option, auf eine Besserung der Wetterlage zu warten, gab es nicht. Er würde Rica nur dann vor Schlimmerem bewahren können, wenn er schneller war als seine Feinde. Um ihnen von jetzt an einen Schritt voraus sein zu können, musste er sie aber erst einmal kennen. Daraus, so hoffte Jan, ließ sich ein Vorsprung gewinnen. Ein paar Stunden, vielleicht ein halber Tag, nicht viel, aber es würde ihm reichen.

Bevor er aufgebrochen war, hatte Jan sich komplett in Schwarz gekleidet. Auf der freien, verschneiten Fläche hinter dem Haus fiel er damit zwar auf, aber kaum erreichte er den dichten Nadelwald, verschmolz er mit der Finsternis. Die Stirnlampe schaltete er noch nicht ein. Solange es ging, wollte er sich ohne Licht fortbewegen, denn eine auch noch so kleine Lampe würde hier oben unweigerlich auffallen. Dieser Nachteil war aber zugleich ein Vorteil; auch Jan würde seine Feinde erkennen, wenn sie so dumm sein sollten, Licht zu machen oder auch nur eine Zigarette anzuzünden.

Er glaubte jedoch nicht, dass sie ihn jetzt, in der Dunkelheit, hier oben in den Wäldern überwachten. Es gab nur eine Straße zu ihrem Hof im Hammertal, man musste unweigerlich ins

Dorf hinunterfahren, um ihn zu verlassen. Jan wusste, wenn sie irgendwo lauerten, dann dort unten.

Zunächst lief er bergan und nahm sich dabei zurück, um nicht zu viel Kraft zu verlieren. Die Nacht würde noch lang genug werden und er sich erst wieder ausruhen können, wenn Rica bei ihm war.

Der Name meiner Frau ist Rica, und ich werde sie wiedersehen.

Diesem Mantra folgte er, koste es, was es wolle.

Der Wind wurde stärker.

Um ihn herum wogten die Stämme der Fichten, raunten die Nadeln ihr unheimliches Lied. Nach fünf Minuten erreichte Jan den schmalen, geschotterten Forstweg, der einmal um das Tal herum am Berghang verlief. Dieser Weg war ihm eingefallen, als er darüber nachgedacht hatte, wie die Entführer Rica aus dem Haus geschafft hatten, ohne dass die Wildkameras es aufzeichneten. Was, wenn es zwei Teams gegeben hatte? Eines war von der Brücke her gekommen, das andere aus dem Wald, und vielleicht hatten sie Rica über diesen versteckten Weg fortgeschafft.

Jan hakte die Daumen in die Schultergurte des Rucksacks und begann schneller zu laufen. Er kam an der Stelle vorbei, an der Rica sich im letzten Jahr beim Joggen beobachtet gefühlt hatte. Jan hätte sich ohrfeigen können dafür, der Sache nicht mehr Beachtung geschenkt zu haben. Er wusste doch, es waren letztlich immer die Kleinigkeiten, auf die es ankam. Wer beobachten und zuhören konnte, wer den Details Aufmerksamkeit schenkte, war im Vorteil. Im Grunde war es, als lese man einen Krimi: Die wichtigen Informationen darin waren stets gut versteckt, man durfte auf keinen Fall zu schnell, zu oberflächlich, zu selbstsicher über die Seiten fliegen.

Er hatte es nicht geschafft, seine Frau zu beschützen, weil er nachlässig gewesen war, aber er würde diesen Fehler korrigieren.

Auf halbem Weg hinunter ins Tal setzte der Schneefall ein. Da die Temperatur im Laufe des Tages angestiegen war und noch weiter ansteigen würde, waren es schwere, nasse Flocken, die ihm ins Gesicht klatschten. In den ersten Minuten tauten sie, sobald sie den Boden berührten, schließlich waren es aber doch genug, um eine Schneedecke zu bilden. Im Laufen warf Jan einen Blick auf seine Armbanduhr und stellte fest, dass der Defender genau jetzt ins Tal hinabrollen würde.

Jan musste aufpassen, nicht zu stürzen. Ein verstauchter Knöchel wäre eine Katastrophe.

Während er sich dem Tal mit den darin eingebetteten Lichtern näherte, musste Jan wieder an Nelia denken. An ihre letzten Worte, Sekunden bevor die Kugel sie aus dem Leben gerissen hatte.

Missing Order ... es bedeutet, dass du alles bestellen kannst, was du willst, auch einen Menschen ...

Sie hatte nicht von »kaufen« gesprochen, sondern von »bestellen«. Das Wort »Order« passte dazu, war »bestellen« doch die wörtliche Übersetzung.

Gab es so etwas? Dass man nicht irgendeinen Menschen kaufte, sondern eine ganz bestimmte Person bestellte? Jan wollte das nicht ausschließen, aber was hatte das mit Ricas Verschwinden zu tun? Und warum hatte Nelia so viel Geld bei sich gehabt? Jan hatte noch keine Zeit gefunden, es zu zählen, schätzte aber, dass es ungefähr genauso viel war, wie er mit zu dem Treffen gebracht hatte. Fünftausend Euro. Was sollte das? War sie für irgendetwas bezahlt worden?

Es gab viele unbeantwortete Fragen, die es zu klären galt.

Als er nach links blickte, glaubte Jan, zwischen den Stämmen hindurch die Scheinwerfer des Defender erkennen zu können. Langsam glitt sie ins Tal hinab, gefiltert durch den immer dichter werdenden Schneefall. Außerdem hörte er das charakteristische Motorengeräusch: alt, zuverlässig, robust.

Was er sich überlegt hatte, musste unbedingt funktionieren, hing allerdings von ein paar Faktoren ab, die Jan nicht kontrollieren konnte. Doch so war es schließlich immer. Niemand konnte für jede Eventualität im Voraus planen, und wenn es nicht klappte, würde er improvisieren – eine seiner Stärken.

Die größte Hürde – und zugleich seine größte Schwäche – war der Kampf gegen sich selbst.

Gegen seine Angst und Wut.

Beides beeinträchtigte seine Fähigkeit, logisch zu denken. Rica hatte ihm einmal vorgehalten, in solchen Situationen wie ein Berserker zu agieren, der blindlings alles zerstörte, was ihm in den Weg kam. Sie hatte recht. Es war nicht leicht, ihn in diese hochriskante Lage zu versetzen, aber wenn dies jemandem erst einmal gelungen war, wenn der rote Nebel seine Sinne verschleierte, wurde Jan zu einer unberechenbaren Gefahr – für andere und für sich selbst.

Diesen Zustand durfte er nicht erreichen, musste ihn unterdrücken, und das war enorm schwierig. Die Sorge um Rica war übermächtig, begleitete jeden Gedanken, jede Handlung, jeden Atemzug.

Auf dem Foto, das man ihm geschickt hatte, wirkte sie unverletzt. Gefesselt und gefangen, aber unverletzt. In ihren Augen dieser stolze und starke Ausdruck, der nicht leicht zu brechen war. Jan hoffte, dass seine Frau vernünftig bleiben und ihre Entführer nicht zu sehr herausfordern würde.

Die kurze Textnachricht zu dem Foto war eine Kriegserklärung, und Jan fragte sich, was der Verfasser damit bezweckte. Glaubten seine Feinde wirklich, er würde sich vor den Fernseher setzen, die Füße hochlegen und Rica einen gnädigen Tod sterben lassen? Anderenfalls, so die Drohung, würden sie seine Frau zurück in die Welt bringen, aus der Jan sie befreit hatte.

Zurück in die Zwangsprostitution.

Nein, sie konnten nicht annehmen, er würde sich fügen. Es war eine Herausforderung, eine Kriegserklärung und außerdem der Versuch, ihm schon jetzt die Schuld zuzuschieben für alles, was Rica zustoßen würde.

Nachdem er vierzig Minuten gelaufen war, erreichte Jan verschwitzt die Ortschaft Hammertal. Im Schutz des Waldes blieb er am Ortsrand stehen, kontrollierte die Uhrzeit und nahm erleichtert zur Kenntnis, dass er auf die Minute genau im Zeitplan war.

Von seinem Standpunkt aus hatte er einen guten Blick über den Ort. Hammertal verschwand gerade im weißen Sturm. Der Schneefall filterte das Streulicht der Laternen und ebenso das Licht aus den Fenstern der Häuser. Er entdeckte den Supermarkt mit seinem Parkplatz, das Rathaus und etwas weiter entfernt die Tankstelle – sie war am hellsten beleuchtet.

Auf der Durchgangsstraße herrschte nur wenig Verkehr. Die Fahrzeuge bewegten sich im Schneckentempo. Schneefall war in dieser Gegend in den letzten Jahren selten geworden, die Menschen konnten kaum noch damit umgehen. Jan wusste nicht, wie sein Nachbar Norbert zurechtkam, aber zumindest war der Defender für dieses Wetter bestens geeignet, die Winterreifen quasi noch nagelneu.

Weiter jetzt!

Er musste den Treffpunkt als Erster erreichen.

Jan verließ den Forstweg, der hier weit nach rechts schwenkte und noch eine Weile durch den Wald verlief. Er kletterte über den Zaun eines Privatgrundstücks, schlich durch den Garten von Menschen, die wahrscheinlich gerade beim Abendessen zusammensaßen, Menschen, die ein normales Leben lebten, in dem Gewalt und Lebensgefahr nur abstrakte Begriffe waren, und nicht zum ersten Mal verspürte Jan eine tiefe Sehnsucht nach einem solchen Leben. Er wusste, es würde für immer und ewig ein Wunschtraum bleiben, das Szenario einer Zukunft, die es für ihn und Rica niemals geben würde. Ihnen war es auferlegt, von draußen, aus der Kälte heraus, in die beleuchteten Wohnzimmer zu blicken. Nicht dazuzugehören entwickelte sich dabei zu einem Lebensgefühl für sie.

Über die Garagenauffahrt verließ Jan das Grundstück und löste einen Bewegungsmelder aus, der das Außenlicht einschaltete, war aber schon verschwunden, bevor drinnen ein kleiner Hund zu kläffen begann.

So schnell es die verschneite Straße zuließ, rannte er hinab ins Ortszentrum. Der Schneepflug mit dem Salzstreuer war bereits unterwegs. Sein orangefarbenes Licht pulsierte wie ein Herzschlag im dichten Flockengewebe.

Nur noch wenige Meter von der Kreuzung entfernt, die so etwas wie den Mittelpunkt des Ortes darstellte, wechselte Jan vom Laufen ins Gehen und achtete darauf, nicht in die Lichtkegel der Laternen und Fahrzeuge zu geraten. Aus dem Hammertal floss ein Bach durch den Ort, der Uferbereich war bewachsen und dunkel, dort bewegte Jan sich weiter fort. Am Widerlager der Brücke blieb er stehen und beobachtete.

Es dauerte keine zwei Minuten, bis er den charakteristischen Klang des Defender hörte. Gedämpft zwar durch den Schnee, aber für ihn dennoch eindeutig zu identifizieren.

Jan suchte nicht nach seinem Wagen, sondern behielt die Umgebung der Kreuzung im Blick. Von links schob sich der Defender schließlich ins Licht der Straßenlaternen. Auf dem Dach lag ein wenig Schnee, die Scheibenwischer mühten sich ab im Kampf gegen die dicken, nassen Flocken. Jetzt warf Jan einen Blick hinüber. Norbert hatte auf seine Anweisungen gehört, eine dicke Mütze aufgesetzt, den Kragen seiner Jacke hochgestellt und die Lüftung des Defender nicht eingeschaltet, sodass die Seitenscheiben komplett und die Windschutzscheibe bis auf einen kleinen Bereich beschlagen waren.

Norbert stoppte an der Kreuzung. Mit ein bisschen Mut hätte er direkt weiterfahren können, ließ aber zunächst zwei Fahrzeuge vorbei. Dann setzte sich der schwere Defender ruckelnd in Bewegung und bog Richtung Tankstelle ab.

Es dauerte keine fünf Sekunden, da startete drüben auf dem Parkstreifen vor dem Gemeindehaus ein Motor. Scheinwerfer flammten auf und blendeten Jan. Durch den Brückenaufbau aus Beton geschützt, beobachtete Jan einen dunkel lackierten Wagen, der zügig vom Parkplatz auf die Straße fuhr und seinen Defender mit seinem Nachbarn Norbert am Steuer verfolgte.

Jan rannte wieder los.

Über die Straße, am Gemeindehaus und der kleinen Grundschule vorbei, dann über den Sportplatz und durch einen schmalen Stichweg, der den Bach zweihundert Meter begleitete und schließlich an der Anliegerstraße endete, die direkt neben der Tankstelle verlief.

Norbert lenkte den Defender gerade an eine der Zapfsäulen. Jan verharrte hinter Büschen. Norbert stieg aus und lief mit hochgezogenen Schultern zum Tankstellenshop hinüber. Sein Nachbar war ungefähr gleich groß wie Jan, trug aber einiges mehr an Gewicht mit sich herum, was dank der gefütterten Winterjacke jedoch nicht weiter auffiel. Die braune Wollmütze mit den Ohrenklappen – ein nicht ganz ernst gemeintes Geschenk von Rica zu Weihnachten, weil sie fand, wer Holz hackte und Flanellhemden trug, dem stünde auch eine solche

Mütze –, die Jan ihm auf den Beifahrersitz gelegt hatte, tat ein Übriges, ihn unkenntlich zu machen.

Es schmerzte ihn, an Weihnachten zu denken. An diese friedlichen, ruhigen Tage voller Harmonie. Rica zuliebe hatte er die Mütze aufgesetzt, sich wie ein Trottel gefühlt, doch Rica fand ihn damit zuckersüß, wie sie gesagt hatte – natürlich mit diesem leicht ironischen Unterton, den sie perfekt beherrschte. Dazu dieses Blitzen in den Augen, das er so liebte. Es stand für Kraft, Klugheit, Witz und Schlagfertigkeit, und immer, wenn Jan es an seiner Frau bemerkte, wurde er sich ihrer Stärke bewusst. Eigentlich hätte das, was sie erlebt hatte, dieses Blitzen für immer erlöschen lassen müssen. Bei den meisten wäre es wohl so gewesen.

Jan wünschte sich, es wiedersehen zu dürfen.

Er wünschte es sich mit aller Hingabe, zu der er fähig war.

Der dunkle Wagen rollte auf das Gelände der Tankstelle und steuerte die Zapfsäule hinter dem Defender an. Der Fahrer stieg aus, öffnete die Tankklappe und führte die Zapfpistole ein. Die Tankstelle war gut genug beleuchtet, um die Person durch den Schneesturm hindurch erkennen zu können.

Männlich, weiß, eins achtzig, kräftig, mit breiten Schultern und einem Stiernacken. Kurz geschorenes, dunkles Haar. Er trug Bluejeans, Stiefel mit Fellrand und eine schwarze Bomberjacke. Während er seinen Wagen auftankte, wechselte sein Blick vom Defender zum Shop hin und her. Er versuchte herauszufinden, ob nur eine Person darin saß, und fragte sich wahrscheinlich, warum die Scheiben so beschlagen waren.

Wie abgesprochen kam Norbert nicht wieder aus dem Shop heraus.

Norbert war ein alteingesessener Hammertaler, der hier jeden und jede kannte, ganz sicher auch die Person, die gerade jetzt an der Kasse arbeitete. Zudem war Norbert ein äußerst kommunikativer Mensch, der sich ausfernd lange über Kleinigkeiten unterhalten konnte. Er würde kein Problem damit haben, die Kassenkraft in ein Gespräch zu verwickeln und damit einen Grund zu haben, sich so lange im Shop aufzuhalten.

Jan wartete geduldig. Mit den Händen in den Taschen seiner Bomberjacke stand sein Verfolger neben seinem Wagen und starrte zum Shop hinüber. Schnee, der unter das Überdach wehte, sammelte sich auf seinem Haar. Sicher war der Tank längst voll, und der Mann fragte sich, was er jetzt tun sollte. Schließlich traf er eine Entscheidung, hängte die Zapfpistole zurück, schraubte den Tankdeckel auf und stapfte zum Shop hinüber.

Jan verließ sein Versteck. Unter großer Anspannung, aber mit ruhigen Schritten, ging er zu dem Wagen seines Verfolgers hinüber.

Es war eine Sache von Sekunden, den Peilsender im Radkasten zu befestigen. Mit seiner Mütze wischte Jan eine kleine Stelle an der Plastikverkleidung trocken, zog den Schutzfilm vom Klebestreifen und drückte den Peilsender kräftig an.

Jans Plan schien aufzugehen. Er hatte Norbert gebeten, mit seinem Defender ins Dorf hinunter zur Tankstelle und danach zum Supermarkt zu fahren. Jan hatte so viel Zeit wie möglich herausschinden wollen, um zu beobachten, ob der Defender verfolgt wurde, und im geeigneten Moment einen Peilsender mit SIM-Karte an dem Verfolgerfahrzeug anzubringen. Dieser Sender, so hatte Jan es sich gedacht, würde ihn zu Rica führen. Doch als er jetzt sah, dass sein Verfolger den Wagen nicht abgeschlossen hatte, kam ihm ein anderer Gedanke.

Jan dachte nicht lange darüber nach, handelte instinktiv.

Er stieg in den Fond und duckte sich hinter die Rückenlehnen der Vordersitze.

10.

Seit Jahren standen die Kalebassen unangetastet auf dem Grund des Meeres vor der karibischen Insel Haiti, aber Rica Kantzius ahnte, dass der zu erwartende Sturm sie an den Strand spülen und die Deckel abreißen würde, die sie mit all ihrer Kraft daraufgedrückt hatte. Ein Universum war darin versteckt, ihr eigenes, und es sollte für immer darin verborgen bleiben.

Ihre Kalebassen waren groß, es passte viel hinein, aber es war auch schon eine ganze Menge darin, mehr, als ein einziges Leben an schlimmen Erinnerungen hergeben sollte. Rica wusste nicht, ob sie es überstehen würde, ein weiteres Mal in dieses Universum geschleudert zu werden, und ob sie erneut die Kraft aufbringen konnte, die Deckel zurück auf die Kalebassen zu drücken.

Sie lief in dem völlig weißen Raum auf und ab, in dem sie gefangen gehalten wurde. Die Fesseln hatte die große blonde Frau ihr abnehmen lassen, nachdem sie das Bild für Jan geschossen hatte. Gleichwohl gab es keine Chance für Rica, aus eigener Kraft aus diesem Raum zu entkommen.

Sie wüsste gern, was die Blonde Jan geschrieben hatte.

Eine Warnung? Erpressten sie ihn? Es musste einen gewichtigen Grund geben, warum sie sie entführt und nicht sofort getötet hatten. Auf Ricas Fragen hatte die Blonde nicht geantwortet, aber der Blick, mit dem sie sie bedacht hatte, war Rica in Mark und Bein gefahren. Das war nicht einfach nur der Blick einer Frau gewesen, die sich mit Geld für ein Verbrechen kaufen ließ. Rica hatte Brüche darin gesehen, Brüche und

Narben, tief wie schwarze Schluchten. Trauer auch, und Schmerz, der vor langer Zeit heiß gelodert hatte und nun durch die schwelende Glut des Unverzeihlichen davon abgehalten wurde, zu verlöschen.

Die Blonde brannte für das, was sie tat, und sie hatte sehr persönliche Gründe dafür.

Als diese große Frau sich zu ihr hinabgebeugt und sie aus kurzer Distanz angeschaut hatte, hatte Rica sie riechen und fühlen können. Da war wieder dieser merkwürdig süßliche Geruch gewesen, und ihre leicht geröteten Wangen hatten Hitze verströmt wie bei einem aufgeregten Kind.

»Jetzt bringen wir alles wieder ins Lot«, hatte sie leise mit ihrer hohen Stimme gesagt, dann war sie gegangen.

Wenige Minuten später war ein Mann hereingekommen, hatte Rica wortlos von dem Stuhl losgebunden, den Raum wieder verlassen und die Tür von außen verriegelt. Er hatte keinen Schlüssel im Schloss gedreht, sondern den Geräuschen nach zu urteilen metallene Riegel vorgeschoben. Drei Stück. Rica wog keine fünfzig Kilo. Sie könnte sich stundenlang gegen die Tür werfen, und es würde nichts passieren.

Körperlich war sie jedem und allem hier hoffnungslos unterlegen. Vielleicht würde es ihr mit einem Überraschungsangriff gelingen, den einen oder anderen Tritt oder Schlag anzubringen, aber sie würde damit niemanden ausschalten können. Weder die große Blonde noch den kräftigen Mann, der sie losgebunden hatte.

Es gab also nur eines, worauf sie sich verlassen konnte: ihre Klugheit. Und die würde ihr beizeiten helfen, das Richtige zu tun. Vielleicht würde das wieder der nach innen gerichtete Kampf sein – der härteste überhaupt. Sie hatte ihn schon einmal ausfechten müssen, damals, bevor Jan sie aus der Schattenwelt befreit hatte, und sie hatte ihn bestanden.

Damals hatte es die Kalebassen noch nicht gegeben, die hatte Rica erst später erschaffen. Es war ihr klar gewesen, dass sie einen Bezug und eine exakte Vorstellung davon haben musste, damit es funktionierte. In ihrer Heimat waren Kalebassen – Gefäße, die aus der ausgehöhlten und getrockneten Hülle des Flaschenkürbisses gefertigt wurden – lange Zeit als Transportmittel für Flüssigkeiten genutzt worden, heutzutage kamen sie fast nur noch als Resonanzkörper für Musikinstrumente zum Einsatz.

Im Voodoo symbolisierten Kalebassen das Universum, und dieser Gedanke hatte Rica gefallen, deshalb hatte sie dieses Bild hergenommen, um ihre Erinnerungen zu verstauen und sicher am Grund des Meeres aufzubewahren.

Gefäße wie Universen.

Voller angsteinflößender Erinnerungen.

Es hatte so kommen müssen, nicht wahr? Wie hatte sie glauben können, niemals wieder hineinschauen zu müssen? Das war naiv gewesen. Aber ohne Naivität hätte sie sich kein zweites Leben aufbauen können.

Ein Geräusch riss sie aus ihren Gedanken.

Jenseits der Tür war eine andere Tür geöffnet und geschlossen worden.

Sie hörte Schritte, die schließlich vor der Tür zu ihrem Gefängnis verharrten.

Rica hielt den Atem an.

Ihr Herz pochte wild und laut.

Mit jeder Faser ihres Körpers spürte sie die Gefahr.

Denk nach!, rief Rica sich zu. Du musst jetzt schon wissen, was du sagen willst, denn wenn du im Frozen Fright gefangen bist, ist es zu spät – das wusste sie aus Erfahrung. Wenn der Körper in Angst gefror, war keine Gegenwehr mehr möglich.

Finger glitten auf der anderen Seite über das Türblatt, und

Rica stellte sich vor, wie ein Ohr ans Holz gepresst wurde. Wer auch immer das war, er war nicht gekommen, um zu überprüfen, ob sie noch da war. Der Raum hatte kein Fenster, die Riegel lagen vor, und in Luft auflösen konnte sie sich nicht.

Schon glitt der erste Metallriegel zurück. Langsam, in dem Versuch, kein Geräusch zu verursachen, aber Rica hörte es. Sie starrte die Stelle an, an der sie den zweiten Riegel vermutete, und schon wurde auch der bewegt. Dann der dritte.

Rica zog sich mit schnellen Schritten von der Tür zurück, bis sie die Wand im Rücken spürte.

Der Mann, der sie vorhin losgebunden hatte, betrat ihr Gefängnis.

Ein Mann, wie es viele gab, ohne besondere Merkmale oder besondere Ausstrahlung, ein Handlanger der Blonden, keine Frage. Vorhin hatte er gleichgültig getan, als er ihr nahe gekommen war, um die Fesseln zu lösen, doch wie Rica jetzt feststellen musste, war diese Gleichgültigkeit wohl nur vorgetäuscht gewesen.

In seinen kleinen, eng beieinanderstehenden Augen blitzte Gier auf.

Er schloss die Tür hinter sich, konnte sie aber von innen nicht verriegeln. Trotz der drohenden Gefahr registrierte Rica sehr genau diese Chance zur Flucht – auch wenn sie bezweifelte, dass unmittelbar hinter der Tür die Freiheit wie ein roter Teppich ausgebreitet lag.

»Ich bin Karl«, sagte der Mann mit einem Akzent, den Rica nicht klar einordnen konnte.

Rica behielt ihn im Blick, ohne zu antworten, bewegte sich auch nicht von der Stelle. Ihre Handflächen klebten an der Wand, als müsse sie sich daran festhalten.

Der Mann mochte vielleicht dreißig Jahre alt sein. Er hatte ein breites Gesicht, dem Freundlichkeit sicher gut stand, aber davon war jetzt nichts zu sehen. Seine buschigen Augenbrauen hätten gestutzt werden müssen, das schwarze Haar benötigte einen Schnitt, die Kleidung saß schlecht, die Schuhsohlen waren an den Außenseiten abgelaufen.

»Ich habe lang auf dich gewartet«, fuhr Karl fort. »Wenn man jeden Tag wartet, ist jeder Tag lang.«

Seine Stimme klang traurig, und diese Traurigkeit spiegelte sich in seinen Augen wider. Rica versuchte, den Mann einzuordnen. Warum hatte er lange auf sie gewartet? Was hatte all das hier zu bedeuten? Der Satz der großen Blonden »Jetzt bringen wir alles wieder ins Lot« war auch schon äußerst merkwürdig gewesen.

»Kennen wir uns?«, fragte Rica.

Karls linker Mundwinkel zuckte, er schüttelte den Kopf.

»Aber du wirst mich kennenlernen«, sagte er mit der gleichen traurigen Intonation. Es klang nicht wie eine Drohung und ließ seine Worte dadurch umso bedrohlicher wirken.

»Warum bin ich hier?«, schob Rica eine Frage nach. Vielleicht konnte sie den Mann in ein Gespräch verwickeln. Vielleicht war er nicht der tumbe, brutale Typ, für den sie ihn gehalten hatte. Aussehen konnte täuschen, tat es sogar häufiger, als es die Wahrheit vermittelte, das hatte Rica im Laufe ihres Lebens schmerzhaft lernen müssen.

»Zieh dich aus!«, antwortete der Mann und zerstörte Ricas Hoffnung.

Vor ihren Augen blitzte das Bild der auf dem Meeresgrund vor Haiti stehenden Kalebassen auf. Sie schwankten im bewegten Wasser, lösten sich langsam vom sandigen Boden. Das war gut, denn wie es aussah, würde sie die Gefäße wieder brauchen.

Rica, die ja ohnehin nur einen schwarzen Slip und einen schwarzen BH trug, schüttelte den Kopf.

»Vier«, sagte sie und ließ das Wort allein im Raum stehen.

Für sie selbst war es ein mächtiges, großes Wort, das lange Schatten warf, die tief in ihre Vergangenheit und in ihr Innerstes reichten.

Für Karl war es in diesem Moment ein Wort ohne Bedeutung. Und weil er es nicht verstand, ignorierte er es.

»Zieh. Dich. Aus«, wiederholte er seine Forderung, nun aber ohne Traurigkeit in seiner Stimme. Er wollte Gehorsam und würde sich durchsetzen.

»Vier waren es«, entgegnete Rica, ohne sich zu rühren, die Hände nach wie vor an die weiße kalte Wand gepresst. »Vier Männer, und jeder hat an und in mir seinen Schmutz hinterlassen. Es ist alles noch hier drinnen ...«

Jetzt legte Rica sich die Hände flach auf den nackten Bauch.

»Willst du deinen Schmutz auch noch dazutun? Willst du in ihrem Dreck wühlen, ja? Willst du Nummer fünf sein? Dann komm. Mir machst du keine Angst, aber du solltest Angst haben. Denn was ich dir mitgebe, wirst du niemals wieder los, es wird dich den Rest deines Lebens quälen, in jeder Minute.«

Stille.

Karl starrte sie an. Sein linker Mundwinkel zuckte heftiger.

Er wusste offenbar nicht, was er tun, wie er sich verhalten sollte. Rica spürte, sie hatte ihn erreicht, einen Griff in der rauen Betonwand seiner Emotionen gefunden, ihre Finger lagen an diesem Griff, und sie würde nicht wieder loslassen. Kein Tritt oder Schlag, keine Selbstverteidigung der Welt konnte jemals so effektiv sein wie die Macht der Worte über die Gefühle. Karl wusste das nicht. Karl vertraute auf seine Kraft, seine Brutalität, seine Vehemenz, alles Eigenschaften, die ihn wahrscheinlich bisher gut durchs Leben gebracht hatten.

Doch hier und jetzt geriet er an seine Grenzen.

Und tat deshalb, worauf er sich verlassen konnte.

Er griff hinter sich und zog ein Messer aus einer Scheide, die im Rücken an seinem Gürtel befestigt sein musste. Die Klinge war vielleicht fünfzehn Zentimeter lang und wirkte klein in seiner kräftigen Hand. Dennoch wäre Rica instinktiv einen Schritt zurückgegangen, stünde sie nicht längst mit dem Rücken an der Wand.

»Ein letztes Mal. Ausziehen.«

Jetzt klang Karls Stimme rau und leise, und Rica begriff, dass sie sich getäuscht hatte. Was sie sagte, erreichte ihn nicht. Dieser Mann hatte kein Gewissen mehr.

Sie schüttelte den Kopf. Auch wenn sie nicht viel Kleidung am Leib trug, dieses letzte bisschen würde sie nicht kampflos ablegen. Vor ihrem inneren Auge sah sie die Kalebassen an der Meeresoberfläche auf die Küste zutreiben. Es war beruhigend, sie dort zu sehen, denn am Ende würden sie ihr Zufluchtsort sein, der einzige sichere Hafen …

Karl machte zwei schnelle Schritte auf sie zu, das Messer vor sich ausgestreckt.

Rica, die nur deshalb ihre Position an der Wand beibehalten hatte, weil sie ihr als Katapult diente, stieß sich schwungvoll davon ab, wirbelte auf der rechten Ferse herum und stieß aus der Drehung den nackten Fuß gegen Karls Handgelenk.

Das tat ihr mehr weh als ihm, aber immerhin ließ er das Messer fallen und stieß einen überraschten Laut aus.

Rica nutzte die Geschwindigkeit der Drehung, um sich hinter Karl zu bringen. Er war zu langsam, zu verdutzt, um das zu verhindern, und als er nach ihr griff, war sie bereits außer Reichweite in Richtung Tür unterwegs.

Sie stieß die Tür auf, stürmte hinaus – und prallte beinahe gegen die große blonde Frau. Ehe Rica reagieren konnte, schlug die Blonde ihr mit dem Handballen mitten ins Gesicht. Schmerz stach ihr durch die Nase bis ins Hirn, sie taumelte zurück gegen die Tür, ging zu Boden und sah Sterne. Rica blieb bei Bewusstsein, doch der Schlag versetzte sie in jene diffus-wattige Zwischenwelt, in der sie Reize zwar wahrnehmen, aber kaum deuten konnte. Sie spürte etwas Warmes an ihrem Gesicht hinablaufen, dann ein Griff in ihrem Haar, jemand riss daran, neue Schmerzen, sie wurde zurück in den Raum gezogen und dort zu Boden geschleudert.

»Was wird das hier?« Das war die Stimme der Blonden, laut und erregt. »Ich hatte dir verboten ...«

»Du kannst es mir nicht verbieten!«, unterbrach sie der Mann, ebenso erbost. »Ich habe die gleichen Rechte wie du, und ich will, dass sie leidet.«

»Das wird sie, aber nicht hier und jetzt. Ich habe Kantzius die Entscheidung überlassen, und alles Weitere hängt davon ab, was er tut. Hält er die Füße still, halte ich mein Wort. Dann kannst du sie töten.«

»Und wenn nicht?«

»Dann kannst du mit ihr machen, was du willst, und wenn du fertig bist, bringst du sie nach Steeltown.«

Rica sah die beiden verschwommenen Gestalten über sich, verstand ihre Worte, wusste sie aber nicht zu deuten, begriff nicht einmal wirklich, dass es um sie selbst ging.

»Steeltown«, wiederholte Karl. »Nichts täte ich lieber.«

11.

Issy Stoll hatte sich auf ihr Zimmer zurückgezogen und am Laptop den letzten Feinschliff an dem Flyer erledigt, den sie an den Copyshop der Uni in Vechta mailen würde. Sie hatte mit dem Inhaber gesprochen, der David vom Sehen kannte, und der hatte ihr für tausend farbige Exemplare einen guten Preis gemacht, weil er an so einer Suchaktion nichts verdienen, sondern lediglich seine Kosten gedeckt haben wollte.

Den Flyer hatte Issy mit der Kommissarin Maja Krebsfänger abgesprochen. Sie fand die Aktion okay. Als Musterbeispiel hatte Issy einen Flyer aus dem Internet herangezogen. Gefunden hatte sie ihn auf einer der Facebook-Seiten für vermisste Personen.

Davids Kumpel Charlie hatte recht: Davon gab es eine Menge. Beschäftigte man sich erst einmal mit dem Thema, bekam man schnell den Eindruck, halb Deutschland würde vermisst.

Kommissarin Krebsfänger stand diesen Social-Media-Seiten skeptisch gegenüber, konnte es Issy aber auch nicht verbieten, die Suche nach ihrem Bruder dorthin auszuweiten. Sie hatte aber darum gebeten, dass Issy sich an eine seriöse Seite wandte, und »Vermisst in Deutschland« vorgeschlagen. Dabei handelte es sich um einen eingetragenen Verein mit Sitz in Berlin, es gab eine offizielle Telefonnummer und Adresse sowie eine Website, zudem überprüften die Administratoren die Echtheit von Vermisstenfällen. Nach Aussage der Krebsfänger gab es wohl mehr als genug Fake-Fälle, die nur dazu dienten, sich wichtig zu machen.

Nachdem Issy die Flyer-Datei an den Copyshop geschickt hatte, sandte sie sie mit einem Anschreiben, in dem sie Kommissarin Krebsfängers Kontaktdaten nannte, an die Mailadresse der Facebook-Seite »Vermisst in Deutschland«.

Als das getan war, sackte Issy gegen die Lehne des Schreibtischstuhls, atmete erschöpft aus und starrte den Bildschirm an. Den ganzen Vormittag hatte sie angespannt darauf hingefiebert und sich vorgestellt, sofort eine Reaktion von den Betreibern der Seite zu bekommen. Schließlich spielte Zeit bei Vermisstenfällen eine große Rolle. Das wusste Issy aus Filmen, und die Krebsfänger hatte es bestätigt.

Issy stellte sich vor, dass sich via Facebook Menschen meldeten, die David irgendwo gesehen hatten. Gesund und munter, vielleicht zusammen mit einem neuen Freund. Das würde zwar implizieren, dass ihr geliebter Bruder einfach so abgehauen war, ohne sich zu verabschieden, aber damit würde Issy klarkommen, wenn ihm nur nichts zugestoßen war.

Auf dem Flyer waren drei aktuelle Fotos abgebildet, auf denen ihr Bruder gut zu erkennen war, und da er ein ziemlich unverwechselbares Gesicht hatte, das man sich merken und in einer Menschenmenge wiedererkennen konnte, machte Issy sich große Hoffnungen.

Doch so schnell tat sich nichts.

Die Admins würden wohl eine Weile brauchen, um die Vermisstenmeldung zu überprüfen und einzupflegen.

Issys Verzweiflung wuchs, seit Tagen schon.

Sie machte der Polizei durch ihre häufigen Anrufe Druck, sie hatte den Verdacht, dass sich Kolk und Krebsfänger das eine oder andere Mal verleugnen ließen, was Issy besonders bei der Krebsfänger sehr enttäuschend fand. Sie hatte Issy doch dazu aufgefordert, zu helfen. Hatte die Kommissarin das überhaupt ernst gemeint oder sie nur beruhigen wollen, indem sie ihr etwas zu tun gab? Aber letztlich spielte das keine Rolle. Sie hatte überall im Viertel herumgefragt, an der Uni in Vechta, in der Kirchgemeinde hier in Oldenburg, unter Freunden und Bekannten. Sogar mit dem Chef und den Mitarbeitern des Pizzalieferdienstes hatte sie gesprochen. Zwar war das alles bisher fruchtlos verlaufen, aber diese Aktivitäten gaben Issy das gute Gefühl, hilfreich zu sein, sich um ihren geliebten Bruder zu kümmern.

Es half nicht, den Laptop anzustarren, und weil Issy nicht tatenlos herumsitzen wollte, schaute sie sich ein paar der anderen Seiten an, die sich mit vermissten Menschen befassten. Davon gab es einige. Bei einer schnellen Durchsicht zählte Issy zehn Seiten mit unterschiedlichen Namen, in denen immer das Wort »vermisst« vorkam. Einige hatten deutlich mehr Mitglieder als die Seite, die sie gerade kontaktiert hatte, sodass Issy sich fragte, ob es die richtige Entscheidung gewesen war.

Musste sie sich an die Empfehlung der Kommissarin halten? War es nicht vielleicht sogar zielführender, mehrere Facebook-Seiten in die Suche einzubinden?

Eine Seite fiel aus dem üblichen Rahmen. Das Wort »vermisst« kam nicht im Namen vor, zudem verfügte sie über ein auffälliges Headerbild. Ein plakatives rotes A auf dunkelblauem Hintergrund.

Es stand wohl für den Anfangsbuchstaben des Namens der Seite.

Amissa.

Issy wusste nicht, was das Wort bedeutete, mochte aber den geheimnisvollen Klang.

Wie sich herausstellte, handelte es sich um den Facebook-Auftritt einer privaten Hilfsorganisation, die von Deutschland aus weltweit nach vermissten Personen suchte. Es gab eine Kontakt-Mailadresse und eine Telefonnummer mit 0800er-Vorwahl. Alles sah sehr seriös aus, es gab keine übertrieben reißerischen Fotos, die Texte waren zurückhaltend und in einwandfreiem Deutsch geschrieben.

Issy nahm sich vor, auch diese Seite zu Hilfe zu rufen, ganz gleich, was die Kommissarin davon hielt.

Da sie aber erst noch auf die Zusage der anderen Facebook-Seite warten wollte, nutzte sie die Zeit, durch die Amissa-Seite zu scrollen. Die Vermisstenanzeigen reichten weit zurück bis ins Jahr 2010 und begannen mit dem Fall eines zehnjährigen Jungen aus der Schweiz namens Beat Jovin Zügli.

Ein blonder Junge schaute aus strahlend blauen Augen schüchtern lächelnd in die Kamera. Zum Verlieben süß sah er aus, darüber hinaus hatte er etwas Ätherisches an sich und wirkte trotz seines geringen Alters bereits irgendwie gelehrt.

Issy war wie gebannt von diesem Foto und konnte sich kaum von den Augen des kleinen Jungen lösen. Obwohl der Fall so alt und sicher längst gelöst war, las sie sich die Informationen dazu durch.

Beat Jovin Zügli war am 5. Mai 2010 in Genf während des Besuchs seiner Schule verschwunden. Wie es dazu gekommen war, stand dort nicht, nur, dass von der Familie des Jungen eine Belohnung von hunderttausend Euro ausgelobt worden war.

Was für ein merkwürdiger und zugleich wunderschöner Name, dachte Issy und googelte ihn.

Beat war ein typischer Schweizer Vorname und stand für »der Glückliche«. Jovin stammte von Jupiter ab, dem mächtigsten Gott der griechischen Mythologie.

Der glückliche Jupiter …

Issy stiegen die Tränen in die Augen, schwammen einen Moment auf dem Damm der Lider, bevor sie beim Blinzeln einen Abfluss fanden und über ihre Wangen rannen. Sie weinte aus Sorge um ihren Bruder, aber auch wegen Beats Eltern und all den anderen Menschen, die einen geliebten Angehörigen vermissten und vielleicht nie erfuhren, was ihm zugestoßen war. Noch bis vor einigen Tagen hatten Issy sich keine Gedanken über dieses Thema gemacht, war nie damit in Berührung gekommen, doch jetzt begann sie zu erahnen, was für ein unfassbar grausames Schicksal das war.

Was, wenn David nie wiederauftauchte?

Was, wenn sie nie erfahren würden, was passiert war?

Was würde das mit ihr und ihrer Familie machen?

Schon jetzt war zu spüren, welcher Riss durch diese nur scheinbar heile Fassade ging.

Issy war sich sicher, sollte es zum Äußersten kommen, würde die Familie Stoll das nicht überstehen. Diese Bedrohung nahm sie als zusätzlichen Ansporn, alles dafür zu tun, David zu finden.

Während die Tränen auf ihren Wangen trockneten, löste Issy sich von Beat Jovin Züglis blauen Augen und scrollte auf der Amissa-Seite zurück nach oben. Dabei betrachtete sie jedes einzelne Bild, und ihr fiel auf, dass es in der Mehrzahl Fotos von Mädchen und Frauen waren. Nur selten kam ein Mann vor. In der Welt der Vermissten führten Frauen und Mädchen die Ranglisten an.

Plötzlich stoppte Issy und scrollte zurück zum vorletzten Foto.

Die Person darauf kam ihr bekannt vor.

Nelia!

War das wirklich Nelia?

Issy konnte es nicht glauben und war sich zuerst auch nicht

sicher, denn dass sie Nelia gesehen hatte, lag sehr lange zurück. Das Foto der Vermisstenanzeige zeigte eine schlanke, junge Frau mit bronzefarbenem Teint, dunklen Locken, schmalem Gesicht und sanften braunen Augen. Im Text darunter stand ihr Name.

Nelia Amanda Paumacher. Achtzehn Jahre alt.

Kein Zweifel, sie war es, nur eben zehn Jahre älter.

Issy war mit ihr in die Grundschule gegangen, bis Nelia mit ihren Eltern umgezogen war. Sie hatten nebeneinandergesessen, waren beste Freundinnen gewesen, hatten sich nachmittags zum Spielen getroffen, aber immer nur bei Issy, sie selbst hatte nie zu den Paumachers gedurft. Nelias Vater war wohl dagegen gewesen, warum auch immer.

Als Nelia damals nach der vierten Klasse nach den Sommerferien nicht wieder in die Schule gekommen war, war das furchtbar schwer gewesen für Issy. Nelias Eltern hatten den Umzug bis zuletzt geheim gehalten, und so hatte es nur für eine kurze Verabschiedung am Tag vorher gereicht, aber da hatte die kleine Issy noch nicht begreifen können, was es bedeutete, den Schritt auf die weiterführende Schule ohne ihre beste Freundin gehen zu müssen.

Da sie damals beide noch kein Handy gehabt hatten, war es schwierig gewesen, das Versprechen einzuhalten, auf jeden Fall in Kontakt zu bleiben. Anfangs hatten sie sich per Computer über Facebook geschrieben, aber als Issy dann nach und nach an der Schule neue Freundinnen fand – und Nelia an ihrer neuen Schule wohl genauso –, war das bald unterblieben. In den letzten Jahren hatte Issy nicht mehr an ihre ehemalige Freundin gedacht.

Mit wild klopfendem Herzen las Issy sich die Vermisstenanzeige auf der Amissa-Seite durch.

Nelia war vor etwas mehr als einem Jahr in Duisburg verschwunden. Da war sie achtzehn Jahre alt. Ein bildhübsches Mädchen. Wie auch auf Issys eigenem Flyer gab es hier die Adresse der für den Fall zuständigen Polizeidienststelle, außerdem die Amissa-Nummer sowie die Mailadresse der Eltern.

Aus dem Bauch heraus schrieb sie eine Mail an Nelias Eltern.

12.

In seiner schwarzen Kleidung verschmolz Jan hinter den Rückenlehnen der Vordersitze mit den dunklen Polstern und hoffte, dem Mann beim Einsteigen nicht aufzufallen. Allerdings bemerkte er schnell ein ganz anderes Problem: Er war den weiten Weg hierher durch die Kälte gelaufen, im Wagen war es warm, er begann zu schwitzen.

Nicht lange, und die Scheiben würden beschlagen.

Und was, wenn der Mann eine feine Nase hatte und den fremden Geruch bemerkte?

Darüber hatte Jan nicht eine Sekunde nachgedacht, als er spontan in das Auto seines Verfolgers gekrochen war. Vielleicht hatte er noch genug Zeit, den Wagen wieder zu verlassen, doch das wollte Jan nicht. Dies war der schnellste Weg, Rica zu finden, und wenn sein Verfolger ihn zu früh bemerken sollte, würde Jan es auf eine körperliche Auseinandersetzung ankommen lassen. Nicht zum ersten Mal in seinem Leben würde er einem Menschen Gewalt antun, um zu erfahren, was er erfahren wollte.

Jan hörte das charakteristische Geräusch, als der Motor des Defender ansprang. Norbert hatte den Tankstellenshop verlassen und machte sich auf den Weg. In diesem Moment fiel Jan ein, dass er nicht daran gedacht hatte, seinen Nachbarn per SMS über die Planänderung zu informieren. Norbert würde also wie abgesprochen zum Supermarkt fahren, dort Einkäufe erledigen und wieder hinauf ins Hammertal fahren. Jan dachte darüber nach, schnell noch eine SMS zu schicken, doch dafür war es jetzt zu spät. Das Licht des Handydisplays würde ihn verraten.

Schon ging die Fahrertür auf, kalte Luft strömte herein. Die Innenraumbeleuchtung ging nicht an, sodass Jan im Dunkeln blieb. Sein Verfolger kannte also die Tricks, die man bei einer Beschattung zu bedenken hatte.

Der Mann warf sich in den Wagen und schlug laut fluchend aufs Lenkrad. Dann ließ er den Motor an und fuhr los. Jan stellte sich vor, wie er sich an den auffälligen Defender hängte und ihm zum Supermarkt folgte, auch wenn er jetzt wusste, dass nicht Jan am Steuer saß.

Hinter den Vordersitzen verborgen, konnte Jan den Mann nicht sehen, riechen aber schon. Schweiß in Polyesterkleidung, dazu Nikotin und eine diffuse Knoblauchnote – Jan musste sich keine Sorgen machen, dass der Mann seinen Geruch wahrnehmen würde.

Die Reifen rumpelten über eine Bordsteinkante. Der Fahrer gab zu viel Gas, die Hinterachse brach aus, der Wagen schlitterte über die verschneite Straße, der Mann fluchte, bekam ihn wieder unter Kontrolle. Wahrscheinlich hatte er keine Winterreifen aufgezogen.

»So eine verdammte Scheiße!«, stieß der Fahrer wütend aus, und Jan konnte sich vorstellen, dass er damit nicht die Straßenverhältnisse meinte.

Nachdem sie die beleuchtete Tankstelle verlassen hatten, wurde es dunkel im Fond, bis sie auf den Parkplatz des Supermarkts und damit ins orange Licht der Laternen gelangten. Der Wagen hielt mit laufendem Motor. Jan hörte den Fahrer schwer atmen und ungeduldig mit den Fingern aufs Lenkrad trommeln. Wahrscheinlich beobachtete er, wie Norbert sich einen Einkaufswagen holte und im Supermarkt verschwand, und dachte fieberhaft darüber nach, ob er ihm hineinfolgen sollte.

Schließlich hörte Jan das leise Piepen eines Handys.

»Ich bin's«, sagte der Mann kurz darauf. »Bin dem Geländewagen bis an die Tankstelle gefolgt, aber er war nicht drin ... Nein, hör zu ... Irgendjemand, keine Ahnung, ein Mann, aber nicht Kantzius ... Nein, ich hab ihn nicht gesehen ... Was? Quatsch ... hätte ich doch bemerkt, wenn er mich beobachten würde ... Okay, okay, ja, ich hab verstanden und komme zurück.«

Der Mann beendete das Gespräch, legte den Gang ein und fuhr los.

Jans Gedanken rasten.

Sein Verfolger hatte mit jemandem telefoniert, dessen Befehle er zu befolgen hatte, und wie es aussah, sollte er die Beschattung abbrechen und zurückkehren. Wahrscheinlich argwöhnte der Gesprächspartner, dass Jan eine Finte benutzte, um seine Feinde ausfindig zu machen. Wenn dieser Gesprächspartner klug war, würde er allerdings auch auf den Gedanken kommen, dass Jan eine Möglichkeit gefunden hatte, seinem Verfolger zu folgen – es wäre also gefährlich, ihn direkt zurückzubeordern.

Fraglich also, ob er dorthin fahren würde, wo sie Rica gefangen hielten.

Jan nahm sich vor, es nicht darauf ankommen zu lassen.

Eine Viertelstunde lang versuchte er, den Fahrweg in Gedanken nachzuverfolgen. Wenn er sich nicht täuschte, war sein Verfolger vom Parkplatz des Supermarkts nach links abgebogen und danach nur noch geradeaus gefahren. Die Straße führte aus dem Dorf heraus den Hügel hinauf in den Wald. Das stimmte überein mit der Dunkelheit im Wagen, denn da draußen gab es keine Straßenlaternen mehr.

Das Handy des Mannes klingelte.

»Ja ... Nein, bin unterwegs ... Hör auf mit der Scheiße, niemand folgt mir, bin ich ein Idiot oder was? ... Ja, ist gut, ich melde mich ...«

Er legte auf und steckte das Handy in die Halterung. »Blöde Kuh«, sagte er hörbar verärgert.

Also hatte er mit einer Frau telefoniert!

Jan wartete noch fünf Minuten und entschied schließlich, dass es jetzt einsam genug war.

Mit einem Messer in der Hand kam er hinter den Sitzen hervor.

Der Fahrer erschrak heftig, schrie auf und verriss das Lenkrad.

Auf der abschüssigen, glatten Straße kam der Wagen sofort ins Schleudern. Der Fahrer war ein Moment zu lange hin- und hergerissen, ob er sich verteidigen oder auf die Straße konzentrieren sollte. Die Hinterachse des Wagens brach auf der schmalen Landstraße aus, und das Heck touchierte einen Baumstamm. Hier oben standen die Fichten gefährlich dicht an der Straße. Der Schwung der Kollision reichte, um den Wagen auf die andere Seite zu katapultieren, wo er den nächsten Baum streifte. Jan ließ das Messer zwischen seine Beine fallen, suchte hastig nach dem Sicherheitsgurt, packte ihn, schlang ihn sich um den Oberkörper, hatte aber nicht mehr genug Zeit, ihn einrasten zu lassen.

Der Wagen drehte sich einmal im Kreis und schoss dann über die Fahrbahn hinaus. Die Böschung fiel an dieser Stelle mehrere Meter tief ab. Ein heftiger Stoß schleuderte Jan gegen die Seitenscheibe, seine Stirn platzte über der linken Augenbraue auf. Dann wurde er auf die Rückbank geworfen, wo er verzweifelt nach Halt suchte. Ein weiterer Stoß, dann überschlug sich der Wagen, rutschte noch ein paar Meter auf dem Dach weiter, bevor er in einem flachen Bachbett zu liegen kam.

Einen Moment kreischte der Motor in hoher Drehzahl weiter, bevor er erstarb. Wasser plätscherte gegen die Scheiben und drang auf der Fahrerseite, wo die Scheibe geborsten war, ins Innere des Wagens. Der Fahrer war kopfüber in seinem Sicherheitsgurt gefangen und versuchte mit hektischen Bewegungen, sich daraus zu befreien.

Jan brauchte einen Moment, um sich von dem heftigen Schlag gegen seinen Schädel zu erholen. Blut lief ihm aus der Platzwunde ins Auge, er fühlte sich benommen, in den Ohren fiepte ein unangenehm hoher Ton. Er fand das Messer auf dem Dachhimmel, der nun den Boden bildete, steckte es ein und versuchte, die hintere rechte Tür zu öffnen – sie klemmte.

Eiskaltes Wasser floss auf der Fahrerseite in den Wagen hinein und staute sich langsam auf, da alle anderen Scheiben intakt waren. Jan spürte das Wasser bereits am Rücken, und die Erinnerung an das unfreiwillige Bad in der Ostsee ließ ihn panisch werden. Mit beiden Füßen trat er gegen die linke Tür, und tatsächlich sprang sie auf. Auf dem Rücken liegend schob er sich aus dem Wagen hinein ins flache Bachbett. Dort zog er sich an der Karosserie des Wagens hoch, bis er unsicher auf den Beinen stand. Die Hinterreifen drehte sich noch, Wasserdampf stieg aus dem Motorraum auf. Um Jan herum war nichts als dunkler, verschneiter Wald aus hohen Fichten.

Im Wagen kämpfte der Mann mit dem Gurt. Weil er aber mit seinem gesamten Gewicht darin hing, konnte er ihn nicht aus dem Verschluss lösen. Zudem spülte ihm kaltes Wasser ins Gesicht, immer wieder musste er den Oberkörper mühsam anheben, um den Kopf aus dem Wasser zu bekommen.

Jan beugte sich zu ihm herunter und sah ihn durch die zerstörte Seitenscheibe an. Sein Haar war klatschnass, das Gesicht von der Kälte gerötet. War er einer der Männer, die an der Ermordung Nelias beteiligt gewesen waren und ihn durchs nächtliche Grömitz gehetzt hatten? Jan wusste es nicht, er hatte sie ja nicht zu Gesicht bekommen.

Ihre Blicke fanden sich, und Jan sah nackte Angst in den Augen des Mannes.

»Ich kann dich befreien«, sagte Jan und zeigte ihm das Messer. »Aber ich schwöre dir, ich lasse dich hier verrecken, wenn du mir nicht sagst, wo meine Frau ist.«

»Ich ... weiß nicht, wovon du sprichst, Mann.«

Jan presste die Lippen zusammen und nickte. »Okay, du hattest deine Chance.«

Er erhob sich, ging um den Wagen herum, versuchte, die Beifahrertür zu öffnen, brauchte aber einige Anläufe, bis sie aufsprang. Dann beugte er sich in den Wagen hinein und nahm das Handy aus der Halterung am Armaturenbrett – glücklicherweise war es heil geblieben.

»Ihr habt euch mit dem Falschen angelegt«, sagte Jan, zog sich aus dem Wagen zurück, umrundete ihn abermals und stieg die Böschung zur Straße hinauf.

Das tat er langsam, um dem Mann so viel Zeit wie möglich zu geben, seine Entscheidung zu überdenken. Er wusste ja aus eigener, kürzlich erworbener Erfahrung, wie schnell kaltes Wasser einen Menschen fertigmachte, ganz gleich, wie stark der Wille war.

Oben an der Straße hielt Jan inne.

Er hatte gehofft, dass der Mann ihn um Hilfe bitten würde. Dass er es nicht tat, zwang Jan, eine Entscheidung zu treffen, die ihn an seine Grenzen brachte.

In den ruhigen Tagen um Weihnachten hatten Rica und er sich lange und intensiv über den letzten Fall unterhalten. Was passiert war, musste aufgearbeitet werden, und auch wenn Jan vieles davon, was er in dem einsam gelegenen Gehöft in Tschechien in der Nähe des Teufelssees erlebt hatte, lieber für sich behalten hätte, hatte Rica nicht lockergelassen und ihn gezwungen, darüber zu sprechen. Über den Mann, der in der Wassergrube ertrunken war, weil Jan ihm den Kopf unter Wasser gedrückt hatte. Die Grube war voller Leichen gewesen, und Jan hatte den Mann dabei überrascht, wie er Rohrreiniger hineinschüttete, um den Verwesungsprozess der Körper zu beschleunigen. Es hatte einen Kampf gegeben, und Jan war nichts anderes übrig geblieben, als seinen Gegner zu töten.

Wirklich nicht?

Jan wusste, er hätte ihn wahrscheinlich fesseln können, und das hatte er Rica auch gestanden. Wieder einmal war er in seiner Wut den einen entscheidenden Schritt zu weit gegangen, hatte sich dem roten Nebel hingegeben und die Grenze überschritten. Wie damals, an der tschechischen Grenze, als er bei Ricas Befreiung einen Mann erschossen hatte. Auch dieser Mord war nicht alternativlos gewesen.

Kämpf dagegen an, lass dich nicht auf deren Seite ziehen, du bist besser als sie.

Ricas Worte hallten in seinem Kopf, als er jetzt an der Böschung stand.

Noch vor wenigen Stunden, als er Ragnas toten Körper verscharrt hatte, hatte Jan sich geschworen, keinen der Angreifer davonkommen zu lassen. Er würde sie alle töten, damit sie nicht noch einmal in ihr Leben eindringen und Rica in Gefahr bringen konnten. Ohne Gnade würden sie Rica genau das antun, was sie in der Nachricht angekündigt hatten. Warum sollte er dann Gnade walten lassen?

Nicht für sie. Tu es für dich. Für deine Seele. Tu es für unsere Liebe, hörst du!

Wieder hörte er Ricas Worte, und in seinem Inneren tobte ein furchtbarer Kampf. Wenn Rica bereits tot war, was Jan nicht glaubte, nicht glauben wollte, war der Mann da unten dafür verantwortlich. Er war für Ragnas Tod verantwortlich und wahrscheinlich auch für den kaltblütigen Mord an Nelia. Ihn in dem eiskalten Wasser sterben lassen bedeutete jedoch, ein weiteres Stück seiner Seele dem Teufel zu opfern.

Ihm zu helfen bedeutete, weiterhin mit der Furcht vor dem Feind leben zu müssen.

Jan schloss die Augen, stellte sich Rica vor. Seine Frau, die jeden Grund hatte, auf Rache aus zu sein, und sich doch dafür entschieden hatte, zu vergeben. Nicht, um vor Gott gut dazu stehen, sondern, um sich selbst zu retten.

Jan tat einen schweren Atemzug und machte kehrt.

Vielleicht, so sagte er sich, komme ich durch ihn schneller zu Rica, als wenn ich den mühsamen Weg über das Handy gehe. Gewissen und Seele zu retten reichte Jan nicht, er brauchte einen handfesten Grund, um dem Mann zu helfen.

An dem umgedreht im Bachbett liegenden Wagen angekommen, zog Jan das Messer, beugte sich hinunter und schnitt den Gurt durch. Dann steckte er das Messer rasch ein und zog stattdessen die Glock, die er aus dem Tresor auf dem Hof genommen hatte.

Mühsam zog der Mann sich aus dem Autowrack.

Jan hielt sich in sicherem Abstand auf der anderen Seite des Baches und zielte auf ihn.

Auf allen vieren kroch er aus dem Wasser auf Jan zu. Auf dem Trockenen angekommen, blieb er zunächst schwer atmend hocken, den Blick zu Boden gerichtet.

»Deine Waffen ... wirf sie weg«, befahl Jan.

Der Mann schüttelte den Kopf. »Hab keine ...«, stieß er hervor und hustete.

Jan brachte sich mit einem schnellen Schritt hinter ihn, drückte ihn mit dem Knie zu Boden und tastete ihn ab. Er fand ein Portemonnaie in der Innentasche seiner Jacke, sonst nichts. Keine Waffen.

»Aufstehen!«, sagte Jan und zog sich von dem Mann zurück.

Der brauchte noch einen Moment, gehorchte dann aber und stand schließlich vollkommen durchnässt und zitternd vor Jan.

»Warst du in Grömitz?«, fragte Jan.

»Grömitz? Ich war nie in Grömitz.«

Das klang nicht wie eine Lüge. Vielleicht war dieser Mann nur einer von vielen Handlangern, dem man immer nur das sagte, was er für die Erfüllung seines Auftrags wissen musste. Andererseits, wann klang eine Lüge schon wie eine Lüge?

»Mit wem hast du telefoniert?«

Der Mann starrte ihn an. Er schien mit sich zu ringen, ob er Jan Rede und Antwort stehen sollte, aber das kalte Wasser hatte seine Gegenwehr so gut wie gebrochen.

»Mit meiner Schwester«, sagte er schließlich.

»Wie heißt deine Schwester?«

»Antonia ... Ardelean.«

Der Mann sprach den Nachnamen so aus, als müsste er Jan etwas sagen, doch das war nicht der Fall. Jan kannte niemanden, der so hieß.

»Das sagt dir nichts?«, fragte der Mann. »Du kennst nicht einmal den Namen der Familie, die du zerstört hast?« Er spuckte verächtlich aus. »Der Teufel soll dich holen.«

KAPITEL 3

1.

»Der Troll ist wieder da … er macht mir Angst.«
Anika Müller rutschte von ihrem Mann herunter, der sich gerade so wunderbar warm und vertraut anfühlte, und schaute zur Tür, wo der fünfjährige Theo stand, in der linken Armbeuge Nils das Nilpferd, grau und zerfleddert, weil er schon so lange Kissen, Freund, Wutopfer und Schmusebär zugleich sein musste.

»Komm her, mein Süßer«, sagte Anika und klopfte auf die Matratze neben sich. Marc stieß einen genervten Seufzer aus, leise genug, damit Theo es nicht hören konnte. »Das hast du davon«, flüsterte er, auch das nur für ihre Ohren bestimmt.

Marc hatte ja recht. Die Idee mit dem Weihnachtstroll war dumm gewesen – aber irgendwie auch wieder nicht. In der Vorweihnachtszeit zumindest hatte sie gut funktioniert. Statt wie alle anderen dem Kleinen einen Adventskalender an die Wand zu hängen, hatte Anika Gnubert den Troll erfunden. Ein kleines, magisches Geschöpf, das in den Wänden des Hauses lebte. Sie hatte ein kleines Tor gebastelt, es an die Fußleiste geklebt und immer wieder kleine Fußspuren mit den Gummifüßen eines alten Schlumpfes auf die Fliesen gestempelt. Gnubert war ein Weihnachtstroll, der an jedem Adventstag ein kleines Geschenk für das Kind brachte, bei dem er lebte, aber nur, wenn das Kind ihn mit Keksen fütterte und allabendlich ein Schnapsglas Milch vor seinen Eingang stellte. Theo hatte diese Aufgaben mit Bravour erfüllt, sie nicht ein einziges Mal vergessen, und die Vorweihnachtszeit war für ihn und für Anika spannend gewesen.

Nur leider war Gnubert jetzt im Januar immer noch da – zumindest ins Theos Fantasie. Trieb dort sein Unwesen, weil er keine Milch und Kekse mehr bekam. Schnitt Grimassen, schimpfte, zwickte Theo in die Zehen, wenn die Füße unter der Decke herausschauten.

Der Fünfjährige schlüpfte rasch zu seiner Mama unter die Decke und kuschelte sich an.

»Du musst doch keine Angst vor Gnubert haben«, sagte Anika und streichelte sein weiches blondes Haar. »Der ist doch nett.«

»Nein, ist er nicht, er ist gemein.«

Anika überlegte einen Moment. Es war jetzt das vierte Mal, dass Theo deswegen aus dem Bett kam, obwohl er längst schlafen sollte. Zwar wusste doch jeder, dass Weihnachtstrolle nach Weihnachten zurück an den Nordpol zogen, und das kleine Tor an der Fußleiste war Heiligabend auch verschwunden, aber diese Logik interessierte Theo nicht. Er bestand darauf, dass Gnubert noch ein anderes Schlupfloch hatte. Sie musste sich etwas einfallen lassen, wenn in Zukunft nicht jedes Vorspiel mit Marc so enden sollte.

»Okay, pass auf, ich weiß, was wir machen. Für solche Fälle gibt es eine Notfallnummer am Nordpol. Ich werde mich über Gnubert beschweren und verlangen, dass er auszieht. Gleich morgen, wenn du im Kindergarten bist.«

»Aber dann kommt er Weihnachten nicht wieder!«

»Na, das will ich hoffen! Wenn er doch so gemein ist. Ich werde denen am Nordpol sagen, dass sie uns nächstes Weihnachten einen anderen, netteren Troll schicken sollen.«

Sie diskutierten die Sache noch ein wenig aus, während Marc neben ihr immer ruhiger atmete und langsam in den Schlaf hinüberglitt. Na toll, dachte Anika, wieder kein Sex heute.

Irgendwann schlief auch Theo ein, und sie trug ihn hinüber in sein Bettchen. Als sie zurückkehrte, war Marc wieder wach, jedenfalls so halb, Anika bezweifelte aber, ihn noch einmal in Fahrt bringen zu können.

Sie drängte sich an ihn, legte ihm die Hand auf die Brust, roch die letzten Reste seines Aftershaves und fühlte sich trotz allem wohl und glücklich mit ihrer kleinen Familie. Warum sie gerade in diesem Moment an einen ganz anderen Troll denken musste, wusste sie selbst nicht. Und weil es ihr ein schlechtes Gewissen machte, neben ihrem Mann zu liegen und an den Troll zu denken, beschloss sie spontan, Marc endlich davon zu erzählen.

»Soll ich dir von meinem Troll berichten?«, fragte sie.

»Noch so eine Gruselgeschichte für kleine Jungs?«, nuschelte er im Halbschlaf.

»Nee, die ist wahr. Es gibt da einen Troll im Friseursalon, der mich einfach nicht in Ruhe lässt.«

»Und der wohnt auch in der Wand?«

»Wohl eher in einer Villa, so wie der aussieht und sich gibt.«

So langsam drang die Botschaft zu Marc durch, und er wurde ein wenig wacher. Von Beginn an hatte Marc an ihrem Beruf als Friseurin gestört, dass sie täglich mit anderen Männern in Berührung kam. Wahrscheinlich, weil sie beide sich auf diese Art kennengelernt hatten und auch Marc anfangs ziemlich heftig mit ihr geflirtet hatte, während sie ihm die Haare schnitt.

»Macht dich da einer an?«, fragte er alarmiert.

»Kann man wohl sagen«, antwortete Anika. »Der ist ungefähr doppelt so alt wie ich und zweimal so penetrant, wie du es damals warst.«

»Echt? Du wirst von einem Opa angebaggert?«

Er machte sich lustig, was Anika nicht auf sich sitzen lassen wollte. »Opa würde ich nicht sagen. Er ist sportlich, gut aussehend, charmant, Arzt von Beruf und ziemlich vermögend, wie ich annehme.«

Jetzt schob Marc sich ein wenig aufs Kopfkissen hoch. »Und wahrscheinlich verheiratet. Was für ein Arsch!«

»Eifersüchtig?«

»Pfff ... als ob der noch einen hochbekommt.«

Anika gefiel die lustige Richtung, die das Gespräch nahm. Sie spielte schon länger mit dem Gedanken, Marc von ihrem hartnäckigen Verehrer zu berichten, war sich aber nicht sicher gewesen, wie er reagieren würde. Denn, ehrlich gesagt, war die Sache alles andere als lustig. Herr Riethoff, so hieß der Kunde, war neu in den Salon gekommen, als Anika in Elternzeit gewesen war, und sie hatte ihn übernommen, als sie in Teilzeit wieder eingestiegen war. Seitdem baggerte er sie an. Zuerst waren es nur wirklich nette Komplimente zu ihrem Aussehen gewesen. Er hatte immer wieder gesagt, sie habe sehr schöne Hände, ein Kompliment, das sie noch nie von einem Mann bekommen hatte, und Anika musste zugeben, es hatte eine Saite in ihr zum Vibrieren gebracht. Sie war höflich gewesen, hatte sich bedankt, war aber nicht darauf eingegangen. Herr Riethoff aber ließ nicht locker, seine Komplimente wurden deutlicher, anzüglicher, und das, obwohl er um ihre familiäre Situation wusste. Sie hatte ihn wissen lassen, dass sie glücklich verheiratet war und absolut nichts vermisste.

Mittlerweile kam Herr Riethoff einmal in der Woche, obwohl sein Haarwuchs das nicht rechtfertigte. Er kam ordentlich frisiert und ging ordentlich frisiert, bekam aber jedes Mal eine Haarwäsche und eine Kopfmassage von Anika, so, wie es in ihrem Salon üblich war. Dann saß er da, mit geschlossenen Augen, ließ ein zufriedenes Brummen hören, wie es Katzen von sich gaben, und wenn sie fertig war mit der Kopfmassage, öffnete er die Augen und blinzelte ihr zu. Jedes Mal!

Charmant oder nicht, er ging ihr auf die Nerven. Sie musste etwas unternehmen.

»Soll ich mir den mal vorknöpfen?«, bot Marc an, und irgendwie hatte Anika auf so etwas gehofft.

»Du musst ihn ja nicht gleich töten, aber komm doch mal vorbei, wenn er wieder einen Termin hat. Dann stell ich dich ihm vor. Wenn er sieht, wie überaus gut ich versorgt bin, hört er bestimmt damit auf.«

»Bist du denn gut versorgt?« Marc zog sie auf sich, und sie küssten sich.

»Zumindest muss ich mich nicht am Nordpol über dich beschweren, mein Troll.«

2.

»Wie ist dein Name?«, fragte Jan.
Die Waffe zeigte weiterhin auf den vor Kälte zitternden Mann.
»Petre. Petre Ardelean.«
Auch dieser Name sagte Jan nichts.
Wie kam der Mann darauf, er habe dessen Familie zerstört? Das interessierte Jan schon, aber die Geschichte zu hören, die dahintersteckte, musste warten. Im Moment ging es einzig und allein darum, Rica zu finden und zu befreien. »Ist meine Frau bei deiner Schwester?«
Petre Ardelean zuckte mit den kräftigen Schultern, sagte aber nichts.
»Ich hätte dich auch da unten im Wagen lassen können, also zeig dich ein bisschen dankbar«, versuchte Jan es.
»Du bekommst jetzt, was du verdienst. Erfährst, wie es ist, einen geliebten Menschen zu verlieren.«
Wieder eine Anspielung, aber Jan hatte keine Zeit und keine Lust, darauf einzugehen. »Du sagst mir jetzt, wo Rica ist, oder das geht hier böse aus für dich.«
Jan hob die Waffe und zielte auf den Kopf des Mannes. Er hatte nicht vor, ihn kaltblütig zu erschießen, aber irgendeine Art von Druck musste er aufbauen. Die Zeit lief ihm davon. Was, wenn Rica in diesem Moment leiden musste, während er hier herumstand und die Spielchen dieses Mannes mitspielte? Allein die Vorstellung war unerträglich.
»Fick dich!«, sagte der Mann und spie abermals aus.
Jan holte aus und schlug ihm mit der Waffe ins Gesicht.

Die scharfen Metallkanten rissen Fleischwunden in Wange und Lippen, die sofort zu bluten begannen.

Petre Ardelean schrie nicht. Er presste sich eine Hand an den Mund, sackte auf sein rechtes Knie hinab und spuckte Blut in den Schnee.

»Letzte Warnung«, sagte Jan.

Er spürte, dass er die Kontrolle verlor. Die Angst um Rica machte ihn schier wahnsinnig, und vor ihm hockte der Mann, der ihn zu ihr führen konnte, weigerte sich aber, das zu tun. Ohne Frage war er an Ricas Entführung und Ragnas Tötung beteiligt und musste deshalb auch mit der gezielten Ermordung der geheimnisvollen Nelia zu tun haben. Damit traf ihn die volle Wucht der Schuld.

Er hat keine Gnade verdient, sagte Jan sich.

In dieser Welt gab es zu viele Männer wie ihn.

Töte ihn!

»Schieß doch«, sagte Petre Ardelean. »Dann erfährst du nie, wo deine Frau geblieben ist.«

Mit seinem blutverschmierten Gesicht sah er zu Jan auf und lachte dreckig. »Allerdings erfährst du das sowieso nie. Meine Schwester wird dafür sorgen, dass deine Frau von einem Mann zum anderen weitergereicht wird. Sie werden sie ficken und quälen, und du kannst rein gar nichts dagegen tun. Solange ich mit dieser Gewissheit sterbe, sterbe ich stolz und aufrecht.«

Wieder spuckte er Blut aus, diesmal direkt auf Jans Stiefel.

Du darfst nicht werden wie sie. Es gibt immer einen anderen Weg, glaub mir. Ich weiß, du kannst töten, aber deine Seele ist dafür nicht gemacht. Sie stirbt darunter, und dann bleibt nichts weiter übrig als ein böser schwarzer Klumpen, durch den kein Blut und kein Geist mehr fließt.

Ricas warnende Stimme in seinem Kopf hatte es schwer, gegen die brüllende Wut anzukommen.

Töte ihn!

Jans Finger lag zitternd am Abzug der Glock. Die rivalisierenden Kräfte in seinem Inneren zerrissen ihn beinahe, und er erfuhr nicht zum ersten Mal, dass kein körperlicher Kampf so anstrengend und kräftezehrend sein konnte wie die Schlacht zwischen Gut und Böse im Inneren.

Er lechzte nach der Befriedigung, die ihm der Schuss verschaffen würde.

Gleichzeitig fürchtete er sich vor der Veränderung, die er unweigerlich mit sich bringen würde.

»Weißt du, warum du geboren wurdest?«, fragte Jan.

Petre Ardelean sah ihn verständnislos an und antwortete nicht.

Da gab es dieses bekannte Zitat von Mark Twain. *Die beiden wichtigsten Tage deines Lebens sind der Tag, an dem du geboren wurdest, und der Tag, an dem du herausfindest, warum.* Jan hatte die Frage nach dem Warum lange nicht beantworten können, so wie die meisten Menschen. Bis zu der Nacht, als er Rica aus den Fängen der Menschenhändler befreit hatte.

»Ich bin geboren, um die Frau zu beschützen, die du entführt hast«, sagte Jan. »Niemand, du nicht, deine Schwester nicht, absolut niemand kann mich davon abhalten, und ich tue alles, was nötig ist.«

Jan trat einen Schritt zurück, den Lauf auf den Kopf des Mannes gerichtet. Er hatte seine Entscheidung getroffen.

»Steh auf!«, sagte er mit emotionsloser Stimme. »Wir gehen zurück in den Ort.«

Der Mann würde hier und heute nicht sterben, auch wenn die Gefahr bestand, dass Jan an anderer Stelle erneut gegen ihn würde kämpfen müssen.

Petre Ardelean erhob sich mühsam. Jan achtete darauf, einen Sicherheitsabstand einzuhalten. Verletzt und frierend hin oder her, ihm war nicht zu trauen.

»Da lang. Du gehst voran.« Jan zeigte mit der Waffe den Berg hinab.

Ardelean fügte sich und stolperte los. Hier unter den Fichten lag noch nicht viel Schnee, aber der Boden war abschüssig, rutschig, voller Löcher, Äste und umgestürzter Baumstämme. Dementsprechend langsam würden sie vorankommen. Oben auf der Straße zu marschieren wäre einfacher gewesen, aber Jan hatte keine Lust, auf einen hilfsbereiten Autofahrer zu treffen, der ihnen eine Mitfahrgelegenheit anbot.

Während er mit drei Meter Abstand hinter Ardelean herging, zog Jan sein Handy hervor und rief seinen Nachbarn Norbert an. Der ging auch sofort dran und wollte wissen, wie es jetzt weiterging. Er wartete schon eine Weile oben an Jans Hof auf Instruktionen.

Jan bat ihn darum, wieder ins Tal hinabzufahren, den Defender an der Tankstelle abzustellen, den Schlüssel auf einen Reifen zu legen und sich dann entweder von seiner Frau abholen zu lassen oder zu Fuß zurückzugehen.

»Steckst du in Schwierigkeiten?«, fragte Norbert. »Lass mich dir helfen.«

Norbert hatte bis zu seiner Pensionierung im Hammertal die Post ausgetragen. Er kannte jeden hier und all ihre Geschichten, und er war einer der wenigen gewesen, die sie damals, als Jan und Rica hergezogen waren, ohne Vorurteile mit offenen Armen willkommen geheißen hatten. Er war ein guter Kerl. Aufrecht und hilfsbereit. Aber Jan wollte ihn nicht noch tiefer in diese Geschichte hineinziehen, denn in dieser Welt voller Gewalt hatte Norbert nichts verloren.

»Du hast mir schon genug geholfen, danke dafür. Ab jetzt komme ich allein klar. Kannst du mir bitte ein Seil oder eine

Wäscheleine in den Wagen legen? Muss aber mindestens fünf Meter lang sein.«

»Ich muss das nicht verstehen, oder?«

»Im Moment nicht, nein. Ich erkläre es dir später, versprochen.«

»Okay, wie du meinst. Soll ich Ragna füttern? Ich höre ihn gar nicht bellen?«

Allein dir Erwähnung des Namens versetzte Jan einen Stich. Er hatte seinem Nachbarn noch nichts von Ragnas Tod erzählt. Das ging nicht zwischen Tür und Angel, schon gar nicht, solange er es selbst nicht wahrhaben wollte. Jan hatte Ragna als Beschützer für Rica angeschafft, und die beiden waren ein tolles Team geworden, aber die Beziehung zwischen ihm und dem Hund war ganz besonders. Niemals hätte Jan vermutet, dass er sein Herz an einen Hund verlieren könnte.

»Nett von dir, aber er ist mit Rica unterwegs«, redete Jan sich heraus. »Ich muss jetzt Schluss machen … denk bitte an das Seil.«

Jan steckte das Handy weg.

Ardelean war vor einem umgestürzten Baumstamm stehen geblieben.

»Kriech untendurch«, wies Jan ihn an.

»Mir ist kalt, ich kann mich kaum noch bewegen«, klagte Ardelean.

»Dein Problem. Beweg dich schneller, dann wird dir warm.«

Nachdem sie den umgestürzten Baum hinter sich gelassen hatten, gerieten sie in flacheres Gelände und folgten dem Bach, der Richtung Ortschaft floss. Ein paar Minuten gingen sie schweigend, dann vibrierte Ardeleans Handy, das Jan in der Innentasche seiner Jacke bei sich trug.

»Warte!«, befahl Jan und nestelte das Handy hervor, während er gleichzeitig versuchte, den Mann in Schach zu halten.

Antonia stand im Display des Handys.

Jan überlegte fieberhaft, ob er Ardelean das Gespräch entgegennehmen lassen sollte, damit der so tat, als sei alles in Ordnung. Würde das funktionieren? Wahrscheinlich nicht. Ein versteckter Hinweis von Ardelean an seine Schwester würde die Sache auffliegen lassen, ohne dass Jan es bemerkte. Es war wohl besser, schon zu diesem Zeitpunkt eine klare Ansage zu machen. In der Nachricht stand, sie würden Rica schnell und schmerzlos töten, wenn er die Füße stillhielt, sie aber in die Prostitution schicken, sollte er nach seiner Frau suchen. Die zweite Drohung war ihm lieber, denn sie verschaffte ihm Zeit, und er war schon weiter gekommen, als seinen Gegnern recht sein konnte. Schnelligkeit war überlebenswichtig für Rica.

Jan nahm das Gespräch entgegen.

»Ja.«

Schweigen.

Dann: »Wer ist da?«

»Jan Kantzius. Ich habe deinen Bruder. Lass uns einen Deal machen. Er gegen meine Frau.«

Wieder Schweigen.

»Lebt er?«

»Lebt Rica noch?«

»Ja.«

»Genau wie ich dir, wirst du mir glauben müssen, dass dein Bruder noch lebt. Was ist mit dem Deal?«

»Kein Interesse«, sagte Antonia.

»Denk besser noch einmal drüber nach, denn eines kann ich dir versprechen. Erst foltere und töte ich deinen Bruder, dann finde ich dich und mache das Gleiche mit dir. Egal, wie lange es dauert oder wo du dich versteckst, ich finde dich.«

»Toni, hör nicht auf ihn. Denk an Papa!«, schrie plötzlich Petre Ardelean und ging auf Jan los.

Jan wich zurück, stolperte über einen Baumstumpf und fiel rücklings zu Boden. Das Handy landete im Schnee. Ardelean sah seine Chance gekommen und stürzte sich auf Jan. Schon drückte er ihn mit seinem Gewicht zu Boden und schlug wild und unkontrolliert mit beiden Fäusten auf ihn ein. Jan konnte die meisten Schläge mit dem linken Arm abwehren, während er mit der rechten Hand die Waffe umklammerte. Sollte Ardelean sie ihm abnehmen, hatte Jan verloren, das war ihm klar.

Und genau das versuchte der Mann. Mit beiden Händen ergriff er Jans rechten Arm. Der Mann war stark wie ein Bär. Er schlug Jans Arm gegen den Baumstumpf, scharfer Schmerz schoss hinauf bis ins Schultergelenk. Jan riss das Knie hoch und traf Ardelean zwischen die Beine. Er stöhnte auf, sackte auf Jan zusammen, ließ aber seinen Arm nicht los. Jan gelang es, sich unter dem Mann herauszuwinden, doch in dem Gerangel löste sich ein Schuss.

Ardelean erstarrte, während der Knall noch durch den dunklen Wald hallte. Seine Hände fielen von Jans Arm ab, und Jan zog sich schnell von ihm zurück.

Petre Ardelean blieb rücklings im Schnee liegen und starrte aus weit aufgerissenen Augen in die Wipfel der Fichten. Schneeflocken fielen auf sein Gesicht.

Blut tropfte seitlich aus seinem Brustkorb in den Schnee.

Jan sicherte die Waffe, steckte sie weg und robbte zu Ardelean hinüber.

»Lass mal sehen«, sagte er und wollte dessen Jacke öffnen, um nach der Wunde zu sehen, doch Ardelean schlug ihm die Hand weg, schüttelte den Kopf und spuckte Blut. Da wusste Jan, dass er ihm nicht mehr helfen konnte. Bis ins Dorf war es noch immer ein Fußmarsch von einer Dreiviertelstunde. Niemals würde er den schweren Mann da hinunterschaffen können. Seine einzige Chance war, hinauf zur Straße zu gelangen und einen Wagen zu stoppen – doch um diese Zeit und bei den Straßenverhältnissen fuhr da niemand mehr. Rettungswagen gab es in Hammertal nicht, und der Weg aus der Kreisstadt hierher würde viel zu lange dauern.

»Petre?«, kam es leise aus dem Handy. »Petre, sag was!«

»Meine Schwester«, stöhnte Ardelean und streckte vergeblich die Hand nach dem Handy aus.

Jan nahm es und hielt es dem Sterbenden ans Ohr, ohne darüber nachzudenken, ob das klug war.

»Er ... hat mich erwischt, Kantzius ... das war's«, sagte Petre leise. Blutblasen platzten vor seinen Lippen. »Ich liebe dich, Schwester ... bring es zu Ende ... die Schlampe muss ...«

Jan zog das Handy vom Ohr des Mannes und hielt es an sein eigenes. »Das wollte ich nicht. Bitte, lass uns nicht noch mehr Blut vergießen. Sag mir, wo ich meine Frau finde.«

Schweigen.

Jan hörte die Frau am anderen Ende schwer atmen.

»In der Hölle«, sagte sie schließlich und legte auf.

Jan widerstand dem Impuls, laut aufzubrüllen und das Handy in den Wald zu werfen. Er brauchte es, um Rica zu finden.

Ardelean bäumte sich unter einem Hustenanfall auf. Um seinen Kopf herum sprenkelten Blutspritzer den Schnee.

»Was habe ich getan, dass ihr mich so hasst?«, schrie Jan den Sterbenden an.

Ardeleans Blick war bereits entrückt. »Unser Vater ...«, sagte er so leise, dass Jan es kaum verstand. Er beugte sich tiefer zu ihm hinab, doch da tat er den letzten Atemzug und starb.

Jan hockte im Schnee, sah den Brustkorb sich ein letztes Mal heben und senken, dann wurde es still. Schneeflocken fielen nun auf die geöffneten Augen des Mannes und schmolzen. Jan begriff nicht, was hier geschah. Was hatte er mit der Familie Ardelean zu tun? Und wenn es bei Ricas Entführung um eine persönliche Rachegeschichte ging, wie passte dann der immense Aufwand dazu, den die Männer in Grömitz betrieben hatten? Außerdem hatte Petre nicht den Eindruck gemacht, zu irgendeiner Form des organisierten Verbrechens zu gehören.

Irgendwann erhob sich Jan aus dem Schnee, suchte und fand die Glock, steckte sie ein und machte sich auf den Weg ins Dorf.

Der Name meiner Frau ist Rica, und ich werde sie finden.

3.

Die zweigeschossige Villa mit der breiten Eingangstreppe und dem von zwei mächtigen Säulen gestützten Vordach thronte am Ende der halbkreisförmigen Zufahrt vor einem Waldstück aus mächtigen Buchen und Eichen in einem Nobelviertel am Stadtrand von Duisburg. An der Toreinfahrt gab es ähnliche Säulen, nur kleiner, auch sie trugen ein Dach, schmal und mit den gleichen dunklen Schindeln belegt wie das Haupthaus. Dazwischen verwehrte ein hohes schmiedeeisernes Tor mit Stangen, die wie Speere in den grauen Novemberhimmel stachen, den Einlass.

Issy hatte den grünen Handwerker-Caddy am Straßenrand geparkt und musterte die Villa. Da sie sich kein eigenes Auto leisten konnte und ihr Vater darauf bestand, dass jeder sich seinen ersten Wagen selbst erarbeiten musste, griff sie hin und wieder auf den Fuhrpark von Papas Baufirma zurück. Da gab es ein paar ausrangierte Kisten, die ohnehin nur rumstanden und vergammelten. Was das betraf, drückte Papa zum Glück ein Auge zu.

Wie es aussah, ging es den Paumachers finanziell gut. Die Villa wirkte pompös, aber Issy wäre keine Stoll, wenn sie sich davon würde einschüchtern lassen. Sie stieg aus, ging hinüber, drückte auf den angeberischen Klingelknopf aus Bronze und starrte ins schwarze Auge der Videokamera.

Mit einem Summton entriegelte die Fußgängerpforte, und Issy ging hindurch. Sie war angekündigt, hatte nach dem Mailkontakt mit Frau Paumacher sogar kurz mit ihr telefoniert und den Eindruck gewonnen, sie freue sich auf ihren Besuch.

Issy wusste nicht genau, was sie sich von dem Gespräch erwartete, die Entscheidung hatte sie spontan und aus einem Bauchgefühl heraus getroffen. Bei der Suche nach David konnten die Paumachers ihr nicht helfen. Aber sie hatten ein ähnliches Schicksal erlitten und Erfahrungen gemacht, die Issy und ihrer Familie noch bevorstanden, sollte David nicht wiederauftauchen. Vielleicht hatten die Paumachers besondere Kontakte zur Polizei oder eigene Strategien entwickelt bei der Suche nach Nelia, auf die Issy selbst nicht kam.

Zwischen diese Begründungen schob sich ein weiterer Gedanke, von dem Issy noch nicht wusste, was sie mit ihm anfangen sollte.

War das Zufall?

Zwei Familien, die sich kannten und früher nicht weit voneinander entfernt gewohnt hatten, erlitten dasselbe Schicksal?

Die Auffahrt erklomm einen Hügel. Die große Rasenfläche zwischen den beiden geschotterten Fahrbahnen war gepflegt. Das Herbstlaub war überall entfernt worden, die Büsche beschnitten, der Rasen gemäht. Die senfgelbe Fassade der Villa wies zwar Risse auf, und an einigen Stellen platzte Farbe vom Putz, das tat dem stattlichen Eindruck aber keinen Abbruch. Alles hier schien Issy sagen zu wollen: Seht her, hier leben Menschen, die es geschafft haben, die es zu etwas gebracht haben.

Issy musste daran denken, wie sehr auch ihr Vater an diesen Werten hing. Gebetsmühlenartig hatte er ihr und David einzutrichtern versucht, wie wichtig es war, aus eigener Kraft etwas auf die Beine zu stellen, erfolgreich zu sein. Papas Baufirma lief gut, aber solchen Reichtum, wie er Issy hier entgegenprotzte, hatte er nicht damit erwirtschaftet. Und vor zehn Jahren, als Nelia und Issy zusammen zur Schule gegangen waren, hatten die Paumachers auch noch nicht so pompös gelebt.

Ihr Magen drückte unangenehm, als Issy die Sandsteintreppe erklomm. Vorbereitet hatte sie sich auf das Gespräch nicht – wie auch?

Die Tür ging auf, noch ehe sie den oberen Treppenabsatz erreichte.

Frau Paumacher trat heraus. Sie trug ein dunkles Kostüm, war schlank, perfekt frisiert, sehr blass im Gesicht und ging leicht gebeugt. Sie musste ungefähr im gleichen Alter sein wie Issys Mutter, wirkte aber einige Jahre älter. Das Lächeln auf ihren Lippen war warm und ehrlich.

»Isabell Stoll ... ist das zu fassen!«, rief sie erfreut und breitete die Arme aus.

Issy ließ sich umarmen, spürte die Wärme der Frau und roch ihr teures Parfum.

Nach einem kurzen Moment drückte Frau Paumacher sie auf Armeslänge von sich fort, hielt sie aber weiter fest, sah Issy mit strahlenden Augen an und schüttelte den Kopf, als könne sie nicht glauben, was sie sah.

»Sieh dich nur an«, begann sie. »Eine wunderschöne junge Frau. Natürlich hast du dich verändert seit damals, aber auf der Straße hätte ich dich dennoch erkannt. Das Stoll-Kinn mit dem Grübchen, die blauen Augen, das Haar ... die perfekte Mischung aus Mutter und Vater. Wie alt bist du jetzt?«

»Zwanzig.«

»Richtig ... wie Nelia ...«

Von einer Sekunde auf die andere verschwand das Strahlen aus ihren Augen. Issy konnte quasi beobachten, wie eine mühsam aufgebaute Fassade Risse bekam und zerfiel.

»Aber was ist das für eine Geschichte, die du am Telefon erzählt hast? Dein Bruder ist verschwunden?«

Issy wollte etwas sagen, doch Frau Paumacher unterbrach sie, indem sie sie am Oberarm packte und in Richtung Tür zog. »Komm erst mal herein. Muss ja nicht sein, dass jeder mithört.«

Sie warf einen misstrauischen Blick die Einfahrt hinunter, und Issy fragte sich, wer hier mithören sollte. Nachbarhäuser gab es nicht, und die Straße mit dem Bürgersteig war mindestens hundert Meter entfernt.

Issy wurde ins Haus geschoben und die große, schwere Tür nachdrücklich geschlossen.

»So ist das, wenn man einen Namen und Geld hat«, sagte Frau Paumacher. »Überall lauern Neider, die etwas davon abhaben wollen. Komm mit, wir gehen in die Küche, dort ist es warm und gemütlich.«

Das stimmte. Es war sogar viel zu warm in der großen Küche mit der ausladenden Eckbank vor einem Fenster, das auf den hinter dem Haus liegenden Wald hinausging. Die Bäume standen da wie erstarrt, ihr trockenes Laub wehte über eine verschwenderisch großzügige Rasenfläche zwischen Haus und Wald, groß wie ein Fußballfeld, perfekt gepflegt, ein englischer Angeberrasen, aus dem nirgends Löwenzahn hervorlugte – nur weiße Plastikköpfe, die wie Pilze aussahen und wohl zur Bewässerungsanlage gehörten.

Die Stille im Haus fiel Issy zuerst auf.

Kein Radio, keine anderen Menschen, absolute Ruhe. Dazu eine Ordnung, die ihresgleichen suchte. Es stand oder lag nichts herum, alles glänzte, das Fenster war so sauber geputzt, dass man es kaum sah.

Frau Paumacher bot Issy Platz auf der Eckbank an und bereitete dann Kaffee zu, bevor sie vier zuvor aufgetaute Stück Bienenstich aus dem Gefrierfach auf dem Tisch abstellte. Die Kuchenstücke waren mit den exakt gleichen Abständen auf einem weißen Teller drapiert, und die Kuchengabeln wurden auch nicht einfach nur abgelegt, sondern neben den Tellern ausgerichtet. Dazu gab es vorgefaltete Serviette mit den Initialen H. P. und einem Kalenderspruch darauf: »Das Glück ist mit den Tüchtigen.«

»Ist Ihr Mann auch da?«, fragte Issy, die ahnte, wofür die Initialen standen.

Frau Paumacher schüttelte den Kopf. »Hubert ist so gut wie nie da. Die Arbeit, immer die Arbeit. Dazu noch seine politischen Ämter ... Er ist hier im Stadtrat, musst du wissen, und im nächsten Jahr kandidiert er für das Amt des Kreisrats. Wer in der Baubranche ist, muss auch in der Politik sein, ist sein Motto. Weißt du eigentlich, dass dein Vater damals von meinem Hubert die ersten Aufträge bekommen hat?«

Issy schüttelte den Kopf.

»Doch, doch. Stoll-Bau hat ja unsere Villa saniert und Bürogebäude für Hubert gebaut, die er seitdem vermietet. Ich dachte ja, dass daraus eine Freundschaft entsteht, auch weil Nelia sich so gut mit dir verstand und ich deine Mutter sympathisch fand, aber leider gibt es auf dem Bau immer irgendwelche Streitigkeiten. Wegen Mängeln und so, ich kenne mich da nicht so aus. Na ja, jedenfalls sind mein Hubert und dein Papa nach unserem Umzug dann getrennte Wege gegangen. Mein Gott, ist das lange her. Sag, wie geht es deinen Eltern?«

»Eigentlich ganz gut, aber seit Davids Verschwinden ...« Issy zuckte mit den Schultern, weil sie nicht wusste, wie sie dieser ihr eigentlich fremden Frau erklären sollte, dass ihre Familie gerade zerbrach. Deshalb schwenkte Issy sofort zu David und berichtete, was sie über sein Verschwinden wusste. Frau Paumacher hörte zu, schüttelte immer wieder den Kopf und seufzte wiederholt, was Issy schon bald zu nerven begann.

»Und wie war das mit Nelia?«, fragte Issy schließlich. »Unter welchen Umständen ist sie verschwunden?«

Frau Paumacher starrte die Kaffeetasse in ihren Händen an.

Sie bewegte sich nicht, blinzelte nicht, schien nicht einmal mehr zu atmen. Issy wollte schon die Hand ausstrecken und sie berühren, als ein Ruck durch ihren Körper ging und Frau Paumacher doch noch zu sprechen begann.

»Dieser Junge …«, stieß Frau Paumacher giftig aus. »Sie hätte sich niemals mit diesem Jungen einlassen dürfen. Der ist schuld an allem, hat Nelia eine Gehirnwäsche verpasst, es gab nur noch Streit hier im Haus deswegen, jeden Tag Streit … es war einfach nicht mehr auszuhalten. Nelia warf uns vor, wir lebten von Blutgeld, bereicherten uns am Leid anderer Menschen. Das hat Hubert sehr wehgetan, schließlich hat er sich von ganz unten hochgearbeitet und es so weit gebracht. Nelia war unerbittlich … und so gemein. So kannte ich sie gar nicht. Sie ist zu diesem Jungen gezogen, wie konnten nichts tun … und sie kam nie wieder zurück. Hubert hat es versucht, hat den Jungen aufgesucht, aber der sagte, Nelia sei nie bei ihm eingezogen … Wir wissen einfach nicht, was passiert ist … sie ist spurlos verschwunden.«

Frau Paumacher schüttelte den Kopf und schloss kurz die Augen. Als sie Issy wieder ansah, standen Tränen darin. »Das Geld hat alles kaputt gemacht, weißt du. Es macht immer alles kaputt …«

»Nelia wurde nicht gefunden?«, fragte Issy nach einer angemessenen Pause.

Frau Paumacher schüttelte den Kopf. »Es gab überhaupt keine vernünftigen Spuren. Nach einem furchtbaren, furchtbaren Streit mit Hubert hat sie wutentbrannt einen Koffer gepackt und das Haus verlassen. Hat gesagt, sie ziehe jetzt zu ihrem Freund, und wir würden sie nie wiedersehen … wie recht sie doch hatte … Zuerst dachten wir noch, es könnte sich um eine Erpressung handeln, aber es hat sich nie jemand wegen Lösegeld gemeldet.«

Issy konnte kaum fassen, welche Parallelen es zwischen Davids und Nelias Verschwinden gab. Beide hatten Probleme mit dem Vater, der sein Leben und seinen Erfolg allein über Geld definierte. Beide hatten sich von ihm losgesagt und versucht, auf eigenen Füßen zu stehen.

»Und die Polizei?«, bohrte Issy weiter nach. »Was hat die getan?«

Frau Paumacher zuckte mit den Schultern. »Ich weiß nicht ... Hubert hat sich darum gekümmert, er hat ja Kontakte ... Er meint, der zuständige Ermittler habe wirklich alles getan, was in seiner Macht stand, man könne ihm überhaupt keinen Vorwurf machen. Aber die Polizei ist auch nicht von einem Verbrechen ausgegangen. Sie hielten es für am wahrscheinlichsten, dass Nelia wegen der Streitereien abgehauen ist ... Hubert hat dann ja noch versucht, Nelia mithilfe des Internets und privater Ermittler zu finden ... alles vergebens.«

»Was denken Sie? Was ist passiert?«, fragte Issy.

Frau Paumacher schüttelte vehement den Kopf. »Dieser Junge ist schuld, ich weiß es, er hat ihr etwas angetan. Man kann ihm nicht trauen, er nimmt Drogen und lebt von der Stütze, ein Tunichtgut, ein Krimineller. Aber die Polizei sagt, sie hätten keine Beweise gegen ihn ... er läuft immer noch frei herum.«

Den letzten Halbsatz sagte Frau Paumacher mit leiser, verschwörerischer Stimme.

»Wie hieß denn Nelias Freund?«

»Nicolas Heffner ... den Namen werde ich niemals vergessen.«

»Den würde ich gern mal sprechen.«

»Nein! Tu das nicht, der ist gefährlich.«

»Ich habe keine Angst, und wer weiß, vielleicht erfahre ich etwas, was er sonst niemandem erzählen würde.«

Nach gutem Zureden gab Frau Paumacher ihr eine Telefonnummer. Dann redeten sie noch eine Weile über die guten alten Zeiten, und Issy gewann immer mehr den Eindruck, dass sich Frau Paumacher seit dem Verschwinden ihrer Tochter gänzlich aus dem Leben zurückgezogen und sich eine eigene Wirklichkeit geschaffen hatte. Eine, in der es auch nach anderthalb Jahren noch möglich war, dass Nelia eines Tages fröhlich durch die Tür hereinspaziert kommen würde.

Issy wusste nicht, wie sie das Gespräch beenden und den Absprung schaffen sollte, sie wollte der armen Frau gegenüber nicht unhöflich sein, da klingelte es an der Tür.

Frau Paumachers Blick schnellte zur Uhr an der Wand. »Elf!«, rief sie und sprang auf. »Die Blumen für Nelia!«

Sie eilte in die Eingangshalle, um das Tor zu öffnen. Dann riss Frau Paumacher in kindlicher Vorfreude die Tür auf und trat auf das Podest der Sandsteintreppe hinaus, ohne sich um Issy zu kümmern.

Von der Toreinfahrt her näherte sich ein kleiner weißer Lieferwagen.

Issy hielt sich zurück und beobachtete. Der Lieferwagen fuhr vor den Eingang, auf seiner Flanke klebte die Werbung eines Blumenladens. Eine junge Frau holte einen opulenten Blumenstrauß von der Ladefläche, kam damit die Treppe hinauf und reichte ihn Frau Paumacher, fragte, ob er ihr gefalle, und verschwand dann wieder.

Mit dem Blumenstrauß in der Hand und einem Lächeln auf den Lippen drehte sich Frau Paumacher zu Issy um.

»Nelia gefällt er auf jeden Fall, findest du nicht? Jeden Tag bekommt sie einen frischen Blumenstrauß von mir ... Jeden Tag, seitdem sie nicht mehr bei uns ist ...«

4.

»… *dann bringst du sie nach Steeltown …*«

Wie Zecken hatten sich diese Worte, die Rica in der grauen, wattigen Welt am Rande der Bewusstlosigkeit mitbekommen hatte, in ihrer Erinnerung festgesetzt. Und so, wie ein Zeckenbiss juckte, juckten auch diese Worte.

Steeltown? Was sollte das bedeuten?

Dass es sich dabei um keinen angenehmen Ort handelte, lag auf der Hand.

Rica hatte Angst. Angst vor dem Mann mit dem Messer, der sich nicht unter Kontrolle hatte und nach dem missglückten Übergriff sauer auf sie war. Mehr als zuvor. Er und die große blonde Frau hassten Rica und Jan, so viel war klar, aber warum? Was hatten sie ihnen getan?

Seitdem Rica von der Blonden niedergeschlagen worden war, waren die beiden nicht wiederaufgetaucht, und Rica wusste nicht, wie viel Zeit seither vergangen war. Nur wenige Stunden? Vielleicht ein ganzer Tag? Die Zeit ließ sich in diesem weißen Raum nicht messen. Lediglich aus körperlichen Symptomen konnte Rica schließen, dass es bereits länger zurücklag: Sie hatte Hunger und Durst und musste zur Toilette.

Ihr Kopf brummte, und ihre Nase schmerzte immer noch von dem Schlag der Blonden. In den Nasenlöchern und auf der Oberlippe klebte verkrustetes Blut, doch die Nase war nicht gebrochen. Rica hatte sie vorsichtig abgetastet. Der Knochen war gerade, nichts knirschte. Jan mochte ihre kleine Stupsnase, und Rica freute sich, dass sie keinen bleibenden

Schaden genommen hatte. Natürlich war das eine dumme, kindische Freude angesichts ihrer Lage. Auch wenn sie die Hoffnung nicht aufgegeben hatte und bei jeder sich bietenden Gelegenheit um ihr Leben kämpfen würde, war ihr klar, dass sie Jan möglicherweise nie mehr wiedersehen würde.

Rica spürte ihn mit jeder Faser ihres Körpers, in jedem Synapsenfunken ihres Hirns, sie spürte ihn mehr als sich selbst. Und sie wusste, wenn diese Leute ihm nichts angetan hatten, dann war er in diesem Moment irgendwo da draußen auf der Suche nach ihr. Angetrieben von einer zersetzenden Angst und vernichtenden Wut, die in jeder Minute seines Handels den inneren, den edlen Kern seines Wesens zu zerstören drohten. Selbst wenn sie und Jan das hier überlebten, bestand die Gefahr, dass sie nicht auf denselben Mann treffen würde. Sondern auf einen Jan Kantzius, der schlussendlich dem Bösen in sich die Führung überlassen hatte.

Das durfte nicht passieren.

Rica musste das verhindern.

Der Druck in ihrer Blase wurde immer stärker.

Sie erhob sich vom nackten Boden, ging zur Tür hinüber und hämmerte mit den Fäusten dagegen. Jetzt, da sie die wärmende Decke abgestreift hatte, die jemand über ihr ausgebreitet haben musste, fror sie, denn noch immer trug sie nur ihre Unterwäsche.

Es kam ihr so vor, als würden ihre kleinen Fäuste an der harten und dicken Metalltür überhaupt keine Geräusche erzeugen. Rica brach ihre Bemühungen ab, schnappte sich die Decke, in der noch ihre Wärme steckte, und wickelte sie sich um die Schultern. Dann überlegte sie, in welche der vier Ecken des Zimmers sie pinkeln sollte.

Noch während sie darüber nachdachte, hörte sie Geräusche. Die Metallriegel glitten zurück, die Tür schwang auf, und die Blonde betrat den Raum. Aus ihren durchscheinend blauen Augen starrte sie Rica an.

»Ich muss aufs Klo«, sagte Rica.

Die Blonde nickte. »Komm mit.«

Sie ging voran. Rica folgte ihr auf den Gang hinaus. Er war vielleicht drei Meter lang und führte auf eine weitere Tür zu, ebenfalls eine feuerfeste Metalltür. Die Blonde öffnete sie, hielt sie fest und winkte Rica heran. Dahinter sah die Welt komplett anders aus. Rica betrat eine große Halle, in der rechts und links an den Wänden in Schwerlastregalen Kunststoffbehälter für Flüssigkeiten standen. Große, viereckige, vergilbte Kästen mit Gittern aus Aluminium darum, die allesamt verstaubt waren, als seien sie schon lange nicht mehr benutzt worden. Rica entdeckte einen Gabelstapler, zwei Hubwagen, einige Stapel Holzpaletten sowie eine kompliziert aussehende Maschine, auf der eine Reihe leerer Gläser in der Größe von Marmeladengläsern standen, zudem lagerten in einer Ecke der Halle Dutzende Metallfässer in allen möglichen Farben, die in drei Reihen übereinanderstanden.

Neben diesen Fässern stand ein großer viereckiger Kasten aus Edelstahl, dessen Unterteil wie eine Wanne aussah. Über dieser Wanne lagerten auf einer Art überdimensioniertem Abtropfgitter weitere Fässer, allerdings geöffnet und mit der Öffnung nach unten. Rica konnte es wegen der Lichtverhältnisse nicht genau erkennen, aber es sah so aus, als würde aus den Fässern nach und nach etwas herausrutschen und in die Wanne tropfen. Eine feste gelbliche Masse, eher zäh als flüssig.

Über allem lag ein nahezu betäubend süßlicher Geruch.

In der Mitte der Halle stand Karl auf einer Trittleiter über einen der Kunststoffbehälter gelehnt und hebelte mit einem großen Messer an einem festsitzenden Deckel herum.

Mit bösem Blick starrte er sie an.

»Da drüben«, sagte die Blonde und wies auf eine Tür mit einem Toilettenzeichen. Rica schlüpfte schnell hinein, stellte zuerst fest, dass es kein Fenster gab, durch das sie hätte flüchten können, und dann, dass die Toilette keinen Deckel hatte. Der Keramikrand war mit Urinflecken besprenkelt, und der ungepflegte Zustand im Inneren des Beckens widerte sie an, aber ihr blieb keine Wahl. Ihr Hintern über der Toilette schwebend, erleichterte sie sich.

Die Blonde stand mit verschränkten Armen vor der Tür, als Rica herauskam. Ihr Blick war merkwürdig. Am ehesten mit einer Mischung aus Enttäuschung, Angst und Wut zu beschreiben.

»Kannst du dir vorstellen, was das hier ist?«, fragte die Blonde und machte eine Bewegung mit dem Kinn in die Halle.

Rica schüttelte den Kopf.

»Hier traf seinerzeit der beste Honig vom Balkan ein, wurde gereinigt, in Gläser gefüllt und in ganz Deutschland verkauft. Da vorn …«, sie zeigte auf die Wanne, die Rica zuvor aufgefallen war, »… verflüssigen wir den Honig, um ihn filtern zu können. Jetzt nur noch für den Hausgebrauch, aber mein Vater hatte eine Expansion nach ganz Europa, ja, in die ganze Welt geplant. Aber dann entschied irgendein Beamter in Europa, es müsse neue Auflagen für solche Betriebe geben, doch die waren so teuer, dass mein Vater es sich nicht leisten konnte und den Betrieb einstellen musste. Seine Existenz war zerstört, von heute auf morgen.«

Die Blonde sah Rica an, als sei das ihre Schuld. »Er hatte sich Geld geliehen, um das hier aufzubauen, weißt du. Viel Geld, von einem Geschäftsmann, Banken hätten ihm keinen Kredit gegeben. Und dieser Geschäftsmann wollte sein Geld zurück, nur war keines mehr da. Also musste mein Vater auf den Vorschlag des Geschäftsmannes eingehen, seine Schulden abzuarbeiten. Von da an wurde in diesen Containern nicht mehr nur Honig transportiert, sondern Drogen. Und es dauerte nicht lange, bis mein Vater zum Handlanger dieses Geschäftsmannes wurde und auch andere Aufgaben übernehmen musste. Meine Brüder und ich mussten helfen, es blieb uns gar nichts anderes übrig. Kleehonig zum Beispiel ist fest und undurchsichtig, niemand sieht es, wenn sich darin ein Körper befindet. Und es ist eine besonders grausame Art, einen unliebsamen Menschen, einen Geschäftspartner vielleicht oder einen Verräter, auf diese Art verschwinden zu lassen. Man erweitert die Öffnung des Containers so, dass ein Mensch hindurchpasst, steckt ihn lebendig hinein und füllt den Container mit Honig. Ein grausam-süßer Tod, darin zu ersticken. Und weil Honig nichts als Zucker ist, wird der Körper darin konserviert und verwest nicht. Was glaubst du, für wen Karl gerade diesen Container vorbereitet?«

Rica machte instinktiv einen Schritt zurück und schüttelte den Kopf. »Das könnt ihr nicht machen«, sagte sie leise.

Die Blonde trat einen Schritt auf sie zu. Sie lächelte. Es war ein boshaftes Lächeln, und Rica meinte, in ihren Augen Wahnsinn aufblitzen zu sehen. »Unser Vater wurde erschossen, weil er einem Geschäftsmann half, der ihn erpresste. Weißt du, womit er ihn erpresste?«

Rica schüttelte den Kopf.

»Er sagte unserem Vater, er würde mich und meine Brüder töten, wenn er sein Geld nicht zurückbekäme. Da war ich gerade zwanzig geworden, meine Brüder waren fünf Jahre älter. Welche Wahl hatte mein Vater? Sag es mir? Welche Wahl bleibt einem ehrlichen Mann, der um das Überleben seiner Familie kämpft? Meinem Vater ging es nie ums Geld, dem Geschäftsmann geht es nur darum, und am Ende siegt immer das Geld. Immer.«

Die Blonde hatte sich in Rage geredet, war hin und her gelaufen, hatte auf die Container, die Halle und Karl, ihren Bruder, gezeigt, der immer noch auf der Trittleiter an dem Container stand.

»Aus Honig wurden Drogen wurden Menschen. Mit Drogen und Menschen und Waffen verdienst du auf dieser Welt das meiste Geld. Mit Honig nicht. Kein EU-Abgeordneter kommt dir in die Quere, wenn du mit Drogen und Menschen handelst. Du musst nur gerissen genug sein. Das war mein Vater nicht, er war im Grunde harmlos. War ein einfacher Mann vom Lande, ein Bauernopfer. Und dafür hat er sich in jener Nacht an der deutsch-tschechischen Grenze eine Kugel eingefangen. Und jetzt will ich von dir hören, wer meinen Vater erschossen hat.«

5.

VERGANGENHEIT IM GRENZGEBIET ZU TSCHECHIEN

Seit Stunden nur Dunkelheit.
Und Angst.

So tief und fürchterlich, dass sie jedes Denken lähmte, sich schwer auf die Atmung legte und immer wieder Tränen hervorpresste, wo doch längst Trockenheit herrschen sollte. Tagelang hatte Rica sich die Augen aus dem Kopf geweint, sich bemitleidet und immer wieder die Frage gestellt, warum ihr das passierte. Ihr großer Traum vom Leben in Europa war zerplatzt, die Versprechen der Männer, die sie in ihrer Heimat Haiti kennengelernt hatte, waren nichts als Köder gewesen.

Die Erinnerung an den Flug in einer Privatmaschine war diffus, eine Folge der Drogen, die man ihr eingeflößt hatte. Sie hatte auch noch unter Drogen gestanden, als die Männer im Hotelzimmer über sie hergefallen waren und sie mehrfach vergewaltigt hatten. Rica wusste nicht, wie sie aus dem Zimmer in den Wagen gekommen war, doch während der langen Fahrt hatte die Wirkung der Drogen nachgelassen. Erinnerung und Wahrnehmung setzten ein. Rica wusste, sie befand sich im Kofferraum eines Autos, die Geräusche und Gerüche ließen keinen anderen Schluss zu. Außerdem konnte sie Musik aus den Lautsprechern hören, die irgendwo über ihr angebracht waren. Durch ihr perfektes Englisch verstand sie jedes Wort dieser frauenfeindlichen Rapmusik, die in Endlosschleife lief. Worte wie Bitch und Fuck fielen alle paar Minuten und brannten sich tief in ihren Kopf ein.

Rica hatte Schmerzen im Unterleib und an verschiedenen Stellen ihres malträtierten Körpers. Ihr war schlecht, und ein paarmal war sie kurz davor gewesen, sich zu übergeben. Mit purer Willenskraft hatte sie den Brechreiz bekämpft, um nicht in ihrem eigenen Erbrochenen liegen zu müssen.

Entführt und vergewaltigt.

Vor ein paar Tagen noch war sie eine fröhliche junge Frau auf Haiti gewesen, das IT-Studium abgeschlossen, perfekt ausgebildet, die Welt lag ihr zu Füßen, und sie hatte den festen Willen, ihre Chance zu ergreifen. Die beiden Männer, die auf Haiti Urlaub machten, waren angeblich Inhaber eines jungen IT-Unternehmens und immer auf der Suche nach neuen, talentierten Mitarbeiterinnen und Mitarbeitern. Rica hatte ihren Versprechungen Glauben geschenkt und war auf ihre Komplimente und Schmeicheleien hereingefallen. Mit dem Jüngeren der beiden hatte sie eine Nacht in seinem Hotelzimmer verbracht. Es war schön gewesen, auch wenn sie nicht verliebt war. Er war Deutscher, und Rica hatte begonnen, Deutsch zu lernen, da sie in dem Land beste Chancen sah, beruflich weiterzukommen. Es hatte Spaß gemacht, diese Sprache bei der schönsten Sache der Welt auszuprobieren.

Die Freude hatte nicht lange angehalten.

Entführt und vergewaltigt, weil sie sich wie ein dummes Huhn hatte ködern lassen.

Obwohl sie es nicht mit Sicherheit wusste, ging Rica davon aus, dass sie sich jetzt in Europa befand. Sie glaubte, sich daran erinnern zu können, dass die Maschine auf dem Letisko Bratislava gelandet war, dem internationalen Verkehrsflughafen der slowakischen Hauptstadt Bratislava. Da war eine Leuchtschrift gewesen, die sich durch den Drogennebel in ihrem Kopf gekämpft hatte.

Und jetzt?

Wohin brachten die Männer sie?

War sie professionellen Menschenhändlern in die Hände geraten?

Der Wagen wurde langsamer. Rica spürte, wie er abbremste, glaubte den Blinker zu hören, dann änderte sich der Straßenbelag. Die Räder holperten über Schlaglöcher, hin und wieder streifte etwas an der Blechkarosserie des Wagens entlang. Das ging eine ganze Weile so, vielleicht zwanzig Minuten, dann stoppte der Wagen. Die Musik wurde abgestellt, kurz darauf der Motor, und plötzlich war es still.

Rica riss die Augen auf, obwohl sie in der Dunkelheit absolut nichts sehen konnte. Sie atmete flach und konzentrierte sich auf ihr Gehör.

Die Stille hielt an.

Minutenlang.

Ricas Magen verkrampfte sich schmerzhaft unter der nächsten Angstattacke.

Dann bewegte sich der Wagen, als der Fahrer ausstieg und die Tür zuwarf. Stimmen. Männer sprachen miteinander in einer Sprache, die Rica nicht verstand.

Rica begann zu zittern. Sie ahnte, dass das Entsetzen noch eine Steigerung erfahren und ihr Martyrium weitergehen würde. Vielleicht für immer.

Einer der Männer lachte laut, die anderen stimmten ein.

Ein paar Minuten ging das Gespräch weiter, dann hörte Rica, wie sich ein anderes Fahrzeug näherte. Es hielt in unmittelbarer Nähe, der Motor erstarb. Die Männer riefen einander etwas zu. Die Ankunft des anderen Fahrzeugs schien ein Startsignal für sie zu sein.

Rica hielt den Atem an.

Die Kofferraumklappe schwang auf, das grelle Licht einer Taschenlampe strahlte ihr ins Gesicht. Rica kniff die Lider zusam-

men, sodass sie nur eine dunkle Gestalt sehen konnte, die die Taschenlampe hielt. Sie sagte etwas zu ihr, packte Rica dann am Kragen der Jacke, die man ihr angezogen hatte, und zog sie aus dem Kofferraum.

Zitternd vor Angst, die Schultern hochgezogen, die Arme um den Oberkörper geschlungen, stand Rica da und betrachtete ihre Umgebung.

Vier Fahrzeuge standen auf einer Waldlichtung versammelt. Drei normale Pkws und ein Kleintransporter mit kastenartigem Aufbau, eine Werbeaufschrift auf der Seite in einer Sprache, die sie nicht lesen konnte.

Die Scheinwerfer der Wagen rissen die Waldlichtung aus der nächtlichen Dunkelheit. Männer liefen in dem Licht umher. Rica sah, wie einer von ihnen eine andere Frau aus dem Kofferraum eines Wagens zerrte. Sie wollte sich wehren, doch er schlug ihr in den Bauch. Sie knickte ein, kassierte einen weiteren Schlag in den Nacken und fiel auf die Knie. Der Mann, er hatte schulterlanges Haar, das zu einem Zopf geflochten war, packte das blonde Haar der Frau und riss ihren Kopf zurück. Er beugte sich vor, flüsterte ihr etwas ins Ohr und stieß sie in den Dreck. Als er ausholte, um sie zu treten, trat ein anderer Mann dazu und hielt ihn mit einer Handbewegung davon ab. Dieser Mann strahlte Autorität aus, alle schienen auf sein Kommando zu hören. Nachdem die Situation geklärt war, kam er auf Rica zu. Lässig, selbstbewusst, sich seiner Rolle als Anführer bewusst. Er hatte Rica fast schon erreicht, als etwas Unerwartetes geschah.

Plötzlich flammte weiteres Licht auf.

Taschenlampen, aus allen Richtungen aus dem Wald heraus.

Geschrei. Die Männer stoben auseinander. Ricas Bewacher zog eine Waffe und richtete sie auf einen der Männer, die jetzt aus dem Wald auf die Lichtung drangen. Ein Schuss fiel, der

Mann an Ricas Seite taumelte zurück und ging zu Boden, ein Loch in der Brust.

Die Ereignisse überschlugen sich.

Alle Männer schrien durcheinander, weitere Schüsse fielen, einige Scheinwerfer der Autos zerplatzten.

Rica presste sich die Hände auf die Ohren und ließ sich zu Boden fallen, um nicht getroffen zu werden. Als sie begriff, dass sich niemand um sie scherte, kroch sie von dem Tumult in Richtung Waldrand davon. Bei den ersten Bäumen angekommen, zog sie sich auf die Beine hoch und begann zu rennen. Weg, einfach nur weg. Sich irgendwo verstecken und später, wenn die Männer fort waren, zur Polizei durchschlagen.

In die einzelnen Schüsse, die hinter ihr knallten, mischte sich das Geräusch einer automatischen Schnellfeuerwaffe.

Danach wurde es erst einmal still.

Rica rannte weiter, ohne sich umzuschauen.

Bis von links jemand gegen sie stieß und sie zu Boden riss. Ehe sie reagieren konnte, legte sich ein Arm um ihren Hals, nahm sie in den Schwitzkasten und zog sie auf die Beine.

»Komm mit …«, fauchte eine heisere männliche Stimme.

Rica blieb gar nichts anderes übrig. Der Kraft des Mannes hatte sie nichts entgegenzusetzen. Er führte sie tiefer in den Wald hinein, und als auch das letzte Licht der Autoscheinwerfer verschwand, wurde es um sie herum stockdunkel.

Die Schießerei hatte aufgehört. Hin und wieder erklangen Befehle, die sich wie Hundegebell anhörten. Im Würgegriff des Mannes stolperte Rica einige Minuten hinter ihm her, bis er plötzlich stehen blieb. Er nahm den Arm von ihrem Hals, zielte aber mit einer Pistole auf Rica.

»Keinen Scheiß!«, sagte er und sah sich um.

Aber da gab es nichts zu sehen. Nur Dunkelheit zwischen Baumstämmen.

»Wenn du tust, was ich dir sage, passiert dir nichts, und ...«

Irgendwo krachte es im Unterholz. Jemand folgte ihnen.

»Los, weiter!«

Der Mann trieb Rica mit der Waffe vor sich her. Fieberhaft überlegte Rica, wie sie ihm entkommen konnte. Vielleicht war sie schneller als er, aber wenn sie es versuchte, würde er wahrscheinlich auf sie schießen.

Plötzlich flammte eine Taschenlampe auf, und der Lichtkegel erfasste den Mann.

Sofort packte er Rica, nahm sie erneut in den Schwitzkasten und hielt ihr die Mündung der Waffe an die Schläfe. Rica spürte seinen rasenden Herzschlag und hörte sein hechelndes Atmen. Keine Frage, er hatte Angst.

»Polizei ... lassen Sie die Frau los, sofort!«

Statt dem Befehl nachzukommen, feuerte der Mann einen Schuss auf die Taschenlampe ab, traf sie aber nicht. Das Licht bewegte sich nicht, blieb reglos an Ort und Stelle. Noch vor dem Mann spürte Rica jemanden hinter sich, und als ihr Entführer herumwirbeln wollte, knallte ein weiterer Schuss durch die Nacht. Blut spritzte Rica ins Gesicht, und sie zuckte zurück. Ihr Entführer starrte sie an, zwischen seinen Augen hatte die Kugel ein Loch in die Stirn gestanzt.

Es war der Mann, den sie für den Anführer gehalten hatte.

Langsam kippte er nach hinten weg und schlug auf dem Waldboden auf.

Rica war starr vor Angst, konnte sich nicht bewegen, selbst die Atmung funktionierte nicht mehr. Sie konnte den Blick nicht von dem Toten wenden, dessen weit aufgerissene Augen in die Baumwipfel starrten. In diesem Moment sah er nicht gefährlich aus, sondern auf eine erlöste Art und Weise friedlich.

Die Beine gaben unter ihr nach.

Bevor sie stürzen konnte, war jemand bei ihr, fing sie auf und setzte sie behutsam auf dem Boden ab.

»Es ist alles gut, ich bin von der Polizei ... können Sie mich verstehen?«

Das waren die ersten Worte, die sie von Jan Kantzius hörte, dem Mann, den sie heiraten würde.

6.

Ich habe wirklich alles versucht ... Sie ist wie vom Erdboden verschluckt. Keine Spur, nichts.«

Nicolas Heffner war ein gut aussehender Mann. Fünfundzwanzig Jahre alt, dunkelblondes, leicht gewelltes Haar, braune Haut, athletische Figur. Seine Unterarme waren voller Tattoos, auch am Hals rankten sie empor, und er hatte eine für sein Alter erstaunlich tiefe, sonore Stimme. Er war weit entfernt von dem Monster, das Frau Paumacher geschildert hatte.

Seine Verzweiflung war echt, das konnte Issy sehen und fühlen. Seine große Liebe war verschwunden, und er hatte alles unternommen, um Nelia wiederzufinden.

Issy hatte Nicolas Heffner angerufen, ihre Situation geschildert und ihn um ein Gespräch gebeten. Er war sofort dazu bereit gewesen und hatte ein Eiscafé in Duisburg als Treffpunkt vorgeschlagen. Dort saßen sie seit ein paar Minuten in der hintersten Ecke. Die Bedienung hatte gerade eben für Issy einen Latte macchiato und für Nicolas einen Cappuccino gebracht.

»Was denkst du, was passiert ist?«, fragte Issy.

Nicolas zuckte zuerst mit den Schultern und schüttelte dann den Kopf. »Ich weiß es nicht, aber ganz bestimmt etwas Schlimmes. Ich meine, ich will dich wegen deinem Bruder echt nicht entmutigen oder so, aber du kennst das doch. Wenn eine vermisste Person nicht innerhalb von vierundzwanzig Stunden gefunden wird, sind die Chancen schlecht, sie überhaupt noch zu finden. Nelia ist jetzt über ein Jahr fort, es gibt nicht eine einzige Spur ... Ich denke, jemand hat sie umgebracht und verschwinden lassen.«

Bei seinen letzten Worten stockte Nicolas die Stimme, und seine Augen wurden feucht.

Issy konnte nicht anders, sie legte ihre Hand auf seine. »Gib nicht auf, vielleicht geschieht ja noch ein Wunder.«

Nicolas nickte. »Weißt du, das sage ich mir auch immer wieder ... Nachts, wenn ich daliege und damit hadere, dass ich nicht gut genug auf Nelia aufgepasst habe. Wenn ich es nicht verhindern kann, mir die schlimmsten Dinge vorzustellen, die ihr zugestoßen sein könnten, und gleichzeitig hoffe, dass sie einfach nur einen Unfall hatte, bei dem sie ihre Erinnerung verloren hat oder irgendwo im Krankenhaus im Koma liegt. Das wurde natürlich alles überprüft, diese Art von Wunder wird es also nicht geben. Nein ...« Nicolas schüttelte den Kopf. »Ich kann froh sein, dass ich an jenem Abend zufällig die Schicht einer Kollegin übernommen und gearbeitet habe, sonst würde ich heute wohl im Knast sitzen. Ich bin beim Radio, ein kleiner privater Stadtsender mit alternativer Musik, und war in der fraglichen Zeit auf Sendung. Die Polizei hat trotzdem alles Mögliche versucht, es mir anzuhängen. Hätte ich gewusst, dass Nelia an diesem Abend zu mir kommt, wäre ich natürlich da gewesen ... aber ich wusste es nicht.«

»Und sonst hat die Polizei nichts herausgefunden? Die müssen doch auch in andere Richtungen ermittelt haben. Ich meine ... na ja, immerhin sind die Paumachers stinkreich, Nelias Eltern werden doch sicher Druck gemacht haben.«

»Klar, ihr Vater hat sie vermisst gemeldet und Himmel und Hölle in Bewegung gesetzt, damit man mich verdächtigt, Nelia etwas angetan zu haben. Weil das aber einfach nicht stimmen konnte, haben die Bullen irgendwann gedacht, Nelia sei einfach abgehauen ... wegen ihrem Vater.«

»Aber du glaubst das nicht?«

»Ehrlich gesagt bin ich mir nicht sicher«, sagte Nicolas. »Ihr Vater ... ich sollte da eigentlich nicht drüber sprechen.«

»Worüber?«

»Paumachers Anwalt hat deswegen eine Unterlassungsverfügung gegen mich erwirkt, weil ich das damals auch der Polizei gesagt habe.«

»Was?«

Nicolas rang mit sich. »Nelia hat es nie so direkt gesagt, aber da muss noch mehr gewesen sein mit ihrem Alten als nur der Streit ums Geld.«

»Was meinst du?«

»Ich hatte den Verdacht, er könnte sie missbraucht haben, als sie jünger war.«

»Was! Wie kommst du darauf?«

»Nelia war wirklich nicht gut auf ihren Alten zu sprechen, da war richtig viel Wut in ihr. Sie hat nie etwas Konkretes erwähnt, aber sie hatte Albträume und immer wieder im Traum gesprochen. Zusammenhanglos und wirr, aber immer wieder kamen Worte und Sätze vor, die mich glauben ließen, dass ihr eigener Vater ihr so etwas angetan haben könnte. Ich wusste nicht, wie ich sie darauf ansprechen sollte, hatte Angst, vielleicht ein Trauma bei ihr auszulösen oder so ...«

»Was für Worte und Sätze?«

Nicolas schüttelte den Kopf, fuhr sich mit den Händen über die Augen, rieb darin und sah sie schließlich aus feuchten, geröteten Augen an.

»Nicht, Papa, nicht wieder ... ich will das nicht ... das tut weh, Papa ... warum muss ich immer nackt sein, Papa ...«

7.

Purple Pelikan war vielleicht ein Mann, vielleicht eine Frau, beides zugleich oder etwas dazwischen. Er mochte in Deutschland, der Schweiz, auf Madagaskar oder Nova Scotia leben. Jan wusste nichts von der Person, die sich hinter diesen Namen verbarg, trotzdem blieb ihm nichts anderes übrig, als ihr zu vertrauen und seine ganze Hoffnung in sie zu setzen.

Das konnte er, weil Rica ihm gesagt hatte, dass Purple Pelikan vertrauenswürdig war. Dieser Name war der erste auf einer kurzen Liste mit drei Namen, die Rica ihm schon vor einiger Zeit überlassen hatte für den Fall, dass Jan die Hilfe eines Menschen brauchte, der im Internet ein Gott war. Rica selbst bewegte sich aus Jans Sicht in der digitalen Welt schon mit einer Geschwindigkeit und Selbstverständlichkeit, die ihresgleichen suchte, aber nach ihrer Aussage war Purple Pelikan darin noch um Längen besser. Auf seine Hilfe hatte sie häufig zurückgegriffen, wenn sie selbst nicht weitergekommen war. Ricas Hacker-Qualitäten und ihrer guten Vernetzung in dieser geheimen Welt war es hauptsächlich zu verdanken, dass sie als Ermittlerin bei Amissa eine so überragende Quote aufgeklärter Fälle vorweisen konnte. Dabei bezeichnete sie sich selbst immer noch als Idiotin auf diesem Gebiet und bezog sich damit auf einen Satz des bekannten ehemaligen Hackers Kevin Mitnick: *Wenn Sie versuchen, Ihre Systeme idiotensicher zu machen, wird es immer einen Idioten geben, der einfallsreicher ist als Sie.*

Jan brauchte jetzt den größten Idioten, jemanden, der um Längen besser war als Rica, vielleicht sogar der Beste.

Er musste wissen, von welchem Ort aus Antonia Ardelean mit ihm telefoniert hatte. Weil das die einzige Möglichkeit war, Rica so schnell wie möglich zu finden. Klar, jeder halbwegs intelligente Verbrecher wusste heutzutage, dass man Handys leicht orten konnte, aber diese Antonia hatte ja nicht damit gerechnet, dass Jan im Besitz des Telefons ihres Bruders war. Nun war Petre tot und Antonia hoffentlich traurig, wütend und konfus zugleich, sodass sie nicht an eine mögliche Handyortung dachte. Wenn doch, würde sie so schnell es ging ihren Standort wechseln – und Rica mit ihr. Das konnte Jan nicht verhindern, trotzdem musste er dorthin und, falls er Rica nicht finden sollte, nach Spuren suchen. Spurensuche im wahren Leben, außerhalb des Internets, war seine Domäne, die er ähnlich gut beherrschte wie Rica ihre Daten.

Doch zunächst galt es, Purple Pelikan zu überzeugen, dass Jan kein Ermittler der Polizei war. Hacker waren nicht nur vorsichtig, sie hatten Vorsicht neu definiert, um nicht erwischt zu werden. Denn am Ende waren sie Kriminelle. Die ersten Kriminellen in der Geschichte der Menschheit, die durch Diebstahl herausfanden, was Menschen dachten und sagten, wer sie waren, was sie ausmachte. Das Netz war ein Gefäß für in Worte gefasste Emotionen, einmal hineingelangt, kamen sie nie wieder heraus und waren für Experten wie Purple Pelikan zugänglich. Es blieb dann ihnen überlassen, was sie damit anfingen. Vor ihnen gab es keine Sicherheit, denn sie wussten um das schwächste Glied in der Kette der Sicherheitssysteme: den Anwender.

Um sich zu identifizieren, hatte Jan dem Hacker ein Codewort übermittelt, das Rica ihm für einen solchen Fall eingerichtet hatte. Es lautete »Sint Maarten«, das war der Name einer Karibikinsel, auf der Verwandtschaft von Rica lebte.

Jetzt wartete Jan auf die Frage, die laut Rica kommen würde.

Er saß in seinem Defender, der Motor lief, und langsam strömte warme Luft aus den Düsen im Armaturenbrett. Jan war ausgekühlt von dem Marsch hierher, und irgendwie schien ihm die Kälte der Ostsee immer noch in den Knochen zu stecken. Wie abgesprochen, hatte Norbert den Defender auf dem Gelände der Tankstelle abgestellt und den Schlüssel auf den Reifen gelegt. Das Seil lag auf dem Beifahrersitz. Damit hatte Jan Petre Ardelean fesseln wollen. Der jedoch lag erschossen oben im Bergwald. Irgendwann würde ihn jemand finden. Ermittlungen würden beginnen. Doch darüber durfte sich Jan jetzt nicht den Kopf zerbrechen.

Es dauerte nur ein paar Minuten, bis über Telegram die Frage kam. »Welche deutsche Gemeinde führt im Wappen einen Pelikan?«

»Hohenkirchen«, schrieb Jan sofort zurück.

Auch hier ging es um Zeit. Nur drei oder vier Sekunden später, die unter Umständen für eine Onlinerecherche zu der Frage gereicht hätten, und Purple Pelikan wäre für ihn nicht mehr erreichbar gewesen.

»Marinettes Mann, nehme ich an«, schrieb der Hacker. »Was ist passiert? Geht es Marinette gut?«

So, wie Rica den wirklichen Namen und die Identität von Purple Pelikan nicht kannte, kannte er oder sie ihre nicht. Für Purple Pelikan war sie Marinette, benannt nach einem Loa, einem Geistwesen im Voodoo. Marinette, das hatte Rica Jan erklärt, stand für Gewalttätigkeit aller Art, sie war der am meisten gefürchtete Loa. Rica sagte, sie glaube nicht an Voodoozauber, fand aber alles interessant, was damit zu tun hatte. Jan hatte geargwöhnt, dass es bei Rica doch mehr als nur Interesse war.

»Entführt«, schrieb Jan. »Bin dran, brauche aber dringend die Koordinaten für folgende Handynummer.«

»Warte...«

Das war alles. Keine Nachfragen. Purple Pelikan machte sich sofort an die Arbeit.

Jan blieb nichts anderes übrig, als zu warten. Zum Glück war Norbert so umsichtig gewesen, eine Flasche Wasser und einige Schokoladenriegel auf den Beifahrersitz zu legen – wahrscheinlich hatte er die Sachen vorhin im Supermarkt gekauft. Jan riss die Hülle eines Snickers auf und biss hinein. Jetzt, mit dem Zucker im Mund, meldete sich schlagartig der Hunger, und er konnte den Schokoladenriegel gar nicht schnell genug in sich hineinstopfen.

Während er aß, kontrollierte er immer wieder das Handy, damit er die Nachricht von Purple Pelikan nicht verpasste.

Um die Zeit sinnvoll zu nutzen, gab Jan bei Google den Namen Ardelean ein.

Und fand heraus, dass es ein rumänischer Name war, der auf die kleine Gemeinde Bicazu Ardelean in den Karpaten zurückging. Jan fügte abwechselnd die Namen Petre und Antonia dazu, erhielt aber keine relevanten Informationen. Falls es welche gab, waren sie tiefer im Netz verborgen.

Rumänien. Karpaten.

Konnten sie Rica in der kurzen Zeit dorthin geschafft haben, fragte sich Jan und hoffte, dass es nicht so war.

Beinahe automatisch ging Jan in die Foto-App und öffnete sein Lieblingsbild. Es zeigte Rica und Ragna im Schnee. Zur Abwechslung saß der Wolfshund brav auf seinem Hintern und sah interessiert in die Kamera. Rica hockte neben ihm, hatte ihm den Arm um den Hals gelegt und hielt ihren Kopf ganz dicht an seinen. Im Sitzen war Ragna ein Stück größer als Rica mit ihren eins fünfzig. Rica lächelte glücklich in die Kamera, und vielleicht war es eine optische Täuschung, aber es wirkte so, als würde auch Ragna lächeln.

Auf diesem Bild war ihr Blick so offen, wie es nur möglich war, ihre ganze Mimik ein Ausdruck von Lebensfreude und Glück. Jan schaute dieses Foto häufig an. Normalerweise lächelte er dabei, aber nicht jetzt. Jetzt schnürte es ihm die Kehle zusammen, und er spürte heiße Tränen aufsteigen. Die Angst um Rica nahm überhand, er konnte es nicht verhindern, da half es auch nicht, sich ständig zu ermahnen, dass er ihr nur helfen konnte, wenn er einen kühlen Kopf bewahrte. So einfach war das nicht mit dem kühlen Kopf, wenn man um die Liebe seines Lebens bangte.

Der Eingang einer Nachricht riss Jan von dem Foto los.

Purple Pelikan hatte Geo-Koordinaten geschickt.

»Finde sie. Bring die Schweine um«, lautete seine Nachricht dazu.

»Das werde ich«, schrieb Jan zurück und wusste in diesem Moment selbst nicht, auf welchen Teil der Nachricht er es bezog.

»Wenn du weitere Hilfe brauchst, ich bin jederzeit – und ich meine jederzeit – für dich erreichbar.«

»Danke dir. Kannst du bitte folgende Namen recherchieren?«

Jan gab Petre und Antonia Ardelean ein, beendete das Chat-Gespräch, wechselte zu Google Maps, gab die Koordinaten ein und fand zu seiner Erleichterung heraus, dass das Handysignal nicht aus den Karpaten stammte, sondern nur dreieinhalb Stunden Fahrtzeit entfernt war – drei, wenn er Vollgas gab.

Als Jan das Tankstellengelände in Hammertal verließ, war es zweiundzwanzig Uhr vorbei. Es schneite noch leicht, aber für diese Straßenverhältnisse war der Defender gemacht. Das Navi leitete ihn sofort in die Richtung, in die er zuvor mit Petre Ardelean gefahren war. An der Unfallstelle fuhr Jan langsamer. Nur die aufgewühlte Grasnarbe wies darauf hin, was hier passiert war, aber auch diese Spur wurde bereits vom Schnee verdeckt. Der verunglückte Wagen war von hier oben nicht zu sehen.

Jan gab Gas.

Die stark profilierten Reifen des Geländewagens griffen zuverlässig.

Dreieinhalb Stunden.

Sie wussten, dass er kam. Die Uhr tickte.

Der Name meiner Frau ist Rica, und ich werde sie finden.

8.

Sechs Tage hatte Issy auf einen Anruf von Charlie gewartet. Sechs weitere Tage, ohne dass die Polizei etwas über das Verschwinden von David herausgefunden hatte.

Jetzt stand sie vor dem Fitnessstudio in Oldenburg, in dem ihr Bruder trainierte, und schrieb eine WhatsApp an Charlie.

Zwei Minuten später kam er an die Eingangstür. Charlie trug eine schwarze Jogginghose und ein rotes Muskelshirt mit dünnen Trägern. Auch in der dicken Jacke bei ihrer ersten Begegnung hatte er imposant ausgesehen, doch in dieser Kleidung war er ein echter Hingucker. Die gewaltigen Muskeln wirkten wie eingeölt und aufgepumpt, an den Armen ragten Adern blau aus der Haut empor, die Nackenmuskulatur bildete ein monströses Trapez zwischen Hals und Schultern, das Charlie irgendwie gedrungen wirken ließ.

»Er trainiert seit dreißig Minuten«, sagte Charlie. »Der Inhaber ist cool, ich hab ihm gesagt, dass ich dir ein bisschen was zeige. Hast du Sportklamotten dabei?«

Issy hob ihre Tasche an. »Hab ich. Aber wie komme ich mit dem Mann ins Gespräch?«

Charlie zuckte mit den gewaltigen Schultern. »Keine Ahnung, musst dir halt was einfallen lassen.«

»Und es ist wirklich der Typ, mit dem David sich gestritten hat?«

»Wirste sehen, den verwechselt man nicht. Willst du nun oder nicht?«

»Klar will ich.«

Issy folgte Charlie ins Gym. Am Empfangstresen sprach er kurz mit dem Inhaber, der Issy daraufhin gegen ein Pfand von zehn Euro ein gechipptes Schlüsselarmband für einen Spind übergab. Issy betrat die Umkleidekabine, zog sich um und stand fünf Minuten später auf der Trainingsfläche. Es war einiges los. Die meisten Laufbänder, Crosser, Stairmaster und Rudergeräte waren besetzt, und auch zwischen den Metalltürmen der Geräte tummelten sich Trainierende. Im Bereich der Hantelbänke dagegen waren nur wenige, und dort entdeckte sie auch Charlie. Er stand in Armeslänge vor der Spiegelwand, in jeder Hand eine unfassbar schwer aussehende Hantel, die er abwechselnd Richtung Schulter zog und wieder absenkte. Dabei atmete er konzentriert und gleichmäßig und betrachtete seine Oberarme, die unter der Last zu platzen drohten.

Issy näherte sich ihm vorsichtig und ließ ihn seine Übung beenden.

Außer Atem kam er zu ihr.

»Der da an der Butterflymaschine«, sagte er leise.

»Was ist eine Butterflymaschine?«

»Da drüben, der mit dem schwarzen Muskelshirt und den grünen Schuhen.«

Issy entdeckte den Mann. Er saß auf einem Gerät, dessen seitliche Flügel man zur Mitte hin zusammendrücken musste. Er hatte sehr helle Haut und einen massigen Körper, war aber nicht so definiert wie Charlie, sondern fetter. Sein Kopf schien halslos auf den Schultern zu sitzen, der Schädel hatte die Form eines Eis und war kahl. Der Körper war über und über tätowiert bis unters Kinn. Es schien keinen Quadratzentimeter zu geben, der nicht tätowiert war.

Während er das immense Gewicht zusammenpresste, biss er die Zähne zusammen und verzerrte das Gesicht zu einer

Maske voller Wut und Schmerz. Issy fand, er sah abscheulich aus. Was um alles in der Welt hatte David mit einem solchen Typen zu schaffen? Auf gar keinen Fall würde sie den in ein Gespräch verwickeln und nach ihrem Bruder ausfragen.

»Schau mal«, sagte Charlie verschwörerisch leise. »Seine Sachen.«

Auf dem Boden neben dem Gerät, an dem der Mann trainierte, lagen ein Handy, ein Handtuch und eine Trinkflasche aus Kunststoff, um deren Hals das gechippte Armband, das auch als Schlüssel für die Spinde in der Umkleide diente. In den Ohren des Mannes steckten silberne Bluetooth-Kopfhörer.

»Und?«

»Wenn du es irgendwie schaffst, an den Schlüssel zu kommen ... Die Dinger funktionieren hier als Einlasskontrolle vorn am Tresen. Man hält ihn vor das Lesegerät, und auf dem PC wird angezeigt, um wen es sich handelt. Foto, Name, Mitgliedsnummer. Vielleicht sogar Adressdaten, keine Ahnung. Aber es wäre ein Versuch wert, oder?«

Issy dachte darüber nach. Wenn sie seinen Namen hatte, konnte sie Kommissarin Krebsfänger bitten, ihn zu überprüfen. »Okay, ich versuch's.«

Der Mann wechselte das Gerät, und Charlie begleitete Issy zu dem Crosstrainer genau daneben. Er wies sie kurz ein, während der Mann mit dem Rücken zu ihr Klimmzüge mit Gewichtsunterstützung absolvierte.

Issys Herz klopfte ihr bis zum Hals, während sie so tat, als würde sie trainieren. Der Mann legte eine Pause eine, stieg von dem Gerät, nahm einen Schluck aus seiner Trinkflasche und sah kurz zu Issy hinüber. Ihre Blicke trafen sich. Issy war es gewohnt, dass Jungs in so einer Situation lächelten oder zumindest freundlich oder schüchtern guckten. Der Blick dieses Mannes war noch genauso böse und verachtend wie eben, als er trainiert hatte.

Ihr Herz schlug noch schneller, und ihr brach der Schweiß aus, was nichts mit der Übung zu tun hatte.

Schließlich stieg der Mann wieder auf sein Klimmzuggerät.

Jetzt oder nie, dachte Issy, krabbelte vom Gerät und tat so, als müsse sie sich den Schnürsenkel neu binden. Mit einem schnellen Handgriff nahm sie den Schlüssel des Mannes. Er bemerkte nichts, trainierte konzentriert weiter. Da die Schlüsselbänder alle die gleiche neutrale gelbe Farbe hatte, würde er vorerst auch nichts bemerken, hoffte Issy.

Sie ging zu Charlie hinüber. »Ich hab ihn«, raunte sie ihm zu. »Und jetzt?«

»Scheiße, das ist total spannend«, sagte Charlie. »Ich hätte mir fast in die Hosen gemacht. Pass auf! Ich lenke den Inhaber ab, du huschst hinter den Tresen, hältst den Schlüssel ans Lesegerät und schaust dabei auf den PC-Bildschirm.«

»Und wenn mich jemand dabei erwischt?«

Charlie schüttelte den Kopf. »Der Inhaber ist heute allein, und die anderen Mitglieder interessiert das nicht. Das wird klappen, ganz bestimmt. Ich erzähl ihm was von einem defekten Gerät drüben in dem anderen Raum, dann ist der Eingang für ein paar Minuten nicht besetzt. Du hast Zeit genug.«

»Gut, dann los.«

Das klang entschlossener, als Issy sich fühlte. Sie war ohne konkreten Plan ins Fitnessstudio gekommen, hatte sich den Mann, mit dem sich ihr Bruder gestritten hatte, erst einmal nur anschauen und ihn in ein Gespräch verwickeln wollen. Sie hatte nicht damit gerechnet, ihn gleich komplett auszuspionieren – und auch nicht damit, dass er so erschreckend aussah. Aber jetzt hatte sie einmal angefangen und musste es zu Ende bringen.

Sie beobachtete Charlie, wie er zum Tresen ging, den Inhaber ansprach und mit ihm zusammen in den hinteren Bereich des verwinkelten Studios verschwand.

Issy nahm ihren ganzen Mut zusammen und ging so selbstbewusst hinter den Empfangstresen, als gehörte sie zum Team. Von dort aus wollte sie den Schlüssel des Mannes an dem Scanner entlangziehen, war aber zu klein, um ihn über den Tresen hinweg erreichen zu können. Just in dem Moment kam ein weiterer Gast herein, bot ihr seine Hilfe an, nahm ihr den geklauten Schlüssel aus der Hand, zog ihn am Scanner vorbei und gab ihn ihr mit einem Lächeln zurück. Dann tat er das Gleiche mit seinem Schlüssel und verschwand in Richtung Umkleideräume.

Issy spürte, dass ihr Kopf glühte vor Aufregung.

Sie las den Namen des Mannes am Bildschirm ab.

Vladislav Vatzky – nie gehört.

Gerade noch rechtzeitig verließ Issy den Bereich hinter dem Tresen. Aus dem hinteren Teil des Studios kam Charlie mit dem Inhaber zurück. Issy hielt auf die beiden zu.

»Ist doch nicht so mein Ding«, sagte sie zu dem Inhaber und drückte ihm Vatzkys Schlüsselband in die Hand. »Hab ich gefunden, muss wohl jemand verloren haben.«

Unter den verdutzten Blicken der Männer verschwand sie in die Umkleidekabine, kam wenige Minuten später wieder raus, winkte Charlie zum Abschied und verließ das Studio. Gegenüber gab es eine Starbucks-Filiale. Sie bestellte einen Cappuccino und suchte sich einen Platz am Fenster, von dem aus sie den Parkplatz im Auge behalten konnte. Es dauerte nicht lange, bis Vladislav Vatzky das Studio verließ. Die übergroße Sporttasche lässig über der Schulter, stiefelte er mit angeberischem Hüftschwung zu einem auffälligen schwarzen SUV. Ein Hunderttausend-Euro-Auto. Issy hätte drauf wetten können, dass es sein Wagen war.

Vatzky warf die Tasche auf den Rücksitz und brauste davon.

Issy notierte sich das Kennzeichen mit der Notizfunktion ihres Handys.

Jetzt hatte sie alles, was sie brauchte.

9.

Anika Müller hatte keine Lust auf den nächsten Termin, der für 18:30 Uhr im Kalender stand. Vier Kundinnen hatte sie heute bereits frisiert, mit allen hatte es Spaß gemacht, besonders Frau Klinker war ein richtiger Sonnenschein gewesen. Dreiundachtzig Jahre alt, hatte sie mehr Kalauer und Weisheiten auf Lager als alle anderen Kundinnen zusammen. Trotzdem hatte Anika den ganzen Nachmittag diesen Knoten im Magen gespürt; er war entstanden, als sie bei Dienstbeginn gesehen hatte, wer für heute noch eingetragen war, und hatte sich immer enger zusammengezogen, je näher der Termin gerückt war.

Herr Riethoff.

Ihr ganz persönlicher Troll.

Es war ja nicht so, dass er ihr Angst einjagte, aber es war auf Dauer anstrengend, in den Gesprächen um seine Avancen herumzuschiffen und trotzdem freundlich zu bleiben. Für einen Moment hatte Anika überlegt, Marc anzurufen, damit er kurz vorbeikam. Eigentlich war die Idee nicht schlecht, aber ausgerechnet heute musste Marc länger arbeiten, deshalb passte Anikas Mutter auf Theo auf. Solche Tage waren anstrengend zu organisieren, weil niemand wirklich Zeit hatte, auch Anikas Mutter nicht, die selbst noch stundenweise in einer Drogerie arbeitete, um ihre magere Rente aufzustocken.

Nachdem Anika ihre letzte Kundin abgerechnet hatte, zog sie sich für einen Moment in den Teamraum zurück. Um einen langen Tisch standen zwanzig Stühle, von denen nur einer besetzt war. Ihre Kollegin Carolina machte auch gerade Pause und aß ein Stück von dem Streuselkuchen, den der Chef heute ausgegeben hatte. Einfach so, nicht weil jemand Geburtstag hatte. Das kam häufiger vor. Ihr Chef war der Beste. Aufmerksam, fair, humorvoll und mit seiner Halbglatze eine wahre Zierde für seinen Berufsstand.

»Ist noch Kaffee da?«, fragte Anika.

»Mehr als genug. Kuchen auch.«

Anika nahm sich eine Tasse, kippte Milch dazu, ließ sich neben Carolina auf den Stuhl fallen und seufzte.

»Was ist los?«, fragte Carolina. »Du wirkst ein bisschen bedrückt heute.«

Carolina merkte so etwas immer sofort, kein Wunder, sie arbeiteten mit Unterbrechungen seit der Ausbildung zusammen und verbrachten auch privat viel Zeit miteinander.

»Riethoff kommt gleich«, sagte Anika und biss in ein Stück Streuselkuchen.

»Hab ich im Kalender gesehen. Soll ich ihn heute mal übernehmen?«

Anika hatte Carolina natürlich längst von Riethoff erzählt, warum auch nicht. Anfangs hatten es beide lustig gefunden, und Carolina hatte sie spaßeshalber »Frau Doktor« genannt, aber mittlerweile fanden sie es nicht mehr lustig.

»Nee, lass mal. Ist lieb von dir, aber ich muss irgendwie mit dem fertigwerden.«

»Und wenn du mal mit Chefchen darüber sprichst?«

»Worüber mit mir sprichst?«

Ihr Chef, den alle nur Chefchen nannten, kam just in dem Moment in den Teamraum und steuerte die Kaffeemaschine an. Er hatte Ohren wie ein Luchs und die Fähigkeit, aus jedem Kundengespräch genau die Information herauszufiltern, die er brauchte. Unzufriedenheit erkennen, bevor der Kunde sie selbst erkennt, war sein Motto. Das galt nicht weniger auch für seine Mitarbeiterinnen. Er hatte ein offenes Ohr für alle.

»Gibt's ein Problem?«, fragte er.

Anika schüttelte nur den Kopf, sie konnte nicht sprechen, ihr Mund war voll mit Streuselkuchen.

»Ein aufdringlicher Kunde«, sagte Carolina. »Der baggert Anika seit Wochen an und wird immer unverschämter.«

Innerlich stöhnte Anika auf. In zehn Minuten war der Termin mit Riethoff, und sie hätte ihn einfach gern hinter sich gebracht, doch jetzt wurde so ein großes Ding daraus.

»Der Arzt?«

Es wunderte Anika nicht, dass ihr Chef auf Anhieb wusste, von wem die Rede war.

Anika nickte.

»Na ja, wenigstens baggert dich ein Mann mit Niveau und Geld an«, scherzte Chefchen und setzte sich neben sie. »Wird er unverschämt?«

»Auf niveauvolle Art ja, würde ich sagen. Er hört halt einfach nicht auf, obwohl ich ihm mehrfach zu verstehen gegeben habe, dass ich kein Interesse habe.«

»Soll ich mit ihm reden?«

Anika fand es ein wenig peinlich, ihren Chef um Hilfe zu bitten. Sie war eine erwachsene Frau, eine Mutter, sie würde ja wohl noch mit so einem Typen fertigwerden. »Wird schon gehen.«

»Okay, wie du meinst. Gib mir ein Zeichen, wenn nicht.«

Chefchen verschwand mit seiner Kaffeetasse. Ein paar Minuten später kam Herr Riethoff, und Anika musste nach vorn. Ihr Kunde saß schon auf dem Stuhl, als sie in den Salon kam, aber, wie er es immer tat, stand er wieder auf und begrüßte sie im Stehen.

»Was machen wir heute?«, fragte Anika.

»Ein wenig die Spitzen und Konturen nachschneiden, würde ich sagen.«

»Wirklich nötig ist es ja nicht.«

»Nein, wahrscheinlich nicht, aber ich hatte ein wenig Sehnsucht nach Ihnen.« Er lächelte und zwinkerte ihr über den Spiegel zu.

Anika lächelte nicht zurück, allein das fiel ihr schon schwer genug, weil sie es als unhöflich empfand. »Dann gehen wir mal zum Haarewaschen.«

Das war nicht nötig für ein wenig Spitzen- und Konturenschneiden, aber es gehörte zum Service des Salons.

Als Anika Herrn Riethoff das Haar shampoonierte, ließ er ein zufriedenes Seufzen hören. »Allein dafür könnte ich Sie heiraten.«

»Allein deswegen hat mein Mann mich geheiratet«, konterte Anika. »Er war auch Kunde hier und hat ... mich hier kennengelernt.«

Eigentlich hatte Anika sagen wollen: »Und hat mich auch angebaggert, so wie Sie«, traute sich aber nicht.

Herr Riethoff erwiderte nichts darauf und genoss die Haarwäsche schweigend. Zurück am Platz musste Anika ihn fragen, ob er eine Kopfmassage wünsche, denn auch das gehörte zum Service.

»Aber natürlich, das ist mein Höhepunkt heute«, sagte Riethoff.

Anika trug das Haarwasser auf und versuchte, sich so wenig Mühe wie möglich zu geben. Die Massage fiel auch kürzer aus als sonst. Riethoff hielt die Augen geschlossen, und als Anika fertig war, bedankte er sich und zwinkerte ihr wieder zu.

Kaum hatte sie zu schneiden begonnen, legte er los.

»Sie machen das immer so toll, ich habe schon ein richtig schlechtes Gewissen, weil Sie meine Einladung zum Abendessen noch nicht angenommen haben. Geben Sie sich einen Ruck, es wird bestimmt nett.«

Bevor Anika dazu kam, etwas zu erwidern, trat ihr Chef an ihre Seite.

»Es steht Ihnen natürlich frei, unserer Anika bei jedem Ihrer Besuche ein ordentliches Trinkgeld zu geben, Herr Riethoff«, sagte er und griente Riethoff über den Spiegel an. »Was Ihnen aber nicht freisteht, ist, unsere rein geschäftliche Dienstleistung auf Ihren Privatbereich auszudehnen und Anika in eine Situation zu bringen, die ihr unangenehm ist.«

Den zweiten Satz sagte er nachdrücklich und ohne zu grienen. Anika schoss das Blut in den Kopf, und sie spürte, wie Wangen und Ohren rot wurden. Oh, Gott, war das peinlich. Sie wäre am liebsten im Erdboden versunken.

Einen Moment schien im ganzen Salon absolute Stille zu herrschen. Doch vermutlich bildete sich Anika das nur ein, es waren noch ein gutes Dutzend weitere Kunden da.

Anika hatte noch nie zuvor gesehen, wie aus einem freundlichen schlagartig ein eiskalter Blick wurde. Von einer Sekunde auf die andere war da ein bösartiges Funkeln in Riethoffs Augen, das ihr Angst einflößte.

Langsam und kontrolliert stand der Doktor auf und nahm sich selbst den Umhang ab. Er war einen ganzen Kopf größer als Chefchen und baute sich vor ihm auf. »Wissen Sie eigentlich, wie viel Konkurrenz Sie allein in dieser Stadt haben?«, fragte er und drückte ihm den Umhang in die Hand.

»Gar keine«, konterte Chefchen. »Weil wir die Besten sind.«

»Meinen Sie? Tja, mal schauen, ob Sie immer noch so hochnäsig sind, wenn ich herumerzählt habe, wie hier mit Kunden umgegangen wird.«

»Das steht Ihnen natürlich frei. Vielleicht fangen Sie bei Ihrer Frau an, und vergessen Sie dabei nicht, zu erwähnen, wie gut Ihnen unsere Anika gefällt. Die Haarwäsche und Kopfmassage gehen aufs Haus. Für Ihren nächsten Termin wenden Sie sich bitte an unsere Konkurrenz. Einen schönen Abend noch, Herr Riethoff.«

Einen Moment fochten die beiden Männer den Kampf mit Blicken aus, und nun herrschte wirklich Stille im Salon. Dann wandte Riethoff sich ab und sagte im Vorbeigehen zu Anika: »Bis bald.«

10.

In dem kleinen Raum im Anbau, der früher den Mitarbeitern der Honigabfüllerei als Kantine gedient hatte, saßen sich Rica und Antonia Ardelean gegenüber. In einer Glasvitrine an der Wand hinter der Frau standen Dutzende Gläser mit unterschiedlichen Etiketten aufgereiht. Akazienhonig, Kleehonig, Bergblütenhonig, Rapshonig – wahrscheinlich handelte es sich um Proben.

Rica hatte soeben erzählt, was sie in jener Nacht in dem Waldstück an der tschechischen Grenze erlebt hatte. Antonia Ardelean hatte sie darum gebeten. Jetzt starrte die große blonde Frau sie an, mit Tränen in den Augen, die auf einer Schicht aus Wut schwammen, und ihr breites Gesicht war von dem Schmerz verzerrt, der sie innerlich zerriss.

Gewalt ruft immer Gegengewalt hervor, schoss es Rica durch den Kopf.

»Dein Mann ...«, presste die Ardelean mühsam zwischen den blassen Lippen hervor. »Jan Kantzius, damals noch Beamter einer Sondereinheit gegen Menschenhandel, hat meinen Vater erschossen. Einen ehemals ehrlichen, aufrechten Mann, der gezwungen worden war, Dinge zu tun, die er von sich aus niemals getan hätte ...«

»Er hat mir eine Waffe an den Kopf gehalten«, unterbrach Rica sie.

»Und hätte niemals abgedrückt.«

»Ihr Vater war am Menschenhandel beteiligt!«

»In jener Nacht hat er nur einen Wagen gefahren, mehr nicht ...«

»Da hatte ich einen anderen Eindruck. Mir kam er wie der Anführer der ...«

»Halt den Mund!«, fuhr Antonia sie an. »Ich höre mir diese Lügengeschichten nicht auch noch von dir an. Mein Vater war ein anständiger Mensch, er tat, was er tun musste, um seine Familie zu beschützen. Und dein Mann hat ihn getötet.«

»Aber wie hätte Jan anders handeln können? Er kannte doch Ihren Vater und seine Zwangslage nicht. Jan sah eine entführte Frau, deren Leben in Gefahr war, da musste er als Polizist handeln.«

Die große blonde Frau beugte sich über den Tisch und bleckte die Zähne, die ebenfalls ungewöhnlich groß waren. »Ich habe die Leiche meines Vaters gesehen, weißt du? Er hatte ein Einschussloch zwischen den Augen, genau hier ...!«

Mit ihrem langen Zeigefinger tippte sie Rica so fest zwischen die Augen, dass es wehtat und sie zurückzuckte.

»Das war eine Hinrichtung, nichts anderes. Wer so viel Zeit hat, zwischen die Augen zu zielen, der hätte auch genug Zeit, eine normale Verhaftung durchzuführen, meinst du nicht?«

Rica schüttelte den Kopf. »Nein, es ging drunter und drüber, Jan hatte überhaupt keine Zeit, Ihr Vater hat zuerst geschossen, Jan hat sich nur verteidigt und ihn zufällig dort getroffen.«

Aber stimmte das?, fragte sich Rica. Das mit der Taschenlampe war ein Trick gewesen, Jan hatte sie in eine Astgabel geklemmt, damit der Gegner dorthin schoss. Aufgetaucht war Jan in Ardeleans Rücken. Hätte er Zeit gehabt, ihn anders zu überwältigen? Damals war ihr sein Handeln absolut richtig erschienen, und sie hatte es seitdem niemals hinterfragt. Jan und sie hatten zwar über jene Nacht gesprochen, aber nicht über den Schuss, mit dem er ihr Leben gerettet hatte.

»Du musst das sagen, und ich verstehe das«, entgegnete die

Ardelean. »Ich würde meinen Mann ebenso verteidigen, selbst wenn er wie deiner ein eiskalter Mörder wäre. Das macht man eben so als gute Ehefrau. Aber du kannst damit weder mich noch Karl überzeugen, der gerade den Container für dich vorbereitet. Wir haben Jahre auf diesen Tag gewartet, weißt du. Wir wussten ja nicht, wer unseren Vater getötet hat. Jetzt endlich wissen wir es, und es gibt nichts, was uns noch davon abbringen kann, unserem Vater die letzte Ehre zu erweisen.«

»Wie habt ihr mich gefunden?«, fragte Rica. »Oder Jan? Unsere Namen wurden nirgendwo genannt.«

Jan war damals Mitglied eines Spezialeinsatzkommandos gegen den organisierten Menschenhandel gewesen. Im Rahmen dieser Tätigkeit, zu der er sich freiwillig gemeldet hatte, war seine Identität geheim gehalten worden, und es hatte auch niemals eine Anklage gegen ihn gegeben. Rica selbst hatte zu dem Zeitpunkt längst keine Papiere mehr bei sich, nach dem Willen ihrer Entführer hätte sie die niemals wieder gebraucht. Jan hatte die Vorsicht trotzdem niemals schleifen lassen, aber es war so gut wie ausgeschlossen gewesen, dass jemand sie finden und sich wegen dieser Sache an ihnen rächen würde. Und nun war es doch geschehen. Aber wie?

Antonia Ardelean schüttelte den Kopf und lächelte. »Tatsächlich hätten wir es allein nicht geschafft. Du hast schon recht, es gab keine Spur zu euch, von offizieller Seite wollte uns niemand sagen, wie unser Vater ums Leben gekommen ist. Aber wir sind nicht die Einzigen, die eine Rechnung mit euch offen haben, weißt du! Da gibt es noch andere, denen ihr auf die Füße getreten habt, Leute mit Macht und Einfluss … und die haben uns geholfen, euch zu finden. Hat nur eine Weile gedauert.«

»Was für Leute?«

»Geht dich einen Scheiß an.«

»Hat es was mit diesem Arzt Dr. Hirtschler zu tun? Gibt es eine Verbindung zu Amissa?«

Seit vergangenem Herbst suchten Jan und sie nach dieser Verbindung, ohne weitergekommen zu sein. Dachten sie wenigstens. Waren sie ihr in Wirklichkeit aber doch so nahe gekommen, dass man beschlossen hatte, sie aus dem Weg zu räumen? Allem Anschein nach war Dr. Hirtschler der führende Kopf hinter der Organisation gewesen, die Teenagermädchen in die Hütte am tschechischen Teufelssee entführt und dort zahlender Kundschaft zur Verfügung gestellt hatte. Doch der in Haft sitzende Hirtschler verweigerte jede Aussage. Vielleicht hatte er Angst vor den mächtigen Hintermännern. Und vielleicht waren diese Hintermänner verantwortlich dafür, dass Rica jetzt hier saß.

»Du machst dir zu viele Gedanken«, sagte Antonia Ardelean. »Nichts davon ist noch wichtig für dich. Deine Geschichte endet hier.«

»Warum? Warum dieser Hass auf mich und Jan? Ich war damals selbst ein Opfer, und mein Mann hat nichts anderes getan, als mir zu helfen. Das müssen Sie doch verstehen.«

»Das Einzige, was ich verstehe, ist, dass dein Mann meinen Vater und jetzt auch noch meinen Bruder Petre getötet hat. Du bist mit einem Monster verheiratet, das durch die Welt geht und Familien zerstört.« Antonia Ardelean stand vom Stuhl auf und zeigte mit dem Finger auf Rica. »Und du wirst dafür bezahlen.«

»Ich hatte eine Heimat!«, schrie Rica zurück. »Auf Haiti, und von dort hat man mich nach Europa gelockt, um mit mir Geld zu verdienen. In einem Hotel in Bratislava haben mich vier Männer eingeritten, wie sie es nannten. Zwei Tage und Nächte ... endlose Stunden ... immer wieder ... es hat damals wehgetan und tut heute noch weh, und ich werde niemals ein normales Leben führen können. Und nachdem diese Männer das getan haben, war dein Vater daran beteiligt, mich nach Deutschland zu schaffen, wo ich bis zu meinem Tod zur Prostitution gezwungen worden wäre. Jahrelang wahrscheinlich, denn ich bin stärker und zäher, als ich aussehe. Das ist es, woran euer lieber Vater beteiligt war. Er hatte Geldsorgen und sich deswegen entschieden, ein Menschenhändler zu werden, ein Handlanger von Mördern und Vergewaltigern. Damit war er nicht besser als sie.« Bei ihren letzten Sätzen war auch Rica von ihrem Stuhl aufgesprungen. Sie hatte ihre ganze Wut und ihren Schmerz hinausgeschrien und war nun außer Atem. Sie wusste, es war nicht klug, aber es war die Wahrheit, und die musste einfach hinaus. Die Geschichte der Ardeleans war traurig, keine Frage, aber jeden Tag verloren sicher Hunderte Menschen ihre wirtschaftliche Existenz, und dennoch entschieden sie sich nicht dafür, gemeinsame Sache mit Menschenhändlern zu machen. Man konnte und durfte nicht sein eigenes Schicksal gegen das eines anderen Menschen ausspielen.

»Du nennst unseren Vater nicht Mörder und Vergewaltiger«, sagte die Ardelean mit gefährlich leiser Stimme.

»Es tut mir leid …«, begann Rica. Es war klüger, diese Frau nicht noch stärker gegen sie aufzubringen. Wer wusste schon, wozu sie fähig war und ob sie wirklich nur hart arbeitende, anständige Menschen gewesen waren, bevor alles aus dem Ruder gelaufen war.

Der Schritt, den Antonias Vater getan hatte, war riesig. Den tat man nicht einfach mal so, schon gar nicht, wenn man mit beiden Beinen fest auf dem Boden stand. Vielleicht verklärte Antonia ihren Vater aber auch, und er hatte damals schon mit einem Bein auf der anderen Seite gestanden.

»Es wird dir sogar noch mehr leidtun«, sagte die Ardelean.

»Jeden Tag, für den Rest deines Lebens. Weißt du, als Karl vom Tod seines Bruders erfuhr, ist er ausgerastet und wollte dich sofort töten, aber ich konnte ihn davon überzeugen, dass der Tod für dich nicht die richtige Strafe ist. Steeltown ist die richtige Strafe für dich.«

»Steeltown? Was ist das?«

»Wirst du schon noch sehen. Los, raus jetzt. Karl hat deinen Container sicher schon fertig.«

»Du musst das nicht tun«, sagte Rica. »Warum noch mehr Gewalt, noch mehr Schmerz, gibt es davon nicht schon genug auf der Welt? Du hast es in der Hand, diese furchtbare Geschichte, die deine Familie und Jan und mich zusammengeführt hat, zu beenden. Hier und heute. Lass mich gehen, damit das ein Ende hat. Damit auch ihr in Ruhe weiterleben könnt.«

Antonia Ardelean schüttelte den Kopf. »In Ruhe? Wie sollten Karl und ich in Ruhe leben, jetzt, wo dein Mann auch noch unseren Bruder getötet hat? Nein! Wir werden nur Frieden haben, wenn Jan Kantzius den Rest seines Lebens in Schmerz verbringt.«

Rica schüttelte den Kopf. »Du hast mich nicht richtig verstanden. Jan wird mich finden, wo auch immer ihr mich hinbringt und wie lange es auch dauern mag. Und dann wird er euch finden. Es gibt auf dieser Erde keinen Platz, an dem ihr euch verstecken könnt, denn was Jan und ich tun, jeden Tag tun, ist, Menschen zu finden. Darin sind wir gut, die Besten. Er wird euch finden und töten. Und das will ich nicht. Ich will, dass unsere gemeinsame Geschichte hier und heute friedlich endet.«

Die Tür ging auf, und Karl Ardelean platzte herein. Er trug einen blauen Arbeitsoverall. »Sie kann jetzt in den Container.«

Rica explodierte aus dem Stand heraus.

Schnappte sich den Stuhl, auf dem sie gerade noch gesessen

hatte, und warf ihn nach Antonia. In der nächsten Sekunde stürmte sie auf die Tür und den überraschten Karl zu, an dem sie aber nicht vorbeikommen würde. Also ließ sie sich zu Boden fallen, glitt den letzten halben Meter auf dem Hintern dahin und mit beiden Füßen voran zwischen die Beine des Mannes. So fest sie konnte, schlug sie ihm ihren Schädel in die Genitalien.

Karl ging zu Boden wie ein gefällter Baum, aber da war Rica schon unter ihm weggetaucht, krabbelte noch zwei Meter vor und kam in der Halle wieder auf die Beine. Der für sie reservierte Honigcontainer stand mittendrin, eine Trittleiter daneben. Rica benötigte nur wenige Blicke, um sich zu orientieren. Links von ihr gab es ein großes Rolltor aus Metall, daneben eine blaue Feuerschutztür. Die Fenster der Halle waren schmal und zogen sich in zwei Meter Höhe an der Rückwand der Halle entlang – keine Chance, da rauszukommen. Also die Tür. Rica rannte hinüber, packte die Klinke – verschlossen.

In diesem Moment kam Antonia aus dem Kantinenraum – mit einer Schusswaffe in der Hand. Sie machte zwei Schritte auf Rica zu, hob die Waffe an und zielte auf sie. »Steig in den Container!«

Rica wusste, ihr kurzer Fluchtversuch war damit beendet. »Nein«, sagte sie und schüttelte den Kopf. »Erschieß mich, wenn du willst, aber ich steige da nicht rein.«

»Will ich«, versetzte Antonia Ardelean und schoss.

11.

»Kommissarin Krebsfänger ist abkommandiert«, sagte Kolk. »Wir haben auch noch andere Fälle zu bearbeiten.«

»Aber ich habe Ihnen doch vor einer Woche schon einen Namen und ein Kennzeichen geschickt!«, sagte Issy.

»Hat sie mir gesagt, ist bei mir auf dem Schreibtisch gelandet. Ich leite die Ermittlungen.« Kolk machte nicht den Eindruck, als wolle er sich Zeit für Issy nehmen. Vielmehr schien er das Gespräch hier unten im Eingangsbereich der Dienststelle in Oldenburg im Stehen erledigen zu wollen.

»Und?«, fragte Issy.

Sofort nachdem sie im Fitnessstudio den Namen des Mannes herausgefunden und auf dem Parkplatz auch noch sein Kennzeichen fotografiert hatte, hatte sie beides an Kommissarin Krebsfänger weitergeleitet mit der Bitte, den Mann zu überprüfen. Schon am Telefon hatte Issy sich mehr Enthusiasmus erwartet, aber die Kommissarin war zurückhaltend und wortkarg gewesen.

»Nichts und«, sagte Kolk genervt. »Wir tun unsere Arbeit.«

»Aber dieser Mann ...«, beharrte Issy. »Er hat sich auf dem Parkplatz des Fitnessstudios mit meinem Bruder gestritten, das habe ich Frau Krebsfänger doch gesagt.«

»Hast du das beobachtet?«

»Ich ... Nein, jemand anders.«

»Wer?«

»Der Inhaber.«

Charlie hatte Issy bekniet, gegenüber der Polizei auf keinen Fall seinen Namen zu nennen. Er war schon einmal wegen des

Handels mit illegalen Steroiden angezeigt worden, und auch wenn es nicht für eine Verurteilung gereicht hatte, kannte man seiner Meinung nach bei den Bullen seinen Namen. Charlie fürchtete, in diese Ermittlungen hineingezogen zu werden, da er David ja Gras verkauft hatte. Jetzt den Inhaber des Studios als Zeugen anzugeben war eine spontane Idee von Issy, und sie hoffte, dass die Polizei den Mann nicht befragen würde.

Kolk seufzte und schüttelte den Kopf. »Komm mit«, sagte er und ging voraus auf den Parkplatz, wo er sich unter dem Vordach des Raucherplatzes eine Zigarette anzündete. »Hör mal, du kannst nicht einfach irgendwelche Leute beschuldigen, etwas mit dem Verschwinden deines Bruders zu tun zu haben, nur weil sie sich vielleicht mit ihm gestritten haben. Dieser angebliche Streit liegt auch schon vier Monate zurück, hast du meiner Kollegin gesagt.«

»Ja, und?«

»Der Mann hat nichts damit zu tun, find dich damit ab.«

»Woher wollen Sie das wissen?«

»Weil ich mit ihm gesprochen habe.«

»Also doch!«

»Ja, aber damit ist auch Schluss mit lustig.«

»Warum? Sind Sie sich sicher, dass er nichts mit Davids Verschwinden zu tun hat?«

»Ja, bin ich. Der Mann hat ein Alibi, er war an dem Abend, als dein Bruder verschwunden ist, nicht einmal im Land, sondern hat sich aus familiären Gründen in seiner Heimat, der Ukraine, aufgehalten.«

»Und wenn er lügt?«

»Ich bin nicht von gestern, okay! Laut Airline ist er geflogen.«

Diese Nachricht schockierte Issy. Sie war sich so sicher gewesen. Nicht unbedingt, weil Charlie dieses Streitgespräch beobachtet hatte, sondern wegen des fiesen Blicks, den der Typ ihr im Fitnessstudio zugeworfen hatte. Wenn Issy je einen bösen Blick gesehen hatte, dann diesen. Aber Kolk hatte natürlich recht: Wenn der Mann im Ausland gewesen war, konnte er David nicht entführt haben.

Sie spürte, wie Kraft und Hoffnung aus ihrem Körper wichen.

»Und worum ging es in dem Streit?«, schob sie nach.

»Um eine geschäftliche Sache. Der Mann ist Musikproduzent, und dein Bruder hat ihn immer wieder wegen eines Vertrags für eine Aufnahme belästigt ...«

»Moment!«, fuhr Issy dazwischen. »Musikproduzent? Welches Label?«

»Mädchen, nerv mich nicht, was spielt das für eine Rolle?«

»Eine große. Ich habe Kommissarin Krebsfänger von dem Musikvideo auf YouTube erzählt, für das mein Bruder beinahe einen Plattenvertrag bekommen hätte. Dass es nicht dazu kam, lag aber nicht an ihm, sondern an dem Label. Die wollten nämlich seinen Gesang in einem Rapsong unterbringen, in dem es ansonsten von Gewalt und Pöbeleien nur so wimmelte, und da hat David abgelehnt. Die waren es, die ihn belästigt haben, weil sie seinen Song unbedingt haben wollten. Haben nicht lockergelassen.«

»Aha ...« Kolk nahm einen letzten Zug von seiner Zigarette und drückte die Kippe im Standascher aus. »Wie auch immer, der Mann hat damit nichts zu tun. Ich muss jetzt wieder rein ...«

Grußlos verschwand Kolk im Gebäude, und Issy blieb nichts anderes übrig, als ihm konsterniert hinterherzuschauen. Sie konnte nicht glauben, dass die Polizei so fahrlässig mit einer heißen Spur umging. Issy war drauf und dran, Kolk hinterherzulaufen, oder, noch besser, nach dessen Chef zu fragen.

Sie tat es nicht, weil Kolk dann erst recht sauer auf sie sein würde. Das wäre sicher nicht gut für die Ermittlungen, und sie tat David keinen Gefallen damit.

Es musste noch andere Wege geben.

Vielleicht sollte sie sich selbst einmal mit diesem Musikproduzenten unterhalten, ganz gleich, wie böse der gucken konnte.

12.

Der Name meiner Frau ist Rica, und ich werde sie wiedersehen.

Während der langen Fahrt hatte Jan im Stillen das Mantra dutzendfach wiederholt. Um Viertel nach eins in der Nacht erreichte er den Ort Bakum an der Autobahn 1, an dem Purple Pelikan das Handysignal geortet hatte. Obwohl nur ein kleiner Ort, verfügte Bakum über eine Autobahnabfahrt, die direkt in ein Gewerbegebiet führte.

Jan ließ den Defender, den er über drei Stunden in Höchstgeschwindigkeit über die Autobahn gejagt hatte, auf einem Parkstreifen ausrollen. Bei laufendem Motor schrieb er eine Nachricht an Purple Pelikan. Während der Fahrt hatte sich der Hacker gemeldet, um mitzuteilen, dass er über Antonia und Petre Ardelean nichts herausfinden konnte. Jetzt wollte Jan von ihm wissen, wie genau er den Standort des Handys eingrenzen konnte.

Beinahe sofort meldete sich Purple Pelikan zurück.

»Da steht ein Sendemast, genau in dem Gewerbegebiet, deshalb ist die Ortung ziemlich exakt«, schrieb er. »Trotzdem müsstest du in einem Radius von zehn Kilometern suchen.«

Zehn Kilometer, in der Dunkelheit, und er wusste nicht einmal, wonach er suchen sollte. Das war frustrierend.

»Aber da du mich hast, bekommst du jetzt eine Adresse dazu«, fügte Purple Pelikan an.

»Im Ernst? Wie hast du das geschafft?«

»Erstens: Frag mich das nie wieder. Zweitens: Es existiert eine Gewerbeanmeldung auf den Namen Ardelean, eingetragener Firmenname ist ›Balkan Natural Honey‹. Die Adresse ist Waldweg 20. Du bist keine zehn Minuten davon entfernt.«

Jan bedankte sich, gab die Adresse ins Navi ein und ließ sich hinführen. Die Fahrt dauerte elf Minuten und führte zuerst aus dem Gewerbegebiet hinaus, dann ein kurzes Stück durch Wiesen und Wälder und endete schließlich in einem kleineren Gewerbegebiet, das weniger beliebt zu sein schien. Es brannten keine Straßenlaternen, es standen keine Vierzigtonner mit laufenden Kühlanlagen herum wie vorn an der Autobahn, und alles wirkte um mehrere Nummern kleiner. Dafür gab es an der Zufahrt einen kleinen Glücksspielsalon, der komplett eingezäunt war und durch Videokameras überwacht wurde.

Als Jan in den Waldweg einbog, schaltete er die Scheinwerfer aus, ließ den Defender leise dahinrollen und hielt die Augen offen. Auf dem Navi war zu erkennen, dass die Nummer 20 am Ende der Straße an einem Wendehammer lag. Dahinter erstreckte sich ein Waldgebiet.

Schon von Weitem sah Jan Licht brennen.

Er nahm seine Waffe und stieg aus. Leise drückte er die Tür zu, verriegelte den Wagen und ging auf das schwache Licht zu. Aus der Ferne drang in der kalten, klaren Nacht das Rauschen der Autobahn herüber. Geschneit hatte es hier nicht, aber die Temperatur lag bei minus vier Grad, und die wenigen Pfützen waren von einer Eisschicht überzogen.

Mond- und Sternenlicht reichten aus, um einigermaßen sehen zu können.

An der linken Seite des Wendehammers stand auf einem mit Maschendraht umzäunten Grundstück eine nicht allzu große Halle, die schon älter wirkte. Vorn an der Halle befand sich ein schmaler Verwaltungsanbau aus Ziegelsteinen. Durch ein schmales Fenster im oberen Drittel des Rolltors fiel mattes Licht auf den gepflasterten Vorplatz, der groß genug war, dass

Lkws darauf wenden konnten. Es stand aber nur ein Kleintransporter darauf, der hinter dem Fahrerhaus eine überplante Pritsche hatte.

Wenn Purple Pelikan sich nicht irrte, musste Rica hier sein – oder zumindest hier gewesen sein.

Dabei sah alles ganz normal aus, so, wie man es von einem Gewerbegebiet erwartete. An der Halle gab es keine Beschriftung, und Jan entdeckte auch kein Firmenschild am Zaun oder an dem Verwaltungsanbau.

Was, wenn das hier die falsche Adresse war und Balkan Natural Honey entweder ein Grundstück weiter residierte oder aber gar nichts mit den Ardeleans zu tun hatte, hinter denen Jan her war?

Nun, er würde es gleich erfahren.

Jan schlich näher heran.

Alle Fenster im Verwaltungsanbau waren dunkel, allein in der Halle brannte Licht. Geräusche waren jedoch nicht zu hören. Neben dem Rolltor standen mehrere Kunststoffcontainer für den Transport von Flüssigkeiten – oder Honig – übereinandergestapelt, die allesamt alt und schmutzig waren. Jan steckte seine Waffe ins Holster und kletterte auf die Container, wozu er die Metallrahmen nutzte, die den Kunststoff umgaben wie ein Käfig. Tatsächlich hatte er plötzlich einen unangenehm süßen Geruch in der Nase, und als er durch eine Öffnung in den Container schaute, sah er am Grund eine gelbliche Schicht, in der Hunderte, wenn nicht sogar Tausende tote Insekten, hauptsächlich Wespen oder Bienen, festklebten.

Als er auf Höhe des Fensters angekommen war, beugte Jan sich hinüber und warf einen Blick in die Halle.

Ihm bot sich ein Bild des Grauens, das sich ihm augenblicklich und für alle Zeiten unauslöschlich ins Hirn brannte. Jan konnte förmlich spüren, wie das Denken und Fühlen in seinem Inneren abgeschaltet wurde und eine uralte animalische Macht das Kommando übernahm.

Mitten in der Halle stand ein weiterer Container. Davor lag ein Mann rücklings auf dem Boden. Neben seinem Körper hatte sich eine riesige Blutlache ausgebreitet. Durch das schmutzige Fenster sah es so aus, als wäre sein Bauch aufgeschnitten.

An der dem Rolltor gegenüberliegenden Wand lehnte Rica. Reglos. Blutüberströmt. In schwarzer Unterwäsche. Ihre Hände lagen neben den Beinen auf dem Boden, geöffnet, ohne Spannung, wie bei einer Toten.

Jan sprang von dem Containerturm, packte die Klinke der Tür neben dem Rolltor, doch die war verschlossen. Da sie aus Metall bestand, brachte es nichts, auf die Verriegelung zu schießen. Stattdessen schlug er das nächstbeste Fenster des Verwaltungsanbaus mit dem Griff seiner Waffe ein. Klirrend ging die Scheibe zu Bruch, das helle Geräusch hallte durch die Nacht. Eine Alarmanlage schien es nicht zu geben.

Jan stieg durch den Rahmen, schnitt sich die linke Hand an einer verbliebenen Scherbe auf, spürte den Schmerz aber nicht. Er durchquerte den dunklen Raum, kam auf einen schmalen Gang, fand die Tür zur Halle offen vor und stürmte hindurch. Als er auf Rica zurannte, nahm er erstaunt wahr, dass der tote Mann am Boden genauso aussah wie Petre Ardelean.

Dann ging er neben seiner Frau auf die Knie, nahm ihre Hand, fühlte nach dem Puls.

»Nein, nein, nein!«, stieß er immer wieder aus und konnte in seiner Aufregung keinen Puls finden, sah aber auf den ersten Blick auch keine Verletzung. Dennoch war Rica von oben bis unten blutbesudelt.

Jan wollte an ihrer Halsschlagader fühlen, als sie plötzlich den Kopf hob, langsam und schwerfällig die Lider öffnete und ihn ansah. Da war Leben in ihren schwarzen Augen. Leben!

»Hey ...«, sagte sie matt.

»Bist du verletzt. Geht es dir gut? Sag mir, wo du verletzt bist?«

Rica schüttelte langsam den Kopf. »Nicht mein Blut«, flüsterte sie, nahm Jans Hand und drückte sie. »Du bist da ... so schön, dass du da bist.«

»Ja, ja, ich bin da und lass dich nie wieder allein. Ist hier noch jemand ... außer dem Toten?« Jan sah sich über die Schulter hinweg in der Halle um.

»Ja, eine Frau ...«

»Antonia Ardelean?«

Rica zeigte mit der Hand zu den Hochregalen, in denen weitere Container standen. »Dahinten ... sie ist auch tot.«

»Bleib sitzen, ich schau kurz nach.«

Jan löste sich von seiner Frau und ging hinüber in den dunkleren, hinteren Bereich der Halle. Er musste sich davon überzeugen, dass die Frau wirklich tot war. Auf beiden Seiten der Halle standen Schwerlastregale mit Containern darin. Es handelte sich um die gleichen Behältnisse wie die vor der Halle. In den unteren Fächern auf Bodenhöhe parkten zwei Gerätschaften aus Edelstahl, die wie fahrbare Filteranlagen aussahen. Neben den Zylindern, die die Größe von Gasflaschen hatten, hingen weiße Netze, ebenfalls in zylindrischer Form. Sie waren von einer geblichenen, zähen Masse verklebt. Auch daran hafteten Bienen und Wespen.

Aus einer Lücke zwischen zwei Containern ragten Beine heraus, die in Stiefeln steckten.

Jan leuchtete mit seiner Stabtaschenlampe in die Lücke.

Da lag eine große Frau mit blondem Haar. Ihr Gesicht war in Höhe des Mundes von einer zur anderen Seite aufgeschnitten, ihr Oberkörper zerstochen, sämtliches Blut aus dem Körper herausgelaufen. Der Griff eines Messers steckte zwischen ihren Brüsten. Ihre Augen waren weit aufgerissen, eine milchige Schicht verschleierte den Totenblick.

Erschüttert starrte Jan die Tote an und fragte sich, was sich hier abgespielt hatte. Da Rica die einzige Überlebende war, musste sie den Mann und die Frau getötet haben. Aber wie hatte sie das geschafft?

Nachdem er sich versichert hatte, dass die Frau tot war, wollte Jan zu Rica zurückkehren. Dabei fiel der Lichtstrahl seiner Taschenlampe auf den Container rechts neben ihm. Der war gefüllt, und das Licht durchdrang den Inhalt so ähnlich, wie es bei Bernstein der Fall war. Jan konnte in dem gelbbraunen Inhalt etwas Dunkles erkennen, das ihn von den Formen her an ... nein, das konnte doch nicht sein, oder?

»Jan?«, rief Rica und riss ihn von seiner Entdeckung los.

Er eilte zu ihr.

Sie versuchte, auf die Beine zu kommen.

»Warte ...«

Er stützte sie. Herrgott, es tat so gut, ihren warmen Körper zu spüren, in dem das Blut noch zirkulierte.

»Brauchst du irgendwas?«

Rica machte einen abwesenden Eindruck, so als befinde sie sich auf einer anderen Bewusstseinsebene. Ganz offensichtlich stand sie unter Schock, und damit war nicht zu spaßen.

»Wasser ...«, sagte sie. »Und ich will mich waschen ... ihr Blut, ihr Blut muss weg ...«

»Nein, *wir* müssen hier weg, und zwar sofort!«, unterbrach Jan sie. Er konnte nicht sicher sein, dass hier sonst niemand war oder der Kampf bemerkt worden war und die Polizei schon unterwegs.

Ricas Beine trugen sie nicht, sie sackte in sich zusammen.

Jan fing sie auf, nahm sie auf die Arme und trug sie in den Verwaltungsanbau hinüber. Ihr Blick war panisch, als sie ihn ansah. »Ich will mich waschen ... jetzt!«

Jan gab den Widerstand auf. Er suchte und fand die Toiletten und ein Bad, in dem es eine Dusche gab. Die Duschwanne war zerkratzt und schmutzig, der braune Rand sah eklig aus, aber es würde schon gehen. Da es zu eng war, um Rica hineinzutragen, setzte er sie auf den Toilettendeckel, der auch nicht viel besser aussah. »Warte einen Moment.«

Er drehte den Hahn in der Dusche auf und regelte die Temperatur. Als das Wasser warm genug war, half er Rica auf und stellte sie unter die Dusche. »Kannst du stehen?«

»Ja, geht schon ... Seife, ich brauche Seife.«

Ihre Stimme klang ein wenig hysterisch, als gäbe es nichts Wichtigeres mehr, als das fremde Blut von ihrem Körper abzuwaschen. Jan konnte das nur allzu gut verstehen.

»Ich sehe nach«, sagte er und machte sich auf die Suche, denn in der Dusche gab es keine Seife. Das Einzige, was er fand, war eine Flasche blaues Spülmittel in der Küche. Er brachte es seiner Frau. »Es gibt nur das.«

Sie riss es ihm aus der Hand, drückte die Flasche über ihrem Kopf aus und begann, sich mit hektischen Bewegungen abzuschrubben. Dabei zog sie Slip und BH aus.

»Ich schau mal nach Kleidung«, sagte Jan und verschwand abermals.

Im Verwaltungsanbau fand er jedoch nichts zum Anziehen und kehrte deshalb in die Halle zurück. Dort blieb er vor dem Mann am Boden stehen, der genauso aussah wie Petre Ardelean. In dem dicken Bauch klaffte eine tiefe, lange Wunde, ebenso seitlich am Hals sowie an der Innenseite des rechten Oberschenkels. Jan schätzte, dass er an der Oberschenkelwunde verblutet war. Dort verlief die Arteria femoralis, die die gesamte untere Extremität mit sauerstoffreichem Blut versorgte und unter hohem Druck stand. Eine Wunde in dem Bereich war beinahe immer tödlich. Jan erinnerte sich, dass er Rica beim Training mit dem Messer auf diesen Bereich hingewiesen hatte.

Der Tote trug einen blauen Arbeitsoverall.

Vielleicht gab es ja noch mehr davon.

Jan machte sich auf die Suche und entdeckte im hinteren Teil der Halle einen Bereich mit einer kleinen Werkbank und vier Metallspinden. In einem der Spinde fand er einen sauberen Overall. Der war zwar viel zu groß für Rica, aber besser als nichts.

Das Wasser der Dusche rauschte noch, daher nahm Jan sich einen Moment Zeit, seine Taschenlampe direkt auf die Kunststoffhaut eines Containers zu stellen, sodass Licht hineinfiel.

Er hatte sich vorhin nicht getäuscht.

In dem Inhalt, wahrscheinlich Honig, steckte ein menschlicher Körper. Und er fand zwei weitere Container, in denen mutmaßlich ebenfalls Leichen steckten. Von einem löste Jan den schwarzen Kunststoffdeckel – der Durchlass war breit genug für einen Menschen. Der Container war bis obenhin mit Honig gefüllt. Jan wollte die Fingerspitze hineinstecken, doch der Honig war vollkommen kristallisiert und steinhart. Auf der Oberfläche lag so etwas wie eine dünne Schaumschicht, die ebenfalls kristallisiert war.

Unfassbar, wozu Menschen fähig waren.

Angewidert trat Jan zurück und spürte, wie sich die Sohlen seiner Schuhe von dem klebrigen Boden lösten.

Jan kehrte zu Rica zurück und fand unter der Dusche eine Seifenblasengestalt vor, die nur noch entfernt an seine Frau erinnerte. Sie schrubbte immer noch.

»Ich glaube, das reicht.« Er nahm ihre Hand. »Ich hab was zum Anziehen gefunden.«

Rica hielt inne, sah ihn aus geweiteten und geröteten Augen an. Das Wasser lief über ihren Kopf den Körper hinab und spülte den weißen Schaum ab – Blut war nicht mehr dabei.

Schließlich ließ sie sich von ihm aus der Dusche führen, und er stellte das Wasser ab. Aus der Küche holte er ein Geschirrtuch und wollte sie damit abtrocknen, doch Rica schüttelte den Kopf.

»Geht schon«, sagte sie und machte es selbst.

Danach durfte er ihr helfen, in den Blaumann zu steigen. Jan rollte Ärmel und Beine auf, trotzdem hing er an ihr wie ein Sack.

»Nicht ganz genau deine Größe, aber bis nach Hause wird es schon gehen«, sagte Jan. »Jetzt lass uns von hier verschwinden, bevor noch jemand auf uns aufmerksam wird.«

»Die Polizei ... wir müssen das der Polizei melden«, entgegnete Rica.

»Werden wir, aus dem Wagen heraus.«

Da sie keine offene Tür fanden und Jan seiner Frau nicht zumuten wollte, barfuß durch die eingeschlagene Scheibe zu klettern, wo überall Scherben herumlagen, mussten sie wieder in die Halle zurück, um es beim Rolltor zu versuchen.

»Sieh nicht hin«, sagte Jan.

»Doch.«

Rica blieb sogar stehen und warf einen Blick auf den toten Mann. »Er heißt Karl Ardelean, die Frau ist seine Schwester Antonia«, sagte Rica. »Ich habe sie beide getötet.«

»Weil du es musstest.«

»Ja, weil ich es musste ...«

»Komm, lass uns gehen. Wir können uns im Wagen unterhalten, die Fahrt nach Hause ist lang.«

»Wenn ich es nicht getan hätte, hätten sie mich getötet«,

sagte Rica. »Sie wollten mich in diesen Container stecken und mit dem Lkw nach Steeltown bringen.«

»Steeltown? Was ist das?«

»Ich weiß nicht, so haben sie es genannt.«

»Okay, wir kümmern uns später darum, wir müssen jetzt hier weg.«

Jan zog an seiner Frau, konnte sie aber nur mit Mühe von dem toten Mann wegziehen. Rica hatte nie zuvor getötet. Jan wusste aus eigener Erfahrung, dass man dadurch ein anderer Mensch wurde. Man überschritt eine Grenze, die die allermeisten nicht überschritten, und niemals wieder wurde man die Erinnerung daran los. Der Blick eines Menschen, der durch die eigene Hand starb, dabei zuzusehen, wie das Leben scheinbar zuerst aus den Augen wich, bevor der Körper erschlaffte, verfolgte einen auf ewig. Wenn es dunkel wurde und die Stille kam, wenn der Geist sich öffnete, um sich Platz und Raum zu verschaffen, kamen diese Erinnerungen zurück. Und immer hatten sie die Macht, die guten und schönen Erinnerungen zu verdrängen, niemals mischten sie sich – was gut war.

KAPITEL 4

1.

Als Anika das Geschäft um zwanzig Uhr verließ, war es längst dunkel. Zum Glück war es trocken. Am Abend zuvor hatte es fiesen Schneeregen mit Wind von vorn gegeben, die kleinen Flocken hatten im Gesicht gepikt, und sie hatte beim Fahrradfahren kaum etwas sehen können. Bei dem Wetter wäre ein Auto nicht schlecht. Marc kam mit dem Wagen erst spätnachmittags nach Hause, wenn Anika schon unterwegs zum Friseursalon war, und er hatte den weiteren Weg zur Arbeit, deshalb musste sie auf das Fahrrad ausweichen, selbst jetzt im Januar.

Sie klemmte den Rucksack in Theos Kindersitz, schnallte ihn fest, schwang sich in den Sattel und fuhr los. Die ersten zehn Minuten führten durch die Innenstadt von Verden, dann über die Allerbrücke hinaus ins Grüne, ein paar Minuten zwischen Feldern hindurch, bevor sie schließlich das Neubaugebiet erreichte, in dem sie und Marc vor vier Jahren gebaut hatten.

Wenn das Wetter gut war, genoss Anika das Fahrradfahren. Die frische Luft tat ihr gut, im Salon war es immer sehr warm, dazu die chemischen Gerüche vom Färben. Die Viertelstunde auf dem Rad pustete ihren Kopf schön frei, und ganz gleich, wie erschöpft sie vorher auch gewesen sein mochte, danach hatte sie noch genug Energie für ihren Kleinen und Marc.

Anika freute sich auf ihre kleine Familie.

Es war so, wie sie es sich immer erträumt hatte.

Okay, von diesen ewigen Sorgen ums Geld hatte sie nicht geträumt, und es war wirklich eine Belastung, wenn jede noch so kleine außerordentliche Rechnung den mühsam aufgestellten Haushaltsplan durcheinanderwirbelte. Das Blöde war, so schnell würde sich das nicht ändern. Wahrscheinlich sogar nie. Marc bekam jedes Jahr eine kleine Lohnerhöhung, die aber sofort wieder von irgendeiner Teuerung aufgefressen wurde. Wenn er nicht am Wochenende schwarz an den Autos von Freunden und Bekannten schrauben würde, könnten sie sich gar keine Extras leisten. Deshalb waren sie auch auf Anikas Job angewiesen, und sie hatte nach dem Vorfall mit Riethoff befürchtet, dass ihr Chef ihr die Eskalation doch nachtrug. Er hatte zwar nichts in dieser Richtung verlautbaren lassen, aber was, wenn Riethoff, der den Rauswurf sicher als Demütigung empfunden hatte, noch andere Kunden mitziehen würde?

Hätte sie sich anders verhalten können, um das zu verhindern? War sie zu empfindlich? Es war ja nicht zum ersten Mal vorgekommen, dass ein Kunde sie anbaggerte, aber mit Riethoff war es irgendwie anders gewesen. In seinen Anspielungen hatte so eine fordernde Art gesteckt, die keinen Widerspruch duldete. Er war wohl ein Mann, der in der Regel alles bekam, was er haben wollte.

Der Wind frischte auf, als Anika die Brücke erreichte. Die war erst vor ein paar Jahren gebaut worden und gut beleuchtet. Darunter floss träge der schwarze Fluss. Gerade noch so in Sichtweite entdeckte Anika in Ufernähe das Schwanenpärchen, das hier schon während ihrer Ausbildung heimisch gewesen war.

Der Anblick entlockte ihr ein Lächeln.

Für immer vereint, schoss es ihr durch den Kopf, und sie musste an Marc denken, der so toll zu ihr passte. Wenn man sich liebte, schaffte man alles, das war ihre feste Überzeugung. Geld war nicht unwichtig, aber ganz sicher nicht wichtiger als die Liebe. Bestes Beispiel dafür waren ihre eigenen Eltern, die seit vierzig Jahren glücklich verheiratet waren.

Hinter der Brücke wurde es dunkler, dort begann das Überflutungsgebiet, durch das der Radweg führte. Keine Häuser, keine Autos, keine Beleuchtung. Im Dunkeln war es dort immer ein wenig unheimlich, und Anika hatte sich schon das eine oder andere Mal zu Tode erschreckt, wenn aus einem Baum eine Taube heftig flatternd aufgestiegen war oder, noch schlimmer, hinter einer Kurve plötzlich ein Hundehalter mit Hund auftauchte.

Auf dem alten Radweg standen noch Pfützen vom Regen am Vormittag, um die Anika herumkurvte. Ihr neues LED-Licht, das Marc ihr vor Herbstbeginn installiert hatte, war ein wahrer Scheinwerfer. Manchmal machten entgegenkommende Autofahrer Lichthupe, weil sie geblendet wurden. Egal, Hauptsache, die Lampe leuchtete den Fahrradweg vernünftig aus, und das tat sie.

Auf dem langen geraden Stück, das bis ins Neubaugebiet führte, lag ein Ast und versperrte den halben Fahrradweg. Anika machte einen Schlenker und kam dem Fahrbahnrand sehr nahe.

Plötzlich traf sie ein heftiger Schlag von links.

Ein Gegenlenken war nicht mehr möglich; sie steuerte direkt in den flachen, vielleicht einen halben Meter tiefen Graben, der Vorderreifen stieß gegen den Erdwall, das Fahrrad kam hinten hoch und warf sie ab, wie es ein unwilliges, bockiges Pferd tun würde. Anika landete unsanft im nassen Gras. Sie spürte den Aufprall im Kiefer, im Schädel und an der linken Hüfte, zum Glück dämpfte die aufgeweichte Erde ihn aber.

Orientierungslos und ein wenig angeschlagen blieb Anika liegen. Sie sah den starken Scheinwerfer ihres Fahrrads in die Wiese strahlen. Irgendwas schob sich an diesem Lichtkegel vorbei, sodass er kurz verdunkelt wurde. Schließlich erlosch das Licht ganz.

Plötzlich hatte Anika das Gefühl, nicht allein zu sein. Ein Spaziergänger, der mit seinem Hund unterwegs war und ihren Unfall bemerkt hatte?

Stöhnend drückte Anika sich auf Hände und Füße hoch und wollte aus dem flachen Graben herauskrabbeln, da wurden ihr die Beine unter dem Körper weggezogen, und etwas Schweres drückte sie wieder zu Boden. Sie wollte aufschreien, doch eine Hand mit einem feuchten Tuch darin presste sich fest auf ihren Mund.

Geschmack und Geruch waren entsetzlich.

Anika strampelte, setzte sich zur Wehr, spürte aber schnell, wie ihre Sinne schwanden und sie die Kontrolle über ihren Körper verlor.

2.

Wenn man so aussah wie Issy, war es offensichtlich nicht schwierig, einen Termin bei Vladislav Vatzky zu bekommen, dem Oberguru des Rap-Labels Orgasmic. Issy hatte die Internetpräsenz ausführlich studiert und alles über das Label und seinen Gründer herausgefunden, was online herauszufinden war. Natürlich beherrschte Vatzky es virtuos, sich über Social Media in Szene zu setzen und die Kanäle für sein Marketing zu nutzen. Die Frauen in seiner Welt waren offenbar nichts weiter als Bitches, die entweder aufs Übelste beleidigt oder beschimpft wurden oder im Hintergrund seiner Musikvideos halb nackt herumtanzen durften. Issy hatte sich ein wenig Hilfe bei Charlie geholt, um zu wissen, welche Sprache sie sprechen musste, um mit diesem widerlichen Typen ins Gespräch zu kommen.

Um einen Termin zu bekommen, waren lediglich ausufernde Komplimente zur Musik des Labels und das Angebot, bei Musikvideos mitwirken zu wollen, nötig gewesen. Na ja, und zwei Bikinifotos. Das war Charlies Idee gewesen. Charlie wusste auch, wohin sie in diesem Moment ging – er wartete im Wagen ein Stück die Straße runter, jederzeit bereit, auf einen Anruf ihrerseits zu reagieren.

Die Kommunikation mit Vatzky war über Telegram gelaufen, und nun stand Issy vor dem Gebäude, in dem das Label residierte.

Sie spürte, wie ihr Mut sie zu verlassen drohte.

Nicht, weil das Gebäude ihr Respekt einflößte. Nein, Issy bekam Bauchschmerzen, weil sie mit einem Mal spürte, wie allein sie bei dieser Sache in der Welt stand – auch wenn Charlie nicht weit entfernt war. Dadrinnen wartete mindestens ein fieser Typ auf sie, der die Tanzbitch halb nackt begutachten wollte, aber Issy hatte vor, ihn mit dem Verschwinden ihres Bruders zu konfrontieren. Ab da würde die Sache wahrscheinlich aus dem Ruder laufen. Und was, wenn Vatzky wirklich etwas damit zu tun hatte?

Nach ihrer Internetrecherche war Issy davon überzeugt.

Zumindest nach außen hin war Vatzky nicht nur Frauenhasser, nein, er verachtete auch Schwule, Lesben und alle, die sich nicht für ein Geschlecht entscheiden konnten. Die Texte der Songs, die er verlegte und promotete, wimmelten nur so von Hatespeech, und man musste sich fragen, wie eine Gesellschaft so etwas zulassen und ihm in gewissen Teilen auch noch huldigen konnte. Die Menschen, zumeist Jugendliche, zahlten Geld, um sich diesen hirnwaschenden Scheiß anzuhören.

Vatzky hasste also Schwule.

Und er hatte ein Faible dafür, in seine brutalen, basslastigen Songs weichgespülte Kirchenmusik einzubauen, oft mit Kinderstimmen im Hintergrund. Songs, wie David sie liebte. Seine Interpretation von »Hallelujah« hatte Tausende Klicks bei YouTube, und um diesen Song war es bei den Gesprächen um einen Plattenvertrag gegangen. Wahrscheinlich hatte Vatzky Davids engelhafte Stimme in einen seiner Brutalo-Songs einbauen wollen. Es lag auf der Hand, dass David damit nicht einverstanden gewesen war – und mit Geld konnte man Issys Bruder schon gar nicht locken.

Aber was sollte es Vatzky bringen, David deswegen zu entführen?

Issy wusste, das war eine naive Frage. Eine andere wollte sie sich aber nicht stellen, zumindest noch nicht. Sollte Vatzky wirklich so testosterongesteuert sein, wie er sich gab, brauchte es sicher keine besonderen Gründe, um ihn gegen sich aufzubringen.

Issy würde ihn ganz sicher gegen sich aufbringen. Würde Charlie ihr wirklich helfen können, wenn es brenzlig wurde?

Sie würde es darauf ankommen lassen müssen, um zu erfahren, was David zugestoßen war. Issy atmete tief durch, bevor sie die Stufen betrat, die zu dem ehemaligen Industriegebäude führten. Es war modernisiert worden und beherbergte hippe Firmen und Start-ups. Orgasmic mochte nicht zu den Top-Playern der Branche gehören, am Hungertuch nagten sie offensichtlich jedoch nicht, residierten sie doch in der kompletten dritten Etage.

Es gab einen monströs großen Fahrstuhl, mit dem früher sicher Paletten voller Waren transportiert worden waren, der heutzutage aber wohl gerade genug Platz für ein Ego wie das von Vatzky bot. Issy bevorzugte das Treppenhaus.

In der dritten Etage ging es durch eine hässliche, doppelflüglige Stahltür in den Geschäftsbereich. Dahinter erwartete sie nicht etwa ein heller Empfangsbereich mit einer netten jungen Frau hinter dem Tresen, sondern eine düstere, nur spärlich beleuchtete Höhle. An der gegenüberliegenden Wand schimmerte der Orgasmic-Schriftzug in kaltblauem Licht. Die Wände waren schwarz gestrichen, überall standen Kartons herum, Flyer, Poster und CD-Hüllen darin, auch Getränkekisten mit Wasser und Cola sowie stapelweise Red-Bull-Dosen. Es roch verqualmt und abgestanden. Rechts von ihr hing über einer geschlossenen Glastür ein Schild mit der Aufschrift *Man Cave*.

Issy hörte und spürte Bässe stampfen, sah aber niemanden.

Sie war auf die Minute pünktlich.

Fünf Minuten später nutzte ihr das immer noch nichts, da niemand sie in Empfang nahm. Also schrieb sie Vatzky auf

Telegram eine Nachricht. Eine Antwort bekam sie nicht, dafür tauchte kurz darauf jemand hinter der Glastür auf.

Ein junger Typ, vielleicht fünfundzwanzig Jahre alt, in Jogginghose und Kapuzenjacke mit der Aufschrift des Labels. Er hatte langes blondes Haar und ein freundliches Gesicht mit allerhand Metall in Nase, Lippen und Ohrläppchen.

Issy fand ihn auf Anhieb süß.

So jemanden hatte sie hier nicht erwartet.

»Hey, du bist Issy?«, begrüßte er sie, vergrub die Hände in den Taschen der Jogginghose und machte die Schultern rund.

»Unglaublich! Woher weißt du das?« Nimm dich zusammen, ermahnte sich Issy. Du kommst hier nicht weit, wenn du auf Klugscheißerin machst.

»Ich kenn deine Fotos. Nicht schlecht. Ich bin Justin. Komm mit, V brennt darauf, dich kennenzulernen.«

Issy folgte dem Schlaks und schluckte ihren Kommentar zu »V« herunter.

Die Bässe wurden lauter, der typische rhythmische Rap-Gesang auch, dann traten sie durch eine schallgeschützte Tür in einen vollkommen schwarzen Raum. Der Schlaks zog einen Vorhang beiseite und winkte sie hindurch. Dahinter lag ein Regieraum mit großer Glasscheibe, vor dem sich ein riesiges und verflixt kompliziert aussehendes Mischpult befand. Der mit mehreren Mikrofonen ausgestattete Raum hinter der Glasscheibe war leer, niemand spielte gerade einen Song ein, die Musik kam vom Band.

»Geiler Song, oder?«, fragte Justin.

Aus Höflichkeit fand Issy den Song geil.

»Geh schon mal in die Kabine und zieh dich aus. V kommt dann gleich. Er telefoniert noch mit seiner Mutter ... da weiß man nie, wie lange das dauert.«

»Wie bitte? Ich soll mich ausziehen?«

»Nur bis auf die Unterwäsche. Lass ein bisschen die Hüften kreisen, Arsch und Titten wackeln, du weißt schon, das Übliche.«

Issy starrte Justin an, ihr Mund stand offen, sie konnte nicht fassen, was er da gerade gesagt hatte. Für ihn schien es das Normalste der Welt zu sein, denn er hatte nichts Besseres zu tun, als an den Reglern die Musik noch ein wenig nachzujustieren.

»Ich zieh mich doch hier nicht aus!«, empörte sich Issy.

»Häh? Wieso nicht? Ist doch das Gleiche wie später in den Videos.«

»Kann ich nicht vorher mit V reden?«

»Wie gesagt, der telefoniert.« Justin sah von seinen Reglern auf. »Was is? Hast du ein Problem damit? Wir haben hier jeden Tag zehn Mädels, die nur auf so einen Job warten. Wir zwingen dich nicht.«

»Nee, nee, schon gut. Aber nicht aufzeichnen!«

»Klaro nicht.«

Er verschwand, und Issy betrat den schallgeschützten Aufnahmeraum. Sie kam sich wirklich dämlich vor, weil sie ihre Aktion nicht durchdacht hatte. Wollte sie Vatzky zur Rede stellen, musste sie wohl oder übel ein bisschen strippen. Normalerweise hätte sie so etwas niemals getan, aber hier ging es darum, David zu finden. Also, Augen zu und durch.

Sie zog Stiefel, Socken, Jeans und Shirt aus, bewegte sich so gut es eben ging zu der Musik und kam sich unglaublich dämlich dabei vor.

Nach ein paar Minuten ertönte ein »Is gut« aus den Lautsprechern, und Issy zog sich wieder an.

Justin grinste anzüglich, als sie aus der Kabine kam. Irgendwie fand sie ihn jetzt doch nicht mehr süß.

»Ging doch!«, sagte er. »Siehst echt geil aus. Und jetzt will V mit dir quatschen.«

Er führte sie in den Nebenraum, der mit einer Bar, einem Billardtisch und einer bequemen Couchecke ausgestattet war. Vladislav Vatzky saß in die Couch versunken da, sein Gewicht quetschte die Polster zusammen, die ungünstige Sitzhaltung seinen Bauch hervor. Er tippte auf sein Handy ein.

»Issy, Moment noch … meine Mama raubt mir den letzten Nerv. Sitzt im teuersten Heim der Stadt, ist aber trotzdem nicht zufrieden …« Er hörte zu tippen auf und steckte das Handy weg. »Aber was tut man nicht alles für seine Liebsten, oder?« Der riesige Mann lächelte sie an und klopfte auf den Platz neben sich. »Hat mir gut gefallen, wie du dich bewegst. Komm her«, sagte er.

Issy nahm mit dem Sessel vorlieb und nutzte auch nur die vorderste Kante.

Vatzky quittierte das mit einem Lächeln. »Starke Frau, was? Willste was trinken? Wir haben alles da, den teuersten Schampus und so.«

»Nein danke, ich würde gern sofort zur Sache kommen.«

»Immer ruhig mit den jungen Stuten. Sag mal, kenn ich dich irgendwoher? Dein Gesicht kommt mir bekannt vor? Hab ich dich nicht neulich im Gym gesehen?«

Der Mann hatte eine gute Auffassungsgabe und ein gutes Gedächtnis.

»Ja, stimmt. Probetraining. Ich habe dich da erkannt, deshalb ja auch die Bewerbung«, sagte Issy.

Vatzky nickte gönnerhaft. »Ja, bist nicht schlecht. Bisschen wenig Arsch und Titten, aber viele stehen auf so dünne Bretter. Ich nehm dich mit rein. Erst mal für lau, mal sehen, wie es läuft, später gibt's dann 'nen Hunderter pro Auftritt.«

Issy fand es an der Zeit, die Katze aus dem Sack zu lassen. »Mein Nachname ist Stoll.«

»Okay, gut zu wissen.«

»Sagt dir der Name nichts?«

Vatzky zuckte mit den massigen Schultern. »Sollte er?«

»Ja, sollte er. David Stoll ist mein Bruder.«

Irgendwas veränderte sich bei Vatzky, ohne dass Issy es genau hätte benennen können. Die Beleuchtung war zu diffus, um seine Augen wirklich sehen zu können, ebenso wenig seine Mimik, es war eher so, dass sich sein Körper und der Raum plötzlich mit Spannung füllten, außerdem klirrte hinter Issy Glas, und als sie sich umdrehte, sah sie, dass Justin eine Flasche etwas zu heftig auf dem Tresen abgestellt hatte.

Vatzky sah Issy einfach nur an. Sein Blick war starr und fest, und er machte keine Anstalten, das Gespräch wieder aufzunehmen. Er versuchte, Issy durch Gucken einzuschüchtern, und das klappte hervorragend, aber sie würde ihn nicht spüren lassen, dass sie Angst vor ihm hatte.

»Du hattest geschäftlich mit David zu tun«, sagte Issy schließlich.

»Und? Ich habe mit Hunderten Leuten geschäftlich zu tun. Ich merk mir nur die wichtigsten. Dein Bruder gehörte wohl nicht dazu. Was wollte er denn von mir?«

»Nicht er wollte etwas von dir, sondern du von ihm. Einen Song.«

Zum ersten Mal bewegte Vatzky sich, und das alte Leder knarzte unter seinem Gewicht. Er kämpfte sich aus der Sitzkuhle heraus, rutschte nach vorn und kam Issy bedrohlich nahe. »Willst du hier performen, oder was willst du?«

Issy wich keinen Millimeter zurück. »Ich will meinen Bruder finden.«

»Ist er denn weg?«

»Sag du es mir?«

Vatzky lächelte ein freudloses Lächeln und nickte. Dann erhob er sich von der Couch und zog seine Jogginghose hoch.

»Verschwinde!«, sagte er, drehte sich um und hielt auf eine Tür zu, die in der vertäfelten Wand kaum zu sehen war und wohl in den Aufnahmeraum führte.

Issy folgte ihm. »Ich weiß, dass du mit David wegen seines Songs gestritten hast, und jetzt ist er verschwunden. Ich denke, die Polizei wird sich dafür interessieren.«

Vatzky hatte sich schon von ihr abgewandt, und die Schnelligkeit und Heftigkeit seiner Bewegung, mit der er plötzlich wieder bei ihr war, überraschte Issy.

Er packte sie am Hals. Sein Griff war eisern, genauso sein Blick. Aus kaum geöffneten Lippen quetschte er »Dann hast du mir also die Bullen auf den Hals geschickt, du kleine Schlampe!« hervor und schubste sie dann von sich.

Issy hatte dieser Kraft nichts entgegenzusetzen und landete auf dem Hintern.

»Schmeiß das Miststück raus, verdammt!«, wies Vatzky seinen Mitarbeiter an. Er stampfte davon und verschwand durch die Tür in der Wandvertäfelung, ehe Issy noch etwas sagen konnte.

Justin half ihr fürsorglich auf die Beine.

»Hey, komm zurück!«, rief Issy Vatzky hinterher.

»Komm schon«, sagte Justin. »Lass das mal besser, sonst geht das hier nicht gut aus für dich.«

»Wo ist mein Bruder?«, fuhr Issy ihn lautstark an und schüttelte seine Hand ab.

Erschrocken wich Justin vor ihr zurück, und was Issy in dem Moment in seinen Augen sah, reichte ihr als Geständnis. Der Typ wusste irgendwas, würde aber niemals darüber sprechen.

»Sag es mir, bitte«, versuchte sie es auf die nette Tour. »Ich werde noch verrückt, wenn ich nicht erfahre, was ihm zugestoßen ist. Bitte!«

Der blonde Schlaks schüttelte den Kopf. »Ich weiß nichts … Du musst jetzt gehen, sofort … Los, komm schon, raus hier!«

Er wollte nach Issys Arm greifen, doch sie wich ihm aus, er setzte nach und es kam zu einem kleinen Gerangel, aus dem Issy sich aber befreien konnte.

»Ich gehe … aber macht euch darauf gefasst, dass ich mit der Polizei wiederkomme«, schrie sie Justin an, bevor sie aus dem Gebäude flüchtete.

3.

Plötzlich begann Rica zu weinen.

Jan vermutete, es liege an der langsam nachlassenden Anspannung, doch weit gefehlt.

»Was ist mit Ragna?«, fragte sie mit tränenerstickter Stimme.

Es war ein Fehler gewesen, die Wolldecke von der Ladefläche zu holen, um Rica, die trotz aufgedrehter Heizung vor Kälte zitterte, darin einzuhüllen. Es war die einzige Decke im Wagen, und sie roch nach Ragna.

Jan erzählte ihr, wie er Ragna vorgefunden und beerdigt hatte.

Minutenlang ließ Rica ihren Tränen freien Lauf.

»Sie haben den Tod verdient«, sagte sie schließlich, und Jan konnte ihren bitteren Hass spüren. Er wusste, wie das schmeckte und was es mit einem machte. Da half es auch nicht viel, ihre Hand zu halten, die sich entsetzlich kalt anfühlte.

Jan wagte es kaum, die Frage zu stellen, die ihn am allermeisten umtrieb. Aber sie musste gestellt werden. »Haben sie ... hat der Mann dich angefasst?«

Rica schüttelte den Kopf. »Er wollte, aber die Frau hat ihn davon abgehalten.«

»Willst du darüber reden, was passiert ist?«

Wenn Jan solche Dinge getan hatte, war es immer Rica gewesen, die irgendwann diese Frage gestellt hatte. Oft genug war seine Antwort ein wortloses Kopfschütteln oder ein knappes Nein gewesen, und dann hatte Rica ihn in Ruhe gelassen – fürs Erste. Spätestens am nächsten Tag hatte sie wieder gefragt und wieder und wieder, weil sie wusste, wie wichtig es war, aus seinem Herzen keine Mördergrube zu machen.

Er musste nicht nachfragen. Es sprudelte nur so aus Rica heraus.

Und so erfuhr Jan, dass Antonia und Karl Ardelean – er war wohl Petres Zwillingsbruder – sich darauf vorbereitet hatten, Rica in einen leeren Container zu stecken, um sie nach Steeltown zu bringen. Für einen kurzen Moment hatte Rica Chaos stiften können und bei ihrer kurzen Flucht das Messer entdeckt, das Karl auf dem leeren Container liegen gelassen hatte. Zuvor hatte er damit den verklemmten Deckel aufgehebelt.

Rica hatte sich geweigert, in den Container zu steigen, und alles auf eine Karte gesetzt. Antonia hatte zwar auf sie geschossen, aber absichtlich danebengezielt. Sie wollte Rica nicht tot sehen. Nein, sie und ihr Bruder wollten, dass sie für den Rest ihres Lebens ins Steeltown furchtbare Qualen erlitt. Rica hatte die Eingeschüchterte nicht spielen müssen, als sie auf die Leiter gestiegen war, um von oben durch den Durchlass in den Container zu steigen. Während Karl noch mit sich selbst und seinen schmerzenden Eiern beschäftigt gewesen war, hatte Antonia Rica dabei beobachtet.

Sie war zu nahe herangekommen.

Rica hatte ihr das Messer einmal quer übers Gesicht gezogen.

Antonia hatte die Waffe fallen lassen. Blind vor Schmerz war sie in der Halle herumgetorkelt und hatte versucht, die klaffende Wunde zusammenzuhalten.

Karl war aus dem Anbau gehumpelt, für einen Moment starr vor Schreck, bevor er mit einem Wutschrei auf den Lippen auf Rica losging. Wüst und unüberlegt, sodass es einfach gewesen war, seinen Schlägen auszuweichen und ihm das

Messer in den Bauch zu stoßen. Da er trotzdem weitergetobt hatte, war Ria gezwungen gewesen, mehrmals zuzustechen.

Schließlich war Karl sterbend zusammengebrochen.

Antonia hatte in der Zwischenzeit ein ellenlanges Brecheisen gefunden und war damit auf Rica losgegangen. Halbherzig nur, da sie mit ihrer klaffenden Wunde beschäftigt war. Sie hatte Rica an der Schulter und am Rücken erwischt, aber nicht ernsthaft verletzt.

»Und dann habe ich ... ich habe die Kontrolle über mich verloren«, sagte Rica leise. »Ich wollte sie nur noch tot sehen ... ich war so unfassbar wütend, es fühlte sich an, als stünde mein ganzer Körper in Flammen.«

Jan wusste, wovon Rica da sprach. Er kannte das Gefühl nur allzu gut. In dem Moment, da man ihm nachgab, fühlte es sich gut und richtig an, und man konnte gar nicht anders handeln. Waren Wut und Adrenalin aber verflogen, änderte sich alles. Dann verstand man, wie unentflechtbar Gut und Böse im Menschen verankert waren.

»Du musst nicht weitersprechen«, sagte Jan.

»Doch, muss ich ... Sie ist vor mir zurückgewichen ... sie wusste, dass es vorbei war, aber ich konnte einfach nicht aufhören, habe immer wieder zugestochen ...«

Jan fuhr rechts ran und nahm seine Frau in die Arme. Es war ihm egal, dass sie sich auf der Autobahn befanden und ein Vierzigtonner mit dröhnender Hupe vorbeirauschte. Ihr kleiner schmaler Körper zitterte in seinen Händen. Es schnürte Jan die Kehle zu, und er verfluchte das Leben, das sie führen mussten, weil diese Art Menschen, gegen die sie kämpften, sie dazu zwangen.

Es dauerte, bis Rica sich etwas beruhigt hatte und er weiterfahren konnte.

Jan hatte noch viele Fragen, kam aber nicht dazu, sie jetzt zu stellen, denn nachdem dies nun aus Rica heraus war, schlief sie fast augenblicklich ein.

Jan fuhr durch die Dunkelheit Richtung Hammertal und fragte sich, ob es klug war, dorthin zurückzukehren. Aber wenn sie es nicht tun würden, wenn sie sich irgendwo versteckten, wäre es wie mit dem Reiter, der nach einem Sturz nicht sofort wieder aufs Pferd steigt: Sie würden nie wieder zurückkehren. Auf keinen Fall wollte Jan sich von diesen Menschen das Zuhause nehmen lassen, das sie sich in den letzten Jahren mühsam aufgebaut hatten. Es würde schwer werden, dort zu bleiben, aber sie mussten es schaffen – um ihrer selbst willen. Als Jan sicher war, dass Rica tief und fest schlief, nahm er das Handy, schaltete die Freisprecheinrichtung ab und machte den Anruf, der längst fällig war.

»Thorn«, meldete sich die wohlbekannte Stimme.

4.

Die Hütte am See im Bremer Umland war schwer zu finden, selbst mithilfe des Navis.

Jan suchte eine halbe Stunde lang die verschlungenen Forstwege ab, stand ein ums andere Mal vor Schranken oder an einem Wendehammer mitten im Wald, bevor er endlich das Erkennungsmerkmal sah, von dem Olav Thorn am Telefon gesprochen hatte: ein Briefkasten aus Holz, der mit einem dicken Tau am Stamm einer Fichte befestigt war.

Jan lenkte den Defender den abschüssigen Weg hinunter und stoppte direkt vor der Hütte. Sie war nicht besonders groß, vielleicht fünf mal fünf Meter, hatte aber auf der Vorderseite eine große Veranda mit Blick auf den Bullensee, der zu allen Seiten von Fichtenwald umgeben war. In diese Hütte zog Olav sich so oft wie möglich zum Angeln und Entspannen zurück. Olav hatte darauf bestanden, dass Jan und Rica nicht auf den Hof im Hammertal zurückkehrten, sondern in dieser Hütte Schutz suchten.

Jans Einwand mit dem gestürzten Reiter tat er als Quatsch ab. Einen traumatisierten, verwirrten, vielleicht sogar verletzten Reiter setzte man nicht sofort wieder aufs Pferd, weil er dann all die negativen Emotionen gleich wieder mit in den Sattel nahm. Die mussten erst mal verarbeitet werden, und dafür benötigte jeder Mensch unterschiedlich lange.

Jan hatte das eingesehen, auf der nächsten Autobahnabfahrt gewendet und war statt in den Süden nach Norden gefahren. Auch, weil er Olavs Hilfe brauchte und sie unbedingt miteinander sprechen mussten.

Rica hatte die meiste Zeit geschlafen. Zwischendurch war sie mehrfach aufgewacht, meist verwirrt und orientierungslos, und Jan wusste nicht, ob die Information, wohin sie unterwegs waren, zu ihr durchgedrungen war.

Als Jan den Motor abstellte, ging bereits die Sonne auf, und über der glatten, kalten Fläche des Sees mischte sich Licht in die Dunkelheit. Unter klarem Himmel verfärbte sich der Morgen in sanften Violetttönen. Der Wald hingegen stand schwarz und starr wie eine unüberwindbare Mauer.

Vielleicht schützt sie uns ja, dachte Jan, zog den Schlüssel ab und weckte Rica. Es dauerte einen Moment, bis sie zu sich fand.

»Sind wir da? Ich höre Ragna gar nicht«, sagte sie und blinzelte verwirrt.

Jan hätte gern etwas Tröstendes gesagt, büßte aber für eine Sekunde die Fähigkeit zu sprechen ein. Die Worte zerschellten an dem Bild des schwarzen Kraters in der weißen Schneelandschaft, in dem Ragna begraben lag.

»Oh!« Rica richtete sich auf. »Wie schön!«

Es war klar, sie meinte das zauberhafte Licht über dem See, und sie schien sich nicht einmal daran zu erinnern, was sie eine Sekunde zuvor gesagt hatte.

»Das ist Olavs Hütte, ich habe dir während der Fahrt davon erzählt, erinnerst du dich?«

»Ja ... klar ... die Angelhütte am See ...« Rica stieg aus. In dem viel zu großen Blaumann sah sie klein und verloren aus. Barfuß, wie sie war, machte sie ein paar Schritte auf das Ufer zu. Nadeln und Zapfen am Boden schienen sie nicht zu stören.

»Ich will ins Wasser«, sagte sie.

»Das ist eiskalt.«

»Ja ... ich weiß. Ich muss etwas spüren.« Sie drehte sich zu Jan um, sah ihn verzweifelt an. »Ich spüre mich nicht.«

»Okay. Vorschlag. Wir gehen vorher in die Hütte, ich mache ein Feuer, an dem du dich danach wärmen kannst, dann begleite ich dich zum Wasser.«

Damit war Rica einverstanden.

Der Schlüssel befand sich in dem Versteck, das Olav ihnen genannt hatte. In der Hütte roch es ein wenig muffig, die Luft war klamm und abgestanden. Es gab einen kleinen Metallofen mit Glasscheibe. Trockene Holzscheite lagen daneben. Während Rica sich in der Hütte umsah, stapelte Jan Holz in den Brennraum, legte Späne und Zeitungspapier dazu und machte mithilfe getränkter Kaminanzünder Feuer.

Binnen Minuten prasselte es.

»Willst du wirklich ins Wasser?«, fragte Jan in der Hoffnung, dass die Flammen Rica umstimmen würden.

Wortlos zog sie den Blaumann aus.

Also blieb Jan nichts anderes übrig, als ihr nach draußen zu folgen. Aus dem kleinen Badezimmer nahm er ein Duschhandtuch mit. Mit federnd leichten Schritten lief Rica zum Ufer hinab und stieg ohne Zögern über die Graskante in den See, ging dann langsam weiter, bis ihr das Wasser bis zum Hals reichte. Als sie untertauchte und verschwand, machte Jan sich bereit, sie herauszuholen, doch nur zwei Sekunden später tauchte Rica wieder auf, spie Wasser aus, streifte sich das Wasser aus dem Haar und kam wieder zu ihm zurück. Noch bevor sie das Ufer erreichte, zitterte sie und schlang sich die Arme um den Oberkörper.

»Kalt«, sagte sie und ließ sich von Jan in das Handtuch hüllen.

Er rubbelte sie ein bisschen trocken, so wie er es immer bei Ragna gemacht hatte, wenn der nach einem Regenguss den Wunsch verspürt hatte, ein Nickerchen vor dem Kamin zu machen.

»Aber schön ... solltest du auch versuchen«, sagte Rica.

»Nein danke, ich hatte mein Eisbad, das reicht mir für die nächsten zwanzig Jahre.«

Jan nahm das Fliegengewicht Rica auf die Arme, damit sie nicht wieder über den piksigen Waldboden laufen musste, und trug sie in die Hütte. Drinnen rückte er einen Sessel direkt vor den Ofen, befahl seiner Frau, sich dort hinzusetzen, und packte sie in eine Wolldecke ein, bis nur noch der Kopf herausschaute.

»Ich bin hungrig«, sagte sie.

Jan machte sich auf die Suche und fand ein paar Konserven. Linsensuppe und Labskaus. Sonst nichts. Da der Labskaus schon auf dem Bild nicht besonders verführerisch aussah, entschied Rica sich für die Linsensuppe. Als die erst einmal im Topf war, sah sie aber auch aus wie Labskaus. Jan stellte den Topf auf dem Kaminofen ab, schob einen zweiten Sessel ganz nah heran und rührte in der Suppe herum, bis sie warm war.

»Ich weiß gar nicht, wann du das letzte Mal für mich gekocht hast«, sagte Rica. »Der Service ist allerdings teuer erkauft«, fügte sie an.

Rica nahm den Topf auf den Schoß und löffelte die Suppe direkt heraus. Jan, der ebenfalls hungrig war, half ihr mit einem zweiten Löffel. Auch wenn die Suppe nicht besonders gut schmeckte, war es das beste Essen, an das er sich seit Langem erinnern konnte.

Rica kratzte auch noch die letzte Linse aus dem Topf. Dann hielt sie inne und sah Jan mit ihren dunklen Augen an. »Jetzt verstehe ich die Worte erst wirklich ...«

»Welche Worte?«

»All die Götter, all die Himmel, all die Höllen, sie wohnen in dir.«

Jan kannte das Zitat, das im Original etwas anders lautete

und wohl auf den auf Hawaii verstorbenen amerikanischen Publizisten der Mythologie Joseph Campbell zurückging.

»Das ist unser menschlicher Kern, ob es uns gefällt oder nicht«, sagte Jan. »Aber was du tun musstest, hat mehr mit der Hölle deiner Feinde zu tun als mit deiner eigenen.«

Rica nickte und dachte darüber nach, den Löffel an ihre Lippen gedrückt.

»Den Labskaus auch noch?«, fragte Jan.

»Unbedingt.«

Im selben Moment hörten beide das Motorengeräusch und erstarrten.

»Wahrscheinlich Olav«, sagte Jan. »Ich schau nach, bleib da sitzen.«

Er zog seine Waffe und verließ die Hütte. Oben am Hauptweg fuhr ein Wagen, den er erst mal nur hören konnte. Der Wagen hielt kurz an der Abfahrt zur Hütte, fuhr dann weiter und hielt ein Stück weiter erneut.

Jan war alarmiert. Olav würde wohl kaum nach seiner Hütte suchen müssen.

Er schlug sich an der Rückseite der Hütte in den Wald und lief zum Hauptweg hinauf. Als er dort ankam, wendete der Wagen am Ende des Weges und kam wieder zurück. Es handelte sich um einen weißen Kombi. An der Abzweigung zur Hütte verbarg Jan sich im Gebüsch. Sollte der Wagen hier erneut halten oder sogar einbiegen, würde er ihn abfangen, bevor er hinunterfuhr.

Während Jan angespannt und mit angelegter Waffe wartete, fragte er sich, wie ihre Gegner sie so schnell hatten finden können. Nicht übers Handy, dafür hatte Jan gesorgt. Er benutzte nicht registrierte SIM-Karten und hatte das Handy während der Fahrt ausgeschaltet. Gab es einen Peilsender am Defender? Jan verfluchte sich dafür, dass er nicht nachgesehen hatte.

Langsam kam der weiße Kombi angekrochen, und als er auf Jans Höhe war, sah er Olav Thorn hinter dem Steuer. Der Bremer Kommissar suchte mit konzentriertem Blick den Wegesrand ab.

Jan kletterte aus dem Gebüsch und trat auf den Fahrweg. Vor Schreck stieg Olav hart in die Bremsen. Dann ließ er die Seitenscheibe herunter.

»Du findest deine eigene Hütte nicht?«, fragte Jan.

»Ach, ich bin anfangs immer daran vorbeigefahren, und jetzt mache ich das aus lieb gewonnener Tradition weiterhin«, versuchte Olav sich in einer offensichtlichen Ausrede. »Alles gut bei euch?«

Jan schüttelte den Kopf. »Rica futtert dir gerade deine Konserven weg, es geht ihr nicht so gut. Sie musste zwei Menschen töten…«

Olav sog mit einem zischenden Geräusch Luft zwischen den Zähnen ein. »Scheiße«, war wohl alles, was ihm spontan dazu einfiel. »Lass uns drinnen reden, ich fahre runter zur Hütte«, fügte er an und rollte los.

Jan schlug sich wieder durch den Wald und erreichte die Hütte kurz vor Olav. Jan gab Rica Entwarnung, und sie kam in die Wolldecke gehüllt mit ihm auf die Veranda.

Nachdem Olav ausgestiegen war, nahm er Rica fest und lange in die Arme. Die beiden verband eine besondere Erfahrung. Rica hatte Olav das Leben gerettet, indem sie beinahe eine halbe Stunde lang die Blutung einer Messerwunde bei ihm gestillt hatte.

»So eine verdammte Scheiße«, wiederholte Olav zu Jans Verwunderung. Olav verfügte für einen Kommissar der Mordkommission über ein erstaunlich heiteres Gemüt und die Fähigkeit, in allem das Gute zu sehen. Beides schien in Anbetracht dieser Ereignisse jedoch zu versagen.

Sie gingen in die Hütte, Olav kochte Kaffee, Jan machte auch noch die Dose Labskaus warm, die Rica in sich hineinlöffelte, während abwechselnd sie und Jan von den Ereignissen der vergangenen Tage erzählten. Olav hörte schweigend zu und fragte mit ernster Miene wenige Male gezielt nach.

»Ich bin sauer auf dich«, sagte er schließlich zu Jan. »Du hättest mich sofort informieren müssen.«

»Sorry, es ging nur so, ich durfte keine Minute verlieren. Du hättest mir so schnell ohnehin nicht helfen können.«

»Meinst du!«

»Vergiss nicht, dass ich weiß, wie langsam die Beamtenmühlen mahlen und wie ineffektiv sie oft sind. Wir würden jetzt noch nach Rica suchen, wenn ich die Polizei eingeschaltet hätte.«

Dazu sagte Olav nichts. Er wusste, Jan hatte recht.

»Und da sind wirklich Leichen in Honigtanks?«, fragte Olav ungläubig.

Davon hatte Jan in ihrem Autotelefonat kurz berichtet.

»Was?«, schreckte Rica auf und verschluckte sich am Labskaus.

Jan berichtete auch ihr, was er in den Containern entdeckt hatte.

»Unfassbar«, sagte Olav und schüttelte den Kopf. »Die Grausamkeit der Menschen überrascht mich ein ums andere Mal. Wir sind geknechtet und gefangen, in unsrer eignen Qual. Natur und Tier und Technik, machten wir uns untertan, doch die Dämonen unsrer Herzen, werden niemals zahm.«

»Amen«, sagte Jan, der Olavs Hang zum Dichten in den unmöglichsten Situationen bereits kannte.

»Ich glaube, ich werde nie wieder Honig essen können«, sagte Olav.

Rica stellte den Topf mit dem restlichen Labskaus beiseite. »Bin satt.«

»Hast du schon irgendwas herausfinden können?«, fragte Jan.

»Nicht viel in der kurzen Zeit«, antwortete Olav. »Nach dem Namen Ardelean musste ich eine Weile suchen. Es gab mal einen Karl Ardelean, übler Kerl, wurde als einer der führenden Köpfe mit Menschenhandel in Verbindung gebracht ... das ist aber schon eine ganze Weile her. Wurde wohl bei Bandenstreitigkeiten getötet ...«

Rica und Jan warfen einander einen vielsagenden Blick zu, den Olav nicht bemerkte.

»... zu der Adresse dieser Honigfabrik, die du mir durchgegeben hast, habe ich schneller etwas gefunden. Und das ist einigermaßen erstaunlich.«

»Erzähl!«

»Die Adresse findet Erwähnung in einem ungeklärten Entführungsfall. Ende Oktober letzten Jahres lieferte ein junger Mann namens David Stoll, Student der Religionswissenschaften, in seinem Nebenjob Pizza zu dieser Adresse aus. Oder besser, er wurde telefonisch zu der Adresse bestellt, man konnte damals aber nicht belegen, dass er auch wirklich dort gewesen war. Die Handyortung war nicht genau genug, und gesehen wurde er dort auch nicht. Jedenfalls verschwand David Stoll in jener Nacht spurlos und ist bis heute nicht wiederaufgetaucht. Ich habe das in der kurzen Zeit nicht recherchieren können, gehe aber davon aus, dass die zuständigen Kolleginnen und Kollegen sich in der Halle umgeschaut haben ... und das passt nicht zusammen, denn dann hätten sie die Leichen in den Honigcontainern doch finden müssen.«

»Nicht zwangsläufig«, sagte Jan. »Ich habe sie auch nur entdeckt, weil ich mit der Taschenlampe in den Container geleuchtet habe. Ohne zusätzliches Licht siehst du die wahrscheinlich gar nicht. Womöglich waren sie aber auch noch gar nicht da. Das erscheint mir logisch, denn wer würde es wagen, einen Pizzalieferanten zu entführen, der zu einer Halle bestellt wurde, in der Leichen in Honigcontainern aufbewahrt werden. Es ist ja schon dreist genug, trotz dieses Entführungsfalls später dort Leichen zu verstecken.«

»Oder auch nicht. Nachdem die Polizei sich dort umgeschaut hat, ist das mitnichten ein schlechter Ort dafür. Sogar eher ein guter«, sagte Olav. »Aber in was für ein Hornissennest habt ihr da gestochen? Wir müssten erst einmal die Zusammenhänge begreifen. Was habt ihr mit den Ardeleans zu tun? Was haben die Ardeleans mit der Entführung von David Stoll zu tun? Was genau ist Steeltown? Wie hängt diese geheimnisvolle Nelia da mit drin?«

»Hast du zu ihr etwas herausfinden können?«, fragte Jan.

Olav schüttelte den Kopf. »Es gibt keine entsprechende Meldung aus Grömitz. Offiziell ist das, was du mir am Telefon geschildert hast, gar nicht passiert.«

»Dann haben sie Nelias Leiche mitgenommen.«

Rica räusperte sich. »Zu all diesen Fragen kann ich nichts sagen, außer zu einer. Ich weiß, was wir mit den Ardeleans zu tun haben.«

»Woher?«

»Von Antonia Ardelean.«

Und dann berichtete Rica von der Geschichte, die Antonia Ardelean ihr erzählt hatte. Jan war nicht überrascht, aber betroffen. Irgendwann, das hatte er immer befürchtet, würde die Vergangenheit sie einholen, aber eine familiäre Racheaktion hatte er nicht vermutet.

»Wisst ihr, was mich die ganze Zeit über schon gestört hat«, begann er nachdenklich. »Diese Aktion in Grömitz, die war hochprofessionell organisiert. Ricas Entführung wirkte dagegen dilettantisch. Und zumindest das verstehe ich jetzt. Die Ardeleans waren auf Rache aus, was man irgendwie sogar nachvollziehen kann, aber wie es aussieht, gehörten sie nicht wirklich zum organisierten Verbrechen, waren eher Handlanger … Vielleicht hat sie jemand benutzt in der Hoffnung, Rica und mich aus dem Weg räumen zu können, ohne dass die Person, die wirklich dahintersteckt, entdeckt wird. Die Ardeleans sind jetzt tot, doch damit ist die Sache nicht abgeschlossen, denn sie waren sicher nicht für die Aktion in Grömitz verantwortlich. Das steckt jemand anders dahinter. Irgendjemand zieht im Hintergrund die Strippen.«

»Hast du eine Vermutung?«, fragte Olav.

»Diese Nelia hat Amissa ins Spiel gebracht, deswegen sind Rica und ich ja auch so blindlings darauf angesprungen. Das kann eine Finte gewesen sein, was ich aber nicht glaube. Da die Ardeleans tot sind und wir nicht wissen, wer Nelia war, hätten wir nun keine Spur mehr, der wir folgen könnten …«

»Wäre da nicht der Entführungsfall David Stoll«, beendete Olav den Satz.

»Wäre da nicht der Entführungsfall David Stoll«, bestätigte Jan.

»Wenn wir herausfinden, was dahintersteckt, finden wir wahrscheinlich auch den großen Unbekannten.«

»Und es gibt da noch etwas«, sagte Jan. »Nur werde ich nicht schlau daraus.«

»Und das wäre?«, fragte Olav.

»Hast du den Begriff ›Missing Order‹ schon einmal gehört?«

Olav schüttelte den Kopf. »Was soll das bedeuten?«

»Genau das habe ich auch gefragt, als diese Nelia mir davon erzählte. Sie sagte, es bedeute, man könne alles bestellen, auch einen Menschen …«

5.

Das hatte er sich einfacher vorgestellt.

Jetzt war sie da drüben angekettet, er hatte eine Stunde Zeit, jede Minute, die er verstreichen ließ, kostete ihn ein Vermögen, und dennoch konnte er sich nicht überwinden, hinüberzugehen und zu tun, was er sich erträumt hatte.

Dabei hatte er es sich so oft vorgestellt. Immer, wenn er das Skalpell auf menschliche Haut setzte und durch die Epidermis schnitt, hatte er sich gefragt, wie es wohl sein würde, wenn die Patientin dabei schrie und sich zur Wehr setzte. In letzter Zeit war es sogar vorgekommen, dass er deshalb zu heftig und zu tief geschnitten hatte, was seinen OP-Schwestern natürlich aufgefallen war. Sie hatten nichts gesagt, dafür respektierten sie ihn viel zu sehr – oder hatten Angst vor ihm, je nachdem.

Er wusste, der Druck musste raus, bevor er ihm beruflich schade. Da kam ihm diese arrogante Friseurin gerade recht. Was die sich einbildete, ihn so abblitzen und von ihrem Chef vor versammelter Mannschaft bloßstellen zu lassen. Zwischen ihrer und seiner Bildung lagen Welten. Sie war im Handumdrehen ersetzbar, er unverzichtbar, und doch hatte sie ihn behandelt, als sei es andersherum.

Ein Blick auf die Uhr.

Wieder waren zwei Minuten von seiner Zeit abgelaufen. Es half nichts, er musste sich mehr Mut antrinken. Also setzte er die Flasche Whisky noch einmal an und nahm einen kräftigen Schluck. Eine teure Medizin, eigentlich viel zu schade für diese Art des Trinkens, aber billig kam für ihn nicht infrage.

Er durfte seinen Alkoholpegel nicht zu hoch treiben, da er

später noch zu einer Tagung für plastische Chirurgie musste. In dem Hotel, das zur Tagungsstätte gehörte, war er bereits eingecheckt, also offiziell dort statt hier. Der Service von Missing Order war beeindruckend.

Dennoch wäre es klüger gewesen, sich die ganze Nacht Zeit dafür zu nehmen. So zwischen Anästhesie und Amputation machte das nicht wirklich Spaß.

Vielleicht sollte er es verschieben.

War das überhaupt möglich?

»Jetzt reiß dich zusammen«, fuhr er sich selbst an und spülte die Aufforderung mit einem weiteren Schluck Whisky hinunter.

Er wusste genau, was sich hier gerade einschlich: Feigheit, nichts als Feigheit. Dabei würde er nie wieder bessere Bedingungen vorfinden. Er musste nur wagen, was er sich erträumt hatte und was er mit seiner eigenen Frau niemals tun konnte, weil das dann eine Beziehungstat war, und Beziehungstaten wurden immer, ausnahmslos immer, aufgedeckt.

Und die Frau da drüben ... was bedeutete sie ihm schon? Nichts. Sie hatte für ihn keinen Wert, und für die Gesellschaft schon gleich gar nicht. Das große Rad würde sich ohne sie genauso weiterdrehen, nicht für den Bruchteil einer Sekunde würde es innehalten, wenn sie ihren letzten Atemzug tat. Bei ihm war das etwas anderes. Von ihm, von seiner geistigen Gesundheit, hingen Menschenleben ab, ein ganzer Wirtschaftszweig war auf seine Kunst angewiesen. Es war also nur recht und billig, wenn er sich nahm, was er brauchte, um weitermachen zu können.

Erst einmal nahm er noch einen Schluck aus der Flasche.

Dann trat er vor das Fenster, eigentlich ein venezianischer Spiegel zu Zeiten, als das hier noch ein Polizeipräsidium gewesen war. Asbest in Wänden und Decken des Baus aus den

Sechzigerjahren hatten dazu geführt, dass es stillgelegt werden musste, nun wartete es auf seinen Abriss. Er hätte sich den Ort selbst aussuchen können, aber keine Idee gehabt, und so war ihm dieses Gebäude vorgeschlagen worden. Wahrscheinlich, weil es nicht allzu weit vom Tagungshotel entfernt lag.

Die Friseurin war an die Decke gekettet.

Um ihre Handgelenke lag eine Lederschlaufe. Diese war mit einer silbernen Metallkette verbunden, die durch einen Haken an der Decke führte. Alles war genauso, wie er es sich ausgemalt hatte. Ein üppiger nackter Körper, die Haut noch faltenlos jung. Ihre Bauchmuskeln bewegten sich im Rhythmus ihrer hektischen Atemzüge. Im Mund steckte ein Knebel aus Stoff, so straff hinter dem Kopf zusammengeknotet, dass ihre Mundwinkel weit eingeschnitten waren. Die Länge der Kette war perfekt eingestellt. Nur mit den Fußballen erreichte sie den Boden, und weil sie sich nicht dauerhaft darauf halten konnte, sackte sie immer wieder in die Kette, was Schmerzen verursachte und noch mehr Spannung in ihren Körper brachte.

Warm brannte der Whisky in seinem Inneren.

Sie in ihrer hilflosen Pose zu betrachten steigerte seine Erregung.

Ja, er war jetzt so weit, es konnte losgehen.

Sein Lieblingsskalpell in der rechten Hand, legte er die linke auf die Türklinke, sammelte sich, holte noch einmal tief Luft und betrat schließlich den Raum.

Sofort roch er die Angst, was ihn nur noch mehr stimulierte.

Der Raum war fensterlos, die Wände verputzt und grau gestrichen. Das einzige Licht stammte von einem Baustrahler, der neben der Tür in der Ecke auf dem Boden stand und die Friseurin anstrahlte. Wahrscheinlich sah sie ihn in diesem Moment noch nicht, da sie von dem Licht geblendet wurde.

Eine Szenerie wie in einem Hollywoodfilm-Verhör, schoss es ihm durch den Kopf.

Heiß spürte er das Licht in seinem Rücken.

Der weiße Maleranzug knisterte, als er einen Schritt auf sie zuging. Darunter war er nackt, was sich nicht wirklich gut anfühlte, aber so würde er sich später schnell duschen und mögliche Spuren abwaschen können.

Jetzt bemerkte sie ihn und riss den Kopf hoch. Die Kette klirrte. Ihr ängstlicher Blick verlieh ihm ein Gefühl grenzenloser Macht. Noch ein Schritt, und er war bei ihr, konnte sie riechen, ihre Wärme spüren.

»Sie!«, stieß sie fassungslos aus, was wegen des Knebels gerade noch zu verstehen war. Es war aber auch gleichgültig, ob er es verstehen konnte oder nicht, denn allein der Umstand, dass sie überhaupt sprach, riss ihn aus seiner Fokussierung. Sie hätte nicht sprechen sollen, auf keinen Fall, dafür war ja der Knebel da. Er wollte sie nicht sprechen hören, sondern schreien, nur schreien sollte sie.

»Bitte nicht ...«

Auch das verstand er, und es setzte ihm zu.

Noch nie während einer OP hatte seine Hand gezittert, ganz gleich, wie anspruchsvoll sie auch war oder wer ihm dabei über die Schulter sah. Auf seine Ausgeglichenheit und Ruhe war er immer stolz gewesen, doch in diesem Moment war es damit vorbei. Seine Hand mit dem Skalpell darin zitterte, und ihm kam der furchtbare Verdacht, es könne fortan immer so sein und er nie wieder als Chirurg arbeiten.

Unter Mühen schaffte er es, die Klinge auf ihre Haut zu setzen, dorthin, wo der Oberschenkel ins Becken überging und die Haut besonders stark gespannt war. Er musste nicht einmal schneiden, nur aufsetzen, schon klaffte ein Schnitt in der Haut, aus dem augenblicklich Blut quoll.

Aber sie schrie nicht, sagte wieder nur: »Bitte nicht.«

Das war zu viel, das ging so nicht! So hatte er sich das nicht vorgestellt. Erst dieser Zeitdruck, und jetzt auch noch ihr Gejammer! Mit einem besseren Knebel wäre das nicht passiert!

Mit wenigen schnellen Schritten verließ er das Verhörzimmer und schlug die Tür hinter sich zu. Er stürmte durch bis auf den Gang und dann die Treppe hinunter, wo der Lieferant auf ihn wartete. Der Mann stand da und rauchte; die Glut der Kippe ließ seinen Siegelring aufglühen.

»Schon fertig?«, fragte er überrascht.

»Der Knebel ist schlampig ausgeführt!«, schrie er den Mann an. »Sie spricht, und so kann ich nicht arbeiten.«

»Okay, ich stelle das ab.«

Er schüttelte den Kopf. »Nein, nein, nein, dafür ist es jetzt zu spät. Ich habe auch gar keine Zeit mehr ... wir müssen das verschieben.«

Der Lieferant hob eine Augenbraue. »Verschieben«, wiederholte er. »Also eine andere?«

»Nein, genau diese, aber zu einem anderen Zeitpunkt. Übermorgen oder so. Das muss doch möglich sein.«

Der Lieferant schüttelte den Kopf. »Möglich, aber dann nicht hier. Es gibt einen Ort, mit dem Wagen drei Stunden von hier ... Doch das muss ich abklären.«

»Schön. Tun Sie das. Ich habe schließlich dafür bezahlt.«

6.

Einen Tag und eine Nacht Ruhe hatten sich Jan und Rica gegönnt, jetzt waren sie am frühen Vormittag auf dem Weg zu der Adresse am Stadtrand von Oldenburg, die Olav Thorn ihnen am Telefon durchgegeben hatte.

Olav war noch am selben Tag wieder zurück nach Bremen gefahren. Er hatte Dienst, konnte also nicht länger in der Hütte am See bleiben, außerdem gab es einiges zu recherchieren, und das konnte er am besten von seinem Arbeitsplatz im Bremer Kommissariat aus tun. Jan hatte ihm die Haarprobe mitgegeben, die er unter dem Schreibtisch in seinem Haus gefunden hatte, außerdem das Kennzeichen des Fahrzeugs, das die Wildkamera aufgenommen hatte. Zudem sollte Olav sich um den Vermisstenfall David Stoll kümmern. Es konnte kein Zufall sein, dass Stoll damals zur ehemaligen Honigfabrik der Ardeleans bestellt worden war.

Die Adresse der Eltern des jungen Mannes hatte Olav ihnen bereits am Abend durchgegeben, außerdem wollte er noch heute Kontakt zu den Ermittlern herstellen, die den Fall bearbeiteten.

Jan hätte Rica gern unter Olavs Aufsicht in der Hütte am See gelassen. Ein besseres Versteck gab es nicht, und Rica konnte ein paar Tage Pause gebrauchen, fand Jan. Doch Olav konnte nicht freinehmen, zudem hatte sich Rica massiv gegen diesen Plan gewehrt. Richtig laut war sie geworden. Sie wollte nicht von Jans Seite weichen, wollte nicht ausgeschlossen werden, ganz gleich, welche Gefahr drohte. Und letztlich waren ihre Argumente stichhaltig: Gefahren drohten überall, selbst auf ihrem Hof im Hammertal, wie sie leidvoll erfahren hatten, außerdem waren sie zu zweit stärker. Und vor allem, wenn es um den Kontakt zu David Stolls Eltern ging, war Rica kaum verzichtbar. Denn auf Menschen, die ihn nicht kannten, wirkte Jan mitunter einschüchternd – gerade jetzt, mit der Platzwunde an der Stirn, auf der ein großes Pflaster klebte.

In der Nacht hatten sie lange mit Olav darüber diskutiert, wie sie die Ermittlungen zu den Leichen in der Honigfabrik in Gang setzen konnten, ohne Jan und Rica damit in Zusammenhang zu bringen. Schließlich hatten sie entschieden, dass Jan selbst zum richtigen Zeitpunkt mit einem anonymen, nicht zurückzuverfolgenden Anruf der Polizei einen Tipp geben würde. Wenn Olav selbst die Ermittlungen in Gang setzte, wäre das verdächtig, denn woher sollte er davon wissen.

Außen vor geblieben war Petre Ardelean. Irgendwann würde man den Wagen und seine Leiche finden, und da Jan mit seiner Waffe geschossen hatte, würde man über das Projektil und seine angemeldete Waffe auf ihn kommen.

Keiner vermochte also zum jetzigen Zeitpunkt abzuschätzen, welche Dimensionen dieser Fall noch annahm und wohin er sie führte. Sich jetzt zu verstecken und alles auszusitzen kam nicht infrage, denn der Fall ging weit über die Rachegeschichte der Ardeleans hinaus. Sie waren nur ein Teil des Puzzles und ganz sicher nicht die einzigen Akteure.

Fünf Minuten Fußweg von der Adresse der Familie Stoll entfernt, parkte Jan den Defender am Straßenrand.

»Alles klar?«, fragte er Rica. »Wie geht's dir?«

»Körperlich ist alles in Ordnung, und ich weiß, solange ich weitermachen kann, halte ich auch durch. Was danach kommt, darum kümmern wir uns dann. Und frag mich bitte nicht jede halbe Stunde, wie es mir geht, okay?«

»Okay.« Er küsste seine Frau. »Ich bin so froh, das tun zu können«, sagte er, ihr Gesicht noch in seinen Händen.

»Hast du daran gezweifelt?«

Jan schüttelte den Kopf. »Nicht einen Moment. Ich wusste, ich sehe dich wieder.«

Sie stiegen aus und gingen Schulter an Schulter zu der Adresse. Es handelte es sich um ein größeres Grundstück am Rande eines Gewerbegebiets, in dem sowohl reine Wohnhäuser als auch kleinere Betriebe angesiedelt waren. Die Stolls betrieben eine Baufirma. Auf dem eingezäunten Eckgrundstück lagerten Baumaterialien und standen entsprechende Fahrzeuge herum, zudem gab es eine kleine Halle. Etwas abgesetzt davon und durch hohe Tannen optisch getrennt, befand sich das Wohnhaus. Weiße Klinkersteine, blaues Dach, alles irgendwie ein bisschen drüber, so als habe jemand beweisen wollen, es zu etwas gebracht zu haben.

Das Rolltor zu dem Betriebsgrundstück stand offen. Ein Mann ging von der Halle Richtung Wohnhaus. Jan sprach ihn an. »Entschuldigung, wir suchen Herrn und Frau Stoll.«

Der Mann warf ihnen einen unfreundlichen Blick zu. »Wir haben schon einen Glauben … und der bringt auch nichts«, sagte er und lief weiter.

Jan und Rica warfen sich einen verständnislosen Blick zu. Sahen sie etwa aus wie die Zeugen Jehovas? Sie folgten dem Mann, der sich auf der anderen Seite des Zauns befand.

»Sind Sie Herr Stoll?«, rief Jan.

»Lassen Sie uns in Ruhe.«

»Wir sind wegen David hier«, versuchte es Rica.

Abrupt blieb der Mann stehen und drehte sich um.

Rica stellte sich vor, was er sah.

Ein Pärchen, wie es ungleicher kaum sein konnte. Ein kräftiger Mann von eins neunzig Körpergröße mit langem, zu einem Pferdeschwanz gebundenem Haar und einem Gesicht, das sehr unfreundlich wirken konnte, wenn Jan sich keine Mühe gab – und er gab sich gerade keine Mühe. Dazu eine gerade mal eins fünfzig große, zierliche Frau mit dunkler Haut und schwarzem, halblangem Haar. Immerhin trug Rica nicht mehr den viel zu großen Blaumann aus der Honigfabrik. Auf dem Weg hierher hatten sie haltgemacht und Kleidung für sie eingekauft.

»Wer sind Sie?«, blaffte der Mann.

»Freunde von David«, log Rica. »Wir machen uns Sorgen um ihn.«

Hätten sie sich zu diesem frühen Zeitpunkt als Privatdetektive zu erkennen gegeben, wäre das Gespräch nach Ricas Einschätzung zu Ende gewesen, bevor es überhaupt begonnen hatte.

»Freunde?« Der Mann taxierte sie mit abschätzigem Blick. »Tja ... was weiß ich schon über meinen Sohn. Scheint ja alles möglich zu sein bei ihm.«

Rica machte einen Schritt auf den Zaun zu, während Jan sich im Hintergrund hielt. »Können wir kurz mit Ihnen und Ihrer Frau sprechen? Wir würden gern wissen, was passiert ist.«

»Schickt Issy sie?«

»Was? Wer?«

»Issy. Isabell.«

»Äh ... nein. Wir kennen niemanden mit diesem Namen.«

Die Haustür ging auf, und eine kleine rundliche Frau erschien. »Heinz ... wer ist das?«, rief sie vom Treppenabsatz.

»Freunde von David ... angeblich ... Geh wieder ins Haus, ich mach das schon.«

Aber das wollte die Frau offensichtlich nicht. Stattdessen raffte sie die dünne Strickjacke um ihren Körper und kam an den Zaun. Sie trug Hausschuhe mit roten Bommeln. »Freunde von David? Was für Freunde?«

»Du sollst ins Haus gehen.«

»Ich habe jemanden mitgebracht, der helfen kann, David zu finden.« Rica deutete auf Jan.

»Niemand kann ihn finden, er ist weg«, sagte Heinz Stoll.

»Und was ist mit Issy?«, fragte die Frau, ohne ihren Mann zu beachten.

»Entschuldigung ... wir kennen keine Issy«, antwortete Rica. Sie hatte das Gefühl, die Situation würde ihr gleich entgleiten.

»Unsere Tochter, Isabell. Sie sucht nach ihrem Bruder, die ganze Zeit schon.«

»Tut mir leid, davon wissen wir nichts. Können wir bitte kurz reinkommen und uns unterhalten? Mein Name ist Rica Kantzius, der unfreundliche, aber harmlose Riese hinter mir ist Jan, mein Mann.«

»Wir haben zu tun«, beschied Heinz Stoll.

»Natürlich, kommen Sie rein«, hielt die Frau dagegen, eilte zur Gartenpforte und öffnete sie. »Kommen Sie nur ...« Sie wedelte mit der Hand.

»Aber ohne mich.« Heinz Stoll machte auf dem Absatz kehrt und verschwand, drehte sich aber nach ein paar Schritten noch einmal um und rief: »Und Issy soll den verdammten Wagen zurückbringen. Ich brauch den, einer muss hier schließlich Geld verdienen.« Dann preschte er in Richtung Halle davon.

»Beachten Sie ihn einfach nicht«, sagte Frau Stoll. »Kommen Sie, wir gehen in die Küche.«

Sie folgten der Frau. Sie bot ihnen Kaffee an, den Rica und Jan gern annahmen.

»Woher kennen Sie David? Von der Uni?«

»Frau Stoll, es tut mir leid«, begann Rica, als sie am Tisch zusammensaßen. »Wir kennen Ihren Sohn nicht persönlich. Mein Mann und ich arbeiten als private Ermittler für eine Organisation, die nach vermissten Personen sucht ...« Rica legte zu ihrer Erklärung eine Visitenkarte auf den Tisch. Neuerdings fiel es ihr schwer, diese Karten und damit die Reputation von Amissa zu nutzen, weil sie nicht mehr wusste, was sie davon halten sollte. »Wir ermitteln aktuell in einem anderen Fall, in dem wir auf eine Verbindung zu Ihrem Sohn gestoßen sind.«

Frau Stoll nahm die Karte. »Amissa ... habe ich noch nie gehört. Ist das seriös?«

»Wir arbeiten weltweit und haben eine hohe Aufklärungsquote ... Und ja, wir sind seriös.«

»Können Sie David finden?«

Frau Stoll sah Rica mit einem herzzerreißenden Blick an, in dem all der Schmerz lag, den ein solcher Fall mit sich brachte. Ihr Leben war ins Wanken geraten, weil Unwissenheit wie Säure an den Fundamenten nagte. Es war einer jener Blicke, aus denen Rica immer wieder Kraft für ihre Arbeit zog. Auch sie und Jan fanden nicht alle Vermissten, und viele von ihnen lebten nicht mehr, wenn sie sie fanden, aber selbst in diesen Fällen änderte sich etwas bei den Angehörigen. Sie fanden Erlösung im Wissen.

»Wir werden alles dafür tun«, sagte Rica, und sie meinte es so, auch wenn das vielleicht gar nicht möglich war, weil ihre eigene Geschichte es nicht zuließ, sich wirklich um David Stoll zu kümmern. Es kam darauf an, wie tief er in die Sache verstrickt war.

»Frau Stoll, wann genau ist David verschwunden?«

»Letzten Herbst, am letzten Freitag im Oktober.«

»Also vor etwas mehr als zwei Monaten ... Mögen Sie uns erzählen, was passiert ist?«

Das tat Frau Stoll. Lange dauerte es nicht, denn sie wusste nicht viel.

»Und was hat es mit Ihrer Tochter Isabell auf sich?«, fragte Jan.

»Issy und David ... Die beiden waren unzertrennlich. David hat Issy beschützt, als sie selbst es noch nicht konnte, und später ... Issy ist ein richtiger Wildfang geworden, müssen Sie wissen, mutig und ohne Angst ... Später hat sie dann David verteidigt ... er ist ja schwul, und na ja, nicht jeder kommt damit klar. Vor allem mein Mann nicht. Es gab immer mal wieder hässliche Kommentare, und Issy hat sich jeden vorgeknöpft, der so einen Blödsinn von sich gab ...«

Frau Stoll schüttelte in sich gekehrt den Kopf, bevor sie weitersprach. »Vom ersten Tag an hat Issy nach David gesucht, überall. Sie hat auch der Polizei Druck gemacht, das können Sie sich gar nicht vorstellen, und sie war richtig erbost, als diese Kommissarin Krebsfänger, zu der sie Vertrauen gefasst hatte, von dem Fall abgezogen wurde. Ich hatte Angst, dass sie sich in Gefahr begibt ... wir wissen ja nicht, was David zugestoßen ist. Und als Issy dann auch noch erfuhr, dass ihre Freundin aus der Grundschulzeit ebenfalls spurlos verschwunden ist ... Sie hat kaum noch geschlafen und immerzu mit meinem Mann gestritten, es war nicht zum Aushalten. Sie hatte Nelia zwar seit mehr als zehn Jahren nicht mehr gesehen ...«

»Wie heißt die Freundin, die verschwunden ist? Können Sie das bitte wiederholen?«, unterbrach Jan sie.

Erschrocken sah Frau Stoll ihn an, hatte sie doch an seiner Stimme bemerkt, dass etwas ganz und gar nicht in Ordnung war.

»Nelia ...«, wiederholte sie den Namen. »Nelia Paumacher.«

7.

Nelia Paumacher ist vor fast anderthalb Jahren in Duisburg verschwunden ... Wie kann sie jetzt auf der Seebrücke in Grömitz auftauchen?«, fragte Rica, nachdem sie und Jan das Haus der Familie Stoll verlassen hatten. Das Gespräch hatte zu einer vielversprechenden Spur geführt, auch wenn nicht klar war, wie alles zusammenhing.

»Ich habe keine Ahnung. Aber ich weiß, dass eine Frau, die sich Nelia nannte, vor meinen Augen erschossen wurde.«

Rica surfte mit Jans Handy, während sie neben ihm herging. Frau Stoll hatte ihnen erzählt, dass ihre Tochter Isabell, genannt Issy, bei Facebook auf die Vermisstenanzeige von Nelia Paumacher gestoßen war.

»Da, ich hab sie ... Nelia Paumacher ist auf der Amissa-Page bei Facebook«, sagte Rica auf halbem Weg zum Defender.

Seit einiger Zeit verfügte Amissa über einen eigenen Auftritt bei Facebook. Der Stiftungsrat hatte sich lange dagegen gewehrt, weil er Facebook für unseriös hielt und sich von Zuckerberg nicht die Daten klauen lassen wollte. Einerseits hatten die Altvorderen recht damit, andererseits durfte man die wahnsinnige Reichweite nicht unterschätzen. Gerade in den sozialen Netzwerken zeigten die Menschen viel Sympathie und Engagement, wenn es um Vermisste ging.

Rica reichte Jan das Handy, damit er sich das Foto von Nelia Paumacher anschauen konnte. »Ist sie das?«

»Ich weiß nicht ... kann sein«, sagte Jan. »Es war stockdunkel da draußen, sie hatte einen Mantel mit hohem Kragen an und trug eine Wollmütze ... Von ihrem Gesicht und ihrem Haar habe ich nicht viel gesehen ...«

»Das ist nicht sehr eindeutig.«

»Mit mehr kann ich nicht dienen, sorry.«

»Dann fahren wir am besten sofort zu den Paumachers und befragen die«, entschied Rica.

Als Jan sich dem Defender zuwandte, verschwand jemand um die Straßenecke. Jan hatte den Eindruck, die Gestalt habe sich für den Defender interessiert. Das war zwar kein alltäglicher Wagen, aber auch nicht so selten oder so teuer, dass die Leute deswegen stehen blieben.

Rica, die wieder mit dem Handy beschäftigt war, hatte von dem Vorgang nichts mitbekommen, und Jan entschied, ihr noch nichts zu sagen. Vielleicht hatte es nichts zu bedeuten.

»Steig schon ein, ich muss noch schnell für große Jungs«, sagte er und ging am Defender vorbei bis zur nächsten Abzweigung und blickte um die Ecke. Niemand zu sehen. Das war einigermaßen merkwürdig, da es sich um eine kerzengerade Straße handelte.

Versteckte sich derjenige irgendwo zwischen den Häusern oder in den Gärten?

Jan wollte Rica nicht länger allein lassen und beschloss, die Sache auf sich beruhen zu lassen. Sie war aber ein Alarmsignal für ihn, seine Aufmerksamkeit weiter hochzuhalten.

Rica saß bereits angeschnallt auf dem Beifahrersitz und arbeitete noch immer am Handy. »Ich habe mich bei Purple Pelikan für die Hilfe bedankt und gefragt, ob er uns mit Nelia Paumacher helfen kann. Mit dem Handy bin ich ja ziemlich eingeschränkt.«

»Weißt du eigentlich, dass Purple ein Mann ist, oder glaubst du es nur?«

»Streng genommen weiß ich es nicht, schließe aber aus der

Art und Weise, wie er schreibt, darauf. Du weißt schon: kurz und bündig und ohne viel Emotionen.«

»Ich dachte, diese Nerds sind alle so.«

»Du denkst in Klischees, mein Lieber. Immerhin bin ich auch ein Nerd.«

»Ausnahmen bestätigen die Regel.«

Jan gab die Adresse ins Navi ein, startete den Motor und fuhr los. Auf den ersten hundert Metern behielt er die Straße hinter sich im Auge. Noch war sie bis auf einen Lkw mit einer Ladung Bauholz leer.

»Was hältst du von Issy?«, fragte Rica und legte das Handy ab. »Ich finde es merkwürdig, dass sie sich seit vier Tagen nicht mehr bei ihren Eltern gemeldet hat.«

Frau Stoll hatte ihnen berichtet, dass Issy sich vor vier Tagen einen Handwerkerwagen aus dem Pool ihres Vaters geborgt hatte, um sich ein weiteres Mal auf die Suche nach ihrem Bruder David zu machen. Seitdem hatte sie sich nicht mehr gemeldet. Dem war ein heftiger Streit vorausgegangen, zum wiederholten Mal hatte Issy ihrem Vater vorgeworfen, untätig zu sein, und das nur, weil er nicht damit zurechtkam, dass David schwul war.

»Ich finde ihn«, soll sie laut Frau Stoll geschrien haben. »Aber glaubt bloß nicht, dass wir dann hierher zurückkehren.«

Am selben Abend hatte sie den Wagen genommen und war aufgebrochen. Frau Stoll war schon ganz krank vor Sorge, während ihr Mann sich in seinen Groll flüchtete.

»Auf jeden Fall scheint sie Temperament zu haben«, sagte Jan. »Gefällt mir.«

»Ihre Mutter tut mir leid. Sie steht zwischen ihrem Mann und ihrer Tochter, versucht irgendwie, die Familie zusammenzuhalten, und merkt nicht, dass das Floß mehr und mehr auseinanderbricht.«

»Vielleicht merkt sie es schon, aber was will sie machen. Wir haben ja leider schon häufiger erlebt, dass solche Tragödien selbst beim besten Willen aller Beteiligter Familien zerstören können. Und hier liegt zumindest beim Vater kein guter Wille vor.«

»Weil Schuld stumm macht«, sagte Rica. »Ich kann mir gut vorstellen, dass Herr Stoll sich insgeheim sehr wohl eine Mitschuld an Davids Verschwinden gibt. Aber du hast ihn erlebt. Er würde das niemals zugeben, vor seiner Frau und seiner Tochter schon gar nicht. Lieber zieht er sich in die Schmollecke zurück oder gibt den Wütenden. Dabei müssten sie endlich miteinander reden.«

Jan nickte. Das mit dem Reden war auch häufig sein Problem. Er war der Typ Mensch, der Probleme in sich hineinfraß und mit sich selbst ausmachte. Allerdings war das früher, vor Rica, viel schlimmer gewesen. Kein noch so verstockter Mann konnte sich Rica lange widersetzen.

»Ruf doch bitte Olav an und frag ihn, was er über den Vermisstenfall Nelia Paumacher herausfinden kann.«

Während Rica telefonierte, tauchte im Rückspiegel ein auffälliger Wagen auf.

Schwarz, wuchtig, kastig. Er war zu weit entfernt, um Kennzeichen und Marke erkennen zu können, aber anhand der Form hielt Jan ihn für einen Mercedes der G-Klasse. Wer so einen Wagen für eine Verfolgung nutzte, musste dumm sein, denn davon gab es nicht viele, und verstecken konnte man sich mit diesem brachialen Gefährt auch nicht.

»Alles in Ordnung?«, fragte Rica, nachdem sie das Gespräch beendet hatte. Sein langer Blick in den Rückspiegel war ihr nicht entgangen.

»Weiß ich noch nicht.«

Rica drehte sich um. »Der schwarze Wagen?«

»Vielleicht, bin mir nicht sicher.«

»Glaubst du, dass wir verfolgt werden?«

»Die Ardeleans waren Handlanger, mehr nicht. Vielleicht ist es schon aufgeflogen, dass sie tot sind, und natürlich wissen die Hintermänner, wer dafür verantwortlich ist. Ich an deren Stelle würde mir Sorgen machen und wissen wollen, was wir beide vorhaben.«

»Haben wir die Stolls in Gefahr gebracht?«

»Ich glaube nicht. Wir haben jetzt schon viel zu viel Staub aufgewirbelt. Die werden sich hüten, noch so eine Aktion wie in Grömitz zu starten.«

»Hoffentlich«, sagte Rica, die den Wagen noch im Auge hatte. »Da! Er biegt ab.«

»Dann hoffen wir mal, dass er nicht wiederkommt.«

»Soll ich mal rekapitulieren, was wir haben?«, fragte Rica.

»Bitte. Ich geb's gern zu, in meinem Kopf herrscht ein heilloses Durcheinander.«

»Okay, lass mich kurz meine Gedanken ordnen…«

Für ein paar Minuten starrte Rica einfach nur durch die Windschutzscheibe, schien nicht einmal mehr zu atmen. Dann legte sie los. »Eine Unbekannte, die sich Nelia nennt, kontaktiert uns und bietet Informationen über Amissa gegen Geld an. Verlangt, dass du allein zur Seebrücke nach Grömitz kommst. Ihr trefft euch, sie hat merkwürdigerweise Geld für dich dabei und wird in dem Moment aus der Entfernung erschossen, als sie es dir geben will. Sie spricht von Missing Order. Zeitgleich tauchen die Ardeleans bei uns am Hof auf, töten Ragna und entführen mich.

Vor anderthalb Jahren verschwand in Duisburg die neunzehnjährige Nelia Paumacher unter ungeklärten Umständen und gilt seitdem als vermisst. Vor fast drei Monaten wurde nahe Vechta der fünfundzwanzigjährige David Stoll entführt und wird seitdem vermisst. Davids jüngere Schwester Issy macht sich auf die Suche nach ihrem Bruder und stößt dabei auf ihre Schulfreundin aus Grundschulzeiten, Nelia Paumacher. Die Familien hatten zwar Kontakt zueinander, doch das liegt bereits zehn Jahre zurück. Ich denke, beide Fälle haben nichts miteinander zu tun. Wie siehst du das?«

»Ich würde auch von einem Zufall ausgehen. Wo soll nach zehn Jahren noch ein Zusammenhang sein?«

»Okay. Weiter. Die Ardeleans waren durch eine persönliche Vendetta motiviert, weil der Mann, aus dessen Händen du mich befreit hast, ihr Vater war. Wir sind uns einig, dass die drei Geschwister als Handlanger eingesetzt wurden. Ein Unbekannter im Hintergrund gab ihnen die Information, wo sie mich zu einem bestimmten Zeitpunkt allein vorfinden würden …«

»Vielleicht hat dieser Unbekannte aber nicht einfach nur Informationen weitergegeben, sondern von den Ardeleans verlangt, dich zu entführen. Vielleicht gehörte es zum Plan, mich auf dieser Seebrücke ebenfalls zu töten.«

»Nelia hat geschrieben, sie habe Informationen für uns, die mit Amissa in Zusammenhang stehen. Wenn man uns beide in dieser Nacht ausschalten wollte, wenn ich nur die Bezahlung für die Ardeleans war, damit ihre Rachegelüste gestillt werden konnten, dann hätten die Hintermänner mit dieser Aktion versucht, uns von weiteren Ermittlungen Richtung Amissa abzuhalten … Aber diese Nelia hat auf der Seebrücke nichts von Amissa gesagt, nicht wahr?«

»Nein, dazu hatte sie allerdings auch keine Zeit. Sie hat nur von Missing Order gesprochen.«

»Dann muss Missing Order, was immer das auch ist, mit Amissa zu tun haben. Ist es möglich, dass wir, ohne es zu wissen, zu nahe an Missing Order herangekommen sind, als wir im letzten Jahr den Menschenhändlerring auffliegen ließen?«

Rica sah Jan aus großen Augen an. »Was, wenn dieser Hof am Teufelssee in Tschechien, die Entführungen von gerade umgezogenen, rebellischen Teenagern dorthin, die Kunden, die diese Teenager gegen Geld missbrauchten – was, wenn das nur die Spitze eines Eisbergs war?«

»Ein kleiner Geschäftszweig eines Baums, der noch andere Zweige hat?«

»Genau. Heute wie damals verschwinden Menschen spurlos. Junge Menschen, mit denen man in der Prostitution auf Jahre hinaus viel Geld verdienen kann.«

»Man kann sich alles bestellen, was man will.«

Rica nickte. »Dieser Hof am Teufelssee in Tschechien konnte über Jahre hinweg unentdeckt betrieben werden, und das, obwohl viele davon wussten. Die Organisatoren, die Handlanger, die Kunden. Alle haben dichtgehalten. Deswegen gehen wir ja auch von einem geheimen Netzwerk aus, gut organisiert, wahrscheinlich mit Kontakten in die höchsten gesellschaftlichen Kreise. Dieser Hof ist Geschichte, aber wahrscheinlich haben wir nur einen Teil des Netzwerks unschädlich gemacht. Die anderen machen weiter und brauchen dafür ein anderes Versteck. Steeltown.«

Sie fuhren eine Weile schweigend, jeder in seine Gedanken vertieft. Jan fragte sich, ob sie diesen Kampf jemals würden gewinnen können oder ob sofort zwei neue Köpfe nachwuchsen, ganz gleich, wie viele sie auch abschlugen. Letztlich war die Frage jedoch nicht wichtig, denn selbst wenn die Antwort negativ war, würden sie weitermachen. Man konnte vielleicht die Krankheit Krebs nicht besiegen, aber man konnte durch spezielle Therapien viele Menschen davor retten. Die Welt so zu akzeptieren, wie sie war, und trotzdem nicht daran zu verzweifeln, sondern in der eigenen kleinen Welt für Ordnung zu sorgen, darauf kam es am Ende an.

Das Handy läutete.

»Olav«, sagte Rica und nahm das Gespräch entgegen.

»Das ging ja schnell«, sagte Jan.

»Du bist auf Lautsprecher«, begrüßte Rica ihren Freund. »Wir sind unterwegs.«

»Ich nehme an, Jan fährt?«, fragte Olav.

»Ja, wieso?«

»Wie schnell fährt er ... Ach, vergiss es, er soll rechts ranfahren, sonst erzähl ich nicht, was ich über den Vermisstenfall Nelia Paumacher herausgefunden habe.«

»Ich kann fahren und zuhören«, sagte Jan gespielt empört.

»Fahr rechts ran!«

Der Ton in Olavs Stimme sorgte dafür, dass Jan keine Fragen stellte, sondern den Defender an den Straßenrand lenkte.

»Ich stehe«, sagte er schließlich.

Die Spannung im Wagen war kaum auszuhalten. Rica schien die Luft anzuhalten.

»Ich konnte es im ersten Moment nicht glauben«, begann Olav. »Ein alter Bekannter leitet die Ermittlung im Fall Nelia Paumacher.«

»Nein!«, entfuhr es Jan. »Sag nicht ...«

»Doch. Arthur König.«

»King Arthur«, stieß Jan mit gepresster Stimme aus. »Das darf nicht wahr sein!«

In diesem Moment fuhr der schwarze Mercedes an ihnen vorbei, aber Jan und Rica waren zu erschüttert, um einen Blick auf den Fahrer werfen zu können.

8.

Echos, von überallher.
Geräusche versickerten und versandeten nicht, verloren sich nicht in der atmosphärischen Weite, blieben stattdessen gefangen, hin und her geworfen zwischen höhlenartigen Wänden, bis sie Zugang in ihr Hirn fanden und ihr Spiel dort fortsetzten. Diese Geräusche brachten Anika Müller um den Schlaf und den Verstand. So ungewöhnlich und angsteinflößend waren sie, dass jedes einzelne die Macht hatte, sie aus oberflächlichem Erschöpfungsschlaf zu reißen. Dann raste ihr Herz wie verrückt, drückte das Blut mit Hochdruck in die Gefäße, und ihre Sinne sensibilisierten sich bis aufs Äußerste.

Schreie waren darunter. Entsetzliche, manchmal lang anhaltende, manchmal abrupt abreißende Schreie, und aus jedem einzelnen wurde ein Echo. Aber auch Stimmen. Manche brüllten, andere befahlen, riefen oder redeten einfach. Sie hatten keine Nuancen, sondern waren irgendwie alle gleich, so als gäbe es irgendwo einen Apparat, der sie alle ausspie.

Am schlimmsten aber waren die Schritte.

Anika war jetzt lange genug hier, um sie unterscheiden zu können. Es schien, als wiederhole sich ein bestimmtes Schrittmuster in einem festgelegten Rhythmus, während andere willkürlich waren. Dieses militärisch scharfe und fest auftretende Muster folgte einem Plan. Vielleicht einem Dienstplan. Die Schritte kamen von weit her, und normalerweise hätte Anika sie in der großen Entfernung vermutlich gar nicht gehört, doch da diese Welt aus Echos bestand und Geräusche so effizient übertrug wie Stahl Strom, hörte sie sie doch. Langsam bauten sie sich auf, wurden dann leiser, wieder lauter, leiser, wieder lauter und schließlich beängstigend laut, ehe sie nach und nach abebbten.

Da drehte jemand seine Runden. Kontrollierte seine Welt. Und bei jeder dieser Runden blieb der Soldat, wie Anika ihn getauft hatte, einen Moment vor dem Loch stehen, in dem sie gefangen gehalten wurde. Beobachtete er sie? Anika wusste es nicht, denn sie selbst konnte nichts sehen. Entweder war sie von perfekter Dunkelheit umgeben, oder sie war blind. Ganz gleich, wie dicht sie sich die Finger vor die Augen hielt, sie sah sie nicht, spürte sie nur, wenn sie ihre Wimpern berührten. Aus irgendeinem Grund nahm sie an, nicht blind zu sein, vielleicht war es das Gefühl, die Dunkelheit »sehen« zu können – aber was, wenn das allen Blinden so erging?

Sobald der Soldat vor ihrem Loch verharrte, hatte Anika den Eindruck, angestarrt zu werden. Dann kam sie sich noch schutzloser und verletzlicher vor als ohnehin schon, und die Erleichterung, wenn er weitermarschierte, war wie eine Erlösung.

Doch Anika ahnte, irgendwann würde er nicht weitergehen.

Was dann?

Kam dann ihr Kunde aus dem Friseurgeschäft wieder zu ihr? Dieser charmante, aufdringliche, gut aussehende Riethoff, der wie ein Irrer gewirkt hatte, als er in diesem weißen Maleranzug mit einem Skalpell in der Hand auf sie zugekommen war. Den Schnitt hatte sie nicht einmal gespürt, jedenfalls nicht in dem Moment, später, als sie hier aufgewacht war, aber schon. Der Kunde war plötzlich verschwunden und kurz darauf ein anderer Mann aufgetaucht … An der Stelle endete ihre Erinnerung und setzte erst wieder ein, als sie mit pochender Wunde in der Leiste hier aufgewacht war. Nicht mehr nackt, sondern in einen weichen, warmen Ganzkörperanzug gehüllt, wie Babys sie trugen. Vielleicht einer diese modernen Jumpsuits. Er hatte einen langen Reißverschluss an der Vorderseite und roch frisch gewaschen.

Immer noch sah Anika das Gesicht ihres Kunden aus dem Friseursalon vor sich. Dieser Wahnsinn, die Gier in seinen Augen, gleichzeitig schien er sie gar nicht wirklich wahrgenommen zu haben, jedenfalls nicht als die Person, die er doch vom Haareschneiden kannte.

Wieder brach Anika in Tränen aus. Die waren nicht mehr so heiß und vehement wie zu Beginn, dafür fehlte ihr längst die Kraft. Jetzt waren es stille Tränen, begleitet von Gedanken an ihren kleinen Theo und ihren Mann Marc, ihre Familie, die zu Hause auf sie wartete. Zum ersten Mal in seinem Leben musste Theo ohne seine Mama zurechtkommen. Bestimmt weinte er die ganze Zeit, und Marc war sicher auch vollkommen verzweifelt. Anika konnte geradezu spüren, wie Ungewissheit und Angst Marc in den Wahnsinn trieben.

Wie hatte das nur passieren können? Was passierte hier überhaupt? Warum tat Riethoff ihr das an? Weil sie nicht auf seine Avancen reagiert hatte, jedenfalls nicht so, wie er es sich vorgestellt hatte? Das konnte doch nicht sein, dass er sie deshalb entführte! Nicht in der realen Welt aus Windeln, schnellen Einkäufen, kurzen Nächten und ständiger Geldnot, in der sie lebte. Sie war eine ganz normale Frau und Mutter, nichts Besonderes, so jemanden entführte doch niemand.

Und doch war sie jetzt hier in diesem Loch.

Anika hatte es bereits einmal erkundet, nachdem sie aufgewacht war, aber in einem Zustand zwischen Panik und Verwirrung, in dem sie kaum etwas aufgenommen hatte. Vielleicht sollte sie es noch einmal wagen. Versuchen, herauszufinden, ob es eine Möglichkeit gab, zu entkommen.

Die kleine Insel, die die Pritsche bildete, auf der sie hockte, fühlte sich in dieser fremden, dunklen Welt zumindest ein wenig sicher an, zumal sie eine Wolldecke hatte, die sie sich um den Körper wickeln konnte. Es kostete Anika Überwindung, diese vermeintliche Sicherheit zu verlassen und sich in die Schwärze vorzuwagen. Zuerst legte sie eine Hand an die Wand. Sie bestand aus glattem Metall und war eiskalt. Dann schob sie sich von der Pritsche und setzte die bloßen Füße auf den Boden – auch der war aus Metall. Überhaupt schien dieses Loch komplett aus Metall zu bestehen, eine übergroße Kiste vielleicht, in die man sie gesperrt hatte. Aber es war altes, verrostetes Metall, das konnte Anika riechen. Sie wusste, wie so etwas roch. Bei ihren Großeltern, wo sie früher viel Zeit verbracht hatte, hatte es einen Hühnerstall gegeben, dessen Dach mit Metallplatten gedeckt war. Die waren alt und verrostet gewesen, und wenn das Regenwasser daran heruntergelaufen war, hatte es sich in einer Mulde gesammelt, und dieses Wasser hatte im Sommer immer stark gerochen. Dieser Geruch war bis heute ihre Definition von Rost.

Sie drückte sich vorsichtig von der Pritsche hoch. Stand auf. Streckte die Arme nach vorn aus. Jede ihrer Bewegungen unendlich langsam, weil sie befürchtete, etwas zu berühren. Aber was?

Anika schob sich auf die Zehenspitzen hoch, streckte die Arme aus – und spürte Widerstand. Die Decke ihres Gefängnisses, auch sie metallen.

Plötzlich ein Schrei.

Laut und gellend. Von irgendwoher hallte er eine Ewigkeit wider.

Gänsehaut überzog Anikas Körper, und sie musste gegen den Impuls ankämpfen, zurück auf die Pritsche zu flüchten.

Auf die vermeintlich sichere, kleine Insel, wo sie sich unter einer Decke verstecken konnte.

Sie tat es nicht. Wollte mutig sein. Für ihre kleine Familie, die sie doch brauchte.

Als es wieder still war, setzte sie ihre Erkundung fort. Tastete sich Schritt für Schritt durch die Dunkelheit, ohne auf einen Widerstand zu stoßen. Sie zählte ihre Schritte, weil sie ja nicht wusste, wie groß das Gefängnis war und wie weit sie sich von der Pritsche entfernen musste – nicht allzu weit, hoffte sie.

Immer einen Fuß vor den anderen. Vorsichtig, so nah voreinander, dass der Zeh die Ferse des jeweils anderen Fußes berührte. Sie würde den Raum in Fußlängen vermessen und sich auf diese Weise ein Bild davon machen. Die Höhe hatte sie schon, fehlten noch Breite und Länge. Und vielleicht fand sie ja eine Möglichkeit, von hier zu entkommen. Oder etwas, das sie als Waffe benutzen könnte für den Fall, dass ihr Kunde zurückkam.

Noch einen Schritt.

Und noch einen.

Sehen konnte sie es nicht, glaubte aber, etwas in der Dunkelheit zu spüren. Ein Hindernis, das Kälte abstrahlte.

Dann kam der Soldat.

Sie konnte ihn schon hören, als er noch weit entfernt war. Sein militärisch zackiger Schritt näherte sich schnell, und diesmal wich er von seinem üblichen Muster ab, wurde nicht leiser zwischendurch, brach nicht ab, sondern hielt auf sie zu. Jeder Schritt ein bisschen lauter, ein bisschen näher, bis Anika glaubte, die Schritte im Fußboden spüren zu können. Vibrationen im Metall, die so wie die Geräusche nur langsam abebbten.

Er kam zu ihr, sie wusste es.

War sie im ersten Moment noch erstarrt vor Angst, riss

Anika sich jetzt von den Geräuschen los und flüchtete zurück auf die Pritsche. Sie fand sie nicht auf Anhieb, lief gegen eine Wand, prellte sich die Stirn, versuchte es wieder, stieß schließlich mit den Oberschenkeln gegen den metallenen Rahmen der Pritsche und fiel darauf.

Hastig zog sie die Wolldecke heran, schob sich in die hinterste Ecke, wo sie die Wand kalt im Rücken spürte, und hüllte sich mit der Decke ein, in der noch ein Rest Wärme steckte. Sie zog sie hoch bis zum Kinn und konzentrierte sich auf die zackigen Schritte. Sie steigerten sich von laut zu extrem laut und extrem nah, wie Schüsse explodierten sie in ihren Ohren, und der Schall in ihrem Kopf brach der Panik Bahn.

Dann stoppten die Schritte.

Von einem Moment auf den anderen.

Stille, aber nur für Sekunden, ehe ein entsetzliches, quietschendes Geräusch einem Tinnitus gleich ihre Gehörgänge füllte und sich vor ihr eine Tür öffnete, durch die Licht in ihr Gefängnis fiel.

Jetzt wusste Anika, sie war nicht blind.

9.

Jan und Rica erreichten ihr Ziel in Duisburg am Nachmittag.

Sie hatten darüber diskutiert, ob sie unter diesen Umständen überhaupt noch mit den Eltern von Nelia Paumacher sprechen sollten, denn es bestand die Gefahr, dass Arthur König davon erfuhr. Letztendlich war aber die Möglichkeit, an relevante Informationen zu gelangen, wichtiger als ihr eigener Schutz.

Sie konnten es noch immer nicht fassen, dass auch in dieser Sache Arthur König auftauchte. Schon in dem Fall um die entführten Teenager, die in der Hütte am Teufelssee gefangen gehalten worden waren, hatte King Arthur, wie Jan ihn nannte, eine Rolle gespielt. Er hatte offiziell in einem der Fälle ermittelt, weil er in jener Nacht vor Ort gewesen war, als eines der entführten Mädchen während seiner Flucht auf eine Autobahn gerannt und überfahren worden war. Jan und Rica waren in den Unfall verwickelt, das Mädchen war in Jans Armen gestorben.

»Er hat sich schon damals merkwürdig verhalten, nicht wahr?«, sagte Rica, als Jan den Motor vor der Firmenzentrale der Paumacher-Gruppe abstellte.

»Anfangs dachte ich ja, es hätte nur mit seiner Abneigung mir gegenüber zu tun«, antwortete Jan. »Als er aber dich so fies angegangen ist und mit aller Macht verhindern wollte, dass wir im Auftrag von Amissa an der Sache dranbleiben, fand ich das schon ungewöhnlich. Und jetzt ist er wieder involviert … das kann doch kein Zufall sein.«

Rica wusste, wie Jan zu seinem ehemaligen Kollegen Arthur König stand. Er hielt ihn für einen arroganten Klugscheißer, ausländerfeindlich, homophob, tendenziell rechtsradikal. Während des letzten Falls war zwischen den beiden Männern eine offene Feindschaft ausgebrochen, es hatte nicht viel gefehlt, und die beiden hätten sich geprügelt. König hielt nichts von Privatermittlern und Organisationen wie Amissa, die nach seiner Meinung der Polizei Leben und Beruf erschwerten. Zudem hatte er Rica als Prostituierte bezeichnet.

Rica war bislang allerdings davon ausgegangen, dass ein so offen unsympathischer Mensch letztendlich keinen Dreck am Stecken hatte. Er war eben ein Arsch, mehr allerdings auch nicht.

Womöglich hatte sie sich getäuscht.

»Wer weiß«, sagte Jan, »ob das damals überhaupt Zufall war, dass er nach dem Unfall an der Autobahn aufgetaucht ist. Okay, es war sein Zuständigkeitsbereich, aber auch der einiger anderer Kollegen.«

»Und dass König sich nicht mehr in die Ermittlungen eingemischt hat, nachdem die Hütte am Teufelssee aufgeflogen war, fand ich auch merkwürdig«, sagte Rica.

»Wir werden uns mit ihm befassen müssen, doch jetzt sind erst mal Nelias Eltern dran. Möglich, dass King Arthur dann sogar auf uns zukommt.«

Sie stiegen aus und betrachteten das vierstöckige Bürogebäude. Ein moderner Bau mit dunkler Glasfassade, hinter der die Beleuchtung in den Büros kaum zu erkennen war. Vier Sandsteinstufen führten zum großflächig überdachten Eingangsbereich. Die Drehtür war von perfekt gestutzten Buchsbäumen in grauen Betonkübeln flankiert. Rechts und links des kurzen Fußwegs von der Straße zum Gebäude wuchsen

Stieleichen, in deren trockenem, braunem Laub sich das Licht der im Boden eingelassenen Scheinwerfer verfing.

Frau Stoll hatte ihnen keine Privatadresse der Paumachers nennen können, aber die Firmenadresse kannte sie. Heinz Stoll und Hubert Paumacher waren früher einmal für kurze Zeit Geschäftspartner gewesen, bevor es durch Streitereien zum Bruch gekommen war. Angeblich hatte Paumacher Rechnungen nicht wie vereinbart bezahlen wollen und den kleinen Handwerksbetrieb der Stolls an den Rand des Ruins gebracht.

Paumachers Geschäfte schienen gut zu laufen, wenn man dieses neue Bürogebäude betrachtete, während Stolls Betrieb über das kleine Familienunternehmen nicht hinausgekommen war.

»Schauen wir mal, ob jemand mit uns reden will«, sagte Jan.

Sie betraten das Gebäude. Der Empfangsbereich war nobel und stilvoll. Hinter einem weitläufigen Bogentresen, der an eine Welle erinnerte, lächelte ihnen eine dunkelhäutige Frau entgegen. Ihr Blick blieb an Rica hängen. Das hatte Jan schon häufig beobachtet. Irgendwie schien es zwischen People of Color eine besondere Verbindung zu geben, auch wenn sie einander nicht kannten.

»Womit kann ich helfen?«, fragte die Frau.

Rica übernahm das Reden. »Wir sind hier, um Herrn Paumacher zu treffen. Einen Termin haben wir nicht, es hat sich kurzfristig ergeben, aber ich denke, Herr Paumacher wird sehr interessiert sein an dem, was wir zu besprechen haben.«

Das Lächeln der Frau wurde dünner. »Worum geht es denn, wenn ich fragen darf?«

»Um seine Tochter Nelia.«

Jetzt verschwand das Lächeln vollkommen. Die Frau griff zum Telefon und wiederholte mehr oder weniger das, was Rica gerade gesagt hatte. Dann musste sie eine Weile warten, sah schließlich zu Jan und Rica auf und fragte: »Wie sind Ihre Namen?«

»Rica und Jan Kantzius.«

Erneut eine kurze Wartezeit, dann legte die Frau auf. »Wenn Sie bitte einen Moment dort drüben warten wollen. Jemand wird sich um Sie kümmern.«

Die vorher so fröhliche Frau wirkte jetzt bedrückt und schaffte es kaum, den Blickkontakt zu Rica zu halten.

Sie und Jan gingen zum Wartebereich hinüber. Exklusive Möbel gruppierten sich um Glastische. Zeitschriften gab es keine, dafür liefen auf zwei Bildschirmen stumm gestellte Werbefilme für die Paumacher-Gruppe. Bürogebäude und Hallen waren zu sehen, dann ein Fuhrpark mit Vierzigtonnern, schließlich ein riesiges Containerfrachtschiff, das den Ozean durchpflügte, bevor ein mit Seecontainern vollgestellter Hafenpier ins Bild kam. Die Paumacher-Gruppe schien sich im weitesten Sinne mit Transporten zu beschäftigen.

An der gegenüberliegenden Seite der Halle öffnete sich eine Fahrstuhltür. Ein Mann in Anzug trat heraus. Breit gebaut, polierte Glatze, aufmerksamer Blick.

Er trat auf Jan und Rica zu, stellte sich als Assistent von Herrn Paumacher vor und bat höflich darum, die Ausweise sehen zu dürfen. Jan hatte seinen dabei, Rica ihren nicht, da ihr Aufbruch vom Hof ja etwas … überstürzt gewesen war.

Der Assistent studierte den Ausweis und verglich das Foto mit Jan. Dann gab er ihn an Jan zurück, bat sie, ihm zu folgen, und nickte der Frau hinter dem Tresen im Vorübergehen beinahe unmerklich zu. Jan und Rica wechselten einen schnellen Blick. Worte waren nicht nötig. Sie hatten beide das Gefühl, auf der Hut sein zu müssen. Der Assistent ließ sie zuerst den Fahrstuhl betreten, baute sich dann mit dem breiten Rücken zu ihnen auf und verschränkte die Hände vor dem Bauch. Die

Beule unter seinem Jackett sah verdächtig nach einer Waffe aus.

Er hatte kein Interesse daran, mit ihnen zu reden. Rica überlegte, ob sie ihn darauf hinweisen sollte, dass sein Parfum penetrant war, ließ es aber.

In der obersten Etage verließen sie den Fahrstuhl. Der Assistent führte sie in ein Eckbüro mit fantastischem Ausblick über die Stadt. Durch die getönten Scheiben sah der ohnehin bedeckte Himmel bedrohlich düster aus.

»Bitte setzen Sie sich. Herr Paumacher wird gleich hier sein.« Der Assistent wies auf eine Sitzgruppe und wollte seine Aufforderung wohl nicht als Vorschlag verstanden wissen. Also taten Jan und Rica ihm den Gefallen und nahmen auf den grauen, hart gepolsterten Sesseln Platz. Der Assistent blieb stehen, verschränkte wieder die Arme und starrte sie an.

»Wie lange sind Sie hier schon beschäftigt?«, fragte Rica, weil sie die Situation einfach nur dumm und klischeehaft fand.

»Herr Paumacher wird Ihre Fragen beantworten.«

»Sind Sie Assistent oder Personenschützer?«

»Personalangelegenheiten besprechen wir grundsätzlich nicht mit Betriebsfremden.«

Nun gut, der Mann war offensichtlich nicht an Small Talk interessiert. Also hielt Rica den Mund und wartete schweigend auf den großen Chef.

Der betrat wenige Minuten später das Büro durch einen anderen Eingang.

Hubert Paumacher war etwa eins achtzig groß, schlank, hatte volles, grau meliertes, altmodisch in der Mitte gescheiteltes Haar, eine ausgeprägte Nase und einen stechenden Blick. Er hielt sich kerzengerade, die langen Arme hingen an den Seiten herunter, als brauchte er sie nicht. Sein Anzug saß genauso perfekt wie der Krawattenknoten, die Lederschuhe waren auf Hochglanz poliert.

Jan und Rica erhoben sich von den Sitzen.

Paumacher betrachtete sie eingehend. Sein Blick hatte etwas Sezierendes, Rica fühlte sich unwohl darunter.

»Ich will Ihnen kurz beschreiben, was ich mit den letzten Privatschnüfflern gemacht habe, die hier auftauchten und meinten, Geld für wertlose Informationen herausschlagen zu können.« Paumacher sprach so schnell, dass Jan und Rica keine Möglichkeit hatten, Einspruch zu erheben. Sie hätten es aber auch gar nicht gewollt, denn es war immer interessant, was die Menschen von sich aus preisgaben.

»Zuerst habe ich dafür gesorgt, dass ihr ohnehin nicht zweifelsfreier Leumund komplett den Bach hinunterging. Ich habe alle mir bekannten Geschäftspartner vor ihnen gewarnt, die wiederum haben ihre Partner gewarnt und immer so fort. Schließlich habe ich meine Kontakte zu sämtlichen großen Banken genutzt und Kredite kündigen lassen – Sie glauben nicht, wie leicht das ist, wenn man Einfluss hat. Dann habe ich die beiden verbliebenen Fahrzeuge der Detektei anzünden lassen. Da die Inhaber aus Geldmangel die Versicherungsprämie nicht gezahlt hatten, gab es keinen Ausgleich. Schließlich habe ich das Gebäude gekauft, in dem sie ›residierten‹, und sie hinausgeschmissen. Das Gleiche habe ich mit den Häusern getan, in denen sie ihre Privatwohnungen hatten. Einer der beiden lebt heute als Obdachloser auf der Straße, der andere ist nach Beirut ausgewandert, in sein Heimatland. Wissen Sie, ich verabscheue körperliche Gewalt, und sie ist auch nicht notwendig, wenn man monetäre Gewalt ausüben kann. Letztere ist viel zielgerichteter und effizienter.

Bevor Sie jetzt zu sprechen beginnen, möchte ich Ihnen die Chance geben, diese Gebäude wortlos zu verlassen und damit zu versuchen, Ihr verabscheuungswürdiges Leben in den Griff zu bekommen. Möglicherweise bin ich aber bereits durch Ihr bloßes Erscheinen hier erbost genug, um Ihnen in der nächsten Zeit ein paar Steine in den Weg legen zu lassen.«

Dann stand er da, der große Chef, verzog keine Miene, bewegte seinen ausgemergelten Körper keinen Millimeter und starrte sie aus Adleraugen an.

Eine Minute verging schweigend.

»Herr Falkner, begleiten Sie die Herrschaften hinaus«, sagte Paumacher schließlich.

»Ich bin es gewohnt, Steine, die mir in den Weg gelegt werden, als Geschosse für Katapulte zu nutzen«, sagte da Jan mit der dunkelsten Stimme, zu der er fähig war. Eine Variation, die Rica liebte.

»Darüber hinaus ist jede Art von Drohung für mich Kompliment und Motivation gleichermaßen. Und bevor Sie sich hier so aufspielen, sollten Sie bedenken, dass Vermögen und Macht immer auch angreifbar machen. Ich werde mich nicht auf Ihr billiges Niveau herabgeben und Ihnen daher nicht schildern, wie meine Frau und ich Ihr Leben zerstören können, wenn Sie uns dazu auffordern. Eigentlich will ich Ihnen nicht einmal mehr berichten, dass ich vor wenigen Tagen eine junge Frau traf, die sich Nelia nannte und die große Ähnlichkeit mit Ihrer verschwundenen Tochter hat.«

Der Assistent hatte sich bereits in Bewegung gesetzt, wurde aber durch eine leichte Handbewegung von Paumacher zurückbeordert.

»Wann, wo und unter welchen Umständen?«, fragte Paumacher.

»Wann, wo und unter welchen Umständen verschwand Ihre Tochter?«, antwortete Jan. »Wir sind nicht hier, um Ihnen zu helfen, sondern um herauszufinden, was wir wissen müssen. Sie können uns unterstützen und dadurch die Möglichkeit erlangen, etwas über den Verbleib Ihrer Tochter zu erfahren, oder Sie lassen es. Ihre Entscheidung.«

»Sie wollen kein Geld?«

»Ihres ganz sicher nicht«, schoss Rica dazwischen, die den Kerl einfach nur zum Kotzen fand.

»Und wieso glauben Sie, meine Tochter finden zu können, wenn es hoch motivierte Beamte und hoch bezahlte Söldner nicht konnten? Was macht Sie besser als die?«

»Der Umstand, dass wir Nelia nicht suchen müssen. Sie ist auf uns zugekommen.«

Es war nicht viel, was sich an Paumacher durch diese Information veränderte. Sein kleiner Finger zuckte, und seine rechte Augenbraue schob sich einen Millimeter nach oben. Kleinigkeiten, die unbemerkt geblieben wären, hätte Rica ihn nicht so genau beobachtet und wäre er nicht ansonsten ein in Stein gemeißelter Kotzbrocken.

Paumacher taxierte sie. »Seitdem Nelia verschwunden ist«, begann er schließlich, »haben einige Personen aus Ihrer Berufsgruppe versucht, sich an mir zu bereichern. Andere erpressten mich mit Wissen, das sie nicht hatten. Dieser Abschaum versuchte, aus Leid Kapital zu schlagen. Immer wieder. Hoffnungen wurden geschürt und zerstört. Das erzähle ich Ihnen nur, damit Sie verstehen können, warum ich so reagiere, wie ich es tue. Es ist reiner Selbstschutz. Ich muss meine Frau, mich selbst und meine geschäftlichen Interessen schützen.«

»Sie tun, was Sie tun müssen«, entgegnete Jan. »Und wir ebenso.«

»Und Ihr Verlust tut uns leid«, schob Rica hinterher. Gar nichts an dem Typen weckte Mitleid in ihr, aber sie hatte das Gefühl, ihn mit diesen Worten erreichen zu können.

Zum ersten Mal sah er Rica an. Bisher hatte sein Interesse vor allem Jan gegolten.

Schließlich nickte Paumacher. »Ohne übertreiben zu müssen, kann ich behaupten, dass ich über eine ausgesprochen zuverlässige Menschenkenntnis verfüge. Ohne diese Fähigkeit kommt man im Geschäftsleben nicht sehr weit, in meiner Branche gleich gar nicht. Und meine Menschenkenntnis sagt mir, dass es sich lohnen könnte, Ihnen beiden ein wenig Zeit zu opfern. Aber noch einmal: Verschwenden Sie sie nicht. Eine meiner weniger guten Eigenschaften ist, dass ich nachtragend bin.«

Rica konnte Jan ansehen, wie schwer es ihm fiel, die Drohgebärden von Paumacher zu ignorieren und dessen herablassende Art zu ertragen. Er kämpfte mit sich.

»Ich könnte einen Kaffee gebrauchen«, sagte Jan schließlich und wandte sich an Rica. »Wie sieht's mit dir aus, Schatz?«

»Ein Milchkaffee wäre wunderbar.«

»Herr Falkner, wenn Sie so freundlich wären«, sagte Paumacher, und der Glatzkopf verschwand.

»Bitte, Frau und Herr Kantzius, nehmen Sie Platz.« Paumacher wies auf die Sitzgruppe. Bevor er sich selbst setzte, ging er zum Schreibtisch, kam mit einem gerahmten Foto wieder und stellte es so auf dem Glastisch ab, dass Jan und Rica es betrachten konnten.

Das junge Mädchen war bildhübsch und hatte so gar nichts von ihrem Vater.

»Seit sie nicht mehr bei uns ist, steht das Foto auf meinem Schreibtisch. Damit ich keinen einzigen Tag vergesse, welche Aufgabe ich nicht erfüllt habe, wo ich versagt habe. Ich habe ein Vermögen angehäuft und Einfluss gewonnen, bin verantwortlich für achthundert Mitarbeiter und einen Jahresumsatz in Milliardenhöhe. Aber ich war nicht in der Lage, meine Familie zu beschützen. Und ich bin nicht in der Lage, mein Kind zu finden. Meine wichtigste Frage lautet daher: Können Sie wirklich dabei helfen?«

»Wir sind hier, um es zu versuchen«, sagte Jan.

Es wirkte etwas komisch, als der bullige Assistent den Kaffee auf einem Silbertablett servierte. Als er hernach seine Position am Tisch wieder einnehmen wollte, beorderte Paumacher ihn mit einer erneuten leichten Handbewegung aus dem Raum.

»Wissen Sie, was das Schlimmste ist, wenn so etwas geschieht?«, fragte Paumacher, während er Milch in seinen Kaffee gab.

Da weder Rica noch Jan auf diese rhetorische Frage antworteten, übernahm Paumacher das selbst. »Der Verlust der Freiheit. Ich weiß, es hört sich egoistisch und unpassend an, ist aber nun einmal Fakt. Der Täter hat uns die Freiheit eines selbstbestimmten Lebens genommen. Nicht mehr wir selbst bestimmen, was wir tun. Alles Tun und Denken richtet sich auf den Verlust unseres Kindes aus, andere Themen existieren nicht mehr. Immer habe ich meine Geschäfte aus der Familie herausgehalten, jetzt führen meine Frau und ich ein Geschäft zusammen. Das Geschäft der Trauer, Verzweiflung und Hoffnung.«

Rica mochte den Mann nicht, mochte seine ellenlangen Monologe nicht, in dem das Wort ich viel zu häufig vorkam. Aber jetzt tat er ihr leid, das konnte sie nicht abstreiten. So kontrolliert und machtbewusst Paumacher auch war, sah Rica die tiefen Furchen, die der Verlust seiner Tochter hinterlassen hatte.

»Das kann ich nachvollziehen«, sagte Jan und wollte weitersprechen, wurde aber von Paumacher unterbrochen.

»Ach ja? Wie das? Haben Sie ein Kind verloren, ohne zu wissen, was passiert ist, wo es geblieben ist?«

»Ich habe mehr verloren, als Sie es sich vorstellen können, und ich habe mehr zurückgewonnen, als Sie es je könnten. Denn wenn ich etwas haben will, hole ich es mir selbst und schicke keine bezahlten Handlanger«, sagte Jan und fixierte Paumacher dabei.

»Demzufolge verschwende ich doch meine Zeit mit Ihnen.«

»Wie gesagt, Ihre Zeit ist uns egal. Wir benötigen Informationen von Ihnen, die möglicherweise dabei helfen, aufzuklären, was Ihrer Tochter zugestoßen ist.«

»Was für Informationen?«

»Alles, was damals geschehen ist.«

»Nun, zunächst einmal erwarte ich von Ihnen, dass Sie mir berichten, warum Sie hier sind. In welchem Kontext?«

Jan schüttelte den Kopf. »Das geht Sie nichts an. Legen Sie los, oder lassen Sie es.«

»Sie sind ein arroganter Wichtigtuer, oder?«

»Ihre Menschenkenntnis ist wirklich phänomenal«, konterte Jan. »Können Sie auch erkennen, dass ich niemand bin, der leere Sprüche klopft?«

Das Telefon auf Paumachers Schreibtisch klingelte dezent. »Entschuldigen Sie bitte«, sagte er und ging hinüber.

Rica nutzte die Gelegenheit, Jan einen warnenden Blick zuzuwerfen. Die Situation stand auf Messers Schneide, und Jan merkte es mitunter nicht, wenn er jemanden zu sehr provozierte.

Paumacher hörte am Telefon nur zu, sagte nichts. Dann legte er auf, drückte auf einen Knopf, kam aber nicht zurück, sondern blieb hinter dem Schreibtisch stehen.

»Bitte verlassen Sie jetzt das Gebäude«, sagte er in verändertem Tonfall.

Der Assistent kam herein und baute sich bedrohlich vor Jan und Rica auf.

Jan trat ihm entgegen. Er war ein Stück größer als der Assistent und nicht weniger kräftig, und Rica wusste, Jan hatte keine Angst vor einer Auseinandersetzung. Die wollte sie aber auf keinen Fall riskieren.

»Hat Ihnen gerade am Telefon jemand geraten, nicht mit uns zu sprechen?«, fragte sie Paumacher.

»Hinaus!«

Rica trat auf ihn zu. »Natürlich gehen wir«, sagte sie. »Aber bei dieser Sache geht es um mehr als Ihre Tochter oder Ihre Freiheit. Vor ein paar Tagen wurde ich entführt und sollte getötet oder in die Zwangsprostitution verbracht werden. Mein Mann hat das verhindert. Und wir beide werden so lange weitermachen, bis wir alle Hintergründe aufgedeckt und alle Beteiligten zur Strecke gebracht haben. Vielleicht erfahren Sie dadurch, was Nelia zugestoßen ist. Das würde ich Ihnen und Ihrer Frau wünschen …« Damit wandte Rica sich ab, berührte Jan am Arm und zog ihn mit sich.

Wortlos begleitete der Assistent sie bis zum Ausgang.

Die Frau am Empfang war verschwunden.

10.

Der Anruf erreichte Issy Stoll sechs Tage nach dem Fiasko bei Vladislav Vatzky.

»Arthur König«, meldete sich ein Mann. »Ich habe Ihre Nummer von Frau Paumacher ... Nelias Mutter. Ich ermittle in dem Fall.«

Der Kommissar klang höflich und förmlich, gleichzeitig aber auch besorgt. Er bat Issy um ein Treffen. Das ginge allerdings weder bei ihm im Präsidium noch bei Issy zu Hause, da er offiziell gar nicht mit ihr sprechen dürfe, weil das Verschwinden ihres Bruders nicht in seinen Zuständigkeitsbereich fiel. Er wolle sie dennoch treffen, bat aber darum, Stillschweigen zu bewahren. Sie verabredeten sich für den nächsten Tag in einem Lokal in der Nähe von Issys Wohnort in Oldenburg. Das ganze Gespräch mutete geheimnisvoll an, Issy schossen während der Wartezeit Tausende Gedanken durch den Kopf, die dadurch zur Tortur wurde.

Die vergangenen Tage waren die Hölle gewesen. Nach der Sache bei Orgasmic und einem erneuten Streit mit ihrem Vater hatte sie sich in ihrem Zimmer verkrochen. Von einem Moment auf den anderen hatte sie die Kraft verloren, weiterzumachen. Nach allem, was sie unternommen hatte, war sie doch kein Stück weitergekommen und David nach wie vor spurlos verschwunden. Nicht einmal über die sozialen Netzwerke kamen Hinweise, es schien, als interessiere die Welt sich nicht für Davids Schicksal. Natürlich ging sie nach wie vor der Polizei auf die Nerven. Doch Maja Krebsfänger war nicht mehr zuständig, und dieser unfreundliche Kolk ließ sich dauernd verleugnen und speiste sie mit den immer gleichen Sätzen ab.

Wir tun alles, was in unserer Macht steht. Wir verfolgen einige Spuren. Leider kann ich zum Stand der Ermittlungen im Moment nichts sagen.

So vergingen die Tage, und Issy fragte sich, ob sie sich damit würde abfinden müssen, ihren Bruder niemals wiederzusehen und nicht zu wissen, was passiert war. Wie sollte sie damit leben können? Sie musste an Nelias Mutter denken. Auch die hatte sich total vom Leben zurückgezogen, verbarrikadiert in ihrer Villa, in der sie über alles die Kontrolle hatte und nichts verloren ging. Vor dem Draußen hatte sie Angst, schon allein die Blicke der Nachbarn trieben sie zurück zwischen ihre Burgmauern, und Issy bemerkte das gleiche Verhalten in Ansätzen nicht nur bei sich selbst, sondern noch um vieles stärker bei ihrer Mutter. Mama hatte Weihnachtsgeschenke für David besorgt. Frau Paumacher ließ jeden Tag Blumen für ihre Tochter liefern. Mama ging nur noch Einkaufen und in die Kirche, wo sie für ihren Sohn betete. Frau Paumacher ging nirgendwo mehr hin. Issy hätte sich gewünscht, auch Kraft im Glauben finden zu können, doch zu viele Zweifel standen im Weg. Was sollte diese Prüfung? Warum ließ Gott so etwas zu? Warum waren Menschen wie Vatzky reich und bekannt, während Menschen wie David einfach verschwanden? Gott ist ein gerechter Gott – wie oft hatte sie das in der Predigt gehört, aber nirgendwo auf der Welt fand sich Gerechtigkeit, weder im Kleinen noch im Großen.

Als das Gespräch mit Kommissar König anstand, hatte Issy Mühe, aus ihrer Höhle zu kriechen. Zum ersten Mal seit zwei Tagen würde sie das Haus verlassen. Sie zog ihre Jacke an, tastete in den Taschen nach Schlüssel und Geldbörse und förderte einen kleinen Zettel hervor, den sie nicht zuordnen konnte.

Beinahe unleserlich waren darauf mit Kugelschreiber zwei Worte notiert.

Missing Order.

Mit dem Zettel in der Hand stand Issy da und fragte sich, woher er stammte. Sie selbst hatte das nicht geschrieben und diese Notiz auch von niemandem entgegengenommen. Wie also kam sie in ihre Jackentasche? Wann hatte sie die Jacke zuletzt getragen?

Bei dem Gespräch mit Vatzky.

Ihr fiel das kurze Gerangel mit dem blonden Schlaks ein, bevor sie geflüchtet war. Justin hieß er, oder?

Hatte er ihr diese Notiz zugesteckt?

Wenn ja, was sollte sie bedeuten?

Issy hatte keine Zeit, länger darüber nachzudenken – sie musste zu dem Treffen mit dem Kommissar. Also steckte sie die Notiz ein und verließ das Haus. Da keiner von Papas Handwerkerwagen zur Verfügung stand, fuhr sie mit dem Bus in die Innenstadt und ging die letzten zweihundert Meter zu Fuß.

Sie kam fünf Minuten zu spät in dem italienischen Lokal an, blieb im Eingangsbereich stehen und sah sich um. Viel los war nicht. Hinten in der Ecke, wo die punktuelle Beleuchtung Platz für Schatten ließ, erhob sich ein hochgewachsener Mann und machte mit einem Winken auf sich aufmerksam.

Issy ging zu ihm.

»Du bist Issy?«, fragte er.

»Isabell Stoll.«

»Mein Name ist König, Arthur König. Bitte, nimm Platz.«

König war auffallend gut gekleidet. Er trug einen teuren dunklen Anzug, ein blaues Hemd mit Krawatte und hochglänzende Schuhe. Ein Mantel aus Schurwolle, auf dem noch ein paar Tropfen glitzerten, lag über der Stuhllehne. Sein grau meliertes Haar war perfekt frisiert, die Haut leicht gebräunt. Er setzte sich erst, nachdem Issy Platz genommen hatte.

»Möchtest du etwas trinken oder essen?«, fragte er. »Ich lade dich ein.«

Issy hatte tatsächlich Hunger, denn aufs Frühstück hatte sie verzichtet. Die letzten beiden Tage hatte sie kaum etwas hinunterbekommen. Also bestellte sie ein Nudelgericht und Apfelschorle, der Kommissar einen Salat mit Hühnchenbrust und ein Wasser.

»Schön, dass du es einrichten konntest«, sagte er, als die Bedienung mit der Bestellung verschwunden war.

»Ist doch klar. Ich bin aber ehrlich gesagt überrascht, dass Sie mich sprechen wollen.«

König nickte. »Nicht überraschter als ich, als ich durch Frau Paumacher von deinem Besuch bei ihr erfahren habe … und dem Grund. Gibt es etwas Neues von deinem Bruder?«

Issy schüttelte den Kopf. Noch hatte sie nicht genug Vertrauen, um über all das zu sprechen, was sie unternommen hatte, um David zu finden.

»Das tut mir wirklich leid«, sagte Arthur König und schüttelte den Kopf. »Es nimmt einfach kein Ende, weißt du. Jeden Tag landen beim BKA zweihundertfünfzig bis dreihundert neue Vermisstenfälle, und auch wenn viele davon aufgeklärt werden und vor allem Jugendliche innerhalb von ein paar Tagen wiederauftauchen, so bleiben doch erstaunlich viele Menschen verschwunden. Oft erfahren weder wir von den Ermittlungsbehörden noch die Angehörigen, was passiert ist. Aus vielen Gesprächen weiß ich, dass diese Ungewissheit mit Abstand das Schlimmste daran ist. Um bei Frau Paumacher zu bleiben, zu der ich noch regelmäßig Kontakt habe: Seitdem Nelia verschwunden ist, verlässt sie das Haus nicht. Nicht, weil sie Angst hat, sondern weil sie auf jeden Fall da sein will, wenn ihre Tochter heimkommt. Kannst du dir das vorstellen? Tagein, tagaus sitzt sie da und lauscht, ob die Tür geht. Und wenn sie geht, zündet in ihr sofort die Hoffnung, die dann ein ums andere Mal enttäuscht wird, weil es nicht Nelia ist, die nach Hause kommt. So etwas bricht einen Menschen, da kann man noch so stark sein ...«

Issy beobachtete, wie die Augen des Kommissars bei seinen letzten Worten feucht wurden. Er schien wirklich Anteil zu nehmen am Schicksal der Paumachers. Trotz seines geschniegelten Äußeren und der etwas arroganten Art machte ihn das sympathisch. Man durfte Menschen eben nicht nach ihrem Äußeren beurteilen.

»Ich bin kein normaler Kripobeamter, musst du wissen«, fuhr König fort. »Es gibt einige Sondereinheiten in Deutschland, die sich ausschließlich mit Vermisstenfällen beschäftigen. Eine davon leite ich. Leider dürfen aber auch wir nicht länderübergreifend arbeiten, deshalb darf ich im Falle deines Bruders auch nicht ermitteln. Dienstlich dürfte ich nicht einmal mit dir sprechen, ohne die Kollegen vor Ort zu fragen, deshalb ist das hier auch ein rein privates Treffen.« König zwinkerte ihr zu.

»Verstehe«, sagte Issy. »Aber warum dann das Gespräch, wenn Sie doch nicht helfen können?« *Und wenn Sie schon Nelia nicht finden konnten,* schoss es Issy durch den Kopf, doch das behielt sie lieber für sich.

Königs Miene wurde ernst. »Weil ich dir etwas vorschlagen möchte. Eine alternative Möglichkeit, nach deinem Bruder zu suchen. Offiziell ist mir auch das untersagt, aber da diese Vorgehensweise in der Vergangenheit mehrfach zum Erfolg geführt hat, setze ich mich immer öfter über die Bürokratie unseres Rechtsstaates hinweg, denn ... seien wir ehrlich, genau an dieser Bürokratie scheitern wir häufig. Mir aber geht es um all die Menschen da draußen, die wie Frau Paumacher jeden Tag hoffen und darüber ihr Leben verlieren. Das ist einfach nicht richtig. Wir müssen mehr tun … und können es auch.«

Der Kommissar hatte sich regelrecht in Rage geredet, Ohren und Wangen waren dabei rot geworden, Schweißperlen standen auf der Stirn.

»Und um was für eine Möglichkeit handelt es sich?«, fragte Issy.

König sah sich nach allen Seiten hin um, als müsse er überprüfen, ob auch tatsächlich niemand mithörte.

Schließlich sagte er deutlich leiser: »Ich habe Kontakt zu jemandem, der hauptberuflich nach vermissten Menschen sucht und dabei erfolgreich ist, weil er sich nicht an Recht und Gesetz halten muss. Wenn ihm zum Beispiel in Verhören jemand nicht sagt, was er wissen will, kann er sehr, sehr unangenehm werden.«

Issy wollte einhaken, würde aber von der Bedienung daran gehindert. Während die junge Frau das Essen und die Getränke abstellte, stellte Issy sich vor, wie dieser Jemand, der jenseits von Recht und Gesetz nach vermissten Menschen suchte, ein Gespräch mit Vladislav Vatzky führte. Was würde dieser Jemand tun, wenn Vatzky nicht redete? Ihn schlagen? Foltern? Mit der Zange einen Finger abkneifen oder so?

Die Bedienung verschwand.

»Guten Appetit«, sagte König, drapierte höchst umständlich die Serviette auf seinen Oberschenkeln und begann zu essen.

Issy hatte zwar Hunger, aber keine Lust zu essen. Sie wollte mehr erfahren.

»Wer ist das?«, fragte sie.

König schüttelte den Kopf, kaute und schluckte herunter. »Den Namen kann ich dir noch nicht sagen, dafür muss ich erst seine Erlaubnis einholen. Wie du sicher verstehen wirst, legt er größten Wert auf Diskretion. Was er tut, ist gefährlich, und niemand wird sich für ihn einsetzen, wenn er auffliegt. Ganz im Gegenteil würde er ins Gefängnis wandern. Er hat Menschen getötet, musst du wissen. Menschen, die es verdient haben, aber das zählt nicht vor dem Gesetz. Und jetzt beantworte mir bitte eine Frage … Von der Antwort hängt ab, ob ich diesem Mann deinen Fall vortrage oder nicht.«

König wischte sich mit der Serviette die Lippen ab und räusperte sich. »Wenn deinem Bruder etwas angetan wurde, und dieser Mann, von dem ich spreche, findet den Täter und tötet ihn … kannst du damit leben?«

Issy wollte sofort antworten, doch König hob die Hand. »Antworte nicht voreilig. Denk beim Essen darüber nach. Denn eines muss dir klar sein: Du wirst für den Rest deines Lebens darüber nachdenken, dass jemand gestorben ist, weil du eine Entscheidung getroffen hast. Glaub mir, leicht ist das nicht.« Der Kommissar lächelte gequält, so als habe er oft genug diese Entscheidung treffen müssen, deren Konsequenzen ihn in seinen dunkelsten Stunden verfolgten.

Issy fühlte mit ihm. Er verbrachte sein Leben in einer entsetzlichen Welt, die ihr selbst vor nicht allzu langer Zeit noch vollkommen fremd gewesen war.

»Ich muss darüber nicht lange nachdenken«, sagte Issy selbstsicher. »Wenn jemand David etwas angetan hat, muss er dafür bestraft werden … Und wenn das Gesetz das nicht leisten kann, muss es jemand anders tun.«

Sie wusste, sie sprach von Selbstjustiz.

Sie wusste, diese hatte in einer modernen, humanistischen Gesellschaft nichts zu suchen.

Sie wusste das, sah aber gleichzeitig den massigen Vladislav Vatzky auf seiner Ledercouch sitzen und abschätzig lächeln.

Er wusste etwas, das stand für Issy fest. Sie selbst würde es nie von ihm erfahren, aber vielleicht ja dieser Mann, von dem König sprach.

»Du klingst überzeugt ... das gefällt mir«, sagte der Kommissar. »Dann erzähl mir doch bitte ganz genau, was passiert ist. Unter welchen Umständen ist dein Bruder verschwunden? Verdächtigst du jemanden, den die Polizei nicht im Visier hat? All diese Dinge muss ich wissen.«

Im Verlauf des Essens berichtete Issy dem Kommissar. Der hörte aufmerksam zu, stellte an den richtigen Stellen die richtigen Fragen und zeigte Mitgefühl, als es um die familiäre Situation im Hause Stoll ging. Darüber hatte Issy genug Vertrauen gefasst, um Arthur König auch von Vatzky zu erzählen.

»Und dann habe ich heute, als ich hierher aufgebrochen bin, diesen Zettel in meiner Jackentasche gefunden. Ich vermute, dass Vatzkys Mitarbeiter ihn mir in die Tasche gesteckt hat.« Issy holte den Zettel heraus und legte ihn auf den Tisch.

Arthur König las die beiden Worte, und Issy bemerkte eine ähnliche Veränderung wie bei dem Gespräch mit Vatzky. Plötzlich lag Spannung in der Luft, die von dem Kommissar ausging.

»Missing Order«, sagte er leise. »Was soll das bedeuten?«

11.

»Jede Wette, dass King Arthur am Telefon war«, sagte Jan, als sie im Wagen saßen. Verärgert schlug er mit der Hand aufs Lenkrad.

»Gut möglich«, antwortete Rica. »Wenn es so ist, werden wir auf jeden Fall von ihm hören.«

»Ich freu mich schon drauf.«

»Das solltest du besser nicht. Was, wenn er dich mit den Toten in der Honigfabrik und der Leiche von Petre Ardelean im Wald bei Hammertal in Verbindung bringt? Dann sorgt er dafür, dass du im Gefängnis landest, egal ob du in Notwehr gehandelt hast ... oder ich. Ich bin dafür, ihm aus dem Weg zu gehen.«

Jan starrte nachdenklich durch die schmutzige Windschutzscheibe. »Könntest recht haben damit ... aber wie gehen wir jetzt weiter vor?«

»Ich brauche eine Pause«, sagte Rica. »Können wir uns ein Hotel suchen und morgen weitermachen? Heute bekomme ich keinen vernünftigen Gedanken mehr zustande.«

Jan nahm ihre Hand, sah sie an. »Klar, machen wir. Wir können auch nach Hause fahren, uns zurückziehen und Kraft tanken, bevor wir weitermachen.«

»Ich glaube, da will ich gerade nicht hin ... eine Nacht durchschlafen wird schon reichen. Und ... küss mich bitte mal.«

Jan kam der Aufforderung allzu gern nach.

»Das war viel zu lange her«, sagte Rica schließlich, sackte in den Sitz und schloss die Augen. »Wenn's irgendwie geht, ein Hotelzimmer mit Badewanne.«

»Ihr Wunsch ist mir Befehl, Gnädigste.«

Jan buchte übers Handy ein Hotelzimmer in einem der teureren Hotels von Duisburg und machte sich auf den Weg dorthin.

Er war kaum fünf Minuten gefahren, als er den schwarzen Mercedes zum ersten Mal im Rückspiegel sah. Wer auch immer ihnen folgte, stellte sich nicht besonders geschickt an. Rica schlief zwar nicht, hielt die Augen aber geschlossen, und Jan entschied, sie nicht zu beunruhigen. Sie brauchte Ruhe. Streng genommen hätte er sie nach dem, was sie durchgemacht hatte, nicht mitnehmen dürfen. Also musste er zumindest aufpassen, dass sie sich nicht übernahm. Rica war zäh und willensstark und erkannte ihre Grenzen oft erst, wenn sie hinter ihr lagen. Da tickte sie genauso wie Jan selbst.

Als er eine Viertelstunde später auf die Einfahrt zum Hotel fuhr, zog der schwarze Mercedes auf der viel befahrenen Hauptstraße daran vorbei und verschwand im Verkehr.

Bis später, dachte Jan und stieg aus.

Im Hotelzimmer, das eher eine Suite war, ließ er Rica ein Bad ein, während sie Essen aufs Zimmer bestellte. Die Tapas kamen, als Rica schon in der Badewanne lag. Jan nahm zwei Kissen von der Couch, setzte sich neben die Wanne auf den Fußboden, lehnte sich gegen die Wand und fütterte seine Frau von dem Tablett, das auf seinen Oberschenkeln ruhte.

»Daran kann ich mich gewöhnen«, sagte sie träge zwischen zwei Bissen.

Das Bad war angefüllt vom Wasserdunst und dem Vanilleduft des Badezusatzes. Manchmal war es nicht mehr als ein kleiner Schritt heraus aus der gefährlichen Welt da draußen hinein in einen kleinen Schutzraum, der nur ihnen beiden gehörte. Und wenn diese vermeintliche Sicherheit auch nur eine kurze Weile andauerte, so war sie doch essenziell, um mit diesem Leben weitermachen zu können.

In Jans Kopf kreisten die Gedanken um Arthur König, Paumacher, Nelia und den Verfolger im schwarzen Mercedes, aber in diesem besonderen Moment wollte er nicht darüber sprechen. Einfach nur dazusitzen, Rica die Tapas in den Mund zu stecken und dieses intensive Gefühl der Zweisamkeit zu genießen war wichtiger und wertvoller.

Eine Stunde später schlief Rica tief und fest.

Jan schrieb ihr auf den Notizblock des Hotels eine Nachricht, dass er noch einmal rausging, um frische Luft zu schnappen. Erschöpft, wie sie war, würde sie hoffentlich nicht aufwachen. Falls doch, konnte sie ihn auf dem Handy erreichen.

Jan zog die Zimmertür hinter sich zu, ignorierte den Fahrstuhl und stieg das Treppenhaus hinunter, bis er in der Tiefgarage des Hotels angekommen war. Sie war zu niedrig, um den Defender darin zu parken, er stand am Straßenrand, deshalb hatte Jan auch keine Karte für das automatische Rolltor. Er musste nicht lange warten, bis jemand hineinfuhr und er hinausschlüpfen konnte.

Mittlerweile war es dunkel geworden, die Straßenlaternen brannten.

Aus dem Schutz der Rampe zur Tiefgarage beobachtete Jan die schmale Nebenstraße, konnte aber keinen schwarzen Mercedes entdecken. Er sprintete zur anderen Straßenseite hinüber und bewegte sich langsam auf die Hauptverkehrsstraße zu. An der Gebäudeecke blieb er erneut stehen, um sich einen Überblick zu verschaffen, aber auch von dort war der Verfolgerwagen nicht zu sehen.

Jan war sich sicher, dass der Typ irgendwo wartete. Also machte er sich auf die Suche. Lief die Straße zuerst hinauf, dann auf der anderen Seite wieder hinunter, erfolglos. Erst nach zehn Minuten entdeckte er den auffälligen Wagen in einer Nebenstraße, von wo aus man keinen Blick auf das Hotel hatte.

Geduckt im Schutz der anderen geparkten Autos arbeitete Jan sich auf die G-Klasse zu. Erst als er den Wagen erreicht hatte, zog er seine Waffe, trat an der Fahrerseite vor die Scheibe und klopfte mit dem Lauf gegen das Glas. Das hätte er sich sparen können – es saß niemand drin. Jan kontrollierte die Rücksitze, ob der Fahrer sich zum Schlafen hingelegt hatte, doch auch der Fond war leer.

Mit einem Mal hatte Jan das Gefühl, beobachtet zu werden.

Er schnellte herum, sah sich um, konnte aber niemanden entdecken.

Die Erkenntnis, in eine Falle getappt zu sein, traf ihn wie ein Faustschlag.

So schnell er konnte, rannte Jan Richtung Hotel und lief dabei auf der Hauptverkehrsstraße in ein Auto. Der Fahrer bremste scharf, hupte und zog nach links rüber, sodass Jan sich an der Motorhaube abrollen konnte. Zwar kam er zu Fall, verletzte sich aber nicht. Eine schnelle entschuldigende Geste in Richtung des Fahrers, dann hetzte Jan weiter. In der Lobby des Hotels war noch einiges los. Männer in Anzügen hockten in der Bar und unterhielten sich lautstark, dazwischen einige wenige Frauen. Der Empfangschef beäugte Jan skeptisch, als er abgehetzt und wohl mit Panik in den Augen auf ihn zutrat.

»Hat sich jemand nach uns erkundigt?«, fragte Jan.

»Ja, in der Tat. Wenige Minuten nach Ihrer Ankunft.«

»Mann oder Frau?«

»Ein Mann, er fragte nach der Zimmernummer, aber natürlich geben wir darüber keine Auskunft.«

»Wo ist er hin?«

»Er erkundigte sich nach dem Restaurant. Gut möglich, dass er sich dort aufhält.«

»Danke!«

Jan durchquerte die Bar, betrat das Steakrestaurant, sah sich nach einem Mann um, der allein am Tisch saß, fand aber niemanden. Und von den Männern, die zu zweit am Tisch saßen, sah niemand zu ihm auf, überhaupt schenkte ihm niemand Beachtung.

Dafür sah Jan, wie eine weibliche Bedienung einen Servierwagen aus der Küche schob, darauf einige Teller, abgedeckt mit versilberten Metallhauben, sowie eine Flasche Wein, zwei Gläser und Besteck.

Genauso hatten sie ihr Essen auch aufs Zimmer bekommen.

Das wäre ein Weg, an ihre Zimmernummer gekommen zu sein.

12.

Die Fahrt nach Oldenburg gestaltete sich im dichten Feierabendverkehr nervtötend und dauerte lange.

Olav Thorn spürte seine Contenance schwinden.

Seit er Rica und Jan in seiner Hütte getroffen und diese abenteuerliche, wahnwitzige Story gehört hatte, war seine sprichwörtliche gute Laune im Arsch. Da konnte er sich noch sosehr anstrengen und versuchen, auch die schönen Dinge zu sehen, die es ja nach wie vor gab.

Olav hatte geahnt, dass irgendwann etwas in dieser Art passieren würde. Seit letztem Herbst sickerte diese Angst wie Wasser durch einen Kaffeefilter immer tiefer in seine Gedanken. Die Ruhe um die Weihnachtsfeiertage war schön und trügerisch gewesen, vielleicht hatten die Feinde sie gebraucht, um ihre Wunden zu lecken und einen Schlachtplan zu entwerfen. Und vielleicht hatten er, Rica und Jan sich davon einlullen lassen.

Olav mochte sich nicht vorstellen, dass Rica in dieser Honigfabrik hätte sterben können. Er verdankte ihr sein Leben, aber seine Sympathie für sie ging weit darüber hinaus. Nie zuvor hatte er eine so mutige, starke, kluge und tiefgründige Frau getroffen. Es waren ihre Motivation und ihre Klugheit, die vielen vermissten Menschen und deren Angehörigen halfen. Ein solches Schicksal anzunehmen, wie Rica es erlebt hatte, und daraus etwas Positives zu machen, diese Kraft brachten nur die wenigsten auf. Olav würde alles für sie tun, Dienstvergehen und Gesetzesbeugung eingeschlossen.

Und deshalb war er nach Feierabend noch einmal aufgebrochen, um sich in Oldenburg mit einer Kollegin zu treffen. Offiziell war das Gespräch nicht dienstlich, inoffiziell aber natürlich schon.

In Oldenburg angekommen, fand er lange keinen Parkplatz, und so kam er zehn Minuten zu spät in dem kleinen thailändischen Restaurant an, zu dem seine Kollegin ihn bestellt hatte. Sie saß bereits am Tisch und winkte Olav zu sich her.

Maja Krebsfänger war groß und schlank und wirkte wie eine Frau, mit der man Pferde stehlen konnte. Sie war Olav auf Anhieb sympathisch. Das lag an ihrer offenen, ehrlichen Ausstrahlung, eine positive Aura umgab sie. Dafür war Olav sehr empfänglich. Er verabscheute Menschen, die wie schmutzige, nasse Feudel durchs Leben latschten, immer traurig wirkten und den Kopf nicht hochbekamen, um einen Blick in den Himmel zu werfen.

»Tut mir leid, der Verkehr war dichter, als ich angenommen hatte«, entschuldigte sich Olav. Er wartete, bis seine Kollegin wieder Platz genommen hatte, dann setzte er sich ebenfalls.

»Kein Problem, ich habe auch ewig nach einem Parkplatz gesucht und war selbst zu spät.«

Die Karten lagen bereits auf dem Tisch, und Olav schlug seine auf.

»Ich esse oft hier, schmeckt alles wunderbar!«, sagte Maja Krebsfänger. »Vegetarier?«

Olav nickte. Er hatte sich die Lust auf Fleisch mühsam abtrainiert und war seit einem Jahr clean. In diesem Moment wusste er, warum er sich das angetan hatte.

Die Krebsfänger war sichtlich erfreut. »Wie schön! Dann nehmen wir doch beide die Nummer 25. Sicher ist sicher. Ich bin nämlich der Typ, der immer von anderen Tellern probieren will.«

»Von meinem dürften Sie gern probieren«, sagte Olav. »Aber ich vertraue Ihrer Empfehlung und nehme die 25.«

Nachdem die Bestellung aufgegeben war, einigten sie sich aufs Du und kamen zur Sache.

»Dein Anruf hat mich verwundert«, sagte Maja. »Und so richtig schlau bin ich nicht draus geworden. Warum interessiert man sich in Bremen für den Fall David Stoll? Und warum rufst du ausgerechnet mich an? Der Kollege Kolk führt doch die Ermittlung.«

Olav ließ sich gegen die Stuhllehne sinken. »Darf ich ganz offen sprechen?«, fragte er.

»Ich bitte darum.« Maja beugte sich vor, setzte die Ellenbogen auf den Tisch, faltete die langen, feingliedrigen Finger, legte das Kinn darauf und schaute Olav interessiert an. Er war fasziniert von ihren Augen, und es fiel ihm schwer, sich zu konzentrieren.

»In Bremen interessiert sich niemand für den Fall. Es ist ein persönliches Interesse meinerseits, deshalb wollte ich auch nicht mit dem Leiter der Ermittlung sprechen. Dein Name fiel in einem Gespräch, das eine Bekannte mit den Eltern des Vermissten geführt hat. Sie ist Privatermittlerin und eine gute Freundin.«

Maja lächelte. »Okay, das war jetzt sogar noch kryptischer als am Telefon. Wenn das ganz offen war, möchte ich es gern hören, wenn du geheimnisvoll bist.«

Olav hatte sich während der Fahrt hierher gefragt, wie offen er wirklich sein durfte. Er kannte Maja Krebsfänger nicht, und selbst, wenn er ihr vertraute – was er tat –, war die Frage, wie weit er sie mit hineinziehen durfte, ohne sie in Gefahr zu bringen.

Sie schien seine Zerrissenheit zu spüren. »Okay, vielleicht sollte ich dann besser mal anfangen«, sagte sie und entfaltete anmutig ihre Finger. »Offiziell arbeite ich gar nicht mehr an dem Fall.«

Das kam überraschend für Olav. »Warum nicht?«

»Tja, wüsste ich auch gern. Ich habe den Fall zusammen mit meinem Kollegen Kolk übernommen, wir waren noch nicht allzu lange dran, da bekam er die Leitung, und ich wurde zu einem anderen Fall abkommandiert. Nicht weniger wichtig, nicht weniger interessant und wegen der dünnen Personaldecke auch nicht wirklich verwunderlich. Allerdings hat man mich nicht gefragt … und das ist schon ein bisschen ungewöhnlich. Deshalb bin ich überhaupt auf dein Telefonat eingegangen. Irgendwas stimmt nicht mit dieser Sache.«

»Wer hat entschieden, dich von dem Fall abzusetzen?«

»Unser Kriminaldirektor. Kolk und er können gut miteinander. Mit mir kann er nicht so gut, ich denke, er hat ein Problem mit selbstbewussten Frauen.« Maja grinste.

»Und wie lange warst du dabei? Hast du noch diese Adresse überprüft, zu der Stoll die Pizza liefern sollte?«

Maja zog die Augenbrauen hoch. »Ich bin erstaunt, wie gut du informiert bist … Und ich muss zugeben, jetzt bin ich wirklich interessiert.« Ihr Blick fixierte ihn. »Was ist dran an diesem Fall?«

Olav entschied spontan, seiner Kollegin mehr zu erzählen. »Diese Gewerbehalle, da wurde mal Honig aus dem Balkan abgefüllt, nicht wahr?«

»Ja, richtig. Aber der Betrieb ruht schon eine Weile. Wir sind davon ausgegangen, dass Stoll zufällig dorthin bestellt wurde, weil das Grundstück am Ende des Wendehammers im Dunkeln liegt und leer steht. Wahrscheinlich ist er nicht einmal drin gewesen, das wissen wir aber nicht.«

»Warst du drin?«, fragte Olav.

»Ja, zusammen mit Kolk. Die Besitzerin, eine Frau namens …«

»Ardelean«, unterbrach Olav seine Kollegin.

»Nein, Tudor«, entgegnete Maja. »Antonia Tudor. Wie kommst du auf Ardelean?«

»Wahrscheinlich ist Ardelean ihr Mädchenname«, sagte Olav, dem jetzt klar wurde, warum die Oldenburger Ermittler beim Namen Ardelean nicht hellhörig geworden waren, immerhin hatte er den Bezug zu Karl Ardelean auch gefunden, wenngleich es eine Weile gedauert hatte.

»Wie auch immer. Diese Frau steht als Besitzerin im Gewerberegister, und sie ließ uns hinein. Wir hatten uns zuvor keinen Zutritt verschafft, weil der Wagen, mit dem Stoll Pizza auslieferte, fünfzehn Kilometer von dort entfernt gefunden wurde und es keine Anzeichen dafür gab, dass er in dem Gebäude gewesen war. Man könnte ihn dorthin gelockt, beobachtet und woanders überwältigt haben. Die Halle war für uns nicht zwingend ein Tatort … und hat sich auch nicht als Tatort erwiesen.«

»Also ist es möglich, dass Stoll gar nicht in der Nähe der Halle war?«

Maja schüttelte den Kopf. »Nein, da hatten wir Glück. An der Einfahrt zu dem Gewerbegebiet gibt es ein kleines Glücksspielcasino mit Videokameras, eine davon filmt illegal die Straße. Die Aufnahmen haben wir uns besorgt. Darauf ist der Pizza-Wagen zu sehen, wie er in das Gewerbegebiet hineinfährt und es fünfzehn Minuten später wieder verlässt. Das ist so ungefähr die Zeit, die man braucht, um Pizza auszuliefern und abzukassieren.«

»Und Stoll saß in dem Wagen? Beide Male?«

»Ich weiß, worauf du hinauswillst, kann das aber nicht beantworten. Die Person im Wagen ist nicht zu erkennen. Wir haben natürlich die Handydaten gecheckt. Laut Stolls Handy war er in der Nähe der Halle, und kurz zuvor hat er sogar die Nummer zurückgerufen, von der aus die Pizza bestellt worden war. Er hat sich die Adresse wohl noch mal bestätigen lassen. Diese Nummer stammt von einem Prepaidhandy, das wir niemandem zuordnen können. Wer so etwas benutzt, du weißt es selbst, hat oft Dreck am Stecken.«

Die Bedienung brachte das Essen. Für die Dauer der Unterbrechung ruhte das Gespräch, und als die Bedienung fort war, ließ Maja Olav nicht zu Wort kommen. »Guten Appetit! Und bevor ich jetzt noch ein Wort sage, möchte ich ein bisschen was von dir hören. So offen wie möglich!« Sie lächelte ihn an, bevor sie eine Gabel Nudeln in ihrem Mund verschwinden ließ.

»Okay, ist nur fair. Kann aber sein, dass ich dir damit das Essen verderbe.«

»Ich habe einen Elefantenmagen.«

»Fahr noch mal zu der Halle«, sagte Olav. »Jetzt findest du da ein paar Leichen.«

Zwar hatte Olav sich mit Jan darauf geeinigt, dass Jan selbst die Polizei mit einem anonymen Hinweis auf die Honigfabrik aufmerksam machen wollte, doch Olav hielt diesen Zeitpunkt und die Situation für ideal. Seine Kollegin hatte einen Bezug zu dem Fall und könnte sich auf einen geheimen Tippgeber berufen. Besser ging's nicht.

Die nächste Gabel Nudeln stoppte kurz vor ihren Lippen. »Wie bitte?«

»Ein Mann, eine Frau, beide erstochen. Und dann ist es wichtig, die Container mit Honig zu kontrollieren, die in der Halle lagern. Habt ihr die damals überprüft?«

Maja schüttelte den Kopf. »Warum sollten wir den Honig kontrollieren?«

»Weil in einigen der Container Leichen versteckt sind.«

Sie ließ die Gabel auf den Teller sinken, während Olav jetzt seinen Mund füllte. Die gebratenen Reisnudeln schmeckten fantastisch.

»Willst du mich verarschen?«

Höflich, wie er war, aß Olav zuerst den Mund leer. »Nein, will ich nicht. Mit so etwas mache ich keine Scherze. Die Leichen stecken in dem kristallisierten Honig …«

Olav berichtete, was er von Jan und Rica erfahren hatte, nannte dabei aber ihre Namen nicht.

»Ich werde selbst dahin fahren«, sagte Maja schließlich. »Und ich werde mir den Fall nicht wieder wegnehmen lassen, aber versprich mir bitte, dass du mich über alles, und zwar wirklich alles, in Kenntnis setzt, sobald du kannst. Auch über die Namen deiner Freunde, die für die Sache in der Honigfabrik verantwortlich sind.«

»Verantwortlich ist das falsche Wort. Sie haben in Notwehr gehandelt, das musst du mir glauben. Zu einem geeigneten Zeitpunkt werden sie sich zu erkennen geben, das lässt sich ohnehin nicht vermeiden, aber jetzt noch nicht.«

»Warum nicht?«

»So, wie es aussieht, könnte ein Menschenhändlerring darin verwickelt sein … und eventuell ein Polizeibeamter.«

»Was?! Wer?«

Olav schüttelte den Kopf. »Wir wissen es nicht definitiv, aber … Kennst du einen Kollegen namens Arthur König? Kommt aus Hessen und arbeitet in einer Sonderkommission für Menschenhandel.«

»Nee, sagt mir nichts. Das wird ja immer verrückter, was du erzählst.«

»Du machst dir kein Bild. Apropos Bild … diese Aufnahmen der Videokamera des Casinos … die könnten nicht aus Versehen an meine Mailadresse geschickt werden?«

»Passiert ja andauernd, so etwas«, entgegnete Maja.

13.

Zwei Stufen auf einmal nehmend, raste Jan das Treppenhaus bis zur sechsten Etage hinauf.

An der gläsernen Feuerschutztür, die das Treppenhaus vom Gang trennte, blieb er schwer atmend stehen und warf einen Blick in den mit Teppichboden ausgelegten Gang, der von Vintagelampen an den Wänden nur schummrig beleuchtet wurde. Nach fünf Metern knickte er nach links ab, bis dahin war niemand zu sehen.

Jan drückte die Tür auf, zog erneut seine Waffe hervor und schlich vor bis zur Ecke. Von dort aus hatte er den Bereich im Blick, in dem die Tür zu ihrem Zimmer lag. Gegenüber den Fahrstuhltüren gab es einen kleinen Sitzbereich mit vier Sesseln und einem Tisch. In einem der Sessel saß ein Mann, den Blick auf die Fahrstühle und die Zimmertür gerichtet, den Rücken zum Treppenhaus. Er trug eine Kapuzenjacke und hatte die Kapuze aufgesetzt. Etwas an seiner Sitzhaltung war merkwürdig. Der Kopf war nach vorn abgeknickt, die linke Hand lag vollkommen entspannt auf dem Oberschenkel.

War der Typ etwa eingeschlafen?

Hinter seinem Rücken schlich Jan sich bis auf einen Meter heran. Tatsächlich, der Mann schlief, die leisen, gleichmäßigen Atemgeräusche bewiesen das. Außerdem stank er, als läge seine letzte Dusche schon eine Weile zurück.

Blitzschnell nahm Jan ihn in den Schwitzkasten und drückte ihm die Waffe in den Rücken.

»Ganz ruhig«, sagte er, als der Mann zu zappeln begann. »Tu genau, was ich sage, und ich bleibe friedlich.«

»Jan Kantzius?«, fragte der Mann, dessen Gesicht Jan aus dieser Position noch immer nicht sehen konnte.

»Wir gehen jetzt in das Zimmer, das du beobachtest«, befahl Jan. »Na los, steh auf.«

»Ich will nur mit Ihnen reden … bitte!«

»Oh ja, wir zwei werden reden.«

Jan verstärkte den Druck auf den Hals des Mannes und bohrte ihm den Lauf der Waffe tiefer in die Nieren. Er gehorchte, ließ sich voranschieben, machte keine Anstalten, sich wehren zu wollen. An der Tür musste Jan die Waffe wegnehmen, um die Zimmerkarte ans Lesegerät zu halten, aber auch dabei blieb der Mann friedlich. Durch die offene Tür stieß Jan ihn in den Vorflur, drückte mit dem Hintern die Tür zu und zielte auf den Mann.

»Umdrehen«, befahl er. »Und nimm die Scheißkapuze ab.«

Wieder gehorchte der Mann ohne Widerstand.

Er hatte ein schmales Gesicht und wirres blondes Haar, das wohl schon geraume Zeit keinen Kamm mehr gesehen hatte. Auch die letzte Rasur lag eine Weile zurück. Er machte einen übermüdeten, abgekämpften Eindruck, außerdem schien er eine höllische Angst zu haben.

»Hören Sie …«, begann er, doch Jan brachte ihn mit einer Handbewegung zum Schweigen. Die Tür zum Schlafzimmer war geschlossen, und Jan wollte nicht, dass Rica auf diese Art aus dem Schlaf geschreckt wurde.

»Da rein«, sagte Jan und bugsierte den Mann ins Wohnzimmer der Suite. »Hinsetzen und die Schnürsenkel deiner Schuhe zusammenbinden. Aber ordentlich.«

Auch das tat er.

»Jacke ausziehen und damit die Knie zusammenbinden.«

Zwar war das alles andere als eine professionelle Fixierung, aber so ohne Weiteres würde der Mann nicht auf ihn losgehen können. Solange Jan die Waffe hatte, war alles in Ordnung.

Jan überlegte kurz, ob er Rica wecken sollte, entschied sich aber dagegen. Sollte sie aufwachen, war das in Ordnung, bis dahin würde er den Mann allein vernehmen.

»Dann leg mal los«, sagte Jan. »Wer schickt dich, was ist dein Auftrag, worauf wartest du vor unserem Zimmer, wer kommt sonst noch ... der ganze Scheiß. Ich will jede Kleinigkeit wissen.«

Der dürre Kerl schüttelte verzweifelt den Kopf. »Niemand schickt mich. Ich bin hier, weil ich nichts mehr zu verlieren habe und wahrscheinlich bald tot bin. Es sei denn, Sie können das irgendwie stoppen.«

Das war nicht, was Jan zu hören erwartet hatte. Klar würde er selbst an der Stelle des Typen lügen und versuchen, den Kopf aus der Schlinge zu ziehen, aber dieser Mann hatte offenbar wirklich Angst. Außerdem hatte er eine Formulierung benutzt, die Jan erschreckend bekannt vorkam.

... es sei denn, Sie können das irgendwie stoppen ...

So oder ähnlich hatte Nelia es in einer ihrer Nachrichten formuliert.

»Wie ist dein Name?«

»Justin Frings. Wie der Fußballer. Werder Bremen. Nie gehört?«

An Fußball hatte Jan tatsächlich kein Interesse und kannte auch keinen Spieler dieses Namens. Überhaupt war das im Moment total unwichtig.

»Und was soll ich stoppen?«

»Ich würd Ihnen gern ein Video zeigen. Ist einfacher, als alles zu erklären ... und ohne das Video glauben Sie mir sowieso nicht. Allerdings ... ist es sehr krass ... nichts für schwache Mägen ... ich selbst kann es nicht mehr anschauen.«

»Okay, dann mach … mit einer Hand und langen Fingern.«
Justin Frings zog sein Handy aus der Hosentasche und tippte darauf herum. Es war Jan natürlich klar, dass er eine Nachricht an wen auch immer schreiben könnte, aber wenn sie Frings geschickt hatten, um sie zu beobachten, wussten die anderen ohnehin, wo sie sich aufhielten.
Frings legte das Handy auf den Tisch.
Es zeigte das dreieckige Abspielsymbol für Videos an.
»Sie müssen nur draufdrücken. Der Ton ist ausgestellt. Ist besser so, glauben Sie mir.«
Jan beugte sich vor und berührte den Bildschirm. Seine Waffe war weiterhin auf Frings gerichtet.

Ein finsterer Wald mit einer Lichtung, auf der Reste von Schnee lagen, beschienen von bleichem Mondlicht. Aus der weißen Fläche wuchsen die wuchtigen Mauern einer Kirche empor. Auf dem anderthalb Meter hohen Sockel aus Natursteinen ruhten alte Backsteinmauern, in die hohe, schmale Fenster eingelassen waren, allesamt mit Holzplatten verbarrikadiert. Der klotzige Kirchturm schien schief zu stehen, aber das konnte auch eine optische Täuschung sein.

Schnitt.

Im Inneren der Kirche, in der nur wenige Lampen kleine Lichtinseln bildeten. Die Wände weiß getüncht, ansonsten schmucklos, hölzerne Bankreihen, ein spartanischer Altarraum mit Kreuz und Taufbecken. Auf dem Altar brennende Kerzen.

Schnitt.

Auf einem Haken in einem hell erleuchteten Raum hingen zwei Mönchskutten aus grobem Stoff. Eine Hand griff nach einer der Kutten. Vom Handgelenk an bis zum Ellenbogen war sie stark tätowiert.

Schnitt.

Auf dem Altar lag ein nackter Mann, er war mit groben Seilen an den massiven Quader gefesselt. Eine Person in Mönchskutte trat auf den Gefesselten zu, setzte ihm ein Messer auf die Brust. Der Gefesselte bäumte sich auf, zerrte an den Fesseln, konnte sich aber nicht befreien. Wahrscheinlich schrie er vor Schmerz, sein Mund war weit geöffnet, die Augen traten aus den Höhlen. Der Kuttenträger hob das Messer und stach auf den Gefesselten ein. Was dann folgte, war eine Serie von Hieben, Stichen und Schnitten, bevor der Kuttenträger erschöpft aufhörte.
Schließlich drehte er sich in die Kamera und streifte die Kapuze ab.
Ein bleiches, breites, von irrem Lachen verzerrtes Gesicht. Ein massiger kahler Schädel, blutbesudelt. Tätowierungen rankten sich am Hals empor.
»Hallelujah, ist das geil«, schrie der Kuttenträger.

Ende

Jan räusperte sich, bevor er sprach.
»Wer hat das gedreht?«
»Ich.«
»Wer ist der Täter. Und wer ist das Opfer?«
»Der Mann in der Kutte ist mein Geschäftspartner. Sein Name ist Vladislav Vatzky.«

KAPITEL 5

1.

Es dauerte einen Moment, bis Jan Rica wach bekam. Gern hätte er sie weiterschlafen lassen, doch Justin Frings war bereit, ein Geständnis abzulegen, nur vor ihnen beiden, nur dieses eine einzige Mal, bevor er untertauchen würde, und Jan wollte, dass Rica dabei war – es reichte nicht, ihr später alles zu erzählen.

»Hey …«, nuschelte Rica verschlafen und lächelte ihn an. »Bekomme ich einen Kaffee ans Bett?«

»Immer gern, aber nicht jetzt. Wir haben einen Gast.«

Rica riss die Augen auf und setzte sich aufrecht. »Der Verfolger?«

Jan nickte. »Nicht erschrecken. Er ist drüben im Wohnzimmer. Ich habe ihn … nun ja, hereingebeten.«

»Was? Wieso?«

»Weil er eine ganze Menge zu erzählen hat …«

Jan berichtete Rica von dem Video. Es war nicht nötig, es ihr zu zeigen. Diese Grausamkeit wollte er ihr ersparen.

»Das Opfer ist David Stoll«, endete Jan. »Und unser Gast will uns erzählen, wie es dazu gekommen ist. Mach dich in Ruhe fertig, wir warten auf dich.«

Jan ging ins Wohnzimmer hinüber.

Justin Frings saß noch in dem Sessel, die Schnürbänder zusammengeknotet, um die Knie seine Jacke.

»Sie kommt gleich«, sagte Jan. »Benimmst du dich auch ohne Fesseln?«

»Ich bin nicht hier, um noch mehr Scheiße zu bauen, das können Sie mir glauben.«

»Okay, dann mach es ab. Benimmst du dich nicht, tue ich dir weh.«

Frings entfernte die Jacke von seinen Knien und entknotete seine Schuhe, dann zog er die Jacke an.

Rica betrat den Raum. Sie hatte sich angekleidet und ihr Haar notdürftig gerichtet, sah aber noch ziemlich mitgenommen aus.

»Mein Partner«, begann Frings nach einer kurzen Vorstellung. »Mein ehemaliger Partner, muss ich wohl sagen …« Er lachte bitter. »Wir haben ein Musiklabel für Rap. Läuft seit Jahren erfolgreich, auch wenn uns der ganz große Durchbruch noch fehlt. Vladi ist immer auf der Suche nach etwas Neuem, und als er vor einiger Zeit darauf kam, Kirchengesang in unsere Stücke zu mischen, kam das ziemlich gut an. Dieser Kontrast aus brutalen, beleidigenden Texten zu schönem, melodischem Gesang hat schon was, auch wenn es natürlich der totale Scheiß ist. Aber wen interessiert das schon, wenn's Kohle bringt. Vladi hat sich in der letzten Zeit verändert … das Geld hat ihn verändert … vielleicht auch die Steroide, die er für den Muskelaufbau nimmt. Machen ja angeblich aggressiv. Vladi auf jeden Fall. Auch mich hat er immer schlechter behandelt … hat sich benommen wie ein Scheißdiktator.« Frings ließ den Kopf zwischen die Schultern sacken. »Ich hab es kommen sehen, wollte es aber nicht wahrhaben … bis es zu spät war.«

Jan hätte ihn am liebsten aufgefordert, endlich zu Potte zu kommen, ahnte aber, dass Frings diese Umwege brauchte, um auszusprechen, was unaussprechlich war.

»Vor einiger Zeit habe ich dann dieses Musikvideo bekommen«, fuhr er schließlich fort. »Darf ich?« Er zeigte auf sein Handy.

Jan nickte. Frings nahm das Handy, rief ein Video bei YouTube auf und zeigte es ihnen.

»Das ist David Stoll.«

Eine Kamera folgte dem gut aussehenden jungen Mann durch Reihen von Kirchenbänken. Während im Hintergrund eine Orgel spielte, sang er eine moderne, sehr berührende Version von »Hallelujah«.

I've heard there was a secret chord, that David played, and it pleased the Lord.

»Diese Textzeile ... ich glaube, wenn der Name David nicht drin vorkäme, wäre Vladi nicht auf diese Idee gekommen ...« Frings schüttelte den Kopf. »Ich war es, der Vladi drauf aufmerksam gemacht hat, und er wollte es sofort für einen neuen Song haben. Unser Label bekommt dauernd irgendwelche Videos zugeschickt, von Leuten, die sich einen Plattenvertrag erhoffen. David Stoll hat es genauso gemacht und natürlich die Labels angeschrieben, die in seiner Stadt sind. Wir luden ihn ein. Nettes Gespräch, Vorgeplänkel und so. Wie sich rausstellte, trainierte David auch noch im selben Gym wie Vladi. Aber David hatte andere Vorstellungen von seinem Song. Er hat es rundheraus abgelehnt, ihn in einen Rapsong einzubauen ...

Ihr müsst wissen, Vladi ist es gewohnt, zu bekommen, was er will. Widersprüche kommen bei ihm nicht so gut an. David war ein wenig überheblich, hat unseren Rap schlechtgeredet und so. Ehrlich gesagt war ich auch sauer auf den Typ.

Und dann ... ich hatte die Sache fast schon vergessen, fragte Vladi mich, ob ich Bock hätte, dem Typen eine Lektion zu erteilen. Hatte ich. Ich dachte, wir würden ihn ordentlich aufmischen und gut. Aber Vladi wollte mehr, eine richtige Inszenierung, die der Typ niemals vergessen würde. Ich hatte Bedenken, doch Vladi behauptete, für uns bestehe null Risiko, wir würden einen Dienstleister in Anspruch nehmen, der alles für uns vorbereiten würde.«

Frings strich sich durchs Haar, schüttelte den Kopf und sah dann zu Rica und Jan auf. »Als ich zum ersten Mal davon hörte, konnte ich es nicht glauben ... aber ... es existiert wirklich.«

»Was existiert wirklich?«, fragte Jan, obwohl er ahnte, was jetzt kommen würde.

»Sie nennen es *Missing Order*«, sagte Frings. »Du hast Beef mit jemandem? Jemand schuldet dir was, hat dir deine Frau weggenommen, dir Geld gestohlen, und du bist auf Rache aus? Oder du willst diese eine bestimmte Frau? Die, die dich im Restaurant bedient, deine Friseurin, die Frau deines Geschäftspartners ... Frauen, die du auch für viel Geld nicht haben kannst, die du aber nicht aus dem Kopf kriegst?

Kein Problem, wenn du genug Geld hast.

Sie brauchen nicht viel. Ein Foto, eine Telefonnummer, ein Kennzeichen, einen Social-Media-Account ... Bei David Stoll war es die Info, in welchem Gym er trainiert und in welche Kirche er geht. Das reichte. Sie besorgen dir jede Person, die du willst, wenn du genug dafür zahlst. Und dann kannst du mit ihr machen, was du willst. Für den Tag, an dem die Person verschwindet, hast du ein Alibi, weil du weißt, dass du eins brauchst. Und dann fährst du irgendwohin, alles ist so vorbereitet, wie du es dir gewünscht hast ... und du musst nicht einmal aufräumen, das übernehmen die auch.«

»Wohin hat man David Stoll gebracht?«

»Vladi hatte genaue Vorstellungen. Er wollte den Jungen in einer Kirche haben, wollte ihn ›zum Singen bringen‹, wie er es genannt hat. Es war eine verlassene Kirche im Thüringer Wald. Keine Ahnung, wie die solche Objekte finden.«

»Wer sind die?«

Frings zuckte mit den Schultern. »Ich weiß es nicht. Niemand weiß es. Und alle schweigen, natürlich schweigen sie, denn wer bei Missing Order bestellt, hat Dreck am Stecken. Vorher schon, wer kommt sonst auf solche Ideen. Vladi hat sich geweigert, mir zu erzählen, wie man Kontakt zu denen aufnimmt.«

»Und warum redest dann du mit uns?«

Frings' Gesicht versteinerte, seine Hände verkrampften sich zu Fäusten. Er kämpfte gegen seine Tränen an. »Das wollte ich nicht«, stieß er hervor. »Dem Jungen eine Abreibung verpassen, ihn zwingen, seinen Song herzugeben, ja, aber nicht das ... in dem Video. Ich ... ich schlafe nicht mehr seitdem, und wenn, habe ich entsetzliche Albträume ... Dauernd kotze ich mein Essen aus, und mein Magen schmerzt in einem fort ... Mein Körper wehrt sich gegen das, was ich gesehen habe, er will es nicht in sich haben ... Ich will nicht leben mit dieser Schuld ... Ich muss das irgendwie wiedergutmachen.«

Das glaubte Jan Frings sogar. Manche Menschen spürten ihr Gewissen erst durch schwere Last.

»Dein Partner weiß nicht, dass du hier bist, nehme ich an.«

»Nein, natürlich nicht! Wenn er es wüsste, wenn er auch nur geahnt hätte, was ich vorhabe, hätte er mir persönlich das Genick gebrochen. Glaubt mir, er ist ohne Weiteres dazu in der Lage.«

»Warum bist du nicht zur Polizei gegangen? Wieso kommst du damit zu uns? Und wie kommst du überhaupt auf uns?«

»Zur Polizei?« Frings lachte auf. »Auf keinen Fall. Vladi hat gesagt, da stecken auch Bullen mit drin. Keine Ahnung, ob das stimmt, aber möglich wäre es. Außerdem will ich nicht in den Knast. Und wenn ihr mich zur Polizei bringt, streite ich alles ab. Ich sage euch, was ihr wissen müsst, und dann müsst ihr mich gehen lassen. Ich weiß genau, was ich dann zu tun habe.«

»Warum wir? Du kennst uns doch gar nicht.«

»Nein, ich kenne euch nicht. Aber ich habe euer Gespräch

bei den Stolls mitgehört. Eigentlich wollte ich mit dem Mädchen reden ...«

»Issy Stoll?«

»Ja, genau, Issy. Die sucht nach ihrem Bruder, und, Alter, ehrlich, die hat Eier, mehr als die meisten Typen. Taucht einfach bei uns im Label auf und macht Vladi an. Niemand traut sich, einfach so Vladi anzumachen.«

»Moment ... Issy war bei euch? Warum? Hat sie euch verdächtigt?«

Frings nickte. »Sie hatte den richtigen Riecher. Aber natürlich hat sie keine Ahnung, was wirklich dahintersteckt. Als sie bei uns war ... sie tat mir so leid, und ich wusste sofort, das ist meine Chance, ich kann etwas tun, um es wiedergutzumachen. Deswegen habe ich ihr einen Zettel in die Jackentasche gesteckt, auf den ich in aller Eile die Worte ›Missing Order‹ gekritzelt habe. Ich dachte, vielleicht geht das Mädchen damit zur Polizei und bringt den Stein ins Rollen. Aber ...«

»Ja?«

»Vladi hat mich beauftragt, sie zu beobachten ... das kam mir natürlich gerade recht. Sie hat sich mit einem Typen getroffen, so einem Geschniegelten ... und seitdem hab ich sie nicht mehr gesehen. Ich glaube, die haben das Mädchen erwischt.«

2.

»Bist du bereit?«, fragte der Kommissar am Telefon.
Issy hatte genug Zeit gehabt, um über die Worte von Arthur König nachzudenken. Bei ihrem Gespräch vor acht Tagen hatte sie keinerlei Zweifel verspürt: Wenn es jemanden gab, der ihr helfen konnte, ihren Bruder zu finden, dieser Jemand dafür aber Gewalt anwenden musste, dann war das für sie in Ordnung – so ihr erster Impuls.

Seitdem aber war sie in der Kirche gewesen, um für David zu beten. Zwar warf sie Gott insgeheim Grausamkeit vor, aber hieß es nicht, dass kein Mensch Gottes großen Plan durchschauen könne? Vielleicht wollte er Issy prüfen, ihren Glauben, ihre Werte. Zwei Stunden hatte Issy allein in der leeren, stillen Kirche verbracht, in der sie damals das Musikvideo aufgenommen hatten. Issy war zugleich Kamerafrau und Regisseurin gewesen und konnte sich noch gut daran erinnern, wie stolz sie auf ihren Bruder gewesen war, wie sehr seine Stimme sie berührt und sogar zum Weinen gebracht hatte. Zwei Stunden hatte Issy ihre Gedanken hin und her gewälzt und sich Fragen gestellt. Antworten darauf hatte sie dann jedoch nicht in der Kirche, sondern erst während eines langen Waldspaziergangs danach erhalten, weit weg von vergoldeten Reliquien und überlebensgroßen Kreuzen.

Wenn Gott den Glauben der Menschen durch unerträgliches Leid prüfte, dann war er nicht mehr ihr Gott. Wenn er David Schmerzen oder Schlimmeres zufügte, um herauszufinden, ob Issy ihm trotzdem folgte, dann konnte er sie mal. Und wenn Gott solche Methoden für richtig erachtete, dann konnte Gewalt nicht verkehrt sein, wenn sie half, David zu finden und zu retten.

Issy war entschlossen, alles dafür zu tun.

Nachdem diese Entscheidung nun gefestigt war, konnte sie aus vollster Überzeugung antworten.

»Ich bin bereit.«

Der Kommissar nannte ihr einen Treffpunkt und eine Zeit, bat abermals um Verschwiegenheit und beendete das Gespräch. Ein Blick auf die Uhr verriet Issy, dass sie gerade noch genug Zeit hatte, um zum vereinbarten Ort zu gelangen.

Der Kommissar hatte ihr nach dem gemeinsamen Mittagessen gesagt, er werde sich bei ihr melden, sobald er mit dem Mann gesprochen habe, der sich jenseits von Recht und Gesetz um vermisste Personen kümmerte. Die Entscheidung, ob er sich auch um David kümmern würde, lag allein bei ihm.

Hatte er zugesagt?

Darüber hatte der Kommissar in dem kurzen Telefonat nichts verlauten lassen, aber warum sonst bestellte er sie um diese Zeit zu sich? Es war einundzwanzig Uhr vorbei, um zweiundzwanzig Uhr sollte Issy bei der Fußgängerbrücke sein. Ein abgelegener Treffpunkt, wo sich um diese Zeit kaum Menschen aufhielten, aber das war wohl Sinn der Sache. Issy verstand das. Sowohl der Kommissar als auch der unbekannte Mann hatten viel zu verlieren. Issy rechnete es ihnen hoch an, dass sie solche Gefahren eingingen.

Sie vertraute dem Kommissar.

Noch mehr, seitdem sie im Internet über einen seiner letzten Fälle gelesen hatte. Ihm war ein spektakulärer Coup gegen eine Bande von Menschenhändlern gelungen. Irgendwo in Tschechien hatte er ein Bordell ausgehoben, in dem entführte Mädchen zur Prostitution angeboten wurden. Mädchen im Teenageralter, sechzehn, siebzehn Jahre alt, die überall im

Bundesgebiet entführt worden waren. Allzu viele Einzelheiten hatte Issy im Netz nicht finden können, vieles unterlag wohl der Geheimhaltung, aber Kommissar König war lobend als einer der führenden Köpfe im Kampf gegen den organisierten Menschenhandel erwähnt worden.

Nelia hatte er bisher nicht gefunden.

Auch ein Held wie er konnte wohl keine Wunder vollbringen.

Issy wäre gern mit einem Firmenwagen zum Treffen gefahren, aber ihr Vater schlief noch nicht, er hockte drüben im Büro und überblickte von dort den ganzen Fuhrpark. Also steckte Issy etwas Bargeld ein, schlich aus dem Haus, lief die kurze Strecke bis zum Krankenhaus und stieg dort in ein Taxi.

Zwanzig Minuten später setzte der Fahrer sie am Eingang des Parks ab. Zu der Fußgängerbrücke führten nur Fahrrad- und Fußwege. Issy bezahlte den Mann, gab ein kleines Trinkgeld und machte sich auf den Weg.

Auf den ausgedehnten Rasenflächen lag eine dünne Schneedecke, die im Mondlicht mystisch glitzerte. Hin und wieder zogen Wolkenfetzen am Mond vorbei, dann verdunkelte sich der Park, und Issy wurde bewusst, dass es hier keine anderen Menschen gab, die sie im Falle eines Falles um Hilfe bitten konnte.

Sie musste an Vatzky denken. Sie hatte ihm mit der Polizei gedroht, und jetzt traf sie sich mit einem Polizisten. Davon konnte er freilich nichts wissen – es sei denn, er ließ sie beobachten. Würde er das nicht sogar sicher tun, wenn er Schuld an Davids Verschwinden trug? Vielleicht war es unklug gewesen, Vatzky durch ihren Besuch zu warnen, aber jetzt war es zu spät, sich darüber Gedanken zu machen.

Issy beschleunigte ihren Schritt, sah immer wieder über ihre Schulter zurück, fühlte sich plötzlich verfolgt, wofür es aber keinen Grund gab. Da war niemand im Park unterwegs. Trotzdem wurde ihr zunehmend unwohl, und sie wünschte sich, der Kommissar hätte sie zu einem anderen Treffpunkt bestellt – oder wenigstens am Eingang des Parks auf sie gewartet. Einen Moment dachte Issy darüber nach, Charlie anzurufen und um Hilfe zu bitten. Als sie zu Vatzky gegangen war, war es ein gutes Gefühl gewesen, Charlie in der Nähe zu wissen, vielleicht hätte sie ihn auch hierher mitnehmen sollen. Allerdings hätte sie dann das Vertrauen des Kommissars verspielt. Er war sehr klar gewesen darin, niemandem etwas zu sagen.

Sie rief Charlie nicht an, begann stattdessen zu laufen. Das konnte sowieso nicht schaden, damit ihr warm wurde. Zwar trug sie eine Wollmütze und einen gefütterten Parka, aber nur die übliche dünne Jeans und die Sneaker mit der flachen Sohle. Mühelos drang die Kälte hindurch.

Bald kam die Brücke in Sichtweite.

Issy konnte niemanden darauf entdecken. Zögerlich näherte sie sich und behielt die Umgebung im Auge. Sie war fast zehn Minuten zu früh und trotzdem enttäuscht, dass der Kommissar nicht schon auf sie wartete.

Die schmale Bogenbrücke überwand einen zwei Meter breiten, ruhig dahinfließenden Bach, an dessen Rändern sich eine Eisschicht gebildet hatte. Issy ging vor bis zum höchsten Punkt in der Mitte. In einiger Entfernung schwammen Enten in Ufernähe, andere Bewegungen konnte sie nicht ausmachen. Ihr Atem stieg als Dunstfahne vor ihrem Gesicht auf. Hier war es noch kälter. Issy trat von einem Fuß auf den anderen und rieb sich die Oberarme.

Im Uferwald knackte laut ein Ast.

Eine Taube stieß flatternd in den Nachthimmel.

Issy war nie ein ängstlicher Mensch gewesen, über diesen

Kleinmädchenkram wie Monster unter dem Bett oder im Kleiderschrank, Spinnen an der Decke und Gruselfilme mit Schockeffekten hatte sie immer lachen können. Doch jetzt wurde ihr angst und bange. Sie befand sich an einer exponierten Stelle, gut sichtbar für etwaige Verfolger.

Von der anderen Seite der Brücke näherte sich durch den Wald eine Person. Hoch aufgeschossen, in langem, dunklem Mantel. Das konnte nur der Kommissar sein. Issy winkte ihm zu. Er nahm kurz die Hand aus der Manteltasche und winkte zurück. Issy war beruhigt, gleichzeitig aber auch ein wenig enttäuscht, denn insgeheim hatte sie gehofft, dass der Mann, der ihr helfen konnte, dabei sein würde.

»Schön, dich zu sehen«, sagte Kommissar König, als er auf der Brücke angekommen war. Auch er schien zu frieren, hielt die Schultern hochgezogen und die Hände in den Manteltaschen.

»Ich gebe zu, ich hatte gerade ein bisschen Schiss.«
»Warum?«
»Ich musste an Vatzky denken ... was, wenn er mir folgt?«
König lächelte. »Niemand ist dir gefolgt, glaub mir.«
»Sie haben mich beobachtet?«
»Natürlich, was glaubst du denn? Ich muss absolut sichergehen. Wenn ich wegen dieser Sache meinen Job verliere, kann ich niemandem mehr helfen. Aber du tust gut daran, Vatzky nicht zu unterschätzen. Ich habe einige Informationen über ihn eingeholt, er ist nicht gerade ein Musterbürger. Anzeigen, Gerichtsverfahren, Verurteilungen, alles dabei. Aber wie es aussieht, traut er dir nicht zu, ihm gefährlich zu werden.«

»Der wird sich noch wundern«, sagte Issy. »Und was ist nun mit dem Mann, der mir helfen kann? Ich hatte gehofft, dass er heute dabei ist.«

König schüttelte den Kopf. »Es mag dir vorkommen wie in

einem Hollywood-Agentenfilm, aber glaub mir, in der Realität ist es nicht anders. Dieser Mann ist unglaublich vorsichtig. Bevor er sich mit dir unterhält, checkt er dich und deine Familie aus, wahrscheinlich ist er längst dabei. Und dann bestellt er dich an einen weit entfernten Ort, zu dem er keinen Bezug hat – und du auch nicht.«

»Er weiß also Bescheid?«

»Ich habe ihn kontaktiert und die Situation geschildert. Im Moment ist er noch mit einem anderen Fall beschäftigt, hat mich aber gebeten, alle relevanten Informationen an seine Mitarbeiterin zu schicken …«

»Was? Wie lange soll ich denn noch warten? David ist schon seit Ende Oktober verschwunden!«

»Beruhig dich, es wird bald losgehen, aber sicher nicht mehr vor den Feiertagen. Der Mann wird dich über den Messenger-Dienst Telegram kontaktieren. Hast du da einen Account?«

»Nein, ich bin nur bei WhatsApp.«

»Du musst dich unbedingt bei Telegram anmelden. Er wird dort mit dir in Verbindung treten. Telegram ist relativ sicher, seine Nachrichten werden auf keinen Fall zurückzuverfolgen sein.«

»Kann ich seinen Namen wissen?«

»Noch nicht. Und noch etwas … der Mann muss bezahlt werden.«

»Scheiße!«, stieß Issy aus. »Wusste ich's doch, die Sache hat einen Haken.«

»Nein, das ist kein Haken. Der Mann muss wie jeder andere von irgendwas leben. Er tut das nicht, um reich zu werden, das kannst du mir glauben, deshalb verlangt er auch nur eine relativ kleine Summe.«

»Wie viel?«

»Fünftausend Euro.«

»Er weiß aber schon, dass ich eine Schülerin bin, die auf ihren Studienplatz wartet und kein Geld verdient.«

»Ja. Er weiß aber auch, dass deine Eltern eine gut gehende Baufirma besitzen.«

Issy schüttelte den Kopf. »Mein Vater und David ... die haben sich nur noch gestritten. Mein Vater kommt einfach nicht damit zurecht, dass David schwul ist ... Er wird mir niemals das Geld geben.«

»Du darfst sowieso nicht mit ihnen darüber reden«, sagte König. »Du wirst den Mann bezahlen müssen, wenn du wissen willst, was mit David passiert ist. Also lass dir was einfallen.«

»Und wenn er es nicht herausfindet? Bekomme ich das Geld dann zurück?«

Issy kam sich einerseits schlecht dabei vor, um Geld zu verhandeln, wo es doch um das Schicksal ihres Bruders ging. Andererseits erschien ihr das Risiko groß, für das Geld keine Gegenleistung zu erhalten. Gleichwohl schlich sich auch der Gedanke ein, dass sie skeptisch gewesen wäre, wenn der Mann gar nichts verlangt hätte. Niemand arbeitete umsonst.

»Glaub mir: Wenn es jemanden gibt, der herausfindet, was deinem Bruder zugestoßen ist, dann dieser Mann«, sagte Kommissar König. »Ich bin seit vielen Jahren mit ihm befreundet, er war einmal Polizist, hat mir das Leben gerettet. Ich würde mein Leben für ihn geben und bitte ihn nur dann um Hilfe, wenn ich überzeugt bin, dass es für alle Beteiligten von Vorteil ist.«

»Okay«, sagte Issy. »Ich besorge das Geld.«

3.

»Da ist jemand im Schrank«, sagte Ortansa Vatzky mit verschwörerischer Stimme und riss die großen, dunklen Augen weit auf. In ihrem faltigen Gesicht sah das gruselig aus.

»Nicht schon wieder«, stöhnte Vladislav Vatzky. Er hatte das Zimmer gerade betreten und keine Lust auf diesen Scheiß. Jeden Monat überwies er diesen Leuten einen Batzen Geld, und die konnten nicht einmal sicherstellen, dass sich niemand im Schrank seiner Mutter versteckte.

Vor ein paar Wochen hatte jemand in den Schrank gekackt, weil er überzeugt gewesen war, auf der Toilette zu sitzen. War doch nicht zu fassen!

Vladi riss die Schranktür auf, und tatsächlich saß ein kleiner, hutzeliger Mann darin, schaute breit lächelnd zu ihm auf und hielt sich einen Finger an die faltigen Lippen.

»Pssst«, machte er. »Nix verraten.«

Vladi stürzte auf den Gang hinaus, schnappte sich die nächstbeste Pflegerin, führte sie ins Zimmer und zeigte ihr den ungebetenen Gast. »Verdammt noch mal!«, fluchte er laut drauflos. »Ketten Sie den senilen Wichser an sein Bett oder sägen Sie ihm ein Bein ab, mir scheißegal, ich will den nicht noch einmal im Zimmer meiner Mumiya sehen!«

»Herr Vatzky, bitte … er weiß es doch nicht besser.«

»Aber Sie wissen es besser, ist schließlich Ihr Scheißjob! Raus mit dem, bevor ich selbst Hand anlege.«

Die Schwester schaffte es unter gutem Zureden, den senilen Herrn aus dem Kleiderschrank zu locken. Als beide endlich aus dem Zimmer waren, stöhnte Vladi genervt auf und setzte sich auf die Bettkante. »Tut mir leid, Mumiya. Ich dachte, das wäre das beste Heim der Stadt.«

»Macht nichts, Vladi. Jetzt bist du ja endlich da. Ich habe dich so vermisst! Was macht die Musik, mein Junge?«

Das liebte Vladi an seiner Mutter. Ihren unerschöpflichen Optimismus und ihr Interesse an dem, was er tat. Sie hatte null Ahnung von Rap oder dem Business dahinter, aber sie hörte gern zu, wenn er davon erzählte.

»Ich bin so stolz auf meinen Jungen«, sagte sie schließlich und kniff ihn in die Wange, wie sie es immer schon getan hatte. »Ich wusste immer, du wirst es mal ganz weit bringen.«

Sie unterhielten sich noch eine Weile, dann verabschiedete Vladi sich.

Seit zwei Monaten lebte sie jetzt in diesem Luxus-Pflegeheim. Freie Plätze gab es hier eigentlich nicht, nur Vladis guten Kontakten war es zu verdanken, dass seine Mutter hier untergekommen war. Allein zu Hause war es nicht mehr gegangen. Zweimal war sie gestürzt, Oberschenkelhalsbruch an beiden Beinen. Vladi hasste es, sie hierlassen zu müssen, aber es ging nicht anders. Sein Job war ein Zeitfresser, er konnte sich nicht kümmern, und Geschwister hatte er keine mehr. Sein Bruder, der Wichser, lag mit einem Loch im Kopf in den ukrainischen Wäldern, war sicher längst verwest. Hatte es nicht besser verdient, der Verräter. Seinen Vater hatte Vladi nie kennengelernt. Er war einer dieser Typen gewesen, die rumfickten, ohne Verantwortung übernehmen zu wollen. Scheiß auf ihn! Vladi hatte ihn nicht gebraucht, hatte niemanden gebraucht, um erfolgreich zu werden.

Die Hände in die Taschen der schwarzen Bomberjacke gerammt, stapfte Vladi durch die Gänge des Pflegeheims und fragte sich, was all das Geld nützte, wenn sich am Ende jemand in deinen Schrank schlich und hineinkackte.

Draußen auf dem Parkplatz atmete er tief durch und steckte sich erst einmal einen Zigarillo an. Musste diesen verfluchten Geschmack von da drinnen loswerden. Da stank es nach Bohnerwachs, Reinigungsmittel und Pisse. Scheiße, ey, das war doch kein Leben. Er musste sich etwas anderes für seine Mumiya einfallen lassen. Aber sie zu sich holen und zwei ukrainische Mädels auf sie aufpassen lassen ging auch nicht. Dafür war immer zu viel los. Dinge, von denen besser niemand wusste. Business eben.

Rauchend ging Vladi zu seinem protzigen Pick-up hinüber, der zwischen den vielen normalen Autos der sparsamen braven Bürger wie ein Dinosaurier anmutete. Er hieß auch noch wie ein Saurier: Raptor. Genau in solch einem Moment, wenn er wie jetzt auf diesen Hundertfünfzigtausend-Euro-Wagen zuging, während andere Männer in seinem Alter in einen VW Golf stiegen, wurde ihm bewusst, wie weit er es gebracht hatte. Dabei kam es nicht darauf an, wie und wer darunter hatte leiden müssen, denn diese Geschichten erzählte der Raptor nicht. Der Raptor erzählte von Blut, Schweiß und Tränen, die er in seine Karriere investiert hatte. Erzählte von einem Leben auf der Überholspur, das nichts mit dem Leben der Normalos zu tun hatte. Die waren nicht einmal auf dem gleichen Planeten wie er. Die waren auf dem Golf-Planeten.

Alles konnte er sich heutzutage leisten, der verarmte, ungebildete Hosenscheißer aus der Ukraine, der nicht einmal einen Vater hatte. Alles – und wenn es ein Menschenleben war.

Vladi öffnete die Tür des Raptor, stellte die Musik an, Rap natürlich, ordentlich laut, damit alle herüberschauten, dann rauchte er den Zigarillo zu Ende. Im Wagen wurde nicht geraucht, kam nicht infrage. Er wusste Wertgegenstände zu schätzen. Jeder tat das, dem nichts in den Schoß gefallen war.

»Entschuldigung …«

Erschrocken fuhr Vladi herum.

Vor ihm stand eine winzig kleine Schwarze, höchstens eins fünfzig groß. Aber, Alter, sah die geil aus. Eine Figur zum Niederknien, total schöne Kakaohaut, schwarzes, halblanges Haar und Augen, die einem Mann alles versprachen.

»Hi, kann ich helfen?«, sagte Vladi und lächelte so freundlich wie möglich. Ihm war bewusst, dass er mit seiner massiven Figur und den vielen Tattoos auf viele Frauen Furcht einflößend wirkte. Aber die hier hatte ihn angesprochen, also stand sie wohl auf sein Aussehen.

»Ich will nicht stören…«

»Jemand wie du kann mich gar nicht stören, Honey.«

Sie lächelte entzückend.

Erst jetzt fiel Vladi die CD-Hülle in ihrer Hand auf, und er begriff, dass sie ihn nicht wegen seines Äußeren oder dem Raptor angesprochen hatte.

»Ich … bin neu hier, als Pflegerin … und Ihre Mutter, na ja, wir reden hin und wieder, sie ist ja wirklich ein Schatz, und als ich ihr erzählt habe, dass ich eigentlich Sängerin werden möchte, hat sie hat mir gesagt, dass Sie ein Musiklabel haben … und da dachte ich …«

Sie ließ den Satz unvollendet. Egal. Vladi wusste auch so, was sie sich gedacht hatte. Er konnte sie echt nicht mehr sehen, diese Leute, die glaubten, sie wären der nächste heiße Scheiß. Bittsteller und Speichellecker, die allein nix auf die Kette kriegten.

Aber die hier … okay, sie war echt winzig, aber verdammt sexy. Vielleicht konnte sie ja wirklich singen, und wenn nicht, im Hintergrund eines Videos mit diesem geilen kleinen Arsch wackeln, das bekam sie ganz bestimmt hin.

»Ich soll mir dein Tape anhören.«

»Nur, wenn es Ihnen nichts ausmacht.«

»Was machst du denn für Musik?«

»Rap. Was sonst!«

Jetzt war ihr Lächeln schon selbstsicherer, und das gefiel Vladi sogar noch besser.

»Ich weiß, ich hätte Sie nicht hier auf dem Parkplatz abpassen dürfen, aber ich hab gerade Dienstschluss, und wie oft hat man schon die Möglichkeit, einen berühmten Produzenten zu treffen.«

»Na ja, berühmt wohl eher nicht …«

»Klar! Sogar ich kenne Orgasmic, und ich bin noch nicht so lange in Deutschland.«

»Dafür sprichst du aber gutes Deutsch. Woher kommst du?«

»Karibik. Sint Maarten. Ich habe deutsche Vorfahren, wir haben bei uns zu Hause immer Deutsch gesprochen.« Sie reichte ihm die CD. »Meine Telefonnummer liegt drin. Wenn es Ihnen gefällt, rufen Sie mich bitte, bitte an.«

Sie wandte sich ab.

»Hey, Moment mal. Wo willst du hin?«

»Nach Hause.«

»Irgendwas Wichtiges vor?«

Sie zuckte mit den Schultern. »Nichts Bestimmtes.«

»Pass auf, ich mach dir einen Vorschlag. Ich hab heute einen freien Abend. Scheiß auf die CD. Wir fahren in mein Studio, und du zeigst mir, was du draufhast.«

Von einer Sekunde auf die andere erhellte ein Tausend-Watt-Strahlen ihr Gesicht.

Vladi war hin und weg.

»Ist das Ihr Ernst?«

»Lass mal das Sie weg, ja, sonst komm ich mir total scheißalt vor. Ich bin Vladi.«

Er streckte die Hand aus, sie ergriff sie.

»Carina. Und ... und ... das meinst du wirklich ernst.«
»Wenn ich etwas sage, dann meine ich es auch. Das kannste dir gleich merken, auch für später. Wenn ich dir sage, wir machen einen Star aus dir, dann passiert das auch. Und wenn ich sage, du singst scheiße, dann kannste deine Träume beerdigen, weil ich nämlich das Business kenne, besser als alle anderen. Wie sieht's aus? Gelegenheit beim Schopf packen? Spontan sein?«

Carina nickte. »Auf jeden Fall!«

»Na dann, auf geht's. Wo ist dein Wagen?«

»Kann mir keinen leisten, bin mit dem Bus hier.«

»Tja, Lady, dann hast du heute gleich doppeltes Glück. In dieses Schmuckstück dürfen nämlich nicht viele Mädels. Steig ein!«

4.

Ohne ein Wort zu sagen, kam die massige Gestalt auf die Pritsche zu.

Bedrohlich, angsteinflößend.

Anika presste sich an die Wand, doch natürlich nutzte das nichts.

Der Mann riss die Decke beiseite, packte Anika grob im Nacken und warf sie beinahe mühelos von der Pritsche auf den rostigen, kalten Metallboden. Sie fiel auf Knie und Hände, ihre Schreie waren dem Schreck geschuldet, weniger dem Schmerz. Der Mann ließ ihr keine Zeit, packte sie erneut, diesmal am Haar, zog sie vom Boden hoch und stieß sie durch das hell erleuchtete Rechteck der Tür. Die Wucht des Stoßes katapultierte Anika gegen eine Metallwand; sie prellte sich die Schulter und schlug mit dem Hinterkopf gegen eine hervorstehende Strebe. Für einen Moment wurde ihr schwarz vor den Augen, und ihre Knie gaben nach, doch dann griff der Mann unter ihre Achsel und schleppte sie mit sich. Die Schwärze verschwand nicht völlig, füllte die Randbereiche ihres Sichtfelds aus und ließ nur in der Mitte einen kreisrunden Bereich, eine Art Fokus auf die Umgebung, durch die sie geschleppt wurde.

Ein Gang. Schmal, düster. Runde Lampen mit Drahtkäfigen um die nackten Glühbirnen, in Plastikrohren verlaufende Leitungen. Anika sah verschlossene Türen, hörte Geräusche, war sich bei alledem aber nicht sicher, ob das die Wirklichkeit war.

Schließlich bogen sie durch eine offene Tür nach links ab.

Der Mann führte sie hindurch und in die Mitte eines quadratischen Raumes, wo Handschellen aus Leder von der Decke baumelten.

»Ausziehen!«, befahl er.

Anika war zu keiner Handlung fähig. Sie fing sich eine schallende Ohrfeige ein, die ihr Bewusstsein weiter eintrübte, und spürte, wie der Mann den langen Reißverschluss des Jumpsuits öffnete und ihn ihr auszog.

Mit schnellen, geschickten Griffen, so als habe er das schon Dutzende Male gemacht, legte er die Lederschnallen an ihre Handgelenke. Er trat beiseite, bediente eine Kurbel und zog die Fesseln so straff, dass Anika kaum noch mit den Füßen den Boden berührte. Dann legte er ihr einen Knebel an, der ihr abermals tief in die Mundwinkel schnitt. Die Zunge wurde ihr tief in den Rachen gedrückt, sodass sie kaum noch atmen konnte.

Der Mann verließ den Raum und schlug die Tür hinter sich zu.

Das metallene Geräusch schien endlos widerzuhallen.

Ein paar Minuten dauerte es, bis Anika zu sich fand und wieder klar sehen und denken konnte.

Wände und Decke des Raumes bestanden aus diesem rostigen Metall, das es hier überall zu geben schien. Zwei Glühbirnen in Drahtkäfigen leuchteten den Raum aus. An der Tür der gegenüberliegenden Wand befand sich ein elektrischer Heizkörper. In der Ecke neben der Tür stand ein schwarzer Stuhl aus Kunststoff.

Das war alles.

Der schwarze Stuhl strahlte eine bedrohliche Aura aus, wirkte wie ein Fremdkörper, wie ein Krebsgeschwür in gesundem Fleisch.

Schritte näherten sich. Langsam, gemächlich, nicht so militärisch zackig wie bei dem Soldaten. Anika wusste, wer es war, bevor die Tür aufschwang.

Ihr Kunde aus dem Friseursalon. Herr Dr. Riethoff.

Zunächst blieb er in der Tür stehen und betrachtete Anika mit ausdrucksloser Miene. Er trug wieder diesen weißen Ganzkörperanzug. Schließlich lächelte er, betrat den Raum und zog die Tür hinter sich zu. Sanft, leise, dennoch dröhnte das Geräusch der sich schließenden Riegel in Anikas Kopf, weil es sich anhörte, als würde ein Sargdeckel über ihr geschlossen.

Zwei Schritte vor ihr blieb er stehen, immer noch lächelnd.

»Hallo, Anika«, sagte er mit dieser weichen, sonoren Stimme, von der man sich wünschte, Gutenachtgeschichten erzählt zu bekommen. »Heute haben wir jede Menge Zeit.«

Anika wollte etwas sagen, wollte um ihr Leben flehen, doch der Knebel verhinderte das. Mehr als Würgegeräusche brachte sie nicht zustande.

»Schscht«, machte Riethoff, legte den linken Zeigefinger an die Lippen und schüttelte den Kopf. »Du brauchst keine Angst zu haben. Ich hab es mir anders überlegt, weißt du. Ich darf meine berufliche Karriere nicht gefährden, deshalb lassen wir das mit dem Schneiden besser und konzentrieren uns auf was Schöneres ... so was zum Beispiel.«

Er griff ihr zwischen die Beine. Anika wollte sich wehren, zerrte an den Fesseln, wich mit der Hüfte nach hinten aus, versuchte, den Mann zu treten, doch er wich ihr geschickt aus.

»Ja!«, rief er entzückt aus. »In dir steckt Feuer! Das habe ich gleich gespürt, als du mich zum ersten Mal frisiert hast. Und ich konnte es in deinen Augen sehen, dieses Feuer. So lebendig. So ... frisch ...«

Plötzlich war Riethoff hinter ihr, presste seinen Körper ganz fest an ihren und knetete ihr schmerzhaft die Brüste.

»Du hättest mein Angebot annehmen sollen, weißt du«, sagte er.

5.

Rica sprang aus dem hohen Pick-up, kaum, dass er vor dem Gebäude hielt, in dem Vatzky sein Label Orgasmic betrieb. Solange er noch nicht ausgestiegen war, blieb ihr eine halbe Minute, um sich nach Jan umzuschauen – er war nirgends zu sehen. Schon während der Fahrt hatte Rica den Rückspiegel im Auge behalten, denn abgesprochen war, dass Jan ihnen folgte, sie hatte den Defender aber nicht entdecken können. Zwar wussten sie von Justin Frings, wo sich das Label befand, Jan hätte also dort warten können, aber die Gefahr war zu groß, dass Vatzky auf die Finte nicht einging oder sie zu sich nach Hause einlud. Sie wollten ihn jedoch in seinem Studio haben. In einem schalldichten Raum, aus dem keine Geräusche nach außen drangen.

»Na, Süße, aufgeregt?«, fragte Vatzky, kam um den Pick-up herum und legte ihr den massigen, schweren Arm um die Schulter. »Musst du nicht. Wir zwei haben sicher eine schöne Zeit zusammen.«

Er zog sie mit sich auf das Gebäude zu. Es war dunkel geworden, und nur noch hinter wenigen Fenstern brannte Licht. Der backsteinerne Klotz machte Rica Angst, sie wollte da nicht rein.

Wo zum Teufel blieb Jan?

Allein würde sie mit diesem Monstrum nicht fertigwerden. Wenn der erst einmal herausfand, dass Rica überhaupt nicht singen konnte und sich auf der CD eine alte Weihnachtsplaylist befand, die von Mariah Carey und Kate Winslet angeführt wurde, war die Kacke am Dampfen. Frings hatte ihnen gesagt,

Vatzky könne in dem neuen Pick-up keine CDs abspielen, sonst hätten sie diesen Versuch gar nicht unternommen.

»Hast du einen Freund?«, fragte Vatzky auf dem Weg zum Eingang.

»Warum?«

»Na ja, um ehrlich zu sein: Wenn man so aussieht wie du und es in dieser Branche zu was bringen will, sollte man lieber solo sein … wenn du verstehst, was ich meine.«

Er lachte scheppernd, und seine Hand rutschte von Ricas Schulter, berührte sie im unteren Rücken und am Po. Dass jemand wie Vatzky es versuchen würde, lag auf der Hand, und wenn sie erst einmal in seinen heiligen Hallen waren, würde es nicht bei einem Versuch bleiben. Rica empfand seine Nähe und seine Berührungen als extrem unangenehm. Jan hatte ihr berichtet, was Vatzky mit dem bedauernswerten David Stoll gemacht hatte, das Video hatte sie jedoch nicht angeschaut.

Missing Order … was für ein kranker Scheiß!

Die Menschheit schien immer schneller zu degenerieren, es gab kein Halten mehr. Was jemand sich wünschte, musste erfüllt werden, koste es, was es wolle.

In diesem Moment, als Vatzkys Hand auf ihrem Po lag, wünschte Rica, dass er die Nacht nicht überleben solle. Jahrelang hatte sie sich erfolgreich dem Hass und dem Wunsch nach Rache widersetzt, denn sie wusste, beides würde sie am Ende selbst zerstören. Doch was Rica geistige Hygiene nannte – das Freihalten der Gedanken von toxischen Gefühlen –, funktionierte nicht mehr. Lag es allein an Vatzky und dem Wissen darum, was er getan hatte, oder auch an dem Inferno in der alten Honigfabrik der Ardeleans? Wohl an beidem.

»Also hast du, oder hast du nicht?«

»Was?« Rica war in Gedanken versunken gewesen.

»Einen Freund, Lover, Ehemann, whatever.«

»Da muss schon ein ganz Besonderer kommen«, sagte Rica und warf einen Blick zurück zur Straße.

Noch immer keine Spur von Jan.

Irgendetwas stimmte nicht.

Hatte Jan auf dem Weg einen Unfall gehabt? Oder war er in eine Polizeikontrolle geraten?

Vatzky ließ Rica los, um die Eingangstür aufzuschließen. Nur noch einen Augenblick, dann würde er mit Rica in dem Gebäude verschwinden. Wie sollte Jan dann noch hineinkommen?

Blut schoss Rica heiß in den Kopf, als ihr bewusst wurde, dass sie sich mit diesem Lockmanöver womöglich verzockt hatten, und plötzlich fragte sie sich, wer hier wem auf den Leim gegangen war. Die Idee, dass Rica Vatzky mit einer Demoaufnahme ins Studio locken sollte, war von Justin Frings gekommen. Er kannte Vatzky am besten und wusste, sein Partner würde bei einer gut aussehenden Frau sofort anbeißen.

Hatten die beiden sie in eine Falle gelockt?

Rica dachte an Flucht.

»Rein mit dir!«, sagte Vatzky und versetzte ihr einen kleinen Stoß. »Keine Angst, bei Mädchen bin ich harmlos.«

Die Tür fiel ins Schloss. Das Geräusch hallte im gekachelten Eingangsbereich wider. Automatische Wandleuchten flammten auf. An dem Gefühl, erneut gefangen zu sein, änderte das Licht jedoch nichts. Panik stieg in Rica auf. Eine Klammer legte sich um ihren Brustkorb und drückte erbarmungslos zu, in ihrer Kehle schien ein Pfropfen zu stecken, an dem vorbei nur noch wenig Luft in ihren Körper gelangte.

Zu wenig, um zu überleben.

Sie gab ein würgendes Geräusch von sich und fasste sich an den Hals.

Vatzky sah sie argwöhnisch an, die Augenbrauen zur Nasenwurzel hin zusammengezogen. Das Licht der Wandlampen ließ seine Augen unheilvoll glühen.

»Erstickst du jetzt an deinem eigenen Mut?«, fragte er, und seine Stimme klang verändert.

Er bugsierte Rica zu den Fahrstühlen hinüber. Eine der übergroßen Kabinen stand offen, und ehe sie etwas dagegen unternehmen konnte, war Rica drinnen, und Vatzkys massiger Körper versperrte den Ausweg. Die Türen schlossen sich, die Kabine setzte sich sanft in Bewegung. Vatzky drehte sich zu ihr um, kam bedrohlich auf Rica zu, quetschte sie zwischen sich und der Rückwand der Kabine ein. Er streckte die Hand aus, legte ihr den Zeigefinger unters Kinn und den Daumen in das kleine Grübchen – so berührte Jan sie oft, hob ihr Kinn dann leicht an und sah ihr in die Augen. Das tat Vatzky auch, doch es fühlte sich vollkommen anders an.

Rica kam sich ausgeliefert vor.

»Ich mache einen Star aus dir«, sagte Vatzky leise. »Du musst nur genau das tun, was ich sage.«

Luft, ich brauche Luft ... Jan, wo bist du ... hilf mir ...

Der Fahrstuhl hielt, die Türen glitten auseinander.

Vatzky zog sich zurück und verließ die Kabine als Erster. Kaum hatte er einen Fuß auf den Gang gesetzt, traf ihn von links ein Schlag ins Gesicht, der ihn gegen die Wand schleuderte. Jan hatte mit der Waffe zugeschlagen, die er jetzt auf Vatzky richtete, während er die Fahrstuhltüren blockierte und eine Hand nach Rica ausstreckte.

Sie griff danach, heilfroh, ihn zu sehen.

»Alles klar?«, fragte Jan, ohne den Blick von Vatzky zu nehmen, der sich die Hand ans Gesicht presste und sich langsam zu ihnen umdrehte.

»Wo warst du?«

»Ich dachte mir, wenn ich ihn hier drinnen überwältige, fällt es niemandem auf. Ein netter junger Mann hat mich reingelassen. Bleib hinter mir.«

»Scheiße!«, fluchte Vatzky. »Wer seid ihr Wichser?«

»Ich bin ihr Manager«, antwortete Jan. »Und wir reden jetzt gemeinsam über deine Zukunft.«

»Fick dich!« Vatzky wollte zu einem Schlag ausholen, aber Jan hatte damit gerechnet. Der Rap-Produzent war ein massiver Kerl mit überdimensionalem Oberkörper, aber wie so viele Bodybuilder hatte er eine Schwachstelle: die Beine. Da war die Muskulatur kaum trainiert. Ein kräftiger Tritt seitlich gegen das rechte Knie reichte, und Vatzky ging mit lautem Aufschrei zu Boden.

»Sobald du so weit bist, gehen wir in dein Büro. Ist doch doof, hier auf dem Gang zu quatschen, oder?«

Sie mussten einen Augenblick warten, bis er in der Lage war, aufzustehen. Humpelnd, mit schmerzverzerrtem Gesicht, trottete er vor ihnen her, durch eine Glastür mit dem Schild *Man Cave* darüber. Jan nahm Vatzky die Schlüssel ab und verschloss die Tür hinter sich.

»Was wollt ihr?«, fragte Vatzky, mit einer Hand an die Wand gelehnt, um das Bein zu entlasten.

»Informationen«, sagte Jan. »Wir interessieren uns dafür, was mit David Stoll passiert ist.«

»Kenne ich nicht.«

»Gibt es hier einen schallgeschützten Aufnahmeraum?«

»Klar, ist schließlich ein Tonstudio.«

»Prima. Dann lass uns den nutzen, damit man deine Schreie nicht hört, solltest du weiterhin lügen.«

Vatzky war cool genug, grimmig zu lächeln. »Ihr solltet das besser lassen«, sagte er. »Ich habe Geld, jede Menge Geld, und Kontakte. Solange ich lebe, werde ich euch jagen lassen, es sei denn, ihr verpisst euch jetzt und lasst euch nie wieder blicken ... In dem Fall vergessen wir diesen Vorfall.«

»Wenn wir mit dir fertig sind, gehst du für den Rest deines Lebens in den Knast«, entgegnete Jan. »Also spuck hier nicht so große Töne.«

»Und warum sollte ich euch irgendwas sagen, wenn das so ist?«

»Wenn du es nicht tust, nutzen wir unsere Kontakte, um dich bei deinen Freunden als Verräter bloßzustellen ... Und dann wollen wir doch mal sehen, wie lange du noch lebst. Gerade im Knast kann es dann unangenehm werden.«

Rica konnte sehen, dass diese Drohung bei Vatzky verfing. Sein überhebliches Grinsen verschwand.

»Wer seid ihr?«, wiederholte er seine Frage von vorhin.

»Los jetzt! Wo ist der Aufnahmeraum?«

Vatzky wollte offensichtlich auf keinen Fall dorthin. Er blieb an die Wand gelehnt stehen, suchte nach einer Möglichkeit, die Situation zu seinen Gunsten zu entscheiden. Doch Jan hatte keine Lust auf weiteres Geplänkel.

»Okay, dann auf die harte Tour.«

So schnell konnte der massige und eher unbewegliche Mann nicht reagieren, da hatte Jan schon seine Hand gepackt, sie auf den Rücken gedreht und so stark angewinkelt, dass Vatzky sich laut schreiend nach vorn beugte.

»Ich geh ja!«, rief er und führte sie zwei Türen weiter.

Dahinter lag ein Regieraum mit einem riesigen Mischpult voller Schalter, Regler und Leuchten. Hinter einer Panoramascheibe befand sich der Aufnahmeraum, der durch eine schmale Doppeltür zu erreichen war. Rica ging voran und öffnete beide Türen. Der Raum war vielleicht vier mal vier Meter groß und fensterlos, die Wände mit Paneelen verkleidet, auf denen kleine schwarze Dreiecke aus Melaminharz aufgebracht waren, die den Schall schluckten. Einige Mikrofonständer, Boxen, Gitarren und ein Keyboard standen herum, außerdem zwei schwarze Clubsessel und ein kleiner runder Glastisch.

»Hinsetzen!«, befahl Jan.

Vatzky, froh, das lädierte Bein entlasten zu können, ließ sich in einen der Clubsessel fallen und füllte ihn vollständig aus. Das Leder knarzte laut. Jan zog den anderen Sessel vor die Tür, damit Rica sich setzen konnte, er selbst blieb stehen und richtete die Waffe auf Vatzky. »Wir kennen das Video.«

»Was für ein Video?«

»Auf dem du David Stoll tötest.«

»Quatsch. So ein Video gibt es nicht.«

Justin Frings hatte ihnen gezeigt, wo im Darknet man das Video finden konnte. Natürlich hatte es Vatzky nicht gereicht, sich selbst daran zu ergötzen; nein, er wollte es seinen Buddys zeigen, wollte damit prahlen wie mit einem teuren Wagen oder einer Rolex. Das ultimative Statussymbol, das keiner hatte.

Rica rief das Video auf ihrem Handy auf, hielt das Display in Vatzkys Richtung und ließ es ablaufen. Sie hatte vergessen, den Ton abzustellen. Als die Schreie des jungen Mannes infernalisch wurden, beendete Rica das Video.

Vatzky schluckte trocken, Schweißperlen standen auf seiner Glatze. »Und was soll das beweisen? Da ist doch niemand zu erkennen!«

»Falls du es vergessen haben solltest: Am Ende drehst du dich in die Kamera. Wir haben hieb- und stichfeste Beweise gegen dich und außerdem die Zeugenaussage des Mannes, der das Video auf dein Geheiß hin aufgezeichnet hat. Kapier es endlich, du kommst aus dieser Nummer nicht mehr raus.«

»Ich will meinen Anwalt, sofort!«

»Ich bin kein Bulle, und du bekommst keinen Anwalt. Später vielleicht, wenn wir fertig sind. Aber erst beantwortest du meine Fragen. Was ist Missing Order?«

Vatzky versuchte, den Coolen zu spielen. »Nie gehört«, sagte er.

Jan zog sein Messer hervor. »Ich will eine Antwort.«

»Fick dich!«

Jan stach ihm das Messer von oben durch den Fuß. So wuchtig, dass es im mit dickem roten Teppich belegten Holzfußboden stecken blieb. Vatzky wollte den Fuß wegziehen, machte es damit aber nur noch schlimmer und riss die Wunde weiter auf.

Jan warf Rica einen Blick zu. Er schien überprüfen zu wollen, was das mit ihr machte. Rica spürte, wie diese erneute Gewalt sie zu Stein erstarren ließ. Sie versuchte, sich dagegen abzuschotten, doch so richtig klappte das nicht.

»Nimm es weg, nimm es weg!«, schrie Vatzky.

»Sobald ich von dir höre, was ich wissen will. Wenn nicht, hacke ich weiter auf deinem Fuß herum … Und du hast ja auch noch einen zweiten.«

Vatzky brauchte einen Moment. Mit beiden Händen umklammerte er sein lädiertes Knie, um das Bein ruhig zu halten, in dessen Ende das Messer steckte.

Er schwitzte jetzt stark, sein Schädel war rot angelaufen, auf der Stirn und am Hals traten pochende Venen hervor.

»Missing Order«, erinnerte Jan ihn.

»Scheiße, ich weiß es nicht …«

Jan bückte sich nach dem Messer.

»Nein, warte, hör auf … ehrlich, ich weiß nicht, wer oder was dahintersteckt. Ich hab nur … eine Mail geschrieben.«

»Was für eine Mail? Und wohin?«

»Info@missing-order. Das ist der Kontakt. Ich hab geschrieben, was ich will. Ein paar Tage später kam die Antwort.«

»Ich will ganz genau wissen, was du geschrieben hast.«

Vatzky kämpfte mit sich. Womöglich weniger der Schmerzen wegen, sondern weil ihm hoffentlich bewusst wurde, wie krank es war, was er jetzt zugeben musste. »Ich hab denen geschrieben, dass ich diese verdammte Schwuchtel in einer Kirche haben will, auf den Altar gefesselt. Musik bring ich selbst mit, habe ich geschrieben ...«

»Was passierte dann?«

»Ich hab das Geld hinterlegt ...«

»Wie viel und wo?«

»Zweihundertfünfzigtausend. In einem Schließfach am Bahnhof. Der Schlüssel dazu lag einen Tag nach der Mail in meinem Briefkasten.«

»Was ist Missing Order?«

»Mann, ich weiß es nicht ... ein Gerücht, ein Märchen, eine Legende, dachte ich anfangs. Man hört hin und wieder davon, auf Partys, aber nur auf den richtigen, wo das große Geld unterwegs ist.«

»Und was hört man?«

»Dass man alles bestellen kann, wenn man nur genug Geld bezahlt. Jeden Menschen, den man haben will. Egal, wie, wo und wann. Sie besorgen ihn dir. Du kannst dann machen, was du willst, und sie räumen hinter dir auf. Für die relevanten Zeiträume hat man natürlich ein Alibi, weil sie dich wissen lassen, für wann du eines haben musst. So kommst du niemals in Verdacht, es gibt keine Zeugen, keine Fragen, nichts ...«

»Es sei denn, jemand ist so blöd, einen Kumpel mitzunehmen und ein Video drehen zu lassen«, sagte Jan. »Wie bist du an die Mailadresse gekommen?«

»Ich weiß nicht mehr ...«

Jan packte den Messergriff, und Vatzky schrie vor Schmerzen auf.

Rica atmete scharf ein, ihr Magen begann zu rebellieren.

»Die Mailadresse macht genauso die Runde wie diese Gerüchte«, sagte Vatzky schnell, damit Jan den Messergriff losließ. »Jemand hat mir auf einer Party erzählt, er hätte sich an seiner Ex-Frau gerächt, die ihm bei der Scheidung eine halbe Million abgenommen hat. Hat sie gefickt und ihr dann den Hals aufgeschnitten, hat er rumgetönt, aber ich hab ihm kein Wort geglaubt. Schreib da hin, wirst schon sehen, hat er gesagt. Die regeln das für dich.«

»Weiter!«, forderte Jan Vatzky auf. »Was noch?«

»Nicht jeder, der hinschreibt, bekommt eine Antwort. Ich hab keine Ahnung, wie die das machen, aber sie checken dich vorher ab.«

Rica suchte in Vatzkys Gesicht nach der Lüge, doch da war jetzt zu viel Schmerz und Panik in dessen Blick, um noch etwas anderes erkennen zu können.

»Ich glaube dir nicht«, sagte Jan. »Also der andere Fuß.«

»Nein, nein, nein ... bitte nicht«, flehte Vatzky. »Ich hab die Wahrheit gesagt ... Und ich weiß wirklich nicht, wer dahintersteckt.«

Jan ließ den Messergriff los und richtete sich auf. »Okay. Dann erzähl uns jetzt, was aus Isabell Stoll geworden ist.«

»Wer zum Teufel ist das?«

»Issy, wenn dir das mehr sagt. David Stolls kleine Schwester. Sie war hier in deinem Studio und hat nach ihrem Bruder gefragt.«

»Ach die! Ja, ich kann mich erinnern, aber ... ich hab ihr natürlich nichts gesagt.«

»Ist mir klar. Ich will wissen, was du getan hast, nachdem sie gegangen ist.«

»Nichts ...«

Jan zog das Messer heraus. Vatzky schrie wieder auf, war

aber geistesgegenwärtig genug, seinen anderen Fuß unter den Stuhl zu ziehen.

»Was hast du gemacht?«, schrie Jan ihn an.

Vatzky fing an zu heulen. Dieser riesige, gewaltbereite Mann heulte plötzlich Rotz und Wasser.

Rica spürte, dass sie sich übergeben musste, und sah Jan Hilfe suchend an. »Ich … muss mal raus«, stieß sie mühsam aus, sprang auf und taumelte.

»Warte!« Jan steckte das blutige Messer in die Beintasche seiner Hose und half ihr aus dem Raum. Rica hielt eine Hand vor den Mund gepresst, ging gebeugt und kämpfte gegen den Brechreiz an.

Jan verriegelte die Tür hinter sich. Währenddessen stolperte Rica auf den Mülleimer neben der Eingangstür in den Schnittraum zu, fiel davor auf die Knie und übergab sich.

Jan beugte sich über sie und hielt ihr Haar zurück. »Tut mir leid …«, sagte er. »Ich bin zu weit gegangen.«

Rica spuckte aus, blieb aber weiter über den Mülleimer gebeugt. »Taschentuch …«, bat sie mit krächzender Stimme.

An einem Haken an der Innenseite der Tür hing ein Schal, den reichte Jan ihr. Nachdem sie noch einmal ausgespuckt hatte, wischte Rica sich den Mund ab, schüttelte den Kopf und rutschte von dem Mülleimer fort.

»Ist nicht deine Schuld … ich … ich musste an die Honigfabrik denken … was passiert ist … das Messer … all das Blut …«

»Schon gut, bleib einfach hier sitzen, ich mache den Rest mit Vatzky allein.«

Rica schob sich mit dem Rücken gegen die Wand, winkelte die Beine an und sah Jan aus brennenden Augen an. Sie fühlte sich elendig.

Jan stand auf und wandte sich der Panoramascheibe zu, hinter der sich der schallgeschützte Aufnahmeraum befand.

»Was zum Teufel …«

Jan schloss die Tür auf und stürmte in den Raum.

»Er ist weg!«, rief er.

Rica kämpfte sich auf die Beine und kam zu ihm. »Wo ist er hin?«

»Ich weiß es nicht … verdammt, das gibt's doch nicht!«

In dem Raum gab es keine Möglichkeit, sich zu verstecken, keine zweite Tür, kein Fenster, keine Luke in der Decke oder dem Boden.

»Der kann sich doch nicht in Luft aufgelöst haben!«, stieß Jan aus und drehte sich einmal im Kreis.

»Da!« Rica zeigte auf eine der raumhohen Paneele, die mit den schallschluckenden schwarzen Dreiecken bestückt waren. Sie schloss nicht bündig mit der Wand ab.

Jan zog daran, und sie schwang auf.

Eine unsichtbare Tür. Sie führte in eine kleine Kammer, in der allerlei technische Ausrüstung herumstand. Gegenüber gab es eine weitere Tür, die in eine Art Bar führte, ausgestattet mit Tresen und Ledersesseln und Sofa im Chesterfield-Look.

Keine Spur von Vatzky.

»Er ist abgehauen!«, rief Jan und lief auf den Gang hinaus.

Rica folgte ihm bis zu den Fahrstühlen. Einer hielt gerade im Erdgeschoss.

Jan stürmte ins Treppenhaus und die Stufen hinunter. Rica folgte ihm nur langsam, da sie sich immer noch hundeelend fühlte.

Unten kam Jan ihr entgegen und schüttelte den Kopf. »Ich konnte gerade noch seinen Wagen davonfahren sehen … der ist weg.«

6.

Mit jedem Blutstoß ihres Herzens ging der Schmerz in Intervallen auf die Reise durch ihren Körper, und wenn er zwischendrin für eine Sekunde etwas nachließ, dann brannte ein anderer Schmerz tief in Anikas Seele.

Einer, der nie wieder verschwinden würde.

Aber Anika lebte. Sie hatte getobt, getreten, sich gewunden, gegen den Knebel angeschrien, so laut sie nur konnte, war nicht mehr die liebe, friedliche Anika gewesen, die sie kannte. Etwas anderes hatte in ihr die Kontrolle übernommen, eine Kraft, die mit Todesmut um ihr Leben gekämpft hatte.

Riethoff war so erschrocken gewesen, dass er zunächst von ihr abgelassen hatte. Dann hatte er sich plötzlich den Maleranzug vom Leib gerissen – darunter war er nackt gewesen. Er hatte versucht, sie zu vergewaltigen, aber auch dagegen hatte Anika sich mit aller Macht gewehrt, bis Riethoff ihr schließlich völlig entnervt einen Faustschlag verpasste, der sie an den Rand der Bewusstlosigkeit katapultiert hatte. Dort gefangen, hatte Anika alles über sich ergehen lassen müssen.

Lange hatte es nicht gedauert, aber die wenigen Minuten hatten sich wie eine Ewigkeit angefühlt. Du wirst vergewaltigt ... du wirst vergewaltigt ... immer wieder waren ihr diese Worte durch den Kopf geschossen, und dennoch hatte sie nicht glauben wollen, was ihr gerade passierte. Das konnte nicht sein, nicht in ihrem Leben ...

Anika weinte wieder.

Nicht Schmerzen oder Angst lösten die Tränen aus, sondern die Gedanken an ihr Kind, den kleinen Theo, der so sehr an seiner Mama hing. Es musste ihm schrecklich gehen, weil sie schon so lange nicht mehr bei ihm war und er den Grund dafür ja nicht verstehen konnte. Wie erklärte man einem fünfjährigen Kind, dass Mama verschwunden war? Was hatte Marc ihm gesagt?

Sicher suchte die Polizei längst nach ihr, und vielleicht zog jemand die richtigen Schlüsse und befragte irgendwann Riethoff. Aber selbst wenn, würde man sie hier finden? An diesem rostigen, düsteren Ort, der nicht zu der realen Welt gehören konnte, aus der Anika kam?

Würde Riethoff wiederkommen?

Aus seiner Sicht hatte sie ihn beleidigt und gedemütigt an jenem verhängnisvollen Tag im Salon. Einen Mann wie Riethoff brachte man besser nicht gegen sich auf, das hatte er bewiesen, indem er Anika entführt hatte. Sie begriff zwar immer noch nicht, wie das möglich war, wie ein normaler Mensch so etwas tun konnte, aber natürlich kannte sie die Geschichten über Serienmörder und Psychopathen, die vielen ungelösten Vermisstenfälle, die schrecklichen Verbrechen in der Sendung Aktenzeichen XY … ungelöst.

Jetzt war sie selbst zu einem Aktenzeichen geworden.

Die Tränen brannten ihr heiß auf den Wangen. Sie rollte sich auf der Pritsche zusammen und zog die Decke über sich, wünschte sich, einschlafen zu können, um diese Hölle für ein paar Stunden zu vergessen.

Stattdessen hörte sie Geräusche.

Wieder diese weit entfernten, metallenen Geräusche mit den Echos, die nicht verhallen wollten. Sie kamen näher, und schon bald erkannte Anika das Schrittmuster des Soldaten. Ihr Magen zog sich schmerzhaft zusammen. Er kam, um sie erneut zu holen, und diesmal würde Riethoff sie nicht überleben lassen.

Die Schritte näherten sich, und Anika bemerkte, dass der Rhythmus anders war. Nicht ganz so zackig, eher ein wenig schwerfällig.

Sie hörte, wie die Verriegelung der Tür gelöst wurde, dann quietschten die Scharniere in den Angeln. Ein wenig Licht fiel ins Verlies, nicht viel, und da Anika geblendet war, konnte sie nur Umrisse erkennen. Da war Bewegung an der Tür. Ein leiser, kurzer Schrei, trippelnde Schritte, ein Poltern.

Die Tür wurde geschlossen, und die perfekte Dunkelheit hüllte Anika erneut ein. Reglos lag sie da und lauschte.

Noch bevor sie etwas hörte, wusste sie, sie war nicht mehr allein.

Sie spürte die Anwesenheit eines anderen Menschen, roch dessen Schweiß, dessen Angst. Leise Atemgeräusche erklangen. Dünn und schwerfällig und von einem rasselnden Geräusch begleitet. Schließlich ein jämmerliches Wimmern.

Vorsichtig schälte Anika sich aus der Decke und schob sich an den Rand der Pritsche.

»Ist da jemand?«, fragte sie leise in die Dunkelheit hinein.

Die Antwort war ein entsetzlicher, hysterischer Schrei.

7.

Issy wartete, bis im Haus Ruhe eingekehrt war.
Dann schlüpfte sie aus dem Bett, holte den Rucksack aus ihrem Kleiderschrank und öffnete die Tür zu ihrem Zimmer. Das Elternschlafzimmer lag am Ende des Gangs, keine fünf Meter entfernt, sie musste aufpassen, keine Geräusche zu machen, denn Mama hatte einen leichten Schlaf.

Leise schlich sie die Treppe hinunter, der Teppich schluckte ihre Schritte. Erst unten im Flur zog sie ihre Stiefel und den langen, warmen Mantel an. Dabei warf sie einen Blick auf den Weihnachtsbaum im Wohnzimmer, und ihr Herz wurde schwer. Es war das furchtbarste Weihnachten gewesen, das sie je erlebt hatte. So gern hätte sie ihren Eltern erzählt, dass es jemanden gab, der ihnen helfen würde, zu erfahren, was mit David passiert war, aber sie wusste, sie durfte nicht. Genauso, wie sie Papa nicht um das Geld bitten durfte, denn er würde es ihr niemals geben. Nicht, weil ihn Davids Schicksal nicht interessierte – mittlerweile litt er nämlich auch –, sondern weil er einem Fremden nicht genug vertrauen würde, der behauptete, für Geld Informationen zu beschaffen. Aber Papa wusste ja auch nichts von Kommissar König. Und Issy durfte ihm nichts erzählen, das hatte sie versprochen. Sie saß in einer verdammten Zwickmühle, und es gab nur eine einzige Möglichkeit, da wieder herauszukommen. Sie musste tun, was getan werden musste! Also nahm sie den Schlüssel vom Schlüsselbrett, der ihr nicht gehörte, und verließ das Haus.

Die Nacht war klar und kalt. Am schwarzen Himmel glitzerten die Sterne. Vor ihrem Gesicht stieg Atemnebel auf, als Issy hinüber zum Bürogebäude ging. Es musste sein. Wenn Papa schon sonst nichts tat, um David zu helfen, musste er wenigstens geben, was Issy brauchte, um ihren Bruder zu finden.

Das Bürogebäude war alarmgesichert, aber sie hatte ja einen Schlüssel. Und weil sie hin und wieder im Büro half, Ablagen sortierte, Ordner füllte, Rechnungen schrieb und überwies, wusste Issy auch, wo sich alles befand. Darüber hinaus kannte sie den Zahlencode, mit dem sich der große Tresor öffnen ließ, der in der Nische im Gang eingebaut war.

Bis Issy die schwere Eisentür geöffnet hatte, wusste sie nicht, ob ihr Plan glückte, denn sie hatte ihren Vater ja schlecht fragen können, wie viel Bargeld derzeit im Tresor lagerte. Issy wusste nur, dass es nicht wenig war. Mit der Steuer und dem Finanzamt stand ihr Papa auf Kriegsfuß, und wenn es eine Möglichkeit gab, Geld am Fiskus vorbei zu verdienen, nutzte er sie. Dieses Geld konnte nirgendwo eingezahlt werden, also lagerte es seit eh und je im Tresor.

Im Schein ihrer Handylampe durchsuchte Issy den schrankgroßen Tresor. Darin befanden sich allerlei Unterlagen, Datenträger, wichtige Zeichnungen, Aktenordner. Issy hatte nie selbst Schwarzgeld hineingelegt, das tat Papa selbst. Issy fiel auf, dass das Fach ganz unten nicht so tief war wie die anderen. Sie nahm die schmalen Kartons heraus, in denen Schlüssel und Fahrzeugpapiere lagen. Dahinter gab es eine weitere Klappe, die unverschlossen war. Issy zog sie auf und fand das Geld.

Sie war überrascht, wie viel es war. Issy wollte nur, was sie wirklich benötigte, zählte fünftausend Euro ab und legte den Rest fein säuberlich wieder hinein, damit der Diebstahl nicht so schnell aufflog.

Dabei fiel ihr ein Schnellhefter auf. Auf dem Deckel stand in Papas Handschrift: *Paumachers Villa*. Paumacher stand in der oberen Zeile, Villa darunter, und zwischen die beiden Wörter hatte jemand, wahrscheinlich auch Papa, mit Bleistift *scheiß* hinzugefügt.

Paumachers scheiß Villa.

Issy erinnerte sich. Frau Paumacher hatte erwähnt, dass Papas Baufirma die Villa renoviert hatte. Aber aus welchem Grund hatte ihr Vater dieses Wort hinzugefügt und diese Mappe so lange im Safe verschlossen aufbewahrt?

Sie hatte keine Zeit, in den Schnellhefter hineinzuschauen, aber ihre Neugierde war so groß, dass sie ihn zusammen mit dem Geld in ihren Rucksack steckte.

Sie schloss den Tresor wieder ab, nahm noch den Zündschlüssel für einen der alten Firmenwagen, verließ das Bürogebäude und brachte den Schlüssel zurück ins Wohnhaus.

Oben im Schlafzimmer ihrer Eltern schnarchte laut ihr Vater.

Sie verharrte einen Moment, blickte zum Treppenabsatz hinauf, hoffte sogar, Mama dort zu entdecken, um sich von ihr verabschieden und ihr Mut zusprechen zu können. Aber auch, um sich nicht so allein zu fühlen, denn in diesem Moment fühlte sich Issy ganz schrecklich verlassen. Doch Mama erschien nicht, also verließ sie schweren Herzens das Haus.

Im Rückspiegel des alten Firmenwagens behielt Issy das Schlafzimmerfenster im Auge, doch es blieb dunkel.

Die Anspannung ließ erst nach, als sie zehn Minuten Richtung Autobahn gefahren war. Der erste Teil war geschafft, aber sie wusste, es war der leichtere gewesen. Vor ihr lagen gut drei Stunden Fahrt. Wenn nichts dazwischenkam, würde sie es gerade rechtzeitig schaffen. Sie hätte gern etwas mehr Zeit eingeplant, aber sie hatte warten müssen, bis ihre Eltern zu Bett gegangen waren, deshalb war kein anderes Timing möglich gewesen.

Nachdem sie auf die Autobahn gefahren war, griff sie in den Rucksack und zog den Schnellhefter heraus.

Paumachers scheiß Villa.

Es interessierte Issy brennend, was Papa damit meinte, was er überhaupt mit der Villa zu tun hatte, aber auf einer tieferen Ebene ihres Bewusstseins hatte Issy Angst davor, in den Schnellhefter hineinzuschauen.

Was würde sie finden?

Warum lag er im Tresor?

Welche Geheimnisse hatte ihr Vater?

Sie hatte ihn hin und wieder auf Paumacher schimpfen hören, doch das lag schon Jahre zurück. Wenn sie sich richtig erinnerte, war es immer darum gegangen, dass Paumacher Papa irgendwelche Aufträge weggeschnappt oder Stoll-Bau ausgebootet hatte. Hatte Papa nicht sogar Paumacher die Schuld dafür gegeben, dass seine Firma nicht besser florierte?

Issy hatte sich für diese Dinge nie wirklich interessiert, und Papa schimpfte häufig über alles und jeden.

Mit jedem Kilometer, den sie Richtung Ostsee fuhr, brannte es ihr mehr und mehr unter den Nägeln, einen Blick in den Schnellhefter zu werfen. Sie tat es nicht, weil sie keinesfalls zu spät zu dem wichtigen Treffen kommen wollte – und weil die Angst zu groß war, Dinge zu erfahren, die sie vielleicht besser nicht erfahren sollte.

8.

Olav Thorn war bereits an seiner Hütte am See, als Rica und Jan dort mitten in der Nacht eintrafen. Jan wäre wegen der kürzeren Strecke lieber nach Hause ins Hammertal gefahren, doch davor hatte Olav ihn unmissverständlich gewarnt.

Der Bremer Kommissar erwartete sie auf der Veranda im gelben Licht der kleinen Außenlampe.

Zuerst umarmte er Rica. »Junge Frau, Sie sehen gelinde gesagt müde aus«, sagte er und hielt sie auf Armeslänge von sich.

»Alter Mann, heute siehst du besser aus als ich, aber nur heute«, konterte Rica, die im Wagen ein wenig hatte schlafen können.

Dann umarmten sich Jan und Olav.

»Danke für den Unterschlupf«, sagte Jan.

»Keine Ursache ... den braucht ihr dringender denn je. Die Kacke ist so richtig am Dampfen. Aber kommt erst mal rein. Möchte jemand Medizin? Ich hab Glenmorangie bekommen, vierzehn Jahre alt, der vertreibt jedwede Trübseligkeit.«

»Unbedingt«, sagte Rica und ging voran.

Nach ihrem Anruf hatte Olav einen Vorsprung von mehreren Stunden gehabt und ihn genutzt, um die Hütte für einen längeren Aufenthalt vorzubereiten. Er hatte Trinkwasser und Nahrung eingekauft, hauptsächlich Fertiggerichte in Dosen und Tüten, Süßigkeiten, Knabberkram, ein wenig Alkohol sowie Pflegeartikel wie Zahnbürsten, Zahnpasta, Duschgel und dergleichen.

Im Inneren der Hütte war es warm, im Kaminofen prasselte ein Feuer.

Rica verschwand auf die Toilette.

»Ihr geht's nicht so gut, oder?«, fragte Olav, nachdem Rica auf die Toilette verschwunden war. Er entkorkte die Whiskyflasche.

»Sie kämpft dagegen an, doch die Sache in der Honigfabrik macht ihr natürlich ziemlich zu schaffen. Wir brauchen beide eine längere Pause, aber wir haben keine Zeit dafür.«

Olav hob eine Augenbraue. »Ich glaube, die müsst ihr euch nehmen. Wäre ohnehin besser, wenn ihr eine Weile untertaucht.«

»Warum?«

»Lass uns auf Rica warten, bis ich berichte.«

Kurz darauf ließen sie sich in die Sessel fallen, die Olav zum Kaminofen hin ausgerichtet hatte, und stießen mit dem Whisky an. Olav hatte nur zwei Finger breit eingeschenkt, und während er und Jan davon nippten, schüttete Rica die goldgelbe Flüssigkeit herunter wie Apfelsaft.

»Mehr ...«, sagte sie und streckte Olav das Glas entgegen. »Ich muss richtig viel Scheiße runterspülen.«

Olav grinste, holte die Flasche und goss Rica nach. »Ich fürchte, du hast einen schlechten Einfluss auf sie«, sagte er zu Jan.

Jans Lächeln fiel müde aus. Er hatte schon während der langen Fahrt Mühe gehabt, die Augen offen zu halten. Zudem nagte es an ihm, dass Vatzky entkommen war. Der Mann war gefährlich, ein Soziopath, und Jan hatte vorgehabt, ihn gefesselt in seinem Studio zurückzulassen, das Handy mit dem Mordvideo mit Tape auf seine Glatze geklebt. Aus der Nummer wäre Vatzky nicht mehr herausgekommen und für den Rest seines Lebens in den Bau gewandert. Jetzt lief er irgendwo da draußen herum, untergetaucht, rasend vor Wut und sicher auf Rache aus.

»Erzähl«, bat Jan. »Was läuft?«

Olav, der sich nur selten die Petersilie verhageln ließ, sah ihn traurig an. »Es läuft ein Antrag auf einen Haftbefehl gegen dich.«

»Warum?«

»Na ja, sie haben in der Nähe deines Wohnsitzes die Leiche eines Mannes im Wald gefunden, in dessen Körper eine Kugel aus einer Waffe steckt, die auf dich zugelassen ist. Du bist nicht aufzufinden, dein Haus ist verwaist, insofern nicht verwunderlich.«

»Ja, aber wer sitzt da am Drücker?«

»Offiziell ein Kollege namens Kolk aus Oldenburg. Der bearbeitet den Fall David Stoll ...«

Olav berichtete ihnen, dass er sich mit der Kollegin Maja Krebsfänger getroffen hatte, die von dem Fall abgezogen worden war. Nachdem er ihr von den Leichen in der Honigfabrik erzählt hatte, schaltete sie sich wieder aktiv in den Fall ein, doch die Leitung lag weiterhin bei ihrem Vorgesetzten Kolk. Maja Krebsfänger hatte Olav mittlerweile bestätigt, dass in der Honigfabrik der Ardeleans vier Leichen in den Containern gefunden worden waren. Eine davon war David Stoll, bei den anderen handelte es sich um Frauen, deren Identität noch nicht geklärt war.

»Ich habe nicht in Erfahrung bringen können, wer die Leiche von Petre Ardelean im Wald gefunden hat, aber ich weiß, wer bei Kolk angerufen und darum ersucht hatte, einen Haftbefehl gegen dich zu erwirken.«

»King Arthur!«

Olav nickte. »Er mischt im Hintergrund mit. Frag mich nicht, auf welche Anordnung hin, ich stelle sowieso schon zu viele Fragen, die ich nicht stellen sollte, da kann ich mir König nicht selbst vorknöpfen. Angeblich hat er die Leitung einer Taskforce übernommen.«

»Das passt zu ihm. Viel Aufmerksamkeit, viel Presse, viel Prestige ... und wenn es in die Hosen geht, waren es die Behörden vor Ort. Aber warum ist König so scharf darauf, diese Sache zu übernehmen? Allein aus Hass auf mich? Kann ich mir nicht vorstellen.«

Olav wiegte den Kopf hin und her. »Ich habe Gerüchte gehört, und wie meistens wird ein Körnchen Wahrheit drinstecken. Angeblich übt jemand politischen Druck aus.«

»Wer?«

»Weiß ich nicht. Der Druck scheint jedenfalls bei einem Staatssekretär im Innenministerium angekommen zu sein. Das ist nicht die oberste Stelle, aber nicht mehr weit davon entfernt. Ich selbst kann eigentlich gar nichts mehr machen, als euch Informationen zu liefern und Fakten durchzustechen, die ihr beiden irgendwann liefern könnt, um dich zu entlasten.«

»Nach Rica wird nicht gefahndet?«

»Nicht dass ich wüsste.«

»Und wie ist es mit dieser Sache in Grömitz? Wird die nicht mit mir in Verbindung gebracht?«

»Davon höre ich überhaupt nichts. Es gibt keine Leiche in Grömitz, und niemand hat etwas mitbekommen. Die Geschichte existiert nur, weil du sie mir erzählt hast.«

»Aber du glaubst mir?«

»Wie könnte ich nicht? Der Name Nelia führt dich zu dem Vermisstenfall David Stoll, der wiederum ist verschwunden, als er eine Pizza zu der Honigfabrik der Ardeleans liefern sollte. Offensichtlich hängt alles miteinander zusammen, da hat sich jemand nicht genug Mühe gegeben, die Dinge sauber voneinander zu trennen.«

»Ja, und das wird demjenigen zum Verhängnis werden«, sagte Jan.

»Erzähl doch mal, was das mit Missing Order auf sich hat?«, bat Olav.

Am Telefon hatte Jan nicht viel darüber verraten, was sie von Vatzky gehört hatten. Jetzt erzählte er die ganze Geschichte, und Olavs Gesicht wurde immer düsterer, während er zuhörte. Als Jan seinen Bericht beendet hatte, herrschte für einen Moment Stille in der Hütte am See. Das Feuer prasselte leise, jeder hing seinen Gedanken nach, die allesamt nicht rosig waren.

»Wer zahlt, bekommt, was er will«, sagte schließlich Olav. »Wenn Missing Order tatsächlich so funktioniert, ist es auf die Spitze getriebener Menschenhandel. Und das ergibt sogar Sinn. Wenn du richtig verdienen willst heutzutage, darfst du keine Menschen aus Südostasien mehr verkaufen. Dreißig Millionen Menschen von dort sind in den vergangenen dreißig Jahren Opfer von Menschenhändlern geworden. Vergleich das mal mit dem transatlantischen Sklavenhandel. Da wurden in vierhundert Jahren zwölf Millionen Afrikaner nach Amerika verschifft. Südostasien ist immer noch die Drehscheibe für Menschenhandel schlechthin, und gerade deswegen musst du dich in der Branche absetzen, was anderes anbieten, was Besonderes.«

»Die Menschen von um die Ecke«, sagte Rica mit rauer Stimme. »Die wir jeden Tag sehen, die aber nicht in hilflosen Situationen leben und deshalb nicht so einfach zu haben sind.«

»Und das kann sich lohnen«, sagte Olav. »Nimmt man den gesamten Menschenhandel, also Arbeits- und Sexsklaverei sowie zur Organentnahme, Heirat oder Adoption, werden damit weltweit jährlich geschätzt zweiunddreißig Milliarden

US-Dollar erwirtschaftet. Nur mit Drogen und Waffen kannst du mehr verdienen, wenn du als Krimineller unterwegs bist. Und das im einundzwanzigsten Jahrhundert.«

Jan nickte. »Was ich von diesem Vatzky gehört habe ... dahinter muss eine straffe Organisation stecken, aber auch die wird von jemandem geführt. Es gibt einen Kopf. Und der muss abgeschlagen werden.«

»Dann wachsen zehn neue nach«, sagte Olav.

»Wir halten noch eine Weile durch, um auch diese zehn abzuschlagen. Eine andere Wahl haben wir nicht. Zumindest dürfen wir nicht darauf hoffen, dass die Menschheit sich zivilisiert benimmt.«

»Und Steeltown?«, fragte Rica. »Irgendwie hängt das auch damit zusammen, und es muss sich um einen Ort, einen Platz, ein Haus oder so handeln, denn die Ardeleans wollten mich ja dorthin bringen.«

Olav schüttelte den Kopf. »Online habe ich dazu nichts gefunden, auch nicht in den Datenbanken der Ermittlungsbehörden. Ich habe ein paar Kollegen gefragt, ob sie den Begriff schon einmal gehört haben ... Einer sagte, dass man Duisburg als Stahlstadt bezeichnet, weil es wohl der größte Stahlstandort Europas ist.«

»Duisburg!«, stieß Jan aus. »Schon wieder eine Verbindung. Nelia Paumacher wurde in Duisburg entführt, ihre Eltern leben dort, die Firmenzentrale der Paumacher-Gruppe ist dort angesiedelt.«

Olav nickte. »Und nicht nur das. Ich habe noch etwas herausgefunden und es im ersten Moment gar nicht glauben können. Passt auf, seht euch das an ...«

Olav startete auf seinem Handy ein Video.

Jan und Rica rückten zusammen und schauten es sich an.

Zu sehen war der Ausschnitt einer Straße, auf der der kleine weiße Wagen eines Pizzalieferdienstes entlangfuhr. Auf der Flanke grinste eine belegte Pizza.

»Das ist David Stoll auf dem Weg zur Auslieferung«, erklärte Olav. »Die Aufnahme stammt von der Überwachungskamera eines Glücksspielcasinos, wie es sie zuhauf an Autobahnabfahrten gibt.«

Jan erinnerte sich, das Casino gesehen zu haben.

Das Video ruckte, wo es geschnitten worden war, dann kam der kleine weiße Wagen zurück.

»Das ist er nach der Auslieferung. Fünfzehn Minuten später.«

»Aber der Fahrer ist nicht zu sehen«, sagte Jan. »Jeder kann den Wagen gefahren haben.«

»Richtig, das Interessante kommt noch. Schaut hin.«

Wieder ein Ruckeln im Video. Dann fuhr ein Vierzigtonner mit einem Stahlcontainer auf dem Auflieger durchs Bild. Der Stahlcontainer war mit einem Schriftzug versehen.

Paumacher-Shipping.

»Scheiße!«, stieß Jan aus. »Das ist ein Lkw aus dem Fuhrpark von Nelias Vater!«

Olav schüttelte den Kopf. »Nein, der Lkw ist auf eine kleine Spedition zugelassen. Aber wir können davon ausgehen, dass der Container zur Paumacher-Gruppe gehört. Die Bestätigung dafür fehlt aber noch.«

»Hm«, machte Rica. »Aber was beweist das schon? Das ist ein Gewerbegebiet mit Autobahnanschluss, da fahren Tag und Nacht Lkws mit Containern herum. Und Paumacher sieht man überall.«

»Ich gebe dir recht, das beweist erst einmal gar nichts, auch wenn es natürlich bemerkenswert ist. Und niemandem außer mir und Jan fällt die wirklich wichtige Information in diesem Video auf. Siehst du sie, Jan?«

Jan ließ das Video noch einmal ablaufen. »Nein.«

»Du hast doch mit deinen Wildkameras den Wagen fotografiert, mit dem mutmaßlich Rica von eurem Hof entführt wurde. Das Kennzeichen, das du mir zum Überprüfen geschickt hast, ist identisch mit dem Kennzeichen an dem Auflieger des Lkw.«

»Ist nicht dein Ernst«, versetzte Jan.

»Doch. Ich hab das bei der Zulassungsstelle überprüft. Das Kennzeichen gehört zu dem Lkw, nicht aber zu einem Caddy. Es wurde also vom Lkw an den Caddy angebracht, um damit zu eurem Hof zu fahren und Rica zu entführen. Im Falle eines Falles hätte man behaupten können, das Kennzeichen sei von dem Lkw gestohlen worden. Passiert häufig, und nicht immer merken die Fahrer das sofort, deshalb ist es auch nicht verdächtig, dass das Kennzeichen nicht als gestohlen gemeldet wurde.«

»Moment«, mischte sich Rica ein. »Ende Oktober letzten Jahres, als David Stoll entführt wurde, befand sich das Kennzeichen an einem Lkw, der am Ort der Entführung herumgefahren ist. Vor ein paar Tagen befand es sich dann im Falle meiner Entführung an einem Caddy. Das bedeutet, die Ardeleans hatten Zugriff darauf, oder?«

Olav nickte. »Wir wissen nicht, wie oder warum, aber so muss es sein. Die Ardeleans haben es sich einfach gemacht und ein Kennzeichen genommen, an das sie schnell und ohne Gefahr herankamen. Jan sagte ja schon, dass sie nicht den Eindruck machten, Profis auf dem Gebiet der Entführung zu sein. Und niemand konnte ahnen, dass wir eine Verbindung zwischen dem Kennzeichen, Paumacher und Nelia herstellen würden. Ich habe mir das Kennzeichen nur deshalb genau angeschaut, weil Paumacher auf dem Container steht. Und ihr hättet den Namen Nelia wahrscheinlich nie erfahren sollen.«

»Er wurde nur ein einziges Mal erwähnt«, sagte Jan. »Von ihr selbst, eine Sekunde bevor sie starb.«

»Dann hängt Paumacher mit drin«, stieß Rica atemlos aus.

»Ist nicht bewiesen, aber möglich. Fragt sich nur, warum? Immerhin gilt seine eigene Tochter als vermisst.«

Sie schwiegen einen Moment, weil sie ihre Gedanken ordnen mussten, aber Jan spürte, wie schwierig es war, da Ordnung hineinzubringen.

»Wie willst du jetzt vorgehen?«, fragte Olav schließlich. »Wenn du zur Fahndung ausgeschrieben bist, kannst du dich nicht mehr frei bewegen. Eigentlich müsstet ihr zwei so lange aus Deutschland verschwinden, bis der Fall aufgeklärt wurde – und bewiesen ist, dass ihr beide in Notwehr gehandelt habt.«

»Auf keinen Fall!« Rica schüttelte energisch den Kopf. »Diesen Gefallen tun wir denen nicht, dann hätten sie ihr Ziel ja doch noch erreicht, uns kaltzustellen.«

Bevor Jan etwas sagen konnte, klingelte eines der beiden neuen Handys, die Jan für sich und Rica besorgt hatte.

»Niemand hat diese Nummer, oder?«, sagte Jan.

»Nur eine Person ... David Stolls Mutter. Erinnerst du dich, wir haben sie gebeten, anzurufen, wenn ihr noch etwas einfallen oder Issy auftauchen sollte. Laut Vorwahl müsste sie das sein.«

Rica nahm das Gespräch entgegen und stellte laut. Zu ihrer Überraschung war aber nicht Frau Stoll, sondern Herr Stoll am Apparat.

»Sie müssen sofort kommen«, sagte er und klang alarmiert. »Ich kann das nicht der Polizei sagen, aber Ihnen ... Issy ... ich fürchte, es ist etwas Schreckliches passiert ...«

Sie alle konnten hören, wie im Hintergrund Frau Stoll hysterisch zu weinen begann.

KAPITEL 6

1.

Anika flüchtete zurück in die hinterste Ecke der Pritsche und presste sich die Hände auf die Ohren. Der Schrei bohrte sich trotzdem tief in ihren Kopf, sie spürte ihn in den Füllungen ihrer Zähne. Eine Gänsehaut lief ihr den Rücken hinab, und sie musste sich zusammenreißen, um nicht selbst drauflozuschreien.

Und wenn es auch noch so unmenschlich klang, wusste sie, da schrie ein Mensch, eine Frau, keine zwei Meter von ihr entfernt. Als der Schrei abklang, hörte Anika, wie sich diese Frau von ihr fortbewegte und schließlich gegen eine der Metallwände stieß.

Danach herrschte ein Moment Stille, bevor leise Atemgeräusche sie durchbrachen. Waren es ihre eigenen oder die der anderen Frau? Anika wusste es nicht. Wenn sie doch nur etwas sehen könnte! Diese undurchdringliche Dunkelheit war eine Barriere, an der alle Blicke abprallten.

Anika wartete. Lauschte. Bewegte sich nicht.

»Mama?«

Im ersten Moment glaubte Anika, sich verhört zu haben, aber dann wiederholte die unsichtbare Frau: »Mama?«

Eine vorsichtige, leise Frage, in der so viel Hoffnung mitschwang, dass es Anika schier das Herz zerriss.

»Ich bin Anika«, sagte sie. »Vor mir musst du keine Angst haben.«

Aus irgendeinem Grund hatte Anika das Gefühl, diese andere Frau beruhigen, vielleicht sogar beschützen zu müssen, dabei war sie es doch, die Schutz und Ruhe benötigte. Vielleicht waren sie Leidensgefährtinnen, denen man das Gleiche angetan hatte. Aufgrund der Geräusche und Schreie hatte Anika schon vermutet, hier nicht die einzige Gefangene zu sein. Ihr fehlte jedoch die Fantasie, sich vorzustellen, an was für einem Ort sie gelandet war. Ein Gebäude aus Metall, das nach Rost roch und schmeckte, in dem jemand entführte Frauen einsperrte?

So etwas konnte es außerhalb von Albträumen doch nicht geben.

Und doch war sie hier, starrte aus weit aufgerissenen Augen in die Dunkelheit und wartete auf die Antwort einer Person, die für sie unsichtbar war.

»Anika?«, fragte die Frau schließlich.

Sie klang jung, mädchenhaft, verstört und eingeschüchtert.

»Ja, ich bin Anika ... wer bist du?«

»Pssssst«, machte die Frau. »Der Eisengott kann uns hören. Er ist hier überall.«

Anika wollte fragen, wer der Eisengott war, was man dem Mädchen angetan hatte, wie lange sie schon hier war; sie wollte sie alles Mögliche fragen, spürte aber, dass sie sie nicht überfordern durfte.

»Willst du nicht näher kommen? Dann können wir uns leise unterhalten, und sie hören uns nicht.«

Darüber schien das Mädchen nachdenken zu müssen, und während sie das tat, kratzte sie dem Geräusch nach zu urteilen mit den Nägeln an der Metallwand. Ähnlich wie zuvor ihr Schrei verursachte auch das eine Gänsehaut bei Anika, und sie hätte ihr gern gesagt, sie solle das lassen, aber auf diese Art baute man kein Vertrauen auf.

»Oder ich komme zu dir ... wenn du nichts dagegen hast.«

»Aber leise, ganz leise ...«

Das klang wie ein Einverständnis, also machte Anika sich

auf den Weg. Sie schob sich an den Rand der Pritsche und setzte die nackten Füße auf den kalten Metallboden. Verharrte einen Moment. Es fiel ihr nicht leicht, sich von der Pritsche zu lösen, obwohl sie ihr doch keinerlei Sicherheit bot. Anika wusste, irgendwo vor ihr in der Dunkelheit hockte ein verängstigtes Mädchen, das Hilfe brauchte. Aber was, wenn sie sich täuschte, wenn es kein Mädchen war, sondern etwas anderes, furchtbar Schreckliches, das es nur darauf anlegte, sie von der Pritsche weg und zu sich her zu locken, um über sie herzufallen?

Hör auf!, sagte Anika sich im Stillen. Panik hilft dir nicht.

Da sie das Mädchen am Boden vermutete, stand Anika nicht auf, sondern ließ sich auf die Knie hinab und schob sich vorwärts, streckte dabei eine Hand wie einen Fühler in die Dunkelheit aus, die Finger gespreizt.

»Ich komme jetzt zu dir, okay? Keine Angst, ich will dir helfen. Sag etwas, damit ich weiß, wo du bist.«

»Hier ... ich bin hier ...«

Und dann berührten sich ihre Finger, irgendwo in der blindwütigen Dunkelheit. Zuerst zuckte das Mädchen zurück, streckte die Hand dann aber schnell wieder aus, und sie betasteten gegenseitig ihre Fingerkuppen, legten die Handflächen gegeneinander und verschränkten schließlich die Finger. Die Haut des Mädchens war rau und eiskalt, aber es war ein wunderschönes Gefühl, sie zu berühren, zu wissen, es war nicht nur eine Stimme, es gab einen Körper, einen Menschen, der ihr Schicksal teilte.

»Kannst du mir deinen Namen sagen?«, fragte Anika.

»Ich ... ich will keine Blumen mehr ...« Ein trockenes Schluchzen begleitete die Worte.

»Komm her zu mir!«, sagte Anika.

Einen Lidschlag später hielt sie einen warmen, dürren, knochigen Körper in den Armen, der sich ungestüm an sie presste. Wie es Liebespaare taten, tastete das Mädchen Anika ab, berührte alle Stellen, die sie erreichen konnte, schien sich davon überzeugen zu müssen, dass sie real war. Dabei begann sie zu weinen, und da ihr Gesicht an Anikas Hals lag, spürte sie die Tränen warm auf ihrer Haut.

»Schon gut ... schon gut ... wir finden einen Weg, hier rauszukommen«, versuchte Anika das fremde Mädchen zu trösten. »Mein Name ist Anika, hörst du, ich habe einen kleinen Sohn, Theo heißt er, und zu dem muss ich zurück, koste es, was es wolle. Wir beide schaffen das zusammen, hörst du, wir fliehen von hier, und dann nimmt deine Mama dich in die Arme, und ich nehme meinen kleinen Theo in die Arme, hörst du ...«

Anika konnte es nicht verhindern, dass sie selbst zu weinen begann.

So hockten sie einen Moment da, hielten einander fest, schöpften Mut und Kraft voneinander.

»Magst du mir nicht deinen Namen verraten?«, bat Anika schließlich.

»Wenn ich ihnen nicht gehorche, kommt der Eisengott, der herrscht über all das hier, und er ist gnadenlos und tötet mich und dich und alle anderen, wenn wir nicht gehorchen. Hast du den Eisengott schon kennengelernt?«

»Nein ... ich glaube nicht.«

Vielleicht wusste das Mädchen den eigenen Namen nicht mehr, vielleicht war sie schon zu lange hier, hatte in der Dunkelheit und unter den grauenvollen Geräuschen und Misshandlungen den Verstand verloren. Vielleicht hatten die Männer sie auch unter Drogen gesetzt, denn irgendeinen Grund musste es ja geben für ihr wirres Gerede von dem Eisengott und Blumen. Ja, vielleicht hatte sie den Verstand verloren, aber sie lebte noch, und irgendwo wartete eine Mutter auf sie, so, wie Theo auf Anika wartete, und wenn sie nur zusammenhielten, schafften sie es, hier rauszukommen.

»Das Böse wurde nach ihm benannt«, sagte das Mädchen verschwörerisch. »Der Eisengott war schon immer da, er entscheidet über Leben und Tod ... psssst ... wir dürfen nicht zu laut sprechen, er hört alles. Er ist in diesen Wänden, im Boden, in der Decke, seine Ohren sind Metall, seine Zähne sind Metall und sie zermalmen alles.«

Anika nahm sie noch fester in die Arme, drückte sie an sich. »Wir werden ihn besiegen«, wiederholte sie ein ums andere Mal.

2.

Justin Frings öffnete die Vorhänge einen Spaltbreit und schaute auf die Straße vor dem Hotel hinaus.

Es hatte leicht zu schneien begonnen, eine dünne weiße Schicht lag auf den am Straßenrand geparkten Autos, dem Bürgersteig, den Dächern. Nur auf der viel befahrenen Straße blieb der Schnee noch nicht liegen.

Bei zwei parkenden Autos schmolz der Schnee auf der Frontscheibe und der Motorhaube. Entweder waren sie gerade erst abgestellt worden und die Restwärme sorgte dafür, oder aber es saß jemand darin bei laufendem Motor oder Standheizung.

Ansonsten war nichts Auffälliges zu sehen.

Frings nahm sich vor, die beiden Fahrzeuge in zehn Minuten noch einmal zu kontrollieren. Sollte dann immer noch kein Schnee darauf liegen, war ihm das Warnsignal genug.

Das Hotel war eine Absteige, drei Sterne, von denen zwei unverdient waren. Die Matratze war durchgelegen, die Fugen im Bad schimmelten, der Teppich hatte Flecke von was auch immer. Er war nie zuvor hier gewesen und hatte für Orgasmic hier nie Zimmer gebucht, auch nicht für die Mädels, die Vatzky in der Regel in solchen Absteigen unterbringen ließ. Die wichtigen Kunden – Geschäftspartner, Künstler, Agenten – logierten natürlich in den feinsten und teuersten Häusern. Niemand, Vatzky schon gar nicht, würde Frings mit diesem Hotel in Verbindung bringen.

Frings wusste nicht, ob diese Vorsichtsmaßnahmen überhaupt noch nötig waren. Dieser Jan Kantzius hatte versprochen, sich um Vatzky und Missing Order zu kümmern. Sie hatten zusammen den Plan mit dem Altenheim entworfen, und Kantzius hatte Frings geraten, eine Weile unterzutauchen. Vatzky, so hatte Kantzius versprochen, werde nicht mehr lange auf freiem Fuß sein, aber sicher war sicher, schließlich kannten sie die Hintermänner von Missing Order nicht.

Frings hatte sich entschieden, mehr zu tun, als nur ein paar Tage unterzutauchen. Er würde komplett von der Bildfläche verschwinden, sich unsichtbar machen. Das nötige Geld dafür besaß er. Nicht alles davon gehörte ihm, ein großer Teil stammte vom Orgasmic-Firmenkonto, auf das er als Prokurist Zugriff hatte, aber Frings war der Meinung, es stünde ihm zu. Wem sonst? Vatzky? Wohl kaum. Dieser Großkotz hatte alles aufs Spiel gesetzt und alles verloren, hatte die Firma, die sie gemeinsam aufgebaut hatten, zerstört. Allein aus Selbstsucht, Arroganz und Wichtigtuerei. Die Art, wie Vatzky auftrat und Geschäfte machte, mochte erst zum Aufstieg von Orgasmic geführt haben, gleichzeitig war es aber auch sein Untergang. Hybris, immer wieder diese verdammte Hybris.

Frings trank die Bierdose zur Hälfte leer, dann trat er wieder ans Fenster und lugte durch den Spalt.

Die beiden Wagen waren nun vom Schnee bedeckt. Hätte ihn auch gewundert, wenn nicht. In diesem Hotel würde ihn niemand aufstöbern, da konnte Vatzky noch so viele Leute auf ihn ansetzen. Auch diesem Kantzius hatte er es nicht gesagt. Frings wusste nicht so recht, ob er diesem undurchschaubaren Typen trauen konnte. Nachher hetzte er ihm doch noch die Polizei auf die Fersen. Immerhin war er bei dem Mord an David Stoll dabei gewesen, hatte ihn gefilmt, statt ihn zu verhindern. Und selbst wenn er deswegen nicht verurteilt werden sollte: Frings hatte kein Interesse daran, in dieser Sache als Kronzeuge auszusagen.

No, sir! Keine Chance.

Stattdessen würde er ein neues Leben beginnen. Weit weg von Deutschland, auf einem anderen Kontinent. Auf Jamaika, wo der Reggae zu Hause war, die Musikrichtung, die ihm neben dem Rap am meisten lag. Vielleicht konnte er dort sogar ein eigenes kleines Label gründen und den Reggae weltweit besser vermarkten. In Ocho Rios hatte er jedenfalls erst einmal ein Zimmer für den kompletten nächsten Monat gemietet, sein Geld würde für ein bis zwei Jahre reichen, wenn er sparsam lebte. Irgendwas würde sich dort schon ergeben.

Frings musste zugeben, er war nicht ganz von selbst draufgekommen, nach Jamaika zu gehen. Diese Rica, die Frau von Jan Kantzius, hatte ihn auf die Idee gebracht, als er sie gefragt hatte, woher sie kam.

Ein Blick auf die Uhr.

Viertel nach sieben.

Um zweiundzwanzig Uhr ging der Flieger. Eingecheckt hatte er bereits online, es reichte also, wenn er eine halbe Stunde vorher am Flughafen eintraf. Dennoch sollte er langsam aufbrechen, damit er noch ein paar zollfreie Einkäufe erledigen konnte.

Frings setzte sich aufs Bett, um das Bier auszutrinken. Seine Gedanken kehrten zu diesem Mädchen zurück. Issy. Die kleine Schwester von David Stoll. Frings war nicht stolz darauf, was in dieser baufälligen Kirche abgelaufen war, aber was er und Vatzky damit angerichtet hatten, war ihm durch das Mädchen erst so richtig klar geworden. Die Schwester, die Eltern, Freunde, alle wollten wissen, was passiert war. Keine Antworten zu bekommen musste die Hölle auf Erden sein. Frings konnte den Jungen nicht wieder lebendig machen, aber vielleicht würde durch seine Aussage die Familie die Antworten bekommen, die sie brauchte.

Das war das wenigste, was er jetzt noch tun konnte.

Mit dem letzten Schluck Bier spülte er den bitteren Geschmack der Schuld hinunter. Als er die Dose in den Mülleimer warf, klopfte es an der Tür.

Frings erstarrte.

Niemand hatte einen Grund, bei ihm zu klopfen.

Am besten spielte er toter Mann. Bloß nichts sagen, sich nicht rühren.

Durch den schmalen Spalt unter der Tür sah er den Schatten zweier Füße, die einfach nur dastanden. Wer auch immer das war, er oder sie klopfte nicht noch einmal, sondern ging nach einer Minute wieder weg.

Das war merkwürdig, höchst merkwürdig.

Frings brauchte noch eine Weile, um sich aus seiner Schockstarre zu lösen. Als es so weit war, stieg er langsam und geräuschlos vom Bett, schlich auf dem fleckigen Teppich zur Tür hinüber, hielt das Ohr dicht ans Türblatt und lauschte.

Er konnte den Getränkeautomaten surren hören, der am Treppenabsatz stand. Sonst nichts. Und sein eigenes Blut, das wie ein Wasserfall durch seinen Kopf rauschte.

Hatte sich jemand im Zimmer geirrt?

Ein weiterer schneller Blick auf die Uhr. Er könnte noch eine halbe Stunde im Zimmer bleiben und auf die Einkäufe am Flughafen verzichten. Ja, das sollte er tun. Und um auf Nummer sicher zu gehen, schloss er sich dazu auf der Toilette ein, setzte sich auf die Kloschüssel, trank noch ein Bier und lauschte.

Die dreißig Minuten zogen sich endlos.

Nichts passierte.

Schließlich verließ er das Bad, schnappte sich den gepackten Koffer, lauschte noch einmal an der Tür, hörte nur wieder den Getränkeautomaten, nahm seinen Mut zusammen, öffnete die Tür und steckte zuerst nur den Kopf raus.

Der Schlag traf ihn mitten vor die Stirn und katapultierte ihn ins Zimmer zurück, wo er über den Koffer fiel und zu Boden stürzte. Die Tür wurde zugezogen und verriegelt. Jemand ging mit humpelndem Schritt im Zimmer hin und her und blieb dann vor Frings stehen. Der war noch nicht wieder ganz bei Sinnen, der Schlag hatte ihn fast ausgeknockt.

»Koffer gepackt, du mieser kleiner Verräter? Wohin willst du denn so eilig?«

Vatzkys Stimme. Und sie bebte vor Zorn.

»Wie … hast du mich gefunden?«, stammelte Frings.

»Wer sich verstecken will, sollte sein Handy nicht benutzen, das weiß doch jeder.«

Frings fühlte sich am Kragen seiner Jacke gepackt, wurde vom Boden hochgerissen und aufs Bett geworfen, wo Vatzky ihm einen weiteren Faustschlag ins Gesicht verpasste.

»Hast wohl Mitleid mit dieser kleinen Schwuchtel? Bist wohl selbst eine, was? Hab ich ja immer schon vermutet. Na, dann brauchst du ein bestimmtes Körperteil ja gar nicht.«

Vatzky packte ihn erneut und schleuderte ihn vom Bett auf den Boden. Dort drehte er ihn auf den Rücken, schob ihm die Beine auseinander, drückte ihm das Knie in die Genitalien und lehnte sich mit seinen einhundertdreißig Kilo Körpergewicht darauf. Justin Frings schrie in den fleckigen Teppich, doch Vatzky presste ihm seine große Hand auf den Mund, sodass der Schrei in seinem Körper blieb.

»So behandeln wir Verräter!«, schrie er. »Ist das der Dank dafür, dass ich dich all die Jahre mit durchgezogen habe? Ohne mich wärst du ein Nichts, und jetzt gehst du hin und heulst dich bei diesem Privatschnüffler aus?«

Eine Abfolge von Faustschlägen prasselte auf Frings' Gesicht ein. Es dauerte Minuten, bis Vatzky von der Anstrengung so außer Atem war, dass er von Frings ablassen musste.

Frings lebte noch. Über das Stadium des Schreiens und der Angst war er aber längst hinaus. Mit dem rechten Auge konnte er noch ein wenig sehen, das linke schien gar nicht mehr vorhanden zu sein. Durch die Nase bekam er keine Luft mehr, und wenn er durch die geöffneten Lippen einatmete, bildeten sich davor Blutblasen, und er spürte Blut in den Rachen rinnen. Schmerzen empfand er keine mehr, die automatischen Funktionen seines Körpers bewahrten ihn davor.

Er wusste, er würde jetzt sterben.

Wahrscheinlich hatte er das verdient. Nicht Jamaika, nicht die Reggaemusik, sondern den Tod. Nur eines störte ihn noch, nämlich, dass er durch Vatzkys Hand sterben und der möglicherweise davonkommen würde. Wie konnte es sein, dass auf dieser Welt die wirklich Bösen immer mit allem davonkamen?

Langsam erholte Vatzky sich. Frings konnte hören, wie sich dessen Atem beruhigte.

»Und du Hurensohn ziehst auch noch meine Mama da mit rein, erzählst diesen Wichsern, wo sie lebt? Das ist unverzeihlich.«

Vatzky packte Frings erneut und warf ihn rücklings auf das Bett. »Die haben mir den Fuß durchlöchert, mit einem Messer, kannst du dir das vorstellen?«

Er schlug Frings mit der flachen Hand leicht ins Gesicht, wie man es bei einem Bewusstlosen tat, um ihn zu wecken. »Bist du noch da? Kannst du mich hören? Wir sind noch nicht am Ende, und ich will, dass du alles mitbekommst.«

Als wäre es nur eine ferne Erinnerung, nahm Justin Frings wahr, wie Vatzky ihm den Gürtel aus der Hose zog und um den Hals legte. Dann zog er ihn zusammen, immer enger und enger.

Während Justin Frings erstickte, war er in Gedanken längst weit entfernt, in Ocho Rios, am Strand, wo die Sonne im Westen glühend im Meer versank und aus der Ferne leise Reggaemusik zu ihm herüberwehte.

Und Bob Marley *Sun Is Shining* sang.

3.

Issy fuhr ohne Musik. Sie ließ sich treiben, vermied es, zielgerichtet über etwas nachzudenken, weil sie befürchtete, doch noch einen Rückzieher zu machen. Was sie vorhatte, ängstigte sie, aber einen anderen Weg schien es nicht zu geben – wenn sie nicht den Rest ihres Lebens mit der Frage leben wollte, was David zugestoßen war. Issy hatte am Beispiel von Nelias Mutter gesehen, wie die Unwissenheit einen Menschen zerstörte, und sie sah an ihren Eltern, wie es begann.

Die Fahrt auf der A 1 zog sich ewig dahin. Ein wenig abwechslungsreicher wurde es, als sie an Hamburg vorbeifuhr und die Stadt glitzern und leuchten sah. Dahinter wurde es wieder dunkel. Issy hatte den Treffpunkt nicht hinterfragt, warum auch. Kommissar König war sehr deutlich gewesen. Der Mann, den sie treffen würde, bestimmte, wo und wann. Und es sollte die Seebrücke von Grömitz sein, um ein Uhr nachts. Kommissar König begründete den ungewöhnlichen Treffpunkt damit, dass der Mann sichergehen müsse, Issy allein zu treffen, außerdem hielt er sich wohl gerade in der Nähe auf.

Issy hatte als Kind mit ihren Eltern und David einige Sommerurlaube in Grömitz verbracht. Das waren schöne Erinnerungen an eine unbeschwerte Zeit, und sie konnte sich noch an ihre erste Tauchfahrt mit der Tauchglocke vorn an der Seebrücke erinnern.

Dorthin ließ sie ihre Gedanken abschweifen, während sie sich der Ostsee näherte. Es musste ein gutes Zeichen sein, dass der geheimnisvolle Mann sie dorthin bestellte. An einen Ort, der Issy und David verband.

Bisher hatte sie keinen Kontakt zu dem Mann gehabt. Die Kommunikation war ausschließlich über Kommissar König gelaufen. Das würde sich erst ändern, hatte König gesagt, wenn Issy den Mann getroffen und ihn bezahlt hatte. Ab diesem Zeitpunkt würde er sie auf dem Laufenden halten, wie es mit der Suche nach David voranging. Und von da an wäre Kommissar König aus dem Spiel. Er hatte Issy mehrfach darum gebeten, unter keinen Umständen darüber zu sprechen, dass er den Kontakt zu dem Mann hergestellt hatte. Wenn das herauskam, würde er seinen Job verlieren und zukünftig niemandem mehr helfen können, einen geliebten Angehörigen zu finden.

Issy fand es erstaunlich und sehr heroisch, was dieser Kommissar auf sich nahm. Solche Menschen fand man nur selten. Er ging ein hohes Risiko damit ein. Irgendwann, wenn David und sie wieder vereint wären, würde Issy sich etwas einfallen lassen, um Kommissar König dafür zu danken, dass er sich so für verzweifelte Menschen einsetzte.

Er wollte keinen Dank, das hatte er klar gesagt.

Äußerst dankbar war er ihr aber für den kleinen Zettel, den Issy ihm gegeben hatte. Ob er wirklich von dem Schlaks aus dem Tonstudio stammte, wusste sie nicht, aber Kommissar König maß ihm hohe Bedeutung bei. Durch diesen Zettel, so hatte er ihr bei ihrem letzten Treffen verraten, bekamen seine Ermittlungen neuen Schub. Auch darüber musste Issy Stillschweigen bewahren, aber es sah so aus, als sei Missing Order eine Organisation, bei der man alles bestellen konnte, auch Menschen – und möglicherweise sei David dieser Organisation in die Hände gefallen. Kommissar König war da dran, und bald würde es durch die Presse gehen, aber bis dahin durfte niemand davon erfahren, um den Ermittlungserfolg nicht zu gefährden. König war der Meinung, dass

David sich in den Händen dieser Organisation befand, und Issy würde natürlich nichts tun, was seine Befreiung gefährdete.

Sie fragte sich, ob der Mann, den sie gleich treffen würde, von Missing Order wusste. Davon hatte König nichts gesagt.

Vielleicht sollte sie ihn einfach fragen.

Um halb eins erreichte Issy den Parkplatz in der Nähe der Seebrücke und stellte den Firmenwagen ab. Bis auf die Weihnachtsbeleuchtung, die seltsamerweise noch brannte, war es dunkel.

Sie hatte ein bisschen Zeit.

Und konnte dem Drang nun nicht mehr widerstehen.

Paumachers scheiß Villa.

Mit zitternden Händen nahm Issy den Schnellhefter aus dem Rucksack und blätterte ihn durch. Vorn befanden sich Bauzeichnungen, Architektenberechnungen, Kostentabellen und solches Zeug. Doch als sie weiterblätterte, stockte ihr der Atem, und sie musste an das denken, was ihr Nelias Freund Nicolas Heffner erzählt hatte. Dieser schreckliche Verdacht, Nelia sei von ihrem eigenen Vater missbraucht worden. Sie hatte es nicht glauben wollen.

Voller Entsetzen klappte sie den Hefter zu, weil sie nicht ertrug, die Gedanken und Erinnerungen ihres Vaters zu lesen.

Nelia, schoss es ihr durch den Kopf. *Großer Gott, Nelia.*

Sie hatte keine Zeit mehr, musste zu dem Treffen.

Beinahe automatisch kramte sie die kleine Taschenlampe aus dem Rucksack. Kommissar König hatte sie instruiert, wie sie dem Mann, der draußen auf der Seebrücke auf sie wartete, damit ein Zeichen geben sollte, das er erwidern würde.

Als sie aussteigen wollte, bekam Issy es mit der Angst zu tun. Plötzlich zitterten ihre Hände, und ihre Beine fühlten sich weich und schwach an. Sie schaute sich um, sah weder Menschen noch Fahrzeuge und fühlte sich vollkommen allein. Es war ein schreckliches Gefühl des Ausgeliefertseins, sie wünschte sich jemanden an ihre Seite, der ihr beistehen würde, so, wie David es immer getan hatte. Ihr großer Bruder war ihr Beschützer gewesen, darauf hatte Issy sich zeitlebens verlassen können, und jetzt war die Zeit gekommen, etwas zurückzugeben. Sie liebte ihren Bruder, und wenn es eine Chance gab, ihn zurückzubekommen, dann musste sie sie ergreifen und ihre Angst überwinden.

Issy atmete tief ein und stieß dann die Autotür auf. Den Rucksack ließ sie im Wagen, nahm nur die Taschenlampe und den Umschlag mit dem Geld mit. Von der Rückbank holte sie ihren warmen Mantel, Mütze und Handschuhe und zog alles an. Es war verdammt kalt hier an der Küste. Die Schneereste waren hart gefroren, das Licht der Weihnachtsbeleuchtung glitzerte darin.

Der Weg führte abschüssig zur Küste hinunter. Issy erkannte einige Geschäfte wieder, in denen sie früher eingekauft hatten. Das Gefühl, diesen Ort zu kennen, machte es ihr leichter, ihn nachts allein zu durchqueren.

Als sie schließlich die runde Promenadeninsel erreichte, von der die Seebrücke abging, wurde Issy von der großen Schwärze der Ostsee und der Stille überrascht. Kein Geräusch, außer dem leisen Schwappen der Wellen. Ein eisiger Hauch wehte ihr ins Gesicht. Issy schlug den Mantelkragen hoch, band den Schal enger und zog die Wollmütze tiefer in die Stirn.

Dann gab sie das Leuchtsignal.

Dreimal kurz hintereinander.

Nur einen Moment später kam das Signal zurück.

Okay, er war da. Sie war von ihrem Ziel nur noch wenige Schritte entfernt.

Sie hörte Kommissar Königs Worte:
Wenn jemand deinen Bruder finden kann, dann dieser Mann. Glaub mir.

Issy glaubte ihm. Sie hatte keine andere Wahl. Also setzte sie einen Fuß auf die hölzernen Planken der Seebrücke und ging auf deren Ende zu.

4.

Es war nicht weit von Olavs Hütte am Bullensee bis in die Nähe von Oldenburg, wo die Stolls lebten. Obwohl Jan und Rica sich nach einer Pause sehnten, waren sie am frühen Morgen wieder aufgebrochen. Hätten sie nicht beide von Olavs Whisky getrunken, sie wären noch in der Nacht gefahren. Denn Heinz Stoll hatte ihnen am Telefon nicht sagen wollen, worum es ging. Sie hatten ihm entlocken können, dass die Stadtverwaltung von Grömitz sich mit ihm in Verbindung gesetzt hatte.

Angespannt bis in die Haarspitzen saßen sie nun in der Küche der Stolls.

Auf dem Tisch lag ein blauer Rucksack.

Frau Stolls Augen waren rot geweint, sie war nur noch ein Schatten ihrer selbst, und auch von dem stolzen, etwas überheblichen Heinz Stoll war nicht mehr viel übrig. Er war blass, zusammengesunken, wirkte zerknirscht, außerdem roch er nach Alkohol.

Seine Stimme stockte, als er berichtete. »Die Stadtverwaltung von Grömitz hat mich angerufen, weil seit einigen Tagen einer meiner Handwerkerwagen dort auf dem Parkplatz steht. Sie wollten wissen, ob ich irgendwo in der Stadt arbeite, weil kein Parkticket hinter der Scheibe liegt ... tue ich aber nicht ... Es handelt sich um den Wagen, den Issy genommen hat. Ich fürchte, es ist etwas Schreckliches passiert ... wo ist unsere Tochter?«

Frau Stoll brach erneut in Tränen aus.

»Issy ... sie hat fünftausend Euro aus dem Betriebssafe genommen ...«, fuhr Heinz Stoll fort.

Jan schloss die Augen und schüttelte den Kopf. Damit war die Identität der jungen Frau von der Seebrücke in Grömitz geklärt. Es war nicht ihr eigener Name gewesen, den sie mit ihrem letzten Atemzug ausgesprochen hatte, sondern der ihrer ehemaligen Schulfreundin Nelia Paumacher.

Aber warum? Warum war ihr der Name Nelia in dem Moment wichtiger gewesen als ihr eigener?

Wichtige Fragen, die jedoch vor der Frage verblassten, ob Jan den Stolls in diesem Moment erzählen sollte, was mit ihrer Tochter Issy geschehen war, dass sie in seinen Armen gestorben war.

»Aber Issy hat nicht nur das Geld genommen …«, fuhr Heinz Stoll fort, griff in den Rucksack, der auf dem Küchentisch lag, und zog einen Aktenordner heraus. »Ich bin nach Grömitz gefahren, um den Wagen zu holen«, erklärte er, »und habe darin Issys Rucksack gefunden. Mit diesem Ordner darin. Er befand sich in dem Tresor im Büro, aus dem sie auch das Geld genommen hat.«

Rica konnte die Aufschrift auf dem Aktenrücken lesen.
Paumachers scheiß Villa.

Mit zitternder Hand schob Heinz Stoll den Ordner zu Jan hinüber, und Jan schob die Frage, ob er sein Geheimnis beichten sollte, vorerst beiseite.

»Ich dachte immer, diese Unterlagen würden mir eines Tages vielleicht nützlich sein«, sagte er und schlug den Ordner auf.

Darin befanden sich Bauzeichnungen und Unterlagen.

»Damals, vor mehr als zehn Jahren, planten Hubert Paumacher und ich den großen Durchbruch in der Bau- und Immobilienbranche. Paumacher war der geborene Spekulant und Geschäftemacher, ich fürs Planen und Durchführen zuständig. Wir hatten bereits drei Bürogebäude hochgezogen, als es ihm hier in unserer Kleinstadt zu piefig wurde und er unbedingt diese Villa bei Duisburg haben musste. Natürlich sollte ich das Haus für ihn umbauen … und einige … Sonderwünsche umsetzen, für die er einen vertrauenswürdigen Partner brauchte …«

Heinz Stoll musste eine Pause einlegen. »Ich ahnte nicht, was das werden sollte … Ich hab auch nicht geahnt, was Hubert in Wirklichkeit für ein Mensch ist … Als ich ihn schließlich zur Rede stellte, haben wir gestritten … Ich hab ihm eine verpasst. Er hat mir gedroht, mich auffliegen zu lassen, weil … na ja, unsere Projekte waren nicht ganz legal … ich hab an der Steuer vorbei verdient … verstehen Sie, ich war ihm ausgeliefert, ich konnte gar nichts machen, und ich hatte ja auch gar keine Beweise, es war mehr eine Ahnung … wegen Nelia …«

Jan warf nur einen flüchtigen Blick auf die Bauzeichnung. Irgendwas stimmte nicht damit. Eine merkwürdige Konstruktion außerhalb des eigentlichen Hauses.

»Was war denn mit Nelia?«, fragte Rica.

»Paumacher hatte schon damals noch andere Geschäftspartner, ich war nicht der Einzige. Er hatte eine gewinnende Art … Irgendwie wusste er immer, wie er die Leute für sich gewinnen konnte. Da waren Politiker darunter, bis in die Kreise der Landesregierung, auch hohe Polizeibeamte, deswegen wollte ich damit auch nie zur Polizei gehen … Und einmal, da hab ich was gesehen … Paumacher und seine Tochter, die Nelia … Er wusste nicht, dass ich auf der Baustelle bei seiner Villa war … kein Mann mit Ehre fasst ein kleines Mädchen so an, auch die eigene Tochter nicht …«

Heinz Stoll stockte und rieb sich die Augen, als müsse er ein Bild loswerden.

»Und später dann, Wochen danach … da hab ich was gehört … als er vor einem Geschäftspartner angegeben hat mit dem, was er seine Sonderwünsche nannte ... Ich hab mir immer eingeredet, es wäre nur Spaß gewesen, aber wenn ich ehrlich sein soll, wusste ich, es war keiner. Paumacher hat sich das wirklich nur dafür bauen lassen ... Aber ich konnte ja nichts tun, ich steckte mit drin, hatte Hunderttausende schwarz verdient durch ihn, die hätte ich nie ans Finanzamt zurückzahlen können ... Ich wäre in den Knast gewandert, verstehen Sie?!«

»Was haben Sie für Paumacher gebaut?«, fragte Jan mit belegter Stimme.

Heinz Stoll tippte auf eine Bauzeichnung. »Das hier.«

5.

Anika wurde durch Geräusche aus dem Schlaf gerissen. Sie schlug die Augen auf, spürte den warmen Körper an ihrem Rücken und glaubte für einen Moment, es sei Marc, der sie umarmte. Doch es war das namenlose Mädchen; eng umschlungen waren sie auf der Pritsche eingeschlafen.

Die Geräusche!

Das waren Schritte auf Metallboden, und sie kamen rasch näher.

Anika rüttelte an dem Mädchen. »Wach auf, da kommt jemand.«

Ihr Schlaf schien jedoch tief und fest zu sein, sie reagierte nicht auf Anikas Bemühungen, sie zu wecken.

Die Schritte wurden lauter und lauter und endeten schließlich vor der Tür. Ängstlich starrte Anika in die Dunkelheit. Neben ihr murmelte das namenlose Mädchen etwas im Halbschlaf, das erneut wie »Ich will keine Blumen« klang und überhaupt keinen Sinn ergab.

Ein Riegel glitt zurück, die Tür sprang auf, diffuses Licht sickerte in den Raum.

»Kommt raus da, wir machen einen Ausflug!«, befahl eine männliche Stimme.

Jetzt erwachte auch das Mädchen. »Der Eisengott!«, flüsterte sie schlaftrunken.

Der Mann kam auf die Pritsche zu. Er packte zuerst Anika und riss sie von der Pritsche. Im Nu hatte er ihr die Hände mit Kabelbinder auf den Rücken gefesselt. Dann stopfte er ihr einen Knebel in den Mund, und nur einen Moment später wurde sie von einem zweiten Mann aus dem Raum geführt. Anika hörte, wie das Mädchen aufschrie, doch ihre Schreie endeten abrupt, als auch sie geknebelt wurde.

Der Mann stieß Anika zwischen den Metallwänden vor sich her, bis sie am Ende des Gangs das geöffnete Heck eines Fahrzeugs sah. Der Mann, der einen glänzenden Siegelring trug, drängte Anika darauf zu und warf sie schließlich rücksichtslos auf eine Ladefläche mit hölzernem Boden.

Nur einen Moment später landete das namenlose Mädchen neben ihr.

»Wenn ich nur einen Ton höre, töte ich euch auf der Stelle«, sagte eine männliche Stimme.

Dann flogen die Hecktüren zu, und es wurde dunkel auf der Ladefläche.

Der Motor startete, und der Wagen setzte sich in Bewegung.

»Der Eisengott!«, flüsterte das Mädchen erneut.

6.

Für diejenigen, die nichts davon wussten, war Steeltown unsichtbar, und Rica und Jan Kantzius mussten zugeben, dass sie es ohne die Hilfe des Bauunternehmers Heinz Stoll niemals gefunden hätten. Mit ein wenig Mut vor einigen Jahren hätte die Familie Stoll niemals diesen hohen Preis zahlen müssen, den sie nun zahlte. Aber der Mensch schaut nun einmal nicht besonders weit in die Zukunft, und wenn doch und er dort Gefahren sieht, beruhigt er sich mit Phrasen wie »So schlimm wird es schon nicht«.

Das war immer so gewesen.

Und immer war es noch schlimmer als befürchtet.

Rica und Jan hatten gerade die Umfahrung des vier Hektar großen, nicht einsehbaren Grundstücks abgeschlossen, zu dem ein Waldstück und ein kleiner See gehörten. Dabei war ihnen die rückwärtige Zufahrt aufgefallen, die wie ein Durchbruch in das zum Wald hin ansteigende Gelände angelegt war. Betonwände sicherten rechts und links die Erdwälle, und bestimmt waren irgendwo Kameras angebracht, gesehen hatten sie sie nicht.

Das Grundstück der Villa Paumacher war durch einen zwei Meter fünfzig hohen Metallzaun einigermaßen gesichert. Es war nicht einfach, den Zaun zu überwinden, aber auch nicht unmöglich. Weder gab es Stacheldraht noch Videoüberwachung alle paar Meter, auch keine stromführenden Drähte, weil genau solche Dinge Misstrauen geweckt hätten. So, wie es war, war es genau richtig. Ein Millionär, der sich abgrenzte, wie es alle Reichen taten.

»Ich bin immer noch für die harte Tour«, sagte Jan, während er den Wagen vor der Haupteinfahrt ausrollen ließ. »Mit dem Tor hier vorn wird der Defender fertig.«

Der Rammschutz seines Geländewagens hielt einiges aus, und es wäre es ihm wert, ihn dafür aufs Spiel zu setzen. Allerdings würde es einiges Aufsehen erregen, am helllichten Tage einfach durch das Tor zu preschen. Fraglos würde zehn Minuten später die Polizei hier auftauchen, und dafür war es noch zu früh. Was sie zu tun gedachten, davon durfte die Polizei nichts wissen.

»Wenn du ein idiotensicheres System entwirfst, kommt irgendwann ein Idiot und überwindet es«, sagte Rica mit einem schelmischen Grinsen. »Lass uns doch auf die Blumenlieferung warten … Sind ja nur noch fünf Minuten.«

Jan warf einen Blick auf seine Uhr. Fünf vor elf. Er war nicht wirklich überzeugt von Ricas Idee, aber bereit, es auszuprobieren.

»Diese Bauzeichnungen … das ist schon ziemlich krank, oder?«, sagte Rica, während sie die Straße im Auge behielt. »Meinst du, Paumacher hat schon damals für so etwas wie Missing Order geplant?«

Jan zuckte mit den Schultern. »Wahrscheinlich nicht. Wir wissen ja auch nicht, ob diese unterirdische Anlage etwas mit Missing Order zu tun hat. Aber letztendlich ist Missing Order auch nichts anderes als ein Begriff für besonders perfiden Handel mit Menschen, der in Missbrauch endet. Und für Missbrauch hat er die Anlage geplant, da bin ich mir relativ sicher. Er hält sich für einen Gott und hat sich hier seine Spielwiese erschaffen, auf der die Regeln der Gesellschaft nicht gelten.«

»Unvorstellbar, dass so etwas wirklich existiert.«

»Den Hof am Teufelssee konnte sich auch niemand vorstellen«, erwiderte Jan. »Der menschlichen Fantasie sind keine Grenzen gesetzt, ob gut oder böse. Wie viele Autoren und Filmemacher sind gerade damit beschäftigt, sich den nächsten noch nie da gewesenen Plot für einen Horrorfilm oder Thriller auszudenken? Wenn die das können, können es die wirklich Bösen auch ... und es mit genügend Geld in die Tat umsetzen.«

»Vielleicht hat Missing Order, oder besser, haben die Hintermänner auch diesen Hof am Teufelssee genutzt? Woher kannte Issy den Begriff? In ihren Mails schrieb sie von Amissa, aber nicht von Missing Order, danach hat sie dich erst auf der Seebrücke gefragt. Wir wissen, es gab eine Verbindung zwischen dem Hof am Teufelssee und Amissa. Was, wenn es auch eine Verbindung zwischen Amissa und Missing Order gibt?«

»Wenn es denn Issy war auf der Seebrücke«, entgegnete Jan, ohne auf Ricas Theorie einzugehen.

Rica nahm seine Hand und drückte sie. »Der Wagen, der Schnellhefter darin, das Geld aus dem Tresor ... sie war es. Jemand hat Issy Stoll auf die Seebrücke gelockt, genau wie dich. Ihr solltet beide dort sterben.«

Jans Kiefer mahlten. Die Wut kehrte zurück, wenn er an die junge Issy dachte, die alles unternommen hatte, ihren Bruder zu finden, und es mit dem Leben bezahlt hatte. Rica hatte natürlich recht: Wer, wenn nicht Issy Stoll, sollte es gewesen sein?

»Wer auch immer das inszeniert hat, ich werde ihn zur Rechenschaft ziehen«, presste Jan hervor. »Und die einzige Verbindung, die ich zwischen alldem sehe, ist Arthur König.«

»Wir«, sagte Rica und drückte seine Hand. »Wir beide werden das tun. Zusammen. Okay!«

Jan sah seine Frau an und nickte. »Zusammen.«

In diesem Moment waren ihre onyxschwarzen Augen offen

und durchlässig. Er hätte sie gern geküsst. Doch sie wollte etwas anderes.

»Und wenn wirklich König der Dreh- und Angelpunkt ist, werden wir es beweisen und dafür sorgen, dass er nach Recht und Gesetz verurteilt wird ... nicht durch uns. Wir können so nicht weitermachen, hörst du! All die Gewalt ...« Rica schüttelte in einer verzweifelt anmutenden Geste den Kopf. »Bitte versprich mir, dass wir damit aufhören ... Ich habe Angst, dass es uns verändert, dass wir nicht wieder zurückfinden ... und dann zerstören wir selbst den Sinn unseres Tuns.« Ihr Blick war eindringlich, fast schon flehend. Selbst wenn Jan es gewollt hätte, er hätte ihr diesen Wunsch nicht abschlagen können. Doch das wollte er gar nicht. Weil die Dämonen in seinem Inneren gefräßig waren und auch vor seiner Liebe nicht haltmachen würden. Alles durfte er riskieren, aber nicht seine Liebe zu Rica.

»Ich verspreche es«, sagte Jan und wollte noch etwas hinzufügen, doch da rief Rica: »Da!«, und zeigte auf einen weißen Lieferwagen, der die Straße hochkam.

Es war genau elf Uhr.

»Okay, dann los!«

Sie stiegen aus und näherten sich der gesicherten Toreinfahrt des Grundstücks, blieben dort stehen und taten so, als diskutierten sie über etwas, das Rica Jan auf dem Handy zeigte.

Der Blumenlieferwagen hielt vor dem Tor, die Seitenscheibe ging herunter, eine Hand drückte auf die Klingel, das Tor ging auf, der Wagen fuhr auf das Grundstück.

Das große, doppelflügelige Tor brauchte eine Weile, um sich wieder zu schließen. Diese Zeit nutzten Rica und Jan, um hindurchzuschlüpfen. Es gab hier vorn zwar eine Kamera, doch sie gingen davon aus, dass niemand ihr Aufmerksamkeit schenkte, wenn der Blumenwagen gerade durchgefahren war. Gleich hinter dem Tor verschwanden sie in dem dicht mit Büschen und Bäumen bewachsenen Grünstreifen auf der linken Seite und schlugen sich in dessen Schutz bis zum Haus durch.

Die Villa Paumacher stand oben auf einem Hügel, dahinter ragte der Eichen- und Buchenwald auf, kahle, schwarze Äste vor einem stahlgrauen Himmel, der Schnee versprach. Rica und Jan konnten beobachten, wie der Lieferwagen auf dem Rondell vor der Villa hielt und eine junge Frau einen riesigen Blumenstrauß von der Ladefläche holte. Damit stieg sie die Treppe hinauf und klingelte.

Was weiter geschah, entzog sich ihren Blicken, da der Bewuchs dichter wurde und sie sich beeilten, zum Haus zu gelangen.

Sie erreichten das Ende des Grünstreifens, als der Lieferwagen bereits wieder hügelabwärts Richtung Tor fuhr.

Schwer atmend hockten Rica und Jan sich auf den Boden und beobachteten das Haus.

»Nichts zu sehen ... als ob niemand da wäre«, sagte Jan.

»Ja, aber die Lieferantin ist den Blumenstrauß losgeworden, und wir wissen, dass Frau Paumacher das Haus nicht mehr verlässt. So hat es Issy ihrer Mutter erzählt. Also muss sie da sein.«

»Dann wollen wir mal hoffen, dass sie uns reinlässt.«

Es war Jans und Ricas Plan, zu klingeln, solange sich der Blumenlieferwagen noch auf dem Grundstück befand, und darauf zu hoffen, dass Frau Paumacher beides in Verbindung bringen und öffnen würde. Doch dazu kam es gar nicht erst. Denn als sich unten an der Einfahrt das Tor in Bewegung setzte, hörten sie an der linken Seite der Villa eine Tür aufgehen. Frau Paumacher trat heraus, in der Hand eine große Glasvase mit einem Blumenstrauß darin, der ein wenig mitgenommen aussah. Sie stieg die Treppe hinunter und ging auf einen Komposthaufen zu, der ungefähr zwanzig Meter vom Haus entfernt war.

»Los!«, zischte Jan und rannte los. Rica folgte ihm auf dem Fuß.

Während sie auf die offen stehende Seiteneingangstür zuliefen, stellte Frau Paumacher die große und sicher schwere Blumenvase auf dem Rasen ab, nahm den Blumenstrauß heraus, der vermutlich vom gestrigen Tag war, und legte ihn auf dem Komposthaufen ab. Sie warf ihn aber nicht drauf, wie man Küchenabfälle wegwarf, nein, mit beiden Händen legte sie ihn ab, wie man einen Blumenstrauß auf einem Grab ablegen würde. Dann stand sie da, faltete die Hände vor dem Bauch und hielt einen Moment still Andacht.

Rica und Jan schlüpften ins Haus.

Sie landeten in einer großzügigen Bibliothek. Die raumhohen Fenster waren mit schweren, braunen Vorhängen ausgestattet. Hinter einem davon versteckten sie sich und konnten von dort aus beobachten, wie Frau Paumacher schließlich das Blumenwasser ausgoss und mit der Vase zurückkehrte. Sie schloss die Nebeneingangstür, durchquerte die Bibliothek und verschwand, ohne die beiden zu bemerken.

Jan und Rica kamen aus ihrem Versteck. Sie konnten Frau Paumacher hören; es klang, als wasche sie die Blumenvase aus und fülle sie mit frischem Wasser. Auf leisen Sohlen schlichen die beiden aus der Bibliothek auf einen Eingangsbereich hinaus, der dem eines Nobelhotels in nichts nachstand. Der von der fünf Meter hohen Decke baumelnde Kronleuchter kostete sicher ein Vermögen.

In der Mitte des Eingangsbereichs gab es eine halbrunde Treppe, die nach oben führte. Als Rica und Jan hörten, dass Frau Paumacher sich ihnen näherte, versteckten sie sich erneut in der Bibliothek. Von dort aus beobachteten sie, wie Frau Paumacher mit einem Tablett in den Händen aus der Küche kam. Darauf stand die Vase mit dem frischen Blumenstrauß, außerdem ein Teller, abgedeckt mit einer silbernen Haube.

Sie trug das Tablett zu einer Tür unter der Treppe. Dort stellte sie es auf einem kleinen Tisch ab und gab in ein Tastenfeld neben der Tür einen Code ein. Mit einem leisen Piepsen öffnete sich die Tür. Frau Paumacher schickte sich an, das Tablett aufzunehmen, hielt aber plötzlich inne, schüttelte den Kopf und ging zurück Richtung Küche.

Offenbar hatte sie etwas vergessen.

»Los!«, flüsterte Jan, der ihre Chance erkannte.

Sie liefen zu der offen stehenden Tür hinüber. Im Vorbeigehen bemerkte Rica die kleine Schale mit einigen bunten Tabletten auf dem Silbertablett. Hinter der Tür führte eine Betontreppe in den Keller. Von diesem Zugang hatte Heinz Stoll ihnen erzählt.

Jan ging mit der Waffe in der Hand voran, Rica folgte ihm.

Die Treppe endete in einem lang gezogenen Raum, der mit Regalen voller Kartons ausgestattet war. Einige Türen gingen von dem Raum ab. Ohne die Information von Heinz Stoll hätten sie jeden einzelnen Raum dahinter absuchen müssen und wären auf den Heizungsraum, die elektrischen Anlagen, den Öltank und eine Werkstatt gestoßen, doch sie wussten, dass es auf der gegenüberliegenden Seite eine weitere Tür geben musste – nur war sie nicht zu sehen. Da stand ein Regal, ebenfalls gefüllt mit Kartons. So, wie Heinz Stoll es gesagt hatte, zog Jan an dem Regal, und es schwang in seine Richtung auf. Ein kühler Luftzug schlug ihnen entgegen.

Da war er. Der Zugang zu Steeltown.

Rica und Jan hatten sich die Zeichnung gut eingeprägt, die Heinz Stoll ihnen gezeigt hatte.

Während der Umbauarbeiten der Villa hatte er mit Baggern auf dem hinteren Teil des Grundstücks die Erde ausheben und zehn Schiffscontainer, sogenannte ISO-Container aus Stahl, versenken lassen. Die waren gut zwei Meter fünfzig breit und entweder sechs oder zwölf Meter lang. Vier Container der zwölf Meter langen Variante bildeten eine gerade Achse, die vom Haus weg auf die hintere Grundstückseinfahrt zuführte; den Lieferanteneingang, wie Heinz Stoll ihn genannt hatte. Auch von dort aus konnte man diese fast fünfzig Meter lange Achse aus aneinandergeschraubten und miteinander verschweißten Containern betreten. Die übrigen sechs Container, die jeweils nur eine Länge von sechs Metern hatten, fügten sich wie Zimmer an einem Gang an diese Achse an, drei auf jeder Seite. Stoll hatte eine Lüftungs- und Versorgungsanlage für Wasser und Wärme einbauen lassen und die Container mit einer dreißig Zentimeter starken Mutterbodenschicht bedecken lassen, auf der jetzt feinster englischer Rasen wuchs. Lediglich die aus dem Rasen ragenden weißen Plastikköpfe, die zum Lüftungssystem gehörten, wiesen auf diese unterirdische Anlage hin. Keine Behörde hatte von diesem Anbau erfahren, es waren keine Genehmigungen eingeholt worden, Nachbarn, welche die Tätigkeiten hätten bemerken können, gab es nicht, und den Bauarbeitern hatte man erzählt, der spleenige, reiche Paumacher bereite sich auf die Apokalypse vor, die er in diesem Bunker aussitzen wolle.

Es war einer von Stolls Handwerkern gewesen, der den Begriff Steeltown geprägt hatte.

Nach einem kurzen Zögern betraten Rica und Jan die unterirdische Welt, wechselten von Beton auf Stahl. Es roch rostig. An der Decke der aneinandergefügten Container brannten kleine Lampen in Drahtkäfigen, kaum mehr als Funzeln, die nur unzureichend Licht spendeten. Sie beeilten sich. Der kerzengerade Gang führte auf eine zweiflügelige Tür zu, die sie aufgrund der Länge und des schlechten Lichts noch nicht sehen konnten.

Vom ersten Schritt an überfiel Rica ein bedrückendes Gefühl, das ihr das Atmen erschwerte. Sie wollte nicht hier sein, wollte nicht erfahren, wofür der Millionär Paumacher dieses Verlies nutzte, wollte nichts mehr wissen von den Ungeheuerlichkeiten menschlicher Gier.

Niemand wollte das, aber irgendjemand musste sich darum kümmern.

Die Türen zu den sich rechts und links des Gangs anschließenden Containern standen offen. Rica leuchtete mit einer Taschenlampe hinein.

Der erste Container bot eine Überraschung.

Er war wie ein Jugendzimmer ausgestattet und hatte mit einer Grundfläche von fünfzehn Quadratmetern eine entsprechende Größe. Die Wände waren mit hellem Holz verkleidet, es gab ein gemütliches Bett, einen Nachttisch, einen Schrank, einen kleinen Tisch mit Stuhl. Sogar ein bunter Fransenteppich lag auf dem Metallboden. Auf dem Tisch stand eine Glasvase mit einem Blumenstrauß darin, der noch relativ frisch wirkte.

Jan und Rica sahen einander entsetzt an. Issy Stoll hatte ihrer Mutter nach ihrem Besuch in der Villa erzählt, Frau Paumacher lasse jeden Tag einen neuen Blumenstrauß für ihre verschwundene Tochter liefern, und irgendwie konnte man ja verstehen, dass eine vor Sorge kranke Mutter ein solches Ritual brauchte, um nicht verrückt zu werden. Rica und Jan hatten sich vorgestellt, wie Frau Paumacher jeden einzelnen Tag diesen Blumenstrauß ins Zimmer ihrer Tochter trug, ihn dort abstellte und hübsch arrangierte, und weil es kein noch so winziges Anzeichen von Tod und Verfall geben durfte, musste der Strauß jeden Tag erneuert werden. Damit es schön aussah, wenn Nelia heimkehrte. Viel mehr aber noch, weil Menschen eine Aufgabe benötigten, eine Routine, an die sie sich klammern konnten, gerade in Zeiten großer psychischer Belastung.

Aber Frau Paumacher trug den Strauß nicht ins Zimmer ihrer Tochter.

Sie trug ihn hinunter nach Steeltown.

»Sie ... sie halten sie hier unten gefangen?«, stieß Rica aus. »Nelia Paumacher wurde gar nicht entführt?«

»Und ihre Mutter weiß von alledem.« Jan dachte angestrengt nach. Etwas an diesem Raum störte ihn, seine Alarmglocken schrillten, doch er kam nicht darauf, was es war.

»Lass uns nachschauen, vielleicht ist sie hier noch irgendwo«, sagte er schließlich.

Der nächste Container lag nicht genau gegenüber, sondern um mehrere Meter versetzt. Auch er war mit Holz verkleidet. Darin befand sich ein komplett ausgestattetes Bad mit zwei Duschkabinen und zwei Waschbecken. An der hinteren Wand gab es zwei abgetrennte Kabinen. Eine der Türen stand offen, sodass man das Toilettenbecken sehen konnte. Zwischen Duschen und Toiletten stapelten sich an der Wand mannshoch Papierrollen. Auf dem Regal neben einem der Waschbecken lagen Utensilien, die darauf schließen ließen, dass sich hier jemand regelmäßig wusch und die Haare machte.

Es war niemand darin. Rica und Jan liefen zum nächsten Container.

Der bot ein gänzlich anderes Bild.

Er war mit Ketten ausgestattet, die von der Decke hingen, außerdem Fesseln an den Wänden und einem metallenen Gerät in der Mitte, das wie ein mittelalterlicher Folterstuhl wirkte. Keine Holzverkleidung, nur nackte Metallwände, an denen Rost nagte, kein hübscher Teppichboden, stattdessen ein Wasserablauf in Edelstahl in der Mitte des Raumes. Es gehörte nicht viel Fantasie dazu, sich vorzustellen, was hier weggespült werden musste.

In dem wiederum versetzt gegenüberliegenden Container fanden Rica und Jan eine Pritsche rechts an der Wand, sonst nichts. Er schien einzig und allein dafür gut zu sein, jemanden einzusperren.

Die Nummer fünf war ebenfalls dafür ausgestattet, jemanden zu fesseln, verfügte aber zusätzlich noch über eine Art Andreaskreuz an der Wand, außerdem lag eine dicke Matratze auf dem Boden.

Der sechste und letzte Container beherbergte eine Art Lager. In den Regalen standen Kartons mit lang haltbaren Lebensmitteln sowie Wasser in Plastikgallonen und einige andere Dinge, die man in einem solchen Bunker erwarten würde. Prepperzeugs, wie es modern geworden war, seit Donald Trump an die Macht gekommen war.

Mit ein paar wenigen Handgriffen ließ sich diese Anlage in den Bunker verwandeln, der er zu sein vorgab. Man musste nur die Fesselgeräte verschwinden lassen.

»Warum ist hier niemand?«, fragte Rica. »Wem wollte die Paumacher die Blumen bringen?«

Jan wollte etwas erwidern, hielt aber inne. Die Situation in dem ersten Container, dem Jugendzimmer, hatte ihn gestört, aber erst jetzt kam er darauf, warum. Es war der Blumenstrauß in der Vase. Er passte nicht zu dem, was sie oben erlebt hatten. Frau Paumacher hatte den alten Blumenstrauß wie ein Relikt auf den Kompost gebracht, aber wenn es der Strauß von gestern gewesen war, wieso war die Vase in dem Schlafcontainer dann nicht leer?

»Verdammte Scheiße!«, stieß Jan aus.

Dann hörten sie auch schon Frau Paumacher mit ihren klackernden Absätzen die Treppe herunterkommen.

»Was ist?«, fragte Rica.

»Hier stimmt was nicht ...« Jan bedeutete ihr, ruhig zu sein, und spähte um die Ecke.

Wenn Frau Paumacher sich wegen des offen stehenden Zugangs Gedanken machte, dann zeigte sie es nicht. Mit dem Tablett mit dem Blumenstrauß darauf betrat sie Steeltown.

»Mein Schatz, hier kommt deine Überraschung!«, rief sie fröhlich und verschwand in dem ersten Container.

Ein Schrei. Das Tablett fiel zu Boden. Glas zersprang.

»Komm mit«, sagte Jan.

Sie rannten den langen Gang bis nach vorn, ihre Schritte auf dem Metallboden hallten in der unterirdischen Röhre wider. An der geöffneten Tür zu dem Jugendzimmer-Container blieb Jan stehen, Rica hielt sich ein Stück dahinter.

»Wo ist mein Schätzchen?«, schrie Frau Paumacher.

Plötzlich fiel ein Schuss. Jan wurde nach vorn gegen die Wand geschleudert, prallte ab und ging zu Boden, wo er reglos liegen blieb. Rica konnte das Einschussloch in Jans Rücken knapp unterhalb des linken Schulterblatts sehen.

Sie kam nicht dazu, ihm zu helfen. Aus dem Bad-Container stürzte jemand heraus und schlug ihr mit einem harten Gegenstand, wahrscheinlich der Schusswaffe, auf den Kopf. Rica taumelte, blieb aber bei Bewusstsein. Sie wurde nach vorn gestoßen, hinein in das Zimmer von Nelia Paumacher.

Dort warf der Angreifer sie zu Boden. Hinein in die Scherben der Vase, die Frau Paumacher zuvor fallen gelassen hatte.

»Wo ist mein Schatz? Wo ist mein Mädchen?«, schrie Frau Paumacher abermals.

»Sie ist weg, und jetzt halt endlich dein Maul«, antwortete eine männliche Stimme, die Rica kannte. »Du gehst jetzt nach oben und kümmerst dich um den Haushalt, so wie immer.«

»Ich will zu meinem Mädchen, sofort!«

»Hast du mich nicht verstanden? Sie ist weg. Wir hatten darüber gesprochen. Hast du jetzt vollkommen den Verstand verloren oder was?«

Rica schaffte es, sich von den beiden wegzuschieben und auf den Rücken zu drehen. Bei dem Mann handelte es sich um Hubert Paumacher. Er trug einen dunklen Anzug und glänzende Schuhe. In der rechten Hand hielt er eine Waffe, den Lauf zu Boden gerichtet.

»Du kannst sie nicht einfach wegschaffen! Sie ist mein Kind, nicht deins!«

Völlig außer sich ging Frau Paumacher mit Fäusten auf ihren Mann los. Der hob die Waffe, drückte ihr den Lauf unter die linke Brust und schoss.

Frau Paumacher riss die Augen auf, erstarrte und kippte gegen ihren Mann. Der trat einfach einen Schritt zurück und ließ sie zu Boden fallen.

Das Echo des Schusses schien für alle Zeiten in der stählernen Unterwelt nachhallen zu wollen. Paumacher starrte auf seine daliegende Frau, als könne er nicht fassen, was passiert war. Dann schloss er die Augen, atmete tief ein und aus und wandte sich schließlich Rica zu.

»Weißt du, wie man einen Fuchs fängt?«, fragte er. »Nein? Ganz einfach. Man lässt ihn in den Hühnerstall.«

Rica rutschte noch ein Stück von dem Mann fort, doch es gab kein Entkommen, er stand zwischen ihr und dem Ausgang.

»Habt ihr wirklich geglaubt, ihr könntet ungesehen um das Grundstück herumfahren? Dem Blumenlieferwagen zu folgen war allerdings eine gute Idee … dieser bescheuerte Spleen mit den Blumen, ich wusste immer, das bringt irgendwann Probleme … aber in einer Ehe muss man kompromissbereit sein, nicht wahr!« Paumacher lachte trocken auf. »Ich musste meiner Frau nur befehlen, den Strauß von vorgestern noch einmal hinauszubringen, und schon seid ihr Idioten wie der Fuchs in den Hühnerstall gekommen.«

Er stieg über seine tote Frau hinweg, kam auf Rica zu und ging vor ihr in die Knie. Die Waffe hing locker zwischen seinen Beinen, während er mit der linken Hand nach Ricas Kinn griff und seine Finger schmerzhaft in ihre Wangen grub. »Na, meine kleine Karibik-Schlampe, da bist du ja endlich. Wir haben dich schon vor ein paar Tagen erwartet, weißt du. Mit einer wie dir hätten wir hier unten viel Spaß gehabt. Ich mag die Rebellischen ganz besonders. Leider kommt es jetzt nicht mehr dazu. Wir müssen hier klar Schiff machen.«

Er hob die Waffe und zielte auf Ricas Kopf.

»Damit kommen Sie nicht durch«, sagte Rica.

Paumacher lachte auf. »Mädchen, mach dir doch nichts vor. Natürlich komme ich damit durch. Was glaubst du, wer Missing Order nutzt? Menschen mit Geld und Macht, so wie ich. Wir bilden die Elite dieses Landes, ohne uns läuft hier gar nichts. Klar, ihr zwei Idioten bringt das Geschäft gerade zum Erliegen, aber das ist eine Momentaufnahme, mehr nicht. Ihr verschwindet spurlos, so wie Hunderte andere jedes Jahr, meine Frau hat sich aus Kummer selbst getötet, wer will ihr das verdenken, ich falle in tiefe Trauer, werde ein wenig depressiv, reiße mich dann aber zusammen und kümmere mich aufopferungsvoll um meine Mitarbeiter. Es wächst Gras über die Sache, die Menschen vergessen ja so schnell, und dann geht es weiter. Es geht immer weiter, weißt du. Das sind die Gesetze des Marktes. Angebot und Nachfrage.«

»Wie kann man nur so verkommen sein?«

»Hör doch auf mit diesem naiven Quatsch. Du müsstest doch am besten wissen, wie die Menschen sind. Wir wollen alle immer mehr, niemals kann unsere Gier gesättigt werden, und immer sind wir auf der Suche nach dem nächsten, noch besseren Kick.«

»Und dafür opfern Sie Ihr eigenes Kind?«

»Sie war nicht mein Kind. Ein kleiner Fehltritt meiner Frau. Außerdem war sie sowieso zu nichts anderem zu gebrauchen. Völlig irre, die Kleine.«

»Wo ist Nelia?«

Paumacher starrte Rica lächelnd an. »Ihr seid ein klein wenig zu spät. Sie ist mit meinem Partner zu ihrer letzten Reise aufgebrochen – so wie du jetzt auch.«

Dann drückte er ihr die Waffe unters Kinn.

Im selben Augenblick riss Rica die Hand hoch, in der sie die gezackte Scherbe der Blumenvase umklammert hielt, stieß sie dem Mann seitlich in den Hals und riss daran. Dabei schnitt sie sich selbst die Hand auf, Paumacher jedoch erwischte sie an der Halsschlagader. Sein Blut schoss nur so aus ihm heraus. Mit der anderen Hand schlug Rica die Waffe weg, aber Paumacher kam ohnehin nicht mehr dazu, zu schießen. Er kippte nach hinten, presste sich eine Hand an den Hals, versuchte, das Blut in seinem Körper zu halten, doch es lief zwischen seinen Fingern hervor. Er wollte etwas sagen, doch statt Worten sprudelte Blut zwischen seinen Lippen hervor.

Dann kippte er um.

Rica verlor keine Zeit.

Sie krabbelte über die toten Paumachers hinweg und eilte zu Jan.

7.

Und wieder war es dunkel, aber nicht so perfekt wie in der metallenen Höhle, aus der sie herausgeholt worden waren. Aus dem geschlossenen Kastenwagen gab es keinen Blick hinaus, sie konnten nicht sehen, wohin die Fahrt ging, aber durch drei kleine Löcher drang ein wenig Licht hinein, kaum genug, um etwas erkennen zu können.

Unaufhörlich summten die Reifen. Anika hatte keine Ahnung, wie lange das jetzt schon so ging. Zwischendurch war sie immer mal wieder eingedöst, genau wie das namenlose Mädchen neben ihr. Anfangs hatte Anika versucht, die Handfessel loszuwerden, doch das war zwecklos. Je stärker sie gegen die Kunststoffbänder ankämpfte, desto tiefer schnitten sie ihr ins Fleisch, und so musste sie auch weiterhin den Knebel im Mund ertragen, der bereits durchnässt war von ihrem Speichel. Sie hatte Kopfschmerzen, ihr war schlecht, und sie fürchtete, sich übergeben zu müssen, und sie hatte Angst davor, dann wegen des Knebels ersticken zu müssen. Immer wieder musste sie gegen den Würgereflex ankämpfen, der nur verschwand, wenn sie einschlief. Sie spürte, dass sie einer Panik immer näher kam. Die Sehnsucht nach ihrer Familie, nach Marc und Theo, überstieg jedes vorstellbare Maß, und Anika fragte sich, wieso Gott ihr das antat.

Eine Antwort bekam sie nicht.

Zwischen dem Fahrerhaus und der Ladefläche gab es nur eine dünne Wand aus Metall, durch die sie den Motor hören konnten, doch der Mann am Steuer war bisher ruhig geblieben, hatte nicht einmal das Radio angestellt. Eine kurze Zeit lang waren sie durch die Stadt gefahren, das hatte Anika an den vielen Stopps und dem häufigen Blinken gemerkt, aber seit einer Weile ging es einfach immer nur geradeaus, wahrscheinlich waren sie auf einer Autobahn unterwegs. Ab und an konnte Anika andere Wagen vorbeizischen hören.

Das namenlose Mädchen neben ihr schlief einen unruhigen Schlaf. Immer wieder zuckte sie oder trat mit den Beinen aus, stöhnte oder sprach ein paar Worte, die keinen Sinn ergaben. Papa kam häufig vor, doch es klang nicht so, als habe sie Sehnsucht nach ihm, eher Furcht. Und dass sie keine Blumen wolle, hatte Anika auch verstanden.

Wieder plagte sie die Übelkeit, und sie spürte den Geschmack von Galle in ihrem Hals aufsteigen. Um sich davon abzulenken, zerbrach Anika sich den Kopf darüber, was sie tun konnte, um etwas an ihrer Situation zu ändern. Zwar waren sie aus dem metallenen Gefängnis heraus, aber besser ging es ihnen damit auch nicht. Der Aufbruch von dort war sehr hektisch gewesen, so als hätten die Männer etwas zu befürchten, und wer konnte schon wissen, wohin sie gebracht wurden.

Im Führerhaus klingelte ein Telefon.

Anika, die mit dem Rücken an der Wand lehnte, konnte hören, wie der Mann sich mit »Ja« meldete.

»Nein, hör zu!«, unterbrach er rasch seinen Gesprächspartner. »Vladi, halt den Mund und hör mir zu, noch sage ich hier, wo es langgeht. Ich habe zwei Mädchen im Wagen, die müssen beide verschwinden, ich habe jetzt keine Zeit für deinen Scheiß. Dieser Jan Kantzius ist uns auf den Fersen, und du bist schuld an dieser Katastrophe, sieh zu, wie du selbst damit klarkommst. Setz dich am besten in die Ukraine ab und sorg dafür, dass du nie wieder in Deutschland auftauchst. Und ruf mich nicht wieder an.«

Damit war das Gespräch beendet.

»Verdammter Vollidiot!«, schimpfte der Mann am Steuer.

Dann fuhr er weiter still vor sich hin.

Anikas Gedanken rasten. Es war jetzt klar, was der Mann mit ihnen vorhatte. Sie sollten verschwinden. Irgendwas war schiefgelaufen bei den Entführern, eine Katastrophe, jemand namens Jan Kantzius war ihnen auf den Fersen, und nun versuchten sie, Zeugen loszuwerden. Es war Anika klar, dass diese Fahrt mit ihrem Tod endete – sie würden nicht einfach freigelassen werden.

Wenn ihr nicht bald etwas einfiel, würde sie sterben, und das namenlose Mädchen auch. Sie würde Marc und Theo niemals wiedersehen. Ihr kleiner Sohn müsste ohne Mutter aufwachsen und sich sein Leben lang fragen, warum sie ihn allein gelassen hatte. Das durfte nicht passieren. Sie durfte das nicht zulassen!

Der Wagen verlangsamte sein Tempo, bog ab, wurde wieder schneller, aber nicht so schnell wie vorher. Vielleicht waren sie von der Autobahn auf eine Landstraße abgebogen.

Anika robbte zum Heck. In der Mitte, wo die Türen gegeneinanderstießen, war eines der drei Löcher, durch die ein wenig Licht in den Innenraum drang. Dort fehlte ein winziges Stück der Gummidichtung. Wenn sie das Auge ganz dicht an die Lücke drückte, konnte sie hinaussehen, sah allerdings nur die Straße unter dem Wagen entlanghuschen. Ihr fiel auf, dass sie von einer dünnen Schneeschicht bedeckt war.

War das ihre Chance?

Anika robbte zurück bis an die Fahrerkabine. Das namenlose Mädchen schlief noch, vielleicht war es auch eine Art Trance oder Schock, auf jeden Fall war sie ihr keine Hilfe.

Also musste sie es allein versuchen.

Nicht drüber nachdenken, was alles passieren kann, sagte Anika sich. Tu es einfach, sonst siehst du Theo und Marc nie wieder.

Sie positionierte sich rücklings hinter der Fahrerhauswand und stellte die Füße an die Stelle, an der sie den Kopf des Fahrers vermutete. Dann winkelte sie die Beine an und tat so, als würde sie gegen die Wand treten. Ein kleines Stück zurück noch, dann war der Winkel besser.

Nachdem Anika sich in die richtige Position gebracht hatte, wartete sie. Lauschte, ließ sich von den gleichförmigen Geräuschen der abrollenden Reifen einlullen und stellte sich vor, dass es dem Fahrer genauso ging. Das Telefongespräch lag schon eine ganze Weile zurück, bestimmt hatte er sich mittlerweile beruhigt, fuhr konzentriert vor sich hin, war vielleicht in Gedanken vertieft ...

Jetzt!, rief Anika sich selbst zu.

Sie holte aus und trat mit beiden Füßen zugleich mit großer Wucht gegen die Wand, die Laderaum und Fahrerhaus trennte.

Und es passierte genau das, was sie sich gewünscht hatte.

Der plötzliche laute Schlag gegen das Metall ließ den Fahrer erschrecken. Anika konnte spüren, wie er das Lenkrad verriss, und von dem Moment an hatte er keine Chance mehr, den Wagen zu kontrollieren. Er schlingerte von einer Fahrbahnseite zur anderen. Anika und das Mädchen wurden hin und her geworfen, das Mädchen wachte auf und schrie in ihren Knebel. Anika prallte zuerst schmerzhaft gegen die rechte, dann gegen die linke Seite der Kabine, es gab keine Möglichkeit für sie, sich festzuhalten. Als sie mit dem Mädchen zusammenstieß, klammerte sie instinktiv die Beine um sie und hielt sie fest. Zwei Körper waren schwerer als einer und flogen nicht so leicht hin und her.

Ein harter Schlag von außen gegen das Auto, so als sei es irgendwo dagegengestoßen.

Vorn schrie der Fahrer.

Noch ein Schlag, dann ging es plötzlich drunter und drüber. Für ein paar Sekunden wirbelten Anika und das Mädchen im Laderaum hin und her, oben, unten, rechts, links, alles verschwamm miteinander. Sie musste das Mädchen wieder loslassen, kam gegen die Fliehkräfte nicht an, ein schmerzhafter Aufprall jagte den nächsten, dann bekam sie einen harten Schlag gegen den Hinterkopf und verlor für einen Moment die Besinnung.

Als Anika wieder zu sich kam, lag der Wagen auf dem Dach.

Eine der hinteren Türen war aufgesprungen. Schneeflocken trudelten herein. Anika hörte die Reifen surren, allzu lang war sie also nicht bewusstlos gewesen. Sie sah sich nach dem Mädchen um, konnte sie aber nicht finden.

Sie musste hinausgeschleudert worden sein.

Unter Schmerzen kroch Anika aus dem Wagen, fiel einen halben Meter tief und landete im Schnee.

Die Reifen rollten aus. Es wurde still.

Anika kämpfte sich auf die Beine und sah sich um. Der Lieferwagen lag in einem Graben, die baumbestandene Landstraße zog sich durch einsame, weiße Felder. Das namenlose Mädchen lag nicht weit entfernt mit dem Gesicht im Schnee auf dem Acker. Anika stolperte zu ihr hinüber und schubste sie mit der Schulter in eine andere Position, damit sie nicht erstickte. Dann drehte sie sich zu dem Wagen um.

Der Fahrer! Wo war der Fahrer?

Das Heck des Wagens stand ein Stück weit aus dem Graben heraus, die Fahrerkabine hatte sich jedoch in die Böschung gebohrt und war deutlich eingedrückt. Aus der aufgesprungenen Motorhaube stieg Qualm auf. Anika stolperte zu dem

Fahrzeug hinüber. Die Frontscheibe war zersplittert, hing aber noch im Rahmen. Die Seitenscheibe fehlte. In den Gummidichtungen steckten nur noch kleine Splitter.

Anika konnte den Fahrer sehen.

Kopfüber hing er bewusstlos im Gurt, die Hände hingen herab. Am Ringfinger der linken Hand trug er einen goldenen Siegelring. Blut tropfte von seiner Schläfe gegen die Decke des Wagens. Neben seinem Kopf lagen eine Geldbörse und eine Brieftasche, die ihm wohl aus der Tasche gefallen waren.

Die Brieftasche war aufgeklappt, das Blut des Mannes tropfte hinein. Zu ihrem Entsetzen stellte Anika fest, dass sich darin der Dienstausweis eines Kriminalbeamten befand.

Ein Polizist!

Sie war von einem Polizisten entführt worden. Anika konnte sogar dessen Namen im Ausweis lesen.

Der Mann stöhnte leise auf und bewegte den Kopf. Er war nicht tot.

Weg, sie mussten hier weg, bevor er zu sich kam.

Anika wollte schon zu dem namenlosen Mädchen hinüberlaufen, als sie die aufgerissene Front des Wagens bemerkte. Blankes Metall stand dort hervor, wo einmal der Scheinwerfer gewesen war. Anika schob sich mit dem Rücken dagegen und scheuerte den Plastikriemen an den Handgelenken an einem scharfen Grat entlang. Dabei roch sie Feuer und geriet in Panik. Jeden Moment würde der Wagen in die Luft fliegen, sie musste hier weg, so schnell es ging.

Doch der verdammte Plastikriemen wollte einfach nicht nachgeben.

Anika scheuerte wie verrückt, riss sich die Haut auf, ihre Schultern kreischten vor Schmerzen, dann war der Kabelbinder plötzlich durch, und sie stürzte nach vorn in den Schnee.

Hinter ihr leckten Flammen aus dem Motorraum.

Hastig kämpfte Anika sich aus dem Schnee, riss sich den Knebel aus dem Mund, krabbelte die Böschung hinauf und rannte zu dem Mädchen hinüber. Die war gerade erwacht und hockte vornübergebeugt auf den Knien. Ihr langes Haar hing ihr vors Gesicht, Blut tropfte aus dem Mund in den Schnee.

»Weg, wir müssen weg, der Wagen explodiert gleich!«, schrie Anika.

Das Mädchen sah sie verständnislos an.

Anika packte sie unter den Achseln, zog sie auf die Füße und mit sich. Seite an Seite stolperten sie blindlings über den Acker auf einen Waldrand zu, strauchelten, fielen, kämpften sich wieder hoch und liefen weiter.

Sie hatten den Waldrand fast erreicht, als der Wagen tatsächlich explodierte.

Obwohl sie bereits dreihundert Meter entfernt waren, spürten sie die Druckwelle und ließen sich zu Boden fallen. Die letzten Meter bis zum Wald krochen sie durch den Schnee, und Anika war froh um die wärmenden Ganzkörperanzüge, die sie und das Mädchen trugen.

Dann drehten sie sich noch einmal um.

Sahen das Feuerinferno und glaubten, die entsetzlichen Schreie des Polizisten namens Arthur König zu hören, der in den Flammen verbrannte.

Ende von Teil 2 der Amissa-Trilogie

*Knallharte Spannung, intelligente Twists –
der Auftakt der neuen Reihe von
SPIEGEL-Bestsellerautor Frank Kodiak*

FRANK KODIAK

AMISSA.
DIE VERLORENEN

THRILLER

In einer regnerischen Herbstnacht werden die Privatdetektive Jan und Rica Kantzius Zeugen eines grauenvollen Zwischenfalls an einer Autobahnraststätte: Ein panisches Mädchen rennt direkt vor ein Auto, jede Hilfe kommt zu spät. An der Raststätte findet sich die Leiche eines Mannes, der das Mädchen offenbar entführt und sich dann erschossen hat. Die Privatdetektive stellen Nachforschungen an und finden heraus, dass es weitere Teenager gibt, die auf ähnliche Weise kurz nach einem Umzug verschwunden sind. Eine Spur führt zu »Amissa«, einer Hilfsorganisation, die weltweit nach vermissten Personen sucht und für die Rica arbeitet. Plötzlich ist nichts mehr, wie es war, und Rica und Jan kommen Dingen auf die Spur, von denen sie lieber nie erfahren hätten.

Er tötet aus Vergnügen. Er überlässt dem Zufall die Wahl seiner Opfer. Er könnte jeder sein – auch Ihr Sitznachbar im Bus …

FRANK KODIAK
DAS FUNDSTÜCK

THRILLER

Spätabends wird im Gepäckraum eines Reisebusses in Bremen ein verwaister Koffer entdeckt – darin die rechte Hand und der linke Fuß eines Mannes und ein Zettel mit einer Botschaft: »Ich packe meinen Koffer, und auf die Reise geht …?« Noch bevor Kommissar Olav Thorn mit den Ermittlungen beginnen kann, erreicht ihn eine Nachricht aus Berlin: Auch am dortigen Busbahnhof ist ein Koffer mit Leichenteilen aufgetaucht … Fieberhaft tragen Thorn und seine Berliner Kollegin Leonie Green Puzzlestück für Puzzlestück zusammen, doch der Killer ist ihnen immer einen Schritt voraus. Und er ist noch lange nicht am Ende seiner Reise angelangt.

»Harter Psychopathen-Thriller im Geiste Stephen Kings. Hochspannung pur!« *Dresdner Morgenpost*

*Bissig, scharfsinnig, mit einer toughen Heldin:
die neue Crime-Serie aus Großbritannien!*

A. K. TURNER
TOTE SCHWEIGEN NIE

THRILLER

Als Assistentin der Rechtsmedizin ist Cassie Raven schräge Blicke gewöhnt. Möglicherweise ist auch ihr Gothic-Look mit zahlreichen Piercings und Tattoos nicht ganz unschuldig daran – ebenso wie ihre Überzeugung, dass die Toten mit uns sprechen, wenn wir nur ganz genau hinhören. Obwohl Cassie schon unzählige Körper seziert hat, war noch nie jemand darunter, den sie kannte oder der ihr gar etwas bedeutet hätte. Bis eines Tages ihre geliebte Mentorin auf dem Seziertisch landet. Cassies Chef behauptet, deren Tod in der Badewanne sei ein Unfall gewesen. Doch der Körper der Toten erzählt eine andere Geschichte ...

»A. K. Turner kombiniert Naturwissenschaft und exzellentes Storytelling.« *Val McDermid*